KB016970

스페이스 보이

스페이스 보이

닉 레이크 지음 ◎ **이재경** 옮김

미래인

스페이스 보이

1판 1쇄 발행 2018년 4월 30일
1판 2쇄 발행 2020년 10월 5일

지은이 닉 레이크 **옮긴이** 이재경 **펴낸이** 김민지 **펴낸곳** 미래M&B
책임편집 황인석 **디자인** 서정민 **영업관리** 장동환, 김하연
등록 1993년 1월 8일(제10-772호) **주소** 서울시 마포구 동교로 134(서교동 464-41) 미진빌딩 2층
전화 02-562-1800(대표) **팩스** 02-562-1885(대표)
전자우편 mirae@miraemnb.com **홈페이지** www.miraeinbooks.com

ISBN 978-89-8394-839-7 03840

* 잘못 만들어진 책은 구입처에서 바꾸어 드립니다.
* 미래인은 미래M&B가 만든 단행본 브랜드입니다.

| 차 례

/ 전송 개시

나는 사랑한다,

달이 지구를 사랑하듯이.

1부

궤도

너른 공간

해가 뜬다. 오늘 들어 열네 번째다. 광활한 사하라 땅이 어둠 속 성냥불처럼 타오른다.

나는 큐폴라*에 앉아 회전하는 지구를 내려다본다. 문(Moon)2 우주정거장의 창밖으로 사막이 흘러간다. 모래언덕이 파도처럼 일렁이고 햇빛이 서쪽으로 밀려든다. 벌써 아프리카 해안이 모습을 드러낸다. 도시들이 스케치처럼 보인다.

그리고 바다.

저기 사람들은 자기들의 행성을 지구라고 부른다. 하지만 땅보다 물이 더 많다. 5학년만 돼도 아는 사실이다. 가끔씩 할아버지가 비드링크**를 걸어서 지금은 어디를 지나고 있냐고 묻는다. 그러면 나는 창밖을 보지도 않고 바다 위라고 대답한다. 십중팔구 맞다.

할아버지는 지구가 지구로 불리는 건 인류와 농경의 인연 때문이라고 한다. 사람이 9천 년 전에 곡식을 심고 동물을 기르기 시작했고, 그것이 사람과 땅을 묶었다고 한다. 단단하게. 사랑처럼. 할아버지 말로는, 해를 받아 따뜻해진 흙을 두 손에 담고 손가락 사이로 흘리면 엄마의 손길을 느낄 수 있다고 한다.

* cupola, 우주정거장의 관측용 모듈.

** vidlink, 비디오링크의 준말로, 원격 화상 연결을 말한다.

나야 알 수 없다. 난 이 위에서 태어났으니까.

그리고 우리 엄마는 누굴 어루만지는 타입이 아니다.

어쨌거나 조만간 나는 저기로 간다. 두 달 후면 내 열여섯 살 생일이다. 리브라와 오리온은 이미 열여섯 살 생일이 지났다. 열여섯. 우리 몸이 충분히 강해지는 나이. 집에 갈 수 있을 만큼. 사람들은 항상 우리에게 저기를 집이라고 한다. 우리는 한 번도 가보지 않은 곳인데.

막 건강검진을 받았다. 체중 통과. 골밀도 통과. 우리 모두 다음 번 우주왕복선으로 돌아갈 수 있다는 뜻이다.

돌아간다. '집'만큼 묘한 말이다. 한 번도 가지 않았던 곳으로 어떻게 돌아가지?

딸깍. "레오?"

인터컴이다. 나는 바닥을 차고 떠올라 가장 가까운 단말기로 간다. "네?"

"모레 쓸 화물 자동 도킹 프로그램에 문제가 좀 있는데, 도와줄래?"

버지니아다. 버지니아는 내가 평생 알고 지낸, 두 명의 베이비시터 중 한 명이다. 우리는 두 사람을 그렇게 부른다. 버지니아는 우리가 아기였을 때 우리를 러닝머신에 올려놓고 기는 연습을 시키곤 했다. 비디오 자료를 봐서 안다. 우리는 중력을 대신하는 고정 장치를 차고 기었다. 그러다가 걸음마를 했다. 수업시간에 가끔씩 비디오를 본다. 지구 사람들에겐 자연스럽게 일어나는 것들을 우리는 그렇듯 부자연스럽게 배워야 했다는 걸 잊지 않기 위해. 하지만 그러지 않아도 기억할 수 있다. 벨트에 묶여 한 발 내딛고 다음

발 내딛기를 끝없이 반복하던 단조로운 기억.

버지니아는 이번에는 여기에 석 달째 있다. 보통은 해마다 두 달씩 교대로 온다. 사람들은 여기서 오래 머무는 일이 없다. 우리 엄마조차 1년에 한 달만 온다. 몸 때문이다. 뼈 문제, 눈 문제. 이곳에서 물러지면 안 될 곳이 물러지고, 딱딱해지면 안 될 곳이 딱딱해질까 봐.

하지만 이번엔 그게 버지니아가 여기 있는 이유 중 하나다. 한계를 시험하기 위해. 인간 기니피그가 되기 위해. 수시로 버지니아의 몸 상태를 측정한 각종 데이터가 네바다 기지로 간다. 버지니아는 24시간마다 심장 초음파 검사를 해야 한다. 눈도 매주 검사한다. 버지니아는 과학자인 동시에 실험 대상이다. 실험 제목은 '장기적 0G(무중력 상태)가 인체에 미치는 영향'.

나는 입버릇처럼 말한다. 그걸 제대로 알려면 나랑 리브라와 오리온을 검사해야죠.

걱정 마. 버지니아가 말한다. 쫌만 기다려.

"지금 사령 모듈에 있어요?" 나는 인터컴으로 버지니아에게 묻는다.

"그래."

"알았어요. 가요."

나는 큐폴라를 떠나 정거장을 어뢰처럼 활공한다. 양팔을 뻗고 붕 떠서. 몸을 계속 앞으로 날리면서. 이따금 구석에 내려앉았다가 다시 치고 올라가면서.

실험 모듈 두 개를 지나 휴게 모듈을 가로지르는 지름길을 택한다. 우리가 비디오를 보거나 책을 읽으며 시간을 보내는 곳이다.

우주정거장은 거대한 십자 부호처럼 생겼다. 십자의 끝마다 거대한 태양전지판이 날개처럼 붙어 있다. 나는 지금 세로축에 있다.

엔터테인먼트 콘솔을 지나며 계기판 하나를 잡고 몸을 날린다. 온실 해치를 통과할 때는 이 계기판이 딱이다. 둥그렇게 해치가 열린다. 몇 백 년 전 개인 저택에 있었다는 유리로 만든 구조물의 이름을 따서 여기를 온실이라고 부른다. 하지만 여기는 그저 식물로 가득한 모듈일 뿐이다. 탁자마다 식물이 즐비하고, 탁자 위에서 자외선 조명이 비추고, 탁자 안에는 배수 시설이 있다.

식물은 먹을거리도 되고 산소 공급원도 된다. 산소 공급을 식물에 의지하는 건 아니다. 우리가 숨과 땀으로 방출하는 수분을 모두 포집하고 응결시켜서 수소와 산소로 분해하는 시스템이 있다. 수소는 연료로 쓰고 산소는 우리가 다시 들이마신다. 하지만 문2는 효율에 목숨을 건다. 그래서 이렇게 식물도 기른다.

아니나 다를까, 리브라가 있다. 온실에 갔는데 리브라가 없으면 그게 더 이상하다. 리브라는 식물학자를 꿈꾼다. 말 그대로다. 잘 때도 식물학자 꿈을 꾸는지 모른다. 그 정도로 식물을 좋아한다.

내가 너무 짓궂게 말했나. 사실 리브라는 굉장히 사람 친화적이다. 나와 오리온보다도.

빠르게 접근하면서 보니 리브라는 모종을 심고 있다. 잘은 모르지만 그런 것 같다.

나는 공식과 속도와 사물의 상대운동 쪽이다. 리브라는 동식물 기르기 쪽이다. 리브라는 사자와 침팬지와 코끼리와 산호초가 나오는 옛날 다큐멘터리를 즐겨 본다. 이제는 그중 많은 것들이 멸종했다. 너무 더워지는 기후 때문이다.

"안녕."

"안녕."

"오리온은 어디 있어?"

리브라가 어깨를 으쓱한다. "침대에 있을걸."

둘은 쌍둥이다. 하지만 겉으로 봐서는 모른다.

리브라는 작은 풀들을 재배용 발포 고무에 꽂고 있다. 여기서는 흙을 쓰지 못한다. 그랬다간 흙이 사방으로 흩어져서 둥둥 떠다니다가 통풍구로 들어갈 거다.

"이제 몇 주," 리브라가 말한다. "아니, 며칠이면 나도 진짜 흙을 만질 수 있어."

우리 이름은 모두 별자리에서 따왔다.* 나는 그나마 운이 좋았다. 내 이름은 개중 평범하다.

"그래."

"생각해봐. 흙이 손가락 사이, 발가락 사이에 닿는 느낌이 어떨지." 리브라가 손을 목걸이로 가져간다. 리브라가 늘 하는 무의식적 행동이다. 목걸이에 달린 작은 금속 갑에 플로리다의 흙이 들어 있다. 플로리다는 리브라 엄마의 고향이다. 몇 년 전 리브라 엄마가 가져다줬다. 리브라는 그걸 보석처럼 걸고 다닌다.

나는 땅보다는 중력을 느끼고 싶다. 공을 던지고 싶다. 공이 공중에서 포물선을 그리는 것을 보고 싶다. 공이 둥둥 떠서 가는 거 말고. 나는 배운 공식들을 보고 느끼고 싶다. 하지만 이런 생각을 말로 하지는 않는다.

리브라가 발포 고무를 내려놓고 내 쪽으로 온다. 손가락으로 내

---

* 레오(Leo)는 사자자리, 리브라(Libra)는 천칭자리, 오리온(Orion)은 오리온자리를 뜻한다.

팔을 쓰다듬는다. "괜찮아?"

나는 고개를 끄덕인다. 모르겠다. "그냥 좀 떨려."

리브라가 미소 짓는다. 예쁘게 생겼다, 리브라는. 주근깨, 갸름한 얼굴, 갈색 피부. 하지만 나는 리브라의 눈을 마주 보지 못한다.

"떨리지 않으면 미친 거지." 리브라가 말한다. "우린 평생 여기 있었는데."

"그래."

"하지만 신나기도 하잖아. 생각해봐. 얼굴에 닿는 바람! 바람. 바다. 모래에 파묻힌 발가락." 리브라 뒤에 창이 있다. 리브라가 그리로 몸을 돌려 별이 가득한 우주를 향해 팔을 휘이 젓는다. 깜깜한 우주를 흩어버리듯이. 연기처럼. "진짜 하늘. 구름."

나는 고개를 끄덕인다. "파동. 저기압. 강수. 반향음."

"난 지금 감각을 말하는 거야. 물리가 아니라."

"감각이 물리야."

"어련하겠어. 반향음 얘기라면 오리온도 동감하겠다."

"뭐에 동감해?" 다른 목소리가 들린다. 굵은 목소리.

오리온이다. 오리온이 위쪽 모듈에서 오그리고 내려와 몸을 펴면서 우리 옆에 깔끔하게 착지한다. 손에는 플루트를 들고 있다. 언제나처럼. 오리온은 플루트를 꽤 분다. 꽤 부는데, 거기서 더 나아지지는 않는다. 발전이 없다기보다 긴 음악은 아예 배우지를 않는다. 그저 짤막한 가락만 분다.

오리온의 말에 따르면 예술의 목적은 예술 그 자체지, 완성이 아니니까. 내 생각에 오리온이 그러는 이유는 딱 하나다. 연주와 연습은 다르기 때문이다. 연주는 노는 거지만 연습은 일이다.

오리온이 몸을 숙이고 식물을 들여다본다. 리브라처럼 갸름한 얼굴. 주근깨. 하지만 더 강하고 진한 얼굴. 단단한 턱.

"내가 뭐에 동감해?" 오리온이 다시 묻는다.

"레오가 메아리 이야기를 했어. 메아리를 듣고 싶대."

"저기 내려가면?"

"응."

오리온이 씩 웃는다. 웃으니까 몸속에서 자체 조명이 들어오는 것 같다. 오리온이 플루트로 몇 음 분다. 음이 모듈을 가로질러 퍼져나간다. 거의 보일 것처럼. 공기에 떠가는 은 조각처럼.

"제대로 된 음향을 듣고 싶어 죽겠어." 오리온이 말한다. "음악에는 너른 공간이 필요해."

"우리 모두 너른 공간이 필요해." 리브라가 말한다.

오리온과 나는 아무 말도 하지 않는다. 문득 모듈 안에 희망이 묻은 슬픔이 깔리는 바람에. 플루트의 작은 가락처럼 짙게.

리브라와 오리온이 여기 있게 된 건 우연한 사고였다. 거대한 합작투자 우주개발 프로젝트 때문이었다. 러시아와 미국의 우주비행사를 가득 태운 유인 우주선이 지구를 떠났다. 사상 최대 인원의 최장기 우주여행이었다. 수십 년 떨어진 거리에 지구와 비슷한 행성이 있는 것을 발견했는데, 지구에서는 바닥나가는 담수(淡水)가 거기에는 풍부했다. 최종 목표는 그리로 우주선을 보내 식민 행성으로 삼는 거였고, 계획의 1단계는 사람이 무중력 상태에서 얼마나 오래 살 수 있는지 연구하는 거였다.

이 실험은 예상치 못한 결과를 낳았다. 남녀 우주비행사가 2년 동안 좁은 공간에서 함께 복작대다 보면, 결국에는 서로 섹스를 하게 된다는 것을 간과했다.

여성 우주비행사 한 명이 우주비행 중에 쌍둥이를 임신했다. 당시에는 정기적인 심혈관 초음파 검사도 없었다. 리브라와 오리온의 엄마는 2년간의 우주생활에 임신까지 겹쳐 그만 심장이 망가지고 말았다. 이곳에 두어 번 온 적이 있지만, 오래 머물지는 못한다.

그럼 나는? 내 경우는 음, 좀 의도된 결과였다. 우리 엄마는 뼛속까지 우주비행사였다. 박사학위 두 개로 무장한 군용 비행 검사관이자 천체물리학자였고, NASA(미 항공우주국)의 속성 프로그램에 빠짐없이 뽑힌 엘리트였다. NASA가 민영화된 이후에는 문2 프로젝트에 합류했다. 엄마 말로는 우주정거장에 갈 우주인 중 한 명으로 최종 선발됐을 때 미처 임신 사실을 몰랐다고 한다. 발사를 앞두고 며칠 밤 짧은 만남이 있었다. 보드카를 동반한 러시아식 성공 기원 파티 때였다. 따라서 나는 반은 러시아인일 가능성이 높다. 잘은 모르겠지만.

할아버지 말로는, 만약 그게 만남이었다면 그것은 엄마 인생을 통틀어 유일무이한 만남이었다.

어쨌든, 엄마는 이미 정밀 검사를 마친 상태였다. 그래서 발사 직전에는 의례적인 신체검사만 받았다. 혈압, 심장박동수, 색전증 대비 흉부 초음파. 그게 다였다.

그래서 내가 태어났다.

우주에서.

열 달 후에.

그렇게 우리 셋은 여기에 갇혔다. 우리의 엄마들이 임신한 몸으로 귀환하는 것이 허락되지 않은 것과 같은 이유였다. 어린아이의 몸은 대기권 재진입과 착륙의 충격을 견디지 못한다. 우리는 열여섯 살이 될 때까지 기다려야 했다. 내가 해부학에 대해 아는 것을 총동원해 따져볼 때 틀린 결정은 아니다.

손이 다가와 눈앞을 가린다. "레오, 너 뭐 해?" 리브라가 얼굴을 찌푸리고 걱정스럽게 나를 쳐다본다. 그래, 슬픈 얼굴보다는 걱정스러운 얼굴이 낫다.

"미안. 생각 좀 하느라고."

"지구 생각?"

"응."

리브라가 몸을 기울여 나를 안아준다. 내가 뻣뻣해지니까 몸을 뒤로 뺀다. 하지만 미소는 빼지 않는다.

인터컴. "레오, 오고 있니?"

나는 리브라와 오리온한테 미안하다는 표정을 짓는다. "또 보자."

"버지니아가 오래?" 리브라가 묻는다.

"응. 화물 도킹인지 뭔지 좀 도와달래."

리브라가 미소 짓는다. "그럼 가봐. 수학 마술을 부려야지."

오리온이 고개를 끄덕이고는 다시 플루트를 불기 시작한다. 오리온의 표정은 언제나처럼 읽기가 어렵다. 오리온은 속을 알기 어렵다. 밝은 햇빛 속에서 기기 화면을 보는 것 같다. 오리온이 입술을 오므린다. 입 주변 근육이 조여지는 게 보인다. 플루트에서 짧은 악구가 액체처럼 떨어져 흐른다. 물론 뭔가가 떨어지는 것을, 또는 흐르는 것을 본 적은 없다. 비디오에서 본 걸 빼면. 그냥 그렇다는 거다.

우리는 아이 때는 항상 붙어 지냈다. 나, 오리온, 리브라. 그것도 비디오 자료에 다 있다. 우리가 함께 기고, 함께 걷는 거. 지금도 종종 모이곤 한다. 이를테면 오로라를 보러.

하지만 지금은 리브라는 항상 공부를 하고, 오리온은 항상… 오리온스러운 일들을 한다. 만약 오리온이 사라져서 당국이 그 애의 행방을 물으면 나는 시(詩)가 있는 곳부터 찾아보라고 할 거다. 또는 영화. 또는 음악.

사람들이 없는 곳. 사람들이 이야기를 전하기 위해 만든 것들만 있는 곳.

말하고 보니 역설적이다. 이 이야기를 하는 사람이 나라는 것도.

도킹

나는 바닥을 차고 핸드레일을 당겨 위로 떠올라 해치를 통과한다. 모듈을 두 개 더 지나서 태양전지판 바로 옆에 위치한 상부 사령 모듈로 들어간다. 버지니아가 작업하던 단말기에서 눈을 떼고 나를 돌아본다.

버지니아는 젊다. 마흔 살 정도? 버지니아는 우리 엄마 같은 뻣뻣한 군인 출신 우주비행사가 아니다. 버지니아, 그리고 버지니아와 교대로 오는 락슈미는 좀 더 엄마스러운 타입의 우주비행사다. 말하고 보니 이상하다. 진짜 엄마는 우리 엄마인데.

엄마는 버지니아와 버지니아의 스킬을 무시하지만, 어쨌거나 버지니아가 여기 있는 것은, 1)그녀가 우리 엄마 못지않게 자격 있는 공군 조종사고, 2)MIT에서 수학 박사학위를 받았고, 3)여기서 태어나지 않은 사람이 여기에 장기 체류하면 몸에 어떤 일이 일어나는지 알기 위한 의료 검사를 상시적으로 받고 있고, 4)누군가는 나와 오리온과 리브라를 돌봐야 하기 때문이다. 이쯤이면 우리 엄마보다 하는 일이 많다.

물론 지금은 우리에게 손이 많이 가지 않는다. 회사도 지금은 정기 교대 우주비행사들을 베이비시터 일보다는 점검과 실험을 위해 보낸다.

특히 이번에 버지니아가 온 건 모레 있을 거사 때문이다. 우리 엄마가 브라운이라는 엔지니어와 함께 도착하면 곧바로 무인 화물선이 장기 보급품을 싣고 뒤따라와서 우주정거장과 도킹한다. 앞으로는 이렇게 로켓이나 유인 왕복선 없이 이리로 물건만 보내겠다는 발상이다. 무인 우주선을 발사만 하면 나머지는 우주선이 다 알아서 하는 거다.

버지니아는 이 자동 도킹을 처리할 프로그램을 만든 개발자 중 한 명이다. 버지니아는 하드코어 기술자다. 가끔은 궁금하다. 그렇게 능력자인데도 여기서 우리를 먹이고, 입히고, 우리를 러닝머신에서 조금이라도 더 걷게 하려고 놀이를 짜고, 우리에게 읽기와 쓰기를 가르치면서 몇 년을 보낸 게 짜증나지는 않았을까. 하지만 이건 물어볼 수 있는 종류의 질문이 아니다.

버지니아는 내가 본 사람 중 가장 아름다운 사람이다. 영화에서 본 사람까지 다 합해서다. 만약 버지니아가 행방불명돼서 당국이 버지니아의 인상착의를 물으면 나는 이렇게 답할 거다. 초록색 눈과 예리하게 솟은 광대뼈가 특징이고, 얼마나 근사한 사람이냐면, 모르는 사람은 버지니아의 입에서 말이 아니라 노래가 나오는 줄 알 거예요.

물론 사실이 아니다. 거기다 버지니아의 목소리는 텁텁하다. 물론 여기서는 아니지만, 저기 지구에서는 담배를 피우지 않나 의심된다. 여기서 흡연은 전혀 다른 차원에서 치명적이다.

버지니아는 머리를 분홍색으로 염색해 뾰족하게 세웠고, 목과 턱에 뱀 비늘 문신을 했다. 버지니아가 옛날식 연필로 화면을 가리킨다. 엄마 말로는 지구에서는 더 이상 연필을 쓰지 않는다. 하지만 여기서는 유용하다. 여기에는 전설적인 사연이 있다. 러시아에서 엄청난 돈을 들여 무중력 상태에서 쓸 수 있는 펜을 개발했다. 하지만 미국인들은 간단히 연필을 꺼내 썼다. 실화라고 믿지는 않는다. 냉전시대 우주 경쟁 때 우리 측에서 똑똑한 척하려고 지어낸 말에 불과하다. 옹졸한 짓이고 불필요한 짓이다. 어차피 우리가 이겼으니까.

이겼다? 글쎄. 그 점에는 논란의 여지가 있다. 지금 생각하면.

요점은 버지니아가 자기가 보던 화면을 연필로 가리켰다는 거다. 잘근잘근 씹어서 연필 끝이 거의 곤죽이 되어 있다. 작은 침방울 하나가 우리 사이에 떠가며 지구 쪽에서 들어오는 햇빛을 받아 반짝인다.

"H-무한대 제어 시스템을 실행 중인데, 문제가 있어." 버지니아가 말한다.

"지금요? 이틀 후면 도킹인데요?"

"우리가 이걸 설계할 때는 지상에 있었지. 그런데 지금- 예상치 못한 변수가 생겼어."

"예를 들면요?"

"예를 들면 이게-" 버지니아가 모듈 옆벽을 만진다. "진동해. 느껴지지? 자이로스코프 중 하나가 꺼졌어. 베어링 결함 같아."

자이로스코프는 수평 유지장치의 일부다. 우주정거장의 네 축에 내장돼 있어서 우주정거장이 지구에 대해 일정한 자세를 유지하게 해준다. 여러 시스템이 태양광의 입사각, 지평선 높이, 달과 별의 위치와 그 밖의 여러 매개변수를 끝없이 측정해서 자이로스코프에게 먹인다. 자이로스코프는 이에 따라 필요 없는 운동량을 흡수하고 정립 상태를 유지해서, 우주정거장이 일정한 궤도와 방향을 유지하게 한다.

"그래서 제어 시스템이 내는 결과치가 엉망이야. 이러다간 화물 컨테이너가 해치에 제대로 잠기지 못해서 우리랑 충돌하게 생겼어."

"흠. 좋지 않네요."

"절제된 표현, 고맙다. 그 재주는 여전하구나."

나는 단말기를 지나 버지니아 옆으로 떠간다. "보여주세요."

버지니아가 자이로스코프 진동 G그래프를 화면에 띄운다. 납작해야 할 그래프가 뾰족하다.

"0.2G 아래야. 자이로를 제어 공식에서 배제하는 자동 명령이 촉발될 정도는 아냐. 하지만 수리모델의 Z값을 틀어지게 해. 아예 교체해야 해. 예비용 자이로가 하나 있긴 한데, 설치가 문제야. 비행장교 브라운과 너희 엄마가 올 때까지 기다렸다가 EVA를 할 수밖에 없어."

EVA(extra vehicular activity): 선외(船外) 활동. 우주 유영.

"저도 EVA 할 수 있어요. 이미 챙하고 한 번 했어요."

거짓말이 아니다. 챙이라는 동양인 우주비행사가 나를 적재구역 밖으로 데리고 나가 10분간 우주 유영을 시켜준 적이 있다. 내 생애 최고의 경험이었다. 나를 사방으로 둘러싸고 무한히 이어진 하늘. 발아래 파란 공처럼 떠 있는 지구. 어둠 속에 보석처럼 박혀 있는 별들.

"고작 4분이었잖아. 지금은 챙도 없고, 내 첫 번째 EVA를 어린애랑 하기는 싫어. 기분 나빴으면 미안해."

그래, 맞다. 4분.

하지만 10분처럼 느껴졌다.

100분처럼 느껴졌다.

영원 같았다. 어떤 점에서는 아직도 거기에 있는 것 같다. 공허 속의 부유.

나는 얼굴을 찌푸린다. "그럼 자이로를 수동으로 제어 공식에서 빼버리고 대신 추진로켓을 쓰지 그래요." 비상시에는 로켓 파워로 우주정거장의 자세를 잡기도 한다.

"그 생각을 안 한 건 아닌데, 추진로켓은 미세 조정이 어려워. 방향을 세세히 제어할 수가 없어. Z값이 더 널을 뛸 거야. 거기다 여기 자이로는 단식 짐벌 자이로야. 어떤 천재가 이게 더 관리하기 좋다고 생각하신 거지. 관리는 편한데, 자이로 세 개만 갖고는 특이점이 오거나 자이로가 죄다 멈춰버릴 위험이 커."

"그럼 화물 컨테이너가 박살나죠."

"그래. 화물 컨테이너가 박살나겠지."

"네바다에 보고했어요?"

"아직. 하지만 본부도 지금쯤 진동을 감지했을 거야."

나는 버지니아의 프로그램이 돌고 있는 다른 화면으로 향한다.

"수치 좀 보여주세요."

버지니아는 H-무한대 시스템을 쓴다. 기본적으로 천재적인 작품이다. 수십 년 전 러시아에서 개발했다. 무중력 펜에 필적하는 작품이다. 화물신을 제어하는 모터는, 본질적으로 말해서, 맞는 결과를 내도록 만든 시스템이 아니라 잘못된 결과를 최소화하도록 만든 시스템이다. 시스템에서 나오는 수치가 원치 않는 결과라면 맞는 데이터를 입력해서 원치 않는 결과를 최소화한다.

마찬가지 논리로 도킹 프로그램은 화물 컨테이너의 도킹 실패를 막는 것이지, 도킹을 유도하는 것이 아니다. 아까도 말했지만 기발한 발상이다.

나는 수치를 본다. 버지니아의 말대로 우주정거장의 진동이 모든 걸 망쳐놓고 있다. 수리모델 상에서 화물선은 진동 때문에 경로에서 벗어나 도킹에 실패할 모양새다.

나는 잠시 도킹에 대해 생각해본다. 두 물체가 우주 공간에서 만나 결합하는 것. 얼마 전 오리온과 리브라의 생일이 떠오른다. 버지니아가 둥근 케이크를 들고 큐폴라로 들어온다. 깡통에 밀봉해서 지구에서 가져왔다. 케이크 위에 열여섯 개의 LED 초가 있다. 쌍둥이가 후! 불자 버지니아가 버튼을 누르고, LED 초가 꺼진다.

"열일곱 살 생일은 지구에서 맞겠지." 리브라가 말한다. "그땐 제대로 해야지. 리무진, 레스토랑, 클럽."

"레스토랑 찬성." 오리온이 말한다. "클럽 반대."

"클럽까지 갈 필요 없어." 버지니아가 계기판으로 떠가서 스위치를 누른다.

음악이 나오고 춤이 시작된다. 나와 리브라가 서로를 뱅글뱅글 돌리며 유리 모듈 안을 빙빙 돌아다닌다. 버지니아는 허공에서 재주넘기를 하며 웃는다. 어느 순간 내가 몸을 홱 뒤집다가 멈추려고 뻗은 팔이 오리온의 팔에 닿는다. 닿은 김에 우리는 함께 춤을 춘다. 오리온과 나. 돌고 돈다. 빠르게, 더 빠르게. 둘이 함께 벽을 들이받을 때까지. 둘이 벽에 짜부라지고, 오리온이 나를 부둥켜안고 활짝 웃는다-

나는 뭔가 다른 걸 느낀다. 내가 태어났을 때부터 알던 오리온의 몸이 뭔가 다른 것으로 바뀐 느낌. 뭔가 더- 물리적이고, 뭔가 더 실존적인 것으로.

나는 몸을 뺀다. 얼굴이 화끈거린다. 오리온이 나를 본다. 어쩐지 오리온도 몸을 좀 빼는 것 같다. 궁금하다. 오리온도 아나? 그래서 불편하고 거북한가? 오리온도 그걸 느꼈을까?

"레오 어디 갔나?" 버지니아가 말한다.

내 정신이 퍼뜩 사령 모듈로 돌아온다.

"고장 난 자이로에서 나오는 G값을 푸리에 변환으로 분석하면 진동 주파수가 나오잖아요. 그럼 그걸 반전시켜서 나머지 자이로와 추진로켓 두 개에 입력하기만 하면 돼요. 그럼 그것들이 알아서 우주정거장의 요동을 리드미컬하게 조정해 진동을 상쇄할 거예요. 그럼 Z값에서 진동이 사라져요."

버지니아가 천천히 고개를 끄덕인다. "흠. 복잡해. 하지만 가능할 수도 있겠어."

"만약 안 되면요?"

버지니아가 윙크를 날리며 내 손을 토닥인다. "그럼 네가 집에 좀 일찍 가는 거지. 아마 불덩이가 돼서."

리브라와 오리온의 생일이다. 나는 리브라한테 선물을 건넨다. 해바라기 씨를 넣은 반지. 할아버지한테 부탁해서 교대하러 오는 버지니아 편에 받았다.

리브라가 반지를 낀다. "멋져."

오리온에게도 선물을 준다. 얇은 가죽 장정으로 된 E. E. 커밍스(1894~1962)의 시집.

오리온이 놀라서 본다. "우와, 내 생전 진짜 책은 처음이야."

"옛날 거야."

"물론이지. 나, 커밍스 진짜 좋아해."

"알아. 네가 거기 시 중 하나를 암송했던 게 기억나서."

"우주는 [잊지 말지어다] 굽어 있다." 오리온이 읊다가 멈추고 사방을 둘러본다. "커밍스는 정말로 알았나 봐. 여기 사는 게 어떤 건지."

오리온이 나를 안는다. 이번에는, 다행히도, 내 옆에 다른 몸이 있다는 것 외엔 별 느낌이 없다. 어색한 것도 없고, 유난히 자의식이 들지도 않는다.

"우리가 여기서 보내는 마지막 생일이야." 리브라가 말한다.

"그래." 오리온이 말한다. "내년엔 진짜 불붙은 초로 하자."

"클럽 무대를 깡그리 태워버리자. 공중에서 맴도는 대신." 내가 말한다.

"난, 음, 춤사위로 불살라줄게." 리브라가 말한다.

오리온이 앓는 소리를 낸다.

우리는 한꺼번에 웃음이 터진다. 셋이서 손잡고 공중을 돌며 배터지게 웃는다.

나중에 오리온과 리브라는 숙소에서 따로 선물을 주고받는다. 내가 보는 게 싫은 모양이다. 이유는 나도 모른다. 그저 쌍둥이끼리는 그런가 보다 한다. 가끔 보면 둘은 심하게 가까워서 남이 비집고 들어갈 틈이 없다.

작동 원리

나는 시간을 확인한다. 내 손목시계는 2000년대 초에 나온 오메가 스피드마스터다. 할아버지가 국제우주정거장(ISS)*에서 일하던 시절 찼던 거다. 비드링크 통화까지 한 시간 남았다. 나는 버지니아에게 안녕을 고하고 숙소로 출발한다. 사령 모듈에서 숙소까지 내 최고 기록은 1분 14초다. 이번에는 1분 20초에 끊는다. 나쁘지 않다.

나는 침상에 몸을 묶고 잠시 눈을 감는다. 우주에서 이러고 있으면 별이 보인다. 어두운 쪽으로 난 창을 내다볼 때처럼. 빛의 파열, 빛의 깜박임, 유성. 사실은 각막에 닿는 방사선 입자들이다. 우리가 태어나 지금까지 얼마나 많은 방사선을 흡수했을지 가끔은 걱정된다. 네바다의 박사님들도 그 점을 걱정하는 눈치다. 항상 비드링크로 물어본다. 메스꺼움은 없는지 등등. 특히 스턴스 박사.

눈 감고 누워 있자니 따분하다. 일어나 앉아 냉동건조 시리얼 바를 먹는다. 여기서 먹는 건 거의 다 냉동건조다. 내가 지구에서 기대하는 것 중 하나가 진짜 음식이다. 시리얼 바를 끝내고 독서를 시도한다. 월트 휘트먼(1819~1892)의 시. 오비에키 선생님이 내준

* International Space Station. 1980년대부터 미국 주도로 추진된 대형 우주 구조물로, 인간의 우주 적응 훈련, 우주 과학 실험, 우주 탐사선의 발진기지 등의 역할을 수행한다. 2024년 운행이 중단되고 퇴역할 예정이다.

숙제다. 그는 코네티컷이라는 곳에서 우리와 비드링크 하는 영어 선생님이다. 리브라는 영어에 A를 받을 거고, 나는 과학과 수학을 제외한 모든 과목에서 늘 그렇듯 B를 받을 거고, 오리온은 낙제할 거다. 오리온은 언제나 낙제한다. 읽은 책은 오비에키 선생님보다도 많을 텐데.

책장을 노려본다. 글을 따라가려 노력한다. 하지만 힘들다. 대개의 시는 하늘과 땅과 새와 물고기와 나뭇잎과 각종 색으로 둘러싸인 세계에 있는 독자를 전제로 한다.

이곳의 우리는 다락에 사는 귀신들에 가깝다. 모든 것이 흰색 아니면 검정색 아니면 은색이다.

그뿐 아니다. 여기는 집중을 방해하는 게 많다. 예를 들어 소음. 이따금 작은 유성체들이 우주정거장 외벽을 탕탕 때린다. 오리온의 경우, 바흐 등등을 듣고 있을 때 이러면 돌아버린다. 또 여기는 중력이 없다. 따라서 공기가 흐르지 않는다. 따뜻한 공기가 위로 올라가는 법도 없다. 공기는 그저 가만히 있을 뿐이다. 그래서 에어펌프가 항상 윙윙대며 돈다. 에어컨, 냉각장치, 자이로도 항상 돈다. 이를 모두 합한 결과는? 끊임없이 삐걱대고 쉭쉭대고 긁어대는 소리.

전망도 언급하지 않을 수 없다.

ISS를 해체해서 여기를 건설할 때 특별히 신경 쓴 점 중 하나가 모듈 유닛들에 둥근 창을 가급적 많이 만들어서 밖을 쉽게 볼 수 있게 한다는 것이있다. 그렇게 하면 우리 엄마와 리브라, 오리온의 엄마 같은 우주인들이 갑갑증에 미쳐서 서로를 죽일 가능성이 낮아질 것으로 생각했다. 덕분에 우주인들은 푸른색 지구를 굽어보는 로맨틱한 전망을 얻었고, 오리온과 리브라가 잉태되었다.

결과적으로 내게도 잘된 일이다. 우주 형제들이 없었다면 나는 여기서 얼마나 외로웠을까.

지구의 모습은 정말로 아름답다. 파란 바다에 점점이 흩어진 섬들, 그 위를 물에 부은 우유처럼 도는 뭉게구름, 차례로 일어서는 산들, 눈. 나라와 대륙 들이 통째로 흘러간다. 때로는 까만 바탕에 빛이 뿌려진 모습으로, 때로는 햇빛에 푹 잠긴 모습으로. 가끔씩 오로라도 보인다. 오로라는 대개 극지방에 나타난다. 그래서 여기서는 지구의 후광처럼 보인다.

여기는 공부와 비디오 시청 외엔 할 게 별로 없다. 사방에 스크린이 있지만, 백과사전 사이트들을 제외하면 인터넷은 대부분 회사가 깔아놓은 초강력 방화벽으로 막혀 있다. 업무상 보안. 스크린들은 그저 영화와 비드링크를 위한 것이고, 그나마도 사전에 승인받은 연락에 한정된다.

멍하니 창밖을 보고 있는데 비드링크 발신음이 울린다. 딩 딩 딩. 나는 몸을 뻗어 내 스크린을 들고 펼친다.

러그가 걸린 나무 패널 벽을 배경으로 할아버지의 얼굴이 뜬다. 할아버지 뒤편에 목장으로 난 창문이 있다. 내게 보이는 건 창문 형태로 눈부시게 빛나는 햇빛뿐이지만. 낮이 저렇게 오래 지속되면 기분이 어떨까. 12시간 넘게 낮이라니. 우주정거장은 시속 2만 8천 킬로미터로 지구를 돌기 때문에 우리가 보는 지구는 1시간 30분마다 어두워진다.

"안녕하세요, 할아버지."

"잘 있었니?"

"네. 빨리 보고 싶어요."

할아버지가 숨을 들이마신다. "너를 안아볼 날이 얼마 안 남았구나. 괜찮지? 내가 안아도? 내가 명색이 할아비인데 한 번도… 미안하다. 내가 늙은이처럼 횡설수설하는구나."

나는 씩 웃는다. "괜찮아요."

할아버지는 내가 태어난 이후 한 번도 이곳에 오지 못했다. 나이가 너무 많아서 몸에 무리가 간다는 이유로 비행이 허락되지 않았다. 할아버지도 훈련받은 우주비행사고, 전에는 지구 궤도에 올라와 우주에서 일했다. 그게 엄마가 할아버지를 거의 유일하게 닮은 점이다.

엄마는 1년에 한 번씩 온다. 하지만 포옹 따윈 관심 없다.

"목장은 어때요?"

할아버지가 어깨를 으쓱한다. "그럭저럭. 지하수층이 거의 말랐다는구나. 앞으로 얼마나 갈지 모르겠다." 그러고는 고개를 내젓다가 다시 웃는 얼굴로 눈을 든다. "걱정 마라. 네가 집에 올 때까지는 그대로 있을 거니까."

나도 마주 웃는다. 할아버지 목장이 집이라니 묘하다. 한 번도 가본 적 없는데. 하지만 얼른 가보고 싶기는 하다. 할아버지는 캘리포니아 주의 소노마 카운티에 5천 에이커의 땅을 가지고 있다. 주로 소를 치지만 얼마간 농사도 짓는다. 할아버지 말에 따르면, 가뭄 때문에 목장 주인들은 대부분 떠났다. 하지만 할아버지는 남았다. 다른 몇몇과 함께.

"너 줄 조랑말이 있다." 할아버지가 말한다. "너도 말 타는 걸 배우면 좋을 것 같아서. 웨스터슨 목장 아들이 거저 준다더라. 꼴을 너무 많이 먹는다나."

"와우~" 말을 탄다는 생각은 한 번도 못 했다. 물론 생각한다고 가능한 일도 아니지만. "고맙습니다."

"고맙긴. 네가 도착하면 할 일이 많다. 수영도 가고, 캐치볼도 가르쳐주마."

"잡는 건 잘해요."

"1G*에선 달라. 여긴 중력이 지랄 맞거든."

"맞다, 그렇겠네요." 중력 생각을 못 했다. 땅이 잡아당기는 데서는 나 같은 아이는 모든 걸 다시 배워야 한다. 걷는 법과 앉는 법부터 모두. 당장은 별로 생각하고 싶지 않다. 생각해봤자 얼마나 다른 세상이 기다리고 있을지 걱정만 늘어난다. 그래서 화제를 돌린다. "할아버지는 어떻게 하실 거예요?"

"내일 지크하고 산에 가기로 했다." 할아버지가 말한다. "통에다 눈을 퍼 날라서 지하저장고에 쌓아놓으려고. 지크가 작년에 그 방법으로 양들을 건사했다고 하더라."

"와우~ 끝내줄 것 같아요."

할아버지가 인상을 쓴다. "끝내주긴. 고생이지."

"제 말은 운전에 산에 가는 거랑 눈 만지는 거랑 그런 거 다요."

할아버지 얼굴이 더 일그러진다. "그렇구나. 미안하다, 레오. 맨날 잊어버려서."

"제가 우주 깡통 안에서 나고 자라서 제대로 본 것도 느낀 것도 없는 거요?"

"그래. 그거."

---

*무중력을 0G, 지구의 표면 중력을 1G로 잡는다. 이에 비해 달은 0.17G, 목성은 2.5G다.

우리는 함께 웃는다. 할아버지가 질문을 더 쏟아낸다. 재진입이 겁나니? 좀 있으면 엄마 보겠구나, 좋지? 목장 개 엘사가 방금 새끼를 낳았는데, 오면 강아지 한 마리 가질래?

[네. 아뇨, 별로. 좋아요!]

"할아버지, 거기 엄마 있어요?"

할아버지가 웃는다. 옛날 책에 있는 표현을 빌자면, 씁쓸하게.

"그럴 리가. 네 엄마는 지금 네바다 기지에 있다. 10개월 전부터 준비에 들어갔어. 화물 컨테이너 도킹 시뮬레이션 하느라."

"엄마를 열 달이나 못 보셨다고요?"

"레오, 엄마는 나보다 네가 더 최근에 봤을걸."

그게 1년 전이었다. 와우.

"죄송해요."

"네 잘못이냐." 할아버지가 말한다. "그래도 나한테 손자를 줬잖니. 이제 곧 보게 될 거고. 얼굴 맞대고."

이번엔 내가 숨을 들이마신다. "네." 여러 말이 들어 있는 '네'다. *저도 빨리 보고 싶어요. 저도 할아버지를 꽉 안아드릴게요. 할아버지 냄새를 맡고 싶어요.* 내가 소리 내어 말하지 못하는 말들.

그다음부터는 대화를 잇기가 어색해진다. 그래서 우리는 그쯤에서 링크를 끊는다. 나는 운동기구로 가서 한동안 운동을 한다. 근육량을 높이고 골밀도를 유지하기 위해 하루에 한 시간씩은 진공 실린더에 연결된 케이블을 잡아당기며 무게 저항 훈련을 해야 한다. 스턴스 박사는 항상 우리의 근육량과 골밀도를 걱정한다.

운동할 때는 머리에 땀밴드를 두른다. 땀방울을 비롯한 어떤 액체라도 우주정거장 안에 빙빙 돌아다니는 일은 반갑지 않다. 그러다 누군가의 눈에 들어갈 수도 있다. 오줌도 주머니 안에 싼다. 볼일 본 주머니는 밀봉해서 쓰레기 냉각기에 버리고, 버린 것은 소각용 화물선으로 간다. 쓰레기 화물선은 대기권에서 소각한다. 대기권에 진입할 때 일부러 나쁜 각도로 추락시켜 태워 없앤다.

운동하다가 손목시계를 보니, 거의 취침 시간이다. 당연한 말이지만 잠잘 시간도 창밖을 보고는 알 수 없다. 나는 우주정거장의 가로축을 따라 유영해서 내 욕실로 돌아와 우주 샤워를 한다. 우주 샤워가 뭐냐면, 액체 비누가 든 작은 팩을 꺼내 소량 짜서 온몸에 문질러 바른 다음, 타월로 몸을 닦는다. 이때 액체 한 방울도 공중에 날아가지 않도록 조심한다. 사람들 눈을 생각해서.

우주 샤워는 생각보다 꽤 오래 걸린다.

다시 옷을 입는다. 창에 셔터가 내려온다. 자는 동안에는 이렇게 창을 막아놓는다. 미소 유성체가 창을 깰까 봐. 낮에는 괜찮고 밤에만 이러는 게 웃긴다. 유성체가 잘 때만 날아오는 건 아닌데. 아마 잠잘 때 닥치는 재앙에 대한 인간의 오랜 공포 때문이 아닐까. 늑대의 접근을 막으려고 모닥불을 피우던 시절부터 내려온 공포.

이 우주정거장은 결국 하나의 거대한 생명 유지장치다. 셔터가 내려오면 드는 생각이다. 말했다시피 우주정거장은 십자 모양으로 조립되어 있다. 해치로 연결된 원통형 모듈들이 사방으로 터널처럼 뻗어 있다. 밖에는 네 축을 따라 트러스*가 붙어 있어서 EVA 중인 우주비행사의 이동을 돕는다. 원격 조작 기계와 로봇팔 등이 이동하는 레일도 있다.

각각의 축 끝에 날개처럼 달린 거대한 태양전지판이 우주정거장

*truss. 지붕 등을 떠받치는 구조물로, 직선 철봉을 삼각형으로 조립해서 만든다.

에 전력을 공급한다. 그리고 축마다 모멘트 자이로가 네 개씩 내장돼 있다. 자이로들이 서로 직각을 이루며 1분에 6,600번 회전해서 초당 484kgf·m의 운동량을 만들어내고, 이 운동이 우주정거장의 상하좌우 요동을 바로잡는다. 이게 자이로가 짐벌* 안을 돌면서 하는 일이다.

축마다 로켓도 하나씩 탑재돼 있다. 각각 138kgf·m의 추진력을 낸다. 로켓은 자이로가 망가졌을 때 비상용으로 쓴다.

물론 이게 다는 아니다. 이외에도-

모듈마다 냉각 패널이 있다. 암모니아 냉각 펌프를 쓰는 간단한 열 교환 시스템이다. 이렇게 닫힌 공간에 여러 몸들이 돌아다니면 열이 많이 발생한다. 창들로 들어오는 햇빛도 장난 아니다. 냉각 시스템이 없으면 우리는 모두 삶은 요리가 된다.

산소 양초도 있다. 염소산나트륨과 철가루를 태워서 산소를 만든다. 우리의 땀과 숨을 빨아들여서 전기분해를 거쳐 산소를 만드는 응축수 처리장치도 있다. [우주정거장을 운용하는 입장에서는 자나 깨나 산소 걱정이다.]

그리고 앞서 언급했다시피 식물도 산소를 뿜어낸다. [식물은 식용으로, 리브라 같은 사람은 관상용으로 재배한다. 하지만 매뉴얼에 따르면 식물의 주된 용도는 산소 보충이다. 리브라는 매뉴얼을 읽지 않지만 나는 읽는다.]

생명 유지 시스템은 보통 산소와 질소를 섞어서 인위적으로 100kPa의 환경압을 만든다. 바깥은 진공이다. 진공은 우리를 죽인다. 우리를 통째로 파낸다.

---

*gimbal. 수평 유지장치.

태양과 별들의 위치와 지평선 센서들이 자이로에 자세 잡기 정보를 제공한다.

초단파 송신기, 안테나, 위성 통신기.

화재 센서.

가스 분석기.

공기 펌프.

소화장치.

등등.

본질적으로 여기 있는 모든 것의 존재 이유는 우리의 몸에 계속 숨을 조달하고, 우주정거장이 균형을 유지하게 해서 우리의 떼죽음을 막는 것이다.

인터컴이 울린다. "헤이, 레오. 나, 오리온."

"그래. 무슨 일이야?"

"죽음 시뮬레이션." 오리온이 말한다.

"지금? 취침 시간에?"

"네바다가 그런 거 신경 쓰겠냐? 모든 시간이 준비 시간이지. 발딱 일어나. 5분 후 함교*에 모이래. 우리가 다 죽으면 어떻게 되는지 말씀하고 싶으시대."

* bridge. 함장이 조종, 지휘하는 곳을 뜻하는 해군 용어.

죽음 시뮬레이션

도착하니 리브라와 오리온과 버지니아는 이미 함교에 와 있다. 현재 문2에 있는 사람은 나까지 이렇게 네 명이 전부다. 0G라서 탁자에 둥글게 모여 앉기는 힘들다. 대신 사령 데스크의 핸드레일에 매달린다. 데스크 위에 화면이 펼쳐져 있다. 나도 날아 들어가서 핸드레일을 잡는다. 네바다 기지의 대회의실이 보인다.

"레오, 시뮬레이션에 온 걸 환영한다." 부트로스 사령관이 말한다. 한 덩치 하시는 기지 총책임자다. 항상 펄이 잔뜩 들어간 자주색 아이섀도와 진한 무광 립스틱을 바른다.

"안녕하세요." 내가 말한다.

"레오." 엄마가 나한테 고개를 까딱한다.

엄마는 부트로스 사령관 옆에 앉아 있다. 전혀 화장기 없는 얼굴이다. 엄마는 화장하는 것 자체를 이해 못 한다. 자신은 화장할 필요가 없으니까. 엄마 피부는 마호가니처럼 광이 나고, 아직 젊다. 오리온이 우리 엄마를 보면서 입을 다물지 못하던 게 기억난다. 물론 엄마는 그런 것에 신경 쓰지 않는다. 내 말은 본인 외모에. 오리온의 벌어진 입이 아니라.

스턴스 박사와 비행장교 브라운도 있다. 브라운은 실제로 만난 적은 없지만 지난 시뮬레이션 때 본 적 있다. 무인 화물 유닛의 도착에 앞서 엄마와 함께 여기로 올 사람이다. 네바다 기지는 두 사람의 우주 유영을 1년 전부터 계획했다. 세세한 데까지 집착한다.

엄마와 비행장교 브라운은 두 달간 머무른다. 내 열여섯 번째 생일까지. 그리고 우리 모두를 데리고 집에 간다.

나와 리브라와 오리온. 지구로.

대회의실 탁자에는 그 외에도 여러 명의 남녀가 앉아 있다. 부트로스 사령관이 그들에게 자기소개를 하라고 한다.

"톰린슨, 시스템."

"라브지, 엔지니어링."

"맨키위츠, 의료."

"산티아고, 홍보."

등등.

한마디로 회의실 탁자 하나 분량의 과학자와 우주비행사. 회의 참석자 외에는 창문들만 겨우 보인다. 창문은 어둡다. 저기는 밤이다. 하지만 기지 회의실은 형광등으로 환하고, 탁자는 펼친 스크린과 서류로 덮여 있다. 시뮬레이션에 쓰는 그린카드들과 함께.

우리 측도 이름을 댄다. 사실 불필요한 일이다. 여기 누가 있는지 모르는 사람은 없다.

"오케이." 사령관이 말한다. "새벽에 발사한다. 날씨도 우호적이다. 비행장교 브라운과 프리먼이 지구 궤도에 올라 모레 09시 정각에 문2와 도킹한다. 무인 화물 컨테이너는 우주정거장의 추가 연료와 기타 보급품을 싣고 세 시간 후에 도착한다."

"우왓!" 오리온이 말한다. "제가 부탁한 새끼 고양이들이 오는 건가요?"

"농담은 충분히 인지했다, 오리온. 하지만 이것이 위기 상황 시뮬레이션이란 걸 기억해주기 바란다."

"죽음 시뮬레이션." 리브라가 말한다.

"그건 정식 명칭이 아냐."

"다들 그렇게 불러요." 리브라가 말한다.

"사령관님 말씀이 맞아요." 오리온이 말한다. "알다시피 수십 년 동안 여기서 죽은 사람은 아무도 없잖아요. 저는 〈전함 포템킨〉을 보던 중이었어요."

나는 〈전함 포템킨〉이 뭔지 모른다. 하지만 제목만 들어도 딱 오리온이 보고 있을 타입이다.

"그게 다 우리의 프로토콜 덕분이지." 사령관이 말한다. "따라서 우리 모두 진지하게 임해야 한다. 알겠나?"

오리온이 눈알을 위로 굴린다. 그러면서도 고개를 끄덕인다. 리브라도 마찬가지다.

"레오는?"

"네네, 알았어요." 내가 말한다.

"오케이." 사령관이 말한다. "시뮬레이션 시나리오는 이렇다. 발사는 순조롭게 진행된다. 비행장교 브라운과 프리먼이 문2에 도착하고, 화물 컨테이너도 성공적으로 도킹한다. 그런데 도킹에 따른 운동량 때문에 우주정거장이 바른 자세에서 벗어난다. 우주정거장이 대기권으로 떨어지는 것을 막을 유일한 방법은 주력 추진로켓을 점화하는 것뿐이다. 프리먼?"

"당연히 추진로켓 점화 명령을 내리죠." 엄마가 말한다.

"라브지, 그린카드." 부트로스가 말한다.

라브지가 카드를 하나 집어 든다. "추진로켓의 연료관이 망가졌다. 수리 방법은 EVA밖에 없다. 그것도 즉시."

의료 담당 맨키위츠가 펜을 돌리던 손가락을 멈춘다. "우주 유영 전에는 24시간 고압 산소 처치가 필요해요."

"24시간 후엔 재진입하다 불타고 있겠죠." 라브지가 말한다.

"하지만 그러다 감압병*이 오면 나중에 문제가 커져요." 맨키위츠가 받아친다.

"그럼," 엄마가 끼어든다. "옛날 러시아 방식을 씁시다. 고순도 산소 처치 한 시간. 그럼 무리 없어요."

"오케이." 사령관이 말한다. "선외로 나간다. 신형 RCV**를 타고 트러스를 따라 주력 추진로켓까지 이동한다. 던컨?"

"으음," 버지니아 던컨이 답한다. "난 화면으로 모니터링하면서 RCV를 조종해요."

"그다음 우리가 다시 연료 공급을 연결하죠." 브라운이 말한다. 여기에 한 번도 올라와본 적이 없는 사람치곤 꽤 자신만만하게 말한다. 하기야 항상 엘리트였을 테니까. 비행장교로서, 학자로서. 그런 사람만 이 프로그램에 들어올 수 있다.

"좋아." 사령관이 말한다. "톰린슨, 그린카드."

톰린슨이 카드를 한 장 든다. "연료가 우주로 분출되고 있다. 사령 데스크에서 던컨이 꺼보려 하지만 되지 않는다. 어떻게 할까?"

15분이 이런 식으로 흐른다. 각종 불상사들의 갖가지 조합들. 그러다–

---

* 외부 기압의 갑작스러운 강하 때문에 혈액 내에 질소 기포가 생기는 현상으로, 심한 통증이 따르고 심하면 장애를 입거나 사망할 수 있다.

** remote controlled vehicle. 원격 조종 차량.

"프리먼, 그린카드."

프리먼, 즉 엄마가 카드를 뒤집는다. "우리가 연료 공급을 재연결하고, 추진로켓이 급작스럽게 발진한다. 중력가속도가 심하게 붙는 바람에 우리의 안전케이블이 끊어지고, 우리는 우주정거장에서 우주로 내동댕이쳐진다."

"프리먼과 브라운은 더 이상 우주정거장의 운동에 매여 있지 않다. 둘은 우주로 급속히 사라진다." 라브지가 말한다.

"앗싸!" 오리온이 환호한다. "죽음의 시뮬레이션!"

부트로스 사령관이 오리온을 노려본다. "프리먼과 브라운은 산소가 바닥날 때까지 우주를 떠돈다. 그리고 숨을 거둔다." 화면 속 사령관이 오리온의 눈을 주시한다. "이게 재미있니, 오리온?"

오리온이 마른침을 삼킨다. 나를 쳐다본다. 유성 같은 눈. "아뇨, 죄송해요."

엄마가 본론에 집중하자는 손짓을 한다. "자, 우주정거장 사람들이 어떻게 추진로켓을 제어할 것인가? 중요한 건 이거죠."

"본인이 죽는 것보다 더?" 사령관이 말한다.

"그럼요. 우린 죽었어요. 그건 그거고, 정거장은 다시 방향을 잡아야죠." 엄마의 말투는 바위가 말하는 투다.

"추진로켓에 달려 있어요." 버지니아가 말한다. "제어 상태인가요, 아니면 연료만 뿜는 상태인가요?"

"연속 발화 상태." 라브지가 대답한다. "통제 불능."

"좋아요." 버지니아가 받는다. "그럼 그걸 이용하겠어요. 필요 없는 자이로는 공식에서 빼버리고 나머지를 이용해 추진로켓의 토크를 보완해서 우주정거장의 요동을 조정해요. 대기권에서 더 멀리 상향 항진해서 최대로 효율적인 자세를 잡아요."

"다음엔?"

"다음엔 추진로켓을 내버리고, 다시 자이로를 총동원해서 자세 잡기에 들어가요."

"문제는, 거기 자이로 하나는 이미 진동이 0.2G에 육박한다는 거죠." 라브지가 말한다.

부트로스 사령관이 라브지를 쳐다본다.

"이건 시뮬레이션이 아니죠. 실제 상황." 라브지가 덧붙인다.

사령관의 눈썹이 치켜 올라간다.

"정확히 말하면 0.2G 약간 밑돌아요." 버지니아가 대답한다. "공식에서 자동 배제될 만큼 높지는 않아요."

사령관이 오만상을 쓴다. "이 일을 알고 있었어요? 도킹에 영향이 있을 정도인가? 내 말은 실제 상황에서. 시뮬레이션이 아니라."

"브라운과 프리먼의 도착에는 전혀 문제없고요." 버지니아가 말한다. "화물선 자동 도킹의 경우는… 이상적인 상황은 아니에요. 하지만 프로그램이 처리할 수 있어요. 제 생각엔 경미한 베어링 기능장애 같아요. 수치가 유지되는 한 안전해요."

"유지되지 않으면?"

"화물 컨테이너는 비행장교들이 온 다음에 오죠, 그렇죠?" 버지니아가 말한다. "그러니까 프리먼과 브라운이 새 자이로를 설치하면 됩니다. 여기 예비용 자이로가 하나 있어요. 어차피 교체할 예정이었어요."

"그래. 하지만 그건 나중이지. 작업이 커. 시간도 촉박하고. 시간 간격 없이 화물 컨테이너를 바로 발사하잖아. 다른 대안은 없나?"

"레오가 아이디어를 냈는데―"

브라운이 몸을 돌려 나를 향한다. 아니, 화면을 마주한다. "레오가 아이디어를 내? 열다섯 살짜리가 아이디어를 내?"

"한번 들어봅시다." 사령관이 말한다. "날 때부터 저기 있던 애야, 잊었어?"

브라운이 의자에 기대앉는다. 나한테 미안하다는 미소를 날린다. "맞다, 그렇지. 내가 주제넘었네. 들어보자, 레오."

"네." 내가 말한다. "푸리에 변환으로 진동 주파수를 파악하고, 다른 토크 생성기들을 이용해 우주정거장의 움직임을 조절해서 고장 난 자이로에서 나오는 진동을 상쇄하는 거예요."

라브지가 콧수염을 만지작거리며 잠깐 생각한다. "이론상으론 훌륭해. 그런데 그걸 실행할 수리모델이 없잖아."

"그럼 어떡한다?" 사령관이 묻는다.

"볼드체 가라사대, 자이로가 말썽을 부리면 연결을 해제하고 대신 추진로켓을 쓰라." 라브지가 말한다.

볼드체는 매뉴얼에 볼드체로 강조되어 있는 모든 사항들을 말한다. 매뉴얼이 엄청나게 많고, 볼드체도 엄청나게 많다. 할아버지 말로는, 볼드체는 잉크로 쓴 것이 아니라 피로 쓴 것이다. 볼드체가 볼드체인 데는 다 이유가 있다. 옛날 ISS 시절과 그전에 누군가의 목숨을 구했거나, 또는 그렇게 하지 않아서 누군가가 죽었기 때문이다.

항상 볼드체를 따를지어다. 할아버지의 말씀. 따라야 한다. 먼저 간 사람들의 피로 쓴 것이니까. 따라서 나도 이 이야기가 어떻게 흐를지 이미 감이 잡힌다.

"그럼 답 나왔네." 사령관이 버지니아에게 말한다. "볼드체를 따르는 걸로."

"하지만-"

"이건 명령이야."

"볼드체에 그렇게 나와 있는 건, 정상 상황에서는 그게 순리이기 때문이죠." 버지니아가 약간 내 쪽으로 움직인다. 나를 엄호하는 것처럼. 내 생각에는 무의식중에 나오는 행동이다. "그건 미세 주파수 교란이 없을 때 얘기예요. 무인 화물 컨테이너가 도킹하는 건 정상 상황이 아니죠. 추진로켓을 쓰면 필요한 만큼 미세 조정을 못 해요."

라브지가 어깨를 으쓱한다. "그럼 화물 컨테이너를 내립시다. 검증되지 않은 아이디어에 우주정거장의 운명을 거는 것보다는 그게 낫잖아요." 그러고는 화면으로 나를 슬쩍 보고 눈을 돌린다.

버지니아가 손을 뻗어 내 어깨를 다독이더니 '됐어, 우린 할 만큼 했어' 미소를 보낸다. "좋아요." 버지니아가 말한다.

엄마가 한숨을 쉰다. "그럼 이제 브라운과 내가 죽은 대목으로 돌아가도 될까요?"

"아, 물론." 사령관이 말한다. "자, 두 사람의 산소가 바닥났다. 두 사람은 죽었다. 던컨이 우주정거장을 살렸다. 톰린슨, 그린카드."

톰린슨이 카드 하나로 손을 뻗는다. 하지만 다른 여자가 몸을 앞으로 내민다. 안경 쓴 젊은 여자다. 누군지 기억에 없다.

"잠깐만요," 젊은 여자가 말한다. "제가 먼저 할게요. 브라운의 가족 또는 프리먼의 가족이 진상 규명을 요구하고 나선다. 언론이 알게 되고, 금세 쫙 퍼진다. '문2의 참사', 이런 제목으로."

"오케이." 사령관이 천천히 입을 뗀다. "그럼 우리는 대국민 성명을 낸다. 모든 시나리오에 대비하려 노력하지만 모든 것을 미연에 방지할 순 없다. 끔찍한 비극이다."

"그동안 문2에 언론의 관심이 집중된다." 젊은 여자가 지지 않고 말한다. 살짝 히스패닉 억양이 있다.

사령관이 젊은 여자를 노려본다. "산티아고, INDNAS에 들어온 지 얼마 안 된 건 아는데—"

아, 맞다. 산티아고. 홍보 담당.

"제 일이 방지하는 겁니다. 정보 통제요." 산티아고가 말한다. "다 관련된 겁니다."

"그래서요?" 비행장교 브라운이 말한다. "문2를 모르는 사람도 있나요. 비밀도 아니잖아요."

화면에서 산티아고가 그린카드를 뒤집는 시늉을 한다. "좋아요. 《뉴욕타임스》가 파고든다. 퇴사한 직원들을 인터뷰한다. 실험에 대해 떠들기 시작한다. 그러다 우리가 알기 전에—"

우리가 알기 전에 무슨 일이 나는지 우리는 듣지 못한다. 사령관이 손을 치켜들었기 때문이다. "그만하면 됐어요—"

"무슨 실험요?" 오리온이 묻는다.

"무인 화물 컨테이너." 엄마가 말한다. "아직은 실험 단계거든. 그런데 그게 문제가 돼서 우리가 죽으면…."

"무인자동차만 해도 세상을 발칵 뒤집어놓은 사건들이 있었지." 사령관이 말한다. "여론이 좋지는 않아. 언론이 잡아 뜯기 시작하면 정말 곤란해져. 산티아고 말이 맞아."

"하지만–" 산티아고가 말한다.

"아니, 주목." 사령관이 손을 치켜든다. "모두 잘 들어요. 우리는 반드시–"

하지만 이번에도 우리가 반드시 어떻게 해야 하는지 우리는 듣지 못한다. 갑자기 화면이 꺼졌기 때문이다.

"뭐야?" 리브라가 말한다. "태양폭발*인가?"

버지니아가 창밖을 내다보고 어깨를 으쓱한다. 창밖으로 보이는 건 까만 공허와 별뿐이다.

잠시 후 화면이 다시 탁 들어온다.

"잠깐 끊겼다, 미안." 사령관이 말한다. "다시 왔다." 다시 온 거 누가 모를까 봐. 거기다 모두 다 돌아온 건 아니다. 산티아고가 앉았던 자리가 비어 있다.

사령관이 화면 너머에서 우리의 시선을 알아챈다. "산티아고는 볼일이 있어서 나갔다. 계속할까?"

"네." 엄마가 말한다. "나와 브라운이 죽는 대목으로 돌아가죠. 통지는 어떻게 하죠?"

그거 말고, 나는 생각한다. *스캔들로 돌아가요. 《뉴욕타임스》로 돌아가요.* 우리에게 말해주지 않는 뭔가가 있는 눈치다. 나는 오리온과 리브라를 본다. 둘도 같은 생각을 하는 게 보인다. 하지만 쌍둥이도 나도 아무 말 않는다. 왜냐면, 저 아래 회의실에 모종의 분위기가 깔려 있다. 그것이 우주정거장의 스피커를 통해 감지된다. 묘한 긴장감. 팽팽하게 잡아당겨진 것에서 나오는 떨림. 근육 조직 같다. 에너지와 잠재로 가득한 것. 딱 끊어질 수도 있는 것.

---

* solar flare. 태양 표면의 폭발 현상. 갑작스러운 에너지 방출로 전파 방해가 일어난다.

사람을 해칠 수 있는 것.

어떤 이미지가 머리에 떠오른다. 이유는 모르겠다. 복도를 따라 질질 끌려가는 산티아고, 양옆에 검은 양복의 보안요원. 나는 머리를 내젓는다. 무슨 생각을 하는 거야?

나는 다시 화면에 집중한다. 사람들이 계속 말하고 있었는데 딴 생각하느라 놓쳤다.

비행장교 브라운이 양복 주머니에 손을 넣어 편지를 하나 꺼낸다. "이걸 아내와 아이들한테 전했으면 합니다."

사령관이 끄덕이며 몸을 기울여 편지를 받는다. 시뮬레이션은 시뮬레이션일 뿐이다. 하지만 실제이기도 하다. 실제로 일어날 경우에 대비한 연습. "프리먼은? 만일의 경우 가족한테 전할 말 없어요?"

"내 가족은 저기에 있어요." 엄마가 나를 가리킨다. "적어도 가족의 반은."

잠시 침묵.

"그러니까, 전할 말은?"

엄마가 손을 뒤집어본다. 손이 팔에 달려 있는 걸 처음 보는 것처럼. 엄마는 이런 종류의 일에 서툴다. 이럴 때 사람들이 자신에게 기대하는 게 뭔지 잘 모른다. 보는 내가 안쓰럽다.

"언제나처럼," 엄마가 말한다. "공부 열심히 하고, 집중해. 끝."

와우~ 끝내준다. 우리 엄마.

사령관조차 안색이 파리해진다. 얼굴에 칠한 파운데이션 때문인가? 그럴지도.

버지니아가 내 어깨를 토닥인다. 리브라도 붕~ 다가와 내 손을 꼭 잡아준다.

"다른 현실적 문제들은요? 시신은요?" 라브지가 말한다. "회수하나요? 화장? 매장?"

이번에는 브라운도 창백해진다. "그냥 놔둬요." 브라운이 말한다. "우주는 어릴 때부터 내 목표였습니다. 죽어서 어딘가에 묻힌다면 우주에 묻히는 것도 나쁘지 않죠."

엄마가 입술을 내민다. "좋아요. 나도요."

"법무?" 사령관이 여기서는 보이지 않는 누군가에게 묻는다.

"레오가 미성년자인데," 보이지 않는 법무 담당이 말한다. 듣기에는 남자 같다. "그 경우 누가 친권자가 되죠?"

"내 부친요." 엄마가 말한다.

비행장교 브라운의 눈이 커진다. 할아버지는 꽤 유명하다. 암스트롱만큼 유명하지는 않지만. 현존하는 우주비행사 가운데 가장 많이 ISS로 비행한 인물. 〈투나잇 쇼〉에 여러 회 출연. 《뉴욕타임스》 베스트셀러 명단에 오른 아동용 자서전.

"밥 프리먼?" 브라운이 속삭인다.

"넵." 엄마가 사무적으로 고개를 까딱한다. "다 정리됐죠?"

엄마가 죽으면 나는 어떻게 되는지 공식적으로 들은 건 사실상 이번이 처음이다.

그렇구나. 나는 생각한다.

모든 것이 정리되는구나. 나를 포함해서.

코요테와 로드러너

다음 날, 시간이 느리게 흘러간다. 엄마 걱정이 된다. 물론 이런 말을 엄마한테 할 맘은 없다. 엄마도 긴장하고 있을 것 같지 않다. 엄마는 그런 감정들을 아예 느끼지 않을 것 같다.

긴장.

공포.

애착.

사랑.

대신 매뉴얼을 훑어보는 엄마를 상상한다. 볼드체 위주로. 자기 부상차를 타고 기지에서 로켓으로 이동하기 전에.

네바다 기지가 우리에게도 비드링크로 중계해준다. 덕분에 버지니아와 나는 함교에서 스크린으로 과정을 지켜볼 수 있다. 리브라와 오리온은 각자 자기 일을 한다. 하지만 쌍둥이도 저번에 자기들 엄마가 올라올 때는 비드링크 앞에서 움직일 줄 몰랐다.

화면에 엄마와 브라운이 두 개의 얼룩처럼 보인다. 두 개의 얼룩이 로켓 외벽을 타고 올라가다가 로켓 안으로 사라진다. 계기들을 두루 점검하고 있을 거다. 개인 소지품 가방도 확실히 챙기고. 엄마 가방은 극도로 작을 거다. 엄마는 심지어 장신구도 취급하지 않는다. 엄마는 치장을 믿지 않는다. 감상적 가치를 믿지 않듯이.

지금쯤 매뉴얼을 다시 한 번 훑고 있을 거다. 모든 가능한 변수, 문제를 검토한다. 모든 공식과 결과치. 연료. 기압. 모든 것.

카운트다운이 시작되자 버지니아가 내 손을 잡는다. 10, 9, 8…

다음 순간 로켓이 솟아오른다. 화염과 연기가 보인다. 연기가 구름처럼 뿜어져 나온다. 다음 순간 로켓이 시위를 떠난 활처럼 하늘로 빨려 올라간다. 미친 듯이 연소하면서. 중력과의 치열한 싸움. 지구가 붙잡고 매달리는 사랑에서 벗어나 창공 속으로.

연료를 소진한 로켓 하단이 지구로 떨어진다. 2단계 로켓이 쌩하고 발진한다. 엄마는 지금쯤 4G의 중력가속도*를 받고 있을 거다. 연필 머리 같은 로켓이 대기권 속으로 사라진다.

"성공했어." 버지니아가 말한다.

"물론이죠."

시스템은 하라고 입력한 일을 할 뿐이다. 복잡한 건 사람들이다.

버지니아가 미소 짓는다. "그래, 물론이지. 저쪽 업데이트를 네 개인 스크린으로 공유해줄까?"

"네, 부탁드려요."

나는 종일 어딜 가나 내 스크린을 들고 다닌다. 대기권 탈출은 첫 단계에 불과하다. 이제 더는 우주왕복선을 쓰지 않는다. 로켓 모듈 혼자 지구 저궤도에 진입하고, 이후 추진력을 조금씩 미묘하게 조절해가며 서서히 상승해서 우주정거장과 만나야 한다. 이 과정 내내 몹시 복잡한 계산이 따른다. 두 우주선이 만날 때 서로에게 정확한 각도를 잡고 있어야 하니까.

* 우리가 롤러코스터를 탈 때 받는 중력가속도는 2~3G고, 훈련받은 전투기 조종사가 내중력복을 착용하고 버틸 수 있는 최대치는 9G다.

나는 스크린을 들고 휴게 모듈로 간다. 리브라와 오리온이 와일 코요테* 만화영화를 보고 있다. 정확히 말하면 리브라는 만화영화를 보고 있고, 오리온은 플루트로 나직하게 무언가를 불고 있다. 짧은 후렴구가 반복된다. 오리온의 무릎에 스크린이 놓여 있다. 늘 이렇다. 전자책 아니면 플루트. 아니면 두 가지 모두. 나는 화면을 흘깃 본다. 제임스 본드. 오리온은 고전을 좋아한다.

리브라도 마찬가지다. 와일 코요테도 옛날 고릿적 거니까. 클라우드에서 우리가 접근 가능한 TV 프로그램과 영화 중에서 리브라가 보는 건 오직 이것뿐이다. 이유인즉슨 이 만화에는 원칙이 있기 때문이란다. 전에 리브라가 말하기를, 이 만화를 만든 척 존스는 캐릭터들의 행동 유형에 엄격한 원칙을 설정했다.

로드러너는 '삑삑' 말고는 말을 하지 않는다.

로드러너는 절대 코요테를 해치지 않는다.

코요테는 로드러너를 잡으려고 온갖 수단을 다 동원한다. 하지만 계획은 항상 빗나가고, 그 결과 항상 자기만 다친다.

코요테는 계획 실행에 필요한 온갖 물건을 항상 애크미 주식회사에서 주문한다. 이 물건들은 항상 그에게 역효과 내지는 부메랑 효과를 낳는다.

등등.

리브라는 이런 말도 했다. *난 이 만화가 여기랑 비슷해서 좋아.* 틀린 말은 아니다. 우리의 인생은 그 자체로 규정집이다. 심지어 우는 것도 '삼가야' 한다. 땀을 조심해야 것과 같은 이유다. 여기서는 수분 방울이 악당이다. 리브라는 정말 규칙을 좋아한다. 합법

* 고전 애니메이션 〈루니 툰〉에 나오는 캐릭터.

의 여신 리브라는 진짜 고등학교와 개인 사물함과 색색으로 분류한 폴더와 학교 무도회를 고대한다. 복장 규정과 행동규범이 딸린 모든 것을 꿈꾼다. 리브라가 항상 우리에게 말하기 때문에 모를 수가 없다.

반면 오리온은? 글쎄, 오리온을 학교 안으로 들어가게만 해도 일단 큰 산 하나는 넘은 거다.

나는 두 사람 옆으로 떠간다.

"또?" 내가 말한다. 스크린을 가리키면서.

"응." 리브라가 말한다. 그러고는 코요테가 바위에 깔려 쭈그러지는 걸 보며 배꼽을 잡는다.

"너희 엄마, 발사 성공?" 오리온이 눈도 들지 않고 묻는다.

"응."

내 스크린에서 엄마 목소리가 들린다. "궤도 패턴 1 달성. 다음 발진을 위한 추진로켓 정렬 프로그래밍 중."

"좋아." 오리온이 말한다. "내일 아침엔 엄마 보겠네."

"그래."

오리온이 끄덕거린다. 혹시 자기 엄마를 생각하고 있는 건가? 엄마 볼 생각을 하나? 나와는 엄마를 생각하는 마음이 다를 거다. 오리온의 엄마는 안아주니까. 전에 책도 읽어주고 그랬으니까.

리브라는 아직도 웃고 있다.

"알다가도 모르겠네." 내가 말한다. "원칙 좋은 건 알겠는데, 그거 전에 이미 다 본 거잖아?"

리브라가 스크린을 가리킨다. 코요테가 로드러너를 뒤쫓아 달린다. 로드러너는 멈추고, 코요테 혼자 절벽 밖으로 나간다. 한동안

음흉하게 웃으며 계속 달린다. 그러다 속력을 늦춰 멈춘다. 얼굴을 찌푸린다. 발밑이 허전하다. 밑을 내려다본다. 코요테는 그제야 자기가 허공에 떠 있다는 걸 깨닫는다.

그리고 그대로 추락한다 ― 쓩.

“봤어?” 리브라가 말한다. “만화영화지만 이렇게 인생의 모든 의미를 담고 있어. 넌 이거 보고 무슨 생각이 들어? 이 만화영화가 말하는 의미가 뭐 같아? 몸을 다쳤어도 나을 수 있다는 거, 나쁜 짓을 하면 그 나쁜 짓이 다시 나한테 돌아온다는 거. 죽음이 끝이란 거. 깨닫지 못하는 한 공중을 걸을 수도 있다는 거.”

“심오하네.” 오리온이 말한다. 그러고는 플루트로 애절한 가락을 분다. “또는 로드러너를 쫓아다니는 건 부질없다는 거.”

“내 말이 그 말이야.” 리브라가 말한다. “인생의 의미, 딱 그거.”

내 스크린: “발진 2 달성. 재보정 중. 도킹까지 14시간.”

“14시간.” 오리온이 말한다. 억양 없이. 모듈 안에 말하지 않은 뭔가가 감돈다. 엄마. 엄마의 의미. 엄마가 내게 갖는 의미.

“난 숙소로 간다.” 내가 말한다.

“그래.” 오리온이 말한다. 오리온의 눈은 우주처럼 짙다. 별을 뿌린 것처럼 반짝이는 것도 그렇다. “우리가 갈 데가 뻔하지.”

“그게 제일 문제야.” 내가 빙긋 웃으며 말한다.

“맞아. 그래도 며칠만 있으면 지구야.” 리브라가 말한다. “난 밀크셰이크를 마실 거야. 그리고 일몰을 볼 거야. 그리고 자전거를 탈 거야.”

이건 우리끼리의 오래된 게임이다.

“난 바다에서 수영할 거야.” 내가 말한다. “다음엔… 해변에 모닥불을 피울 거야. 그리고 스프링이 있는 진짜 매트리스에서 잘 거야. 몸을 묶을 필요 없는 침대."

"난 빗속을 달릴 거야." 오리온이 말한다. "그리고 새들이 날아가는 걸 볼 거야. 온갖 새를 다 볼 거야. 그리고 콘서트홀에 가서 제이슨 무커지가 바흐의 평균율 클라비어를 연주하는 걸 들을 거야."

오리온이 항상 하는 말이다. 그리고 이게 항상 게임의 끝이다.

그때 창밖에서 뭔가 깜빡거린다. 바다 위의 초록색 불꽃.

"오로라다!" 리브라가 말한다. 그러고는 몸을 위로 날려 그리로 떠간다. 우리도 따라간다. 태양 폭풍이 분명하다. 코로나 질량 방출. 태양 표면의 플라스마가 격렬하게 우주 공간으로 뻗어나가는 것. 이 폭발로 태양에서 방출된 입자들이 지구 자기권 틈새로 들어와 지구의 중위도까지, 적도 상공까지 이른다.

이 입자들이 대기의 원자들과 충돌해서 빛으로 바뀐다. 오로라.

나는 우리 아래에 광활하게 펼쳐진 푸른색을 보고 태평양으로 짐작한다. 우리가 주로 떠 있는 데가 거기니까. 바다 위에서 오로라가 대기를 네온으로 물들이며 형형한 초록색 소용돌이무늬를 만들고, 파도처럼 고동치고, 열어젖혔다가 다시 밀려오고, 펄떡거린다. 지구가 자신의 유령에 둘러싸인 것 같다. 유령으로 불타는 것 같다. 오로라를 볼 때마다 나는, 막상 지구에서는 이것을 극소수만 볼 수 있다는 데 놀란다. 극지방에 살고, 밤에 깨어 있는 사람들. 여기서는 오로라만큼 눈에 띄는 것도 없다. 신령한 바람에 물결치는 유령 불이 만드는 왕관.

오리온이 내 손을 잡는다. 오리온은 원래 이렇다. 걸핏하면 끌어안고 손잡는다. 지금은 그나마 덜하다. 우리가 꼬마일 적에는 자주 그랬다. 리브라는 오리온의 손을 잡는다. 여느 때와 다를 바 없다. 전기회로가 닫히는 듯한 느낌만 빼면. 오리온의 손과 내 손. 귀에서 윙~ 소리가 난다. 갑자기 내 몸에 손만 남는다. 오로라의 전기가 나를 관통한다. 나를 속에서부터 밝힌다. 내가 안으로 뒤틀린다. 자의식의 뫼비우스 띠처럼.

"무도회, 파리, 세쿼이아 나무." 리브라가 말한다. 리브라가 고대하는 세 가지.

"미슐랭 별점을 받은 음식," 오리온이 말한다. "시스티나 예배당의 미켈란젤로 천장화, 제이슨 무커지의-"

"바흐 평균율 클라비어 연주." 내가 대신 마무리한다.

나는 오리온의 손을 놓는다.

"넌?" 리브라가 묻는다.

나는 어깨를 으쓱한다. "전부 다."

"반칙이야." 오리온이 말한다.

"봐줘. 너도 모노폴리 할 때마다 반칙하잖아."

오리온이 거만하게 손을 내젓는다. "예술가는 장사하고 안 맞아."

"네가 무슨 예술가?"

"아직은." 오리온이 빙긋 웃는다.

나도 마주 웃는다. 리브라도 웃는다. 우리는 이제 아이가 아니다. 사실이다. 더구나 우리는 집에 간다.

모든 것이 달라질 거다. 달라지는 것 중 하나는 아이스크림을 먹게 된다는 거다. 나는 더 세게 웃는다.

드론

내 숙소로 활공한다. 도착했을 때 창 아래로 산맥이 지나간다. 히말라야 또는 카라코람일 거다. 초록과 갈색의 계곡들이 빙하로 이어진다. 강이 가느다란 리본처럼 구불구불 흘러서 저지대로 빠진다. 강이 빛을 받아서 은색으로 반짝인다.

할아버지한테 전화한다. 놀랍게도 할아버지가 받는다. 할아버지는 하루 중 이맘때는 보통 목장에 나가 있다. 미리 통화를 예약해 놨다면 몰라도. 소는 항상 새끼를 낳고, 울타리는 항상 손봐야 한다. 거기다 항상 물을 찾아다녀야 한다. 우물을 파고 펌프로 끌어올릴 물. 소에게 먹이고 초지에 댈 물.

"할아버지."

"그래." 할아버지가 말한다.

그때 묘한 음향 겹침 효과가 난다. 푸시 알림 설정이 된 내 스크린과 할아버지 쪽 스피커에서 같은 목소리가 흘러나온다. 내 쪽이 0.5초 정도 느리게.

"네바다, 여기는 발진 3 상태. 모든 기능 정상. 계기 판독치 모두 이상 없음. 도킹까지 13시간."

엄마의 목소리다.

"엄마도 접속 중?" 내가 말한다.

"난 늘 듣고 있어." 엄마가 말한다. "난 항상 거기 있어."

말하지 않은 말들이 우리 사이의 수천 킬로미터를 가로지르고 대기 장벽을 넘어서 진공을 뚫고 비행한다. 나는 항상 여기 있다. 엄마한테 내가 필요할까 봐. 그럴 일은 전혀 없지만.

"나도요." 내가 말한다.

할아버지와 내가 시선을 마주한다. 정밀 공학. 휴먼 커뮤니케이션. 영원의 순간.

"음," 할아버지가 말한다. "문제없이 진행되나 보다."

"그러게요."

"새 드론이 왔다. 이거 받느라 밖에도 못 나갔지 뭐냐."

할아버지는 목장 감시에 드론을 사용한다. 목장이 넓기도 하지만, 할아버지가 드론 날리기를 좋아하는 이유도 있다. 한 번 조종사는 영원한 조종사다.

"볼래?"

"당연하죠."

할아버지가 씩 웃는다. 할아버지는 웃으면 젊어 보인다. 활기가 넘친다. 할아버지가 해라면 엄마는 달이다. 할아버지가 몸을 굽혀 뭔가를 다른 스크린에 끼우고, 휘두르는 몸짓을 한다. 다음 순간 나는 아래를 향하고 있다. 화면이 갈색 풀로 가득 찬다.

"기다려. 밖으로 나간다."

풀이 오그라들기 시작한다. 계속 작아져서 알갱이처럼 되더니, 길게 뻗은 울타리가 시야에 들어온다. 우리는 높이 떠 있다. 평활한 계곡이 내려다보인다. 드론이 와이드 뷰 앵글로 잡고 있어서 멀리 산까지 보인다. 담청색 하늘을 배경으로 서 있는 짙은 파란색

산. 눈을 망토처럼, 구름을 왕관처럼 두른 산꼭대기. 그 아래에 소떼가 보인다. 초원 위의 움직이는 얼룩 같다. 로봇 스프링클러들이 거대한 바퀴처럼 회전하며 초지에 물을 뿌린다.

드론은 미동도 없이 떠 있다. 중력을 거스르면서.

"와우."

나도 저 계곡에 있고 싶다. 나를 둘러싼 저 공간을 느끼고 싶다. 물론 지금도 둘러싸여 있지만 이렇게 빈 공간 말고 풍경, 공기, 기류, 기류를 타고 높이 나는 새들, 단단한 땅으로 나를 떠받치고 너른 그릇처럼 나를 담는 계곡, 그 너머 산들, 내 존재를 메아리로 알려주고 내 세계에 둘레를 만드는 산들로 둘러싸이고 싶다.

나는 창을 흘깃 본다. 밖에 보이는 건 어둠밖에 없다. 영원히. 가슴에 익숙한 압박감이 온다. 나는 숨을 세게 들이마시기 시작한다. 점점 더 세게. 피부가 조인다. 이마에 땀이 솟는 걸 느낀다. 그때–

"기운 내라, 레오." 할아버지가 말한다. "봐라."

드론이 급강하한다. 우리는 이제 작은 개울 위에 있다. 개울 옆에 어미 소가 송아지를 데리고 서 있다. 태어난 지 하루 된 녀석이 분명하다. 엄마 젖을 먹는데 다리가 휘청휘청한다.

"귀엽지? 후추라고 부르기로 했다. 점 때문에."

아닌 게 아니라 송아지의 흰색 털 위에 전체적으로 깨알 같은 검은 점들이 있다.

"이 녀석을 곧 만나게 될 거다. 이제 몇 주 안 남았어. 엄마는 내일이면 보겠구나. 그동안 많이 기다렸지?"

할아버지가 틀렸다. 나중에 안 일이지만.

에어로크

스크린에 알람을 설정했지만, 알람 없이도 06:30에 잠에서 깬다. 내 몸의 생체리듬은 엄마의 도착 일정과 거의 동일 궤도로 돈다. 스크린의 음 소거를 해제한다. 침대에 묶인 채로 한동안 그냥 누워 있다. 이윽고 소리가 들린다.

"도킹 10분 전, 문2. 자동 속도 관리 가동." 엄마의 목소리다.

"10-4," 버지니아가 말한다. "시스템에 접속."

나는 버튼을 눌러 창을 가리고 있는 셔터를 걷어 올린다. 우리가 지금 유럽 위에 있는 건가? 잘 모르겠다. 북극 위에서 코로나가 지구를 초록색 화염으로 에워싸고 있다.

나는 핸드레일을 잡고 몸을 밀어 해치를 통과해 숙소를 나온다. 그리고 우주정거장을 직선으로 질주한다. 잠시 멈추고 떠 있다가 가장 가까운 인터컴 단말기로 간다.

"버지니아?"

"레오?"

"네. 어느 축이에요?"

"너희 엄마 착륙 해치?"

"네."

"우현 x-축."

"알았어요."

우주정거장의 축마다 끝에 양성 도킹 포트가 있다. 여기의 해치가 엄마의 도킹 모듈에 있는 해치와 결합하게 된다. 해치는 모두 암수 구분이 없는 범용이다. 회사가 만드는 우주선의 해치는 모두 동일해서 어떤 것이든 서로 도킹이 가능하다. 영리한 시스템이다.

"가요." 내가 인터컴에 대고 말한다.

"올 줄 알았어." 버지니아가 말한다.

나는 온실을 가로지른다. 리브라가 있지 않을까 반쯤 기대하면서. 그러다 아직 자고 있을 거란 생각이 든다. 나는 모퉁이를 돌아 x-축의 우현 방향으로 꺾어진다. 금속 패널 벽을 힘껏 차고 튀어 올라 반동을 이용해 방향을 튼다. 관성을 타고 곧장 분광계 모듈을 통과한다. 실험 모듈을 두 개 더 지나 해치에 이른다.

에어로크는 닫혀 있다. 대기 상태. 투명 문이 회전형 잠금장치로 잠겨 있다. 바퀴처럼 생긴 잠금장치를 보니 와일 코요테가 굴을 뚫고 은행 금고로 들어가는 장면이 생각난다. 도어 너머에는 1.8미터의 공간이 있다. 에어로크 안에는 공기 펌프가 잔뜩 있다. 공기 펌프들이 용도에 따라 에어로크를 진공으로도, 공기가 가득한 방으로도 만든다.

에어로크 끝에 아까 말한 해치 문이 있다. 전문용어로 양성 주변부 접합장치(APA).

모두 닫혀 있다. 모두 대기 상태다.

나만 빼고. 문득 깨닫는다. 나만 닫혀 있지 않다. 나만 열려 있다. 그게 나를 해칠 거다. 나는 나의 에어로크를 쓸어낸다. 내 속에서 모든 희망을 빨아낸다. 내 안이 진공이 될 때까지. 아무 감정도 남지 않을 때까지. 이게 내가 엄마를 맞는 준비다.

사실은 엄마 생각을 아예 하지 않으려고 노력한다. 대신 내가 생애 두 번째 EVA를 위해 대기 중이라고 상상한다. 이번에는 진짜 선외활동. 저 APA는 우주선 도킹이 아니라 나를 우주 공간에 내보내기 위한 것이다. 이제 나는 에어로크 문을 열고 통과한다. 거기서 내 우주복을 입고 헬멧을 올린다. 헬멧이 자동으로 제자리에 고정된다. 나는 우주복 내부 공기를 점검하고, 장갑의 밀봉장치를 비틀어 잠근다. 비드링크 단말기를 향해 한 손을 들어서 버지니아한테 이제 공기를 빼도 좋다는 신호를 보낸다. 곧 APA가 열린다—

해치가 철컥하더니 쉭쉭거린다. 그 소리가 내 공상을 흩어놓는다. 우주정거장의 x-축은 현재 지구를 수직으로 마주하고 있다. 나는 엄마가 통과할 해치를 내려다본다.

해치가 방사상으로 중심부터 열리기 시작한다. 마치 옛날 카메라 셔터처럼. 에어로크 건너편, 엄마와 브라운을 데려온 변형 소유스 모듈의 내부까지 들여다보인다. 두 사람도 보인다. 하지만 아직 거꾸로 기울어진 조종석에 묶여 있다.

"도킹 성공." 버지니아의 목소리가 스피커 시스템을 타고 우주정거장 전체로 퍼진다. "문2에 온 것을 환영합니다. 돌아온 것을 환영한다고 해야 하나요."

모듈 안에 움직임이 보인다. 한참처럼 느껴진 몇 분 후에, 두 명의 우주비행사가 서투르게 유영해서 나오는 게 보인다. 두 사람은 해치 테두리에 매달렸다가 한 명씩 에어로크로 들어온다. 에어로크에서는 핸드레일을 잡고 이동할 수 있다. 거기서 우주복과 헬멧과 EVA 장비를 완전 장착한 채로 대기한다.

"기압을 맞출 때까지 잠시 기다려요." 버지니아가 말한다.

"10-4." 우주비행사 중 한 명이 말한다. 목소리를 들으니 비행장교 브라운이다. 번쩍거리는 헬멧 얼굴 가리개 때문에 얼굴은 잘 보이지 않는다.

요란한 쉭쉭 소리가 난다. 증기가 에어로크 안으로 물줄기처럼 쏟아져 들어와 내부를 산소와 질소로 채운다.

공기가 공간을 채우는 데는 시간이 걸린다. 한번 해보라. 숨을 내쉰다. 폐 안의 공기를 모두 내뿜는다. 이제 폐를 다시 가득 채우자. 이제 당신의 폐가 1.8미터×1.8미터의 공간이라고 상상해보자.

쉬익. 쉬익. 쉬익.

그때 손 하나가 내 어깨에 얹힌다. 오리온이 내 뒤에 떠 있다. 오리온은 핸들 하나를 잡고 몸을 당겨 내 옆에 자리 잡는다.

"안녕. 일어났네."

"안 일어나고 배겨? 버지니아가 스피커로 고래고래 소리 지르는데." 오리온이 말한다. 하지만 웃고 있다.

"고맙다."

오리온이 어깨를 으쓱한다. "매일 있는 일도 아닌데 뭐." 엄마들과 얽힌 우리의 어린 시절을 통째로 한 문장으로 요약한 말이다.

"리브라는 자는 중?"

오리온이 고개를 젓는다. "아니, 엄마 생각 중. 우리 엄마."

"응. 알아."

정말이다. 나도 안다. 리브라는 자기 엄마가 왔으면 한다는 거. 오리온도 마찬가지다. 티 내지 않고 착하고 후하게 굴고 있을 뿐이다. 착하고 후한 걸 빼면 오리온이 아니다.

아휴, 나도 쌍둥이의 엄마가 오는 게 낫겠다 싶다. 아니면 우리 엄마가 다른 엄마이거나. 모르겠다.

“환경압 100kPa 달성.” 버지니아가 스피커로 말한다. “우주복 탈복하고, 우주정거장 승선을 준비하세요.”

엄마와 브라운이 장갑과 헬멧을 풀기 시작한다.

“갈까?” 오리온이 말한다.

나는 이 만남을 기대하지 않는 동시에 기대한다. 엄마와 브라운이 여기 온 이유가, 아니, 여러 이유 중에 하나가, 우리를 집으로 데려가는 거니까.

지구로.

중력으로.

새들에게로.

하늘과 공기와 모닥불 냄새와 낙엽 밟는 느낌과 그 밖에 수백만 가지 것들에게로.

나는 인터컴을 누른다. “버지니아, 여기 오리온도 함께 있어요. 우리가 해치를 열어도 돼요?”

“그럼.”

엄마와 브라운은 이제 우주복을 벗고 흰색 티셔츠와 속옷 차림으로 우리를 마주하고 있다. 우주복 안은 덥다. 엄마는 당연히 민망해하지 않는다. 엄마는 이런 것 따윈 신경 쓰지 않는다. 엄마는 신경 쓸 신경부터가 없다. 엄마의 속에는 문들이 있어야 할 곳에 논리 게이트*가 있다. 엄마는 그저 허공에 둥둥 떠서 나와 오리온을 쳐다본다. 신기한 물고기를 구경하듯이.

* logic gate. 논리 연산을 수행하는 전자 회로.

브라운은 그렇지 않다. 브라운은 어색하게 팔로 몸을 두르고 있다. 민망하기도 하고, 춥기도 해서 그런 것 같다.

오리온과 내가 바퀴 모양 잠금장치의 양끝을 잡고 돌린다. 반시계방향으로. 말이 쉽지 사실 돌리는 게 꽤 힘들다. 철컥 소리와 쉬이이익 소리가 나고, 한숨을 토하며 문이 열린다. 우리는 손을 뒤로 뻗어 핸드레일을 잡고 몸을 당긴다.

문이 활짝 열리고, 엄마가 들어온다. 비행장교 브라운은 뒤에서 기다린다.

"레오."

"엄마."

엄마는 똑같다. 마지막으로 봤을 때보다 잔주름 하나 늘지 않았다. 매끄럽고 가무잡잡한 피부. 화면상에서 엄마를 그렇게 돋보이게 하는 큰 눈은 실제로 보면 사람을 참으로 당황스럽게 한다. 그 눈 뒤에 아무것도 없기 때문이다. 마치 우주정거장의 포털과 같다. 별이 보일까 기대하지만 아무것도 보이지 않는다.

"많이 컸네." 엄마가 멈칫했다 말한다. "자라는 게 일이구나."

"나만요?"

"애들 다."

"음, 난 이제 애가 아니에요."

엄마가 고개를 갸웃한다. "아니, 기술적으로 말하면 애 맞아. 아직 애야." 말했던가. 우리 엄마는 굉장히 정확한 사람이다.

"기술적으로는 그렇지만, 그렇다고—"

"버지니아는 어디 있니?" 엄마가 내 말을 싹둑 끊는다. "함교? 화물선 상황을 점검하고 싶은데."

"네. 함교에 있어요."

잠시 정적이 흐른다. 오리온이 나를 본다. 그새 문을 통과해서 벽에 몸을 밀착하고 서 있는 브라운도 우리 둘을 쳐다본다.

"그럼, 가자." 엄마가 말한다. "화물이 세 시간 후에 도킹해. 역사상 최초의 무인 공급선이 지구를 떠나 우주정거장과 궤도상에서 랑데부 하는 거야. 의미심장한 순간이지."

엄마를 마지막으로 본 지 11개월 만이다.

"좋아요, 엄마."

"우주정거장에 있을 때는 일등비행사 프리먼이라고 불러." 엄마가 말한다. 그러고는 능숙하게 나를 지나 미끄러져 나간다. 내내 무중력 상태에 있었던 사람처럼. 지구에는 가본 적이 없는 사람처럼. 엄마는 돌고래처럼 우아하게 유영해서 우주정거장의 가로축을 따라 올라가 온실로 향한다.

"알았어요, 일등비행사 프리먼." 나는 엄마의 멀어지는 발꿈치에 대고 말한다.

정적이 오래 흐른다.

"음, 안녕." 비행장교 브라운이 말한다. 뻘쭘한 얼굴이다. "만나서 반갑다."

시뮬레이션 아닌 죽음 1

나는 엄마를 따라간다. 오리온과 브라운이 내 뒤를 바싹 따른다. 엄밀히 말하면 오리온만 바싹 따른다. 브라운은 훈련 시뮬레이션을 빼면 무중력이 처음이라 여기저기 부딪히고 난리다.

우리는 첫 모듈 중 하나에서 멈춘다. 여기에 주황색 점프슈트들이 있다. 두 사람은 옷을 입는다.

우리가 함교에 도착하자 버지니아가 장난삼아 경례를 붙인다. 하지만 엄마는 거기 숨은 비꼼을 알아채지 못하고 답례로 고개를 까딱한다. 두 사람이 서로 알아온 세월이 내 평생만큼이지만, 겉으로 봐서는 평생 처음 보는 사이다. 버지니아가 나한테 눈썹을 찡긋하고, 나는 엄마 등 뒤에서 씩 웃는다.

몇 분 후 브라운이 도착한다. 창백한 얼굴로 식은땀을 흘리는 것이, 금방이라도 의식을 잃을 것 같다. 오리온은 아까 온실을 통과할 때 대열을 이탈했다. 리브라가 거기 있었기 때문이다.

"처음이에요?" 버지니아가 묻는다.

"넵." 브라운이 겨우 대답한다.

"점점 나아져요." 버지니아가 말한다. "하루 이틀 지나야 해요. 약도 좀 있어요."

"감사합니다." 브라운이 말한다.

"약 먹지 말아요." 엄마가 말한다. "몸이 0G를 빨리 인식해야 적응도 빨라요."

버지니아가 두 사람에게 비행은 어땠는지 묻는다. 엄마는 몸짓 한 번으로 질문을 일축한다. 이런 말을 담은 몸짓. 우리가 지금 여기 있잖아. 그거면 설명된 거 아냐? 우리가 지금 잔해 파편이 돼서 대서양으로 비처럼 내리고 있어? 아니잖아.

"화물 컨테이너의 ETA(도착 예정 시간)는?" 엄마가 묻는다.

"2시간 48분 후." 버지니아가 대답한다.

"오케이." 엄마가 말한다. "매뉴얼을 숙지합시다." 정적. "던컨, 매뉴얼."

정적.

"아." 버지니아가 그제야 입을 뗀다. 시뮬레이션 이후로는 자기 성이 던컨이란 걸 다시 까먹었던 것처럼. 나와 리브라와 오리온은 버지니아를 던컨이라고 부르지 않으니까. "아, 물론." 버지니아가 데스크의 화면들을 지나 폴더 하나를 꺼낸다. 폴더 안에 종이가 몇 장 있다. 기술적인 데이터다. 지구에서는 인쇄물이 과거의 유산이 됐지만, 우주정거장에서는 아직 필요하다. 시스템과 스크린이 다운될 경우에 대비해서. "안 그래도 보고할 문제가 하나 있어요."

불량 자이로 문제. 나는 오만상으로 버지니아를 조른다.

버지니아는 내 표정을 무시하고 엄마를 본다.

"넌 가봐." 엄마가 나한테 말한다. 그러다 반성하듯 덧붙인다. "원하면 가도 된다고. 가서 친구들하고 놀아."

"난 여기 있고 싶어요."

엄마가 미간을 찌푸린다. "왜?"

"왜냐면…" 나는 말하다 멈춘다. "왜냐면 나도 알고 싶고, 왜냐면 그게 내가 하고 싶은 거니까요."

"뭐가?"

나는 우리 아래에 둥글게 펼쳐진 파란색 지구를 가리킨다. 그리고 계기들을 가리킨다. "이거요. 우주."

"우주를 하고 싶다고?"

"네! 내 말은 비행, EVA, 엄마가 하는 것들요."

"우주비행사가 되고 싶다고?"

"네."

엄마의 눈살이 아주 미미하게 펴진다. "음, 네 수학 성적이 좋긴 하더라만, 난 그런 생각은 못… 네가 뭔가를 한다는 생각 자체를 못 했는데. 내 말은, 넌 애잖아."

"자라고 있어요. 그게 우리 일이잖아요. 기억나요?"

엄마가 나를 대충 훑어본다. "그래, 그래. 그런 거 같다."

"여기서 구토 증세를 극복했다는 것만으로도 난 네가 존경스럽다." 비행장교 브라운이 말한다. 나는 브라운이 진즉부터 맘에 들었다. 안색이 현재 녹색으로 변하고 있는 것만 빼고.

"레오는 EVA도 한 번 했어요." 버지니아가 말한다. "컴퓨터라면 모르는 게 없어요. 푸리에 변환을 써서 주파수 분석하자는 아이디어만 해도–"

"EVA는 무슨." 엄마가 말한다. "해치 밖에 2분 내놨다가 물고기처럼 다시 감아 들인 걸 가지고."

"그래도 한 번이에요!" 내가 말한다.

"널 폄하하는 건 아냐." 엄마가 말한다. "사실 나도 뿌듯… 이건 내 문제이기도 해. 이건 진짜 EVA이고, EVA는 위험한 일이야. 준비 수준만 해도… 내일 난 브라운과 함께 자이로와 냉각 패널 메인보드를 새로 설치하러 나가. 이번 EVA를 위해 수백 시간의 준비 과정을 거쳤어. 그래도 일이 얼마든지 잘못될 수 있어. 아주 작은 실수라도 우린 죽은 목숨이라고."

이 말에 브라운은 더욱 속 뒤집힌 안색이 된다.

"내가 죽기라도 할까 봐요?" 내가 말한다.

"내 말은, 몹시 번거로워진다는 거야. 부트로스 사령관이 보고서를 끝장나게 요구할 텐데."

지금 엄마 입가에 스치는 건 희미한 웃음? 아니다. 우리 엄마는 농담이란 걸 모른다.

"어쨌든, 매뉴얼을 봅시다." 엄마가 말한다.

엄마와 버지니아는 한 시간 넘게 규칙과 지침을 들입다 판다. 세세한 부분까지 샅샅이 본다. 브라운은 창으로 둥둥 떠가서 남아메리카를, 그리고 바다를 내려다본다.

그때 버지니아가 나한테 오라고 손짓한다. 그리고 화면을 가리킨다. "너희 엄마한테 진동 G그래프를 보여주고 있어. 봐."

놀랍다. 아까 엄마와 상황을 점검할 때는 나를 내내 무시하더니. 아니다. 어쩌면 버지니아는 적당한 시점을 노리고 있었는지 모른다. 어쨌거나 버지니아는 우리 엄마를 오래 겪었으니까.

문제의 자이로, 미미한 결함을 보이던 그 자이로가 지금은 0.9G의 수치를 내고 있다. 희미한 진동이 우주정거장 전체로 번지고 있다. 자동 경고를 촉발하기 직전이다.

"공식에서 빼버려요." 엄마가 말한다. "회의 때 말한 대로. 그게 계측치를 망치고 있다면 운용에서 아예 배제해요."

"이미 했어요." 버지니아가 말한다. "지금 자이로 세 개와 추진 로켓들로 돌고 있어요. 거시 조정에는 이 정도로 문제없지만, 미세 동작을 위한 민감한 조정은 어려워요."

"그럼 미세 동작은 화물 컨테이너가 하게 해요. 이쪽 데이터를 다 입력해봐요."

"나도 시뮬레이션을 해봤어요. 하지만 레오 아이디어대로 정확한 주파수를 파악해서–"

"알아요, 푸리에 변환. 시뮬레이션 때 말했던 거. 이론적으로는 그럴싸한데. 지상 관제팀에 말해보는 게 어때요?"

버지니아가 지상 관제팀에 접속해서 상황을 설명한다.

"진동이 0.9G요?" 싱이라는 이름의 엔지니어가 묻는다.

"네."

"변동은요?"

"있어요. 하지만 2G 이상 올라가진 않아요."

"여기서도 시뮬레이션 돌려볼게요." 싱이 말한다. "여기서는 다 괜찮아 보이는데. 검증되지 않은 걸 시도하는 건 위험해요."

엄마가 어깨를 으쓱한다. 어색하게 내 팔을 토닥인다. "어쨌든 좋은 아이디어였다."

솔직히 말해서 당황스럽다. 평상시 엄마의 관심사는 내가 비드링크 수업을 잘 받는지가 다였다. 이제 내가 함께 지구로 돌아가기 때문에 이러나? 그래서 이런저런 생각을 하게 됐나? 나에 대해?

나야 늘 희망만 할 뿐이다.

시뮬레이션 아닌 죽음 2

20분 후, 우리는 다 같이 화물 컨테이너를 쳐다본다. 버지니아가 스크린 중 하나에 이미지 하나를 불러올린다. 화면에 우주정거장 고도로 천천히 상승하는 거대한 원통형 물체가 뜬다.

1000미터.

900미터.

800미터.

버지니아가 모니터 다섯 개에 빼곡하게 뜨는 부호들을 주시한다. 모니터들과 각종 조이스틱과 입력단말기 사이를 오가며, 데이터와 명령어를 입력하며, 바삐 움직인다. 버지니아가 우주정거장과 화물 컨테이너를 동시에 조종한다. 물론 화물 컨테이너의 자동 센서들도 열심히 작동한다. 모든 것이 협력해서, 화물선이 우리와 딱 만나기 위한 속력과 각도를 극미한 수준까지 조정한다.

"오케이." 버지니아가 말한다. "천천히. 속도 보정 완료. 이 궤적으로 4분 후 도킹."

"수고했어요, 던컨." 엄마가 말한다.

"젠장." 버지니아가 말한다. "젠장, 젠장, 젠장." 버지니아가 화면 중 하나를 본다. 화면에서 그래프가 치솟고 있다. 검정 선이 y-축 위로 높이 널을 뛴다.

"2.5G." 엄마가 말한다. "3G."

버지니아가 네바다 기지를 호출하는 버튼을 꾹 누른다. "무법자 자이로가 통제 불능이에요. 잘은 모르겠지만 베어링이 나갔나 봐요. H-무한대 시스템이 한계에 달했어요."

"3.5G." 엄마가 말한다. "3.7G." 극적으로 세진 진동이 우주정거장 전체를 울린다. 나는 손을 금속 벽에 대본다. 잉잉대는 소리가 감지된다. 오리온의 소리굽쇠를 만졌을 때처럼.

"4G면 전원이 자동 차단돼요." 싱이 저 아래 지구에서 말한다.

나는 컨테이너가 떠 있는 화면을 본다.

화물 컨테이너가 점점 가까워지고 있다.

600미터.

500미터.

"그게 요점이 아니잖아요." 버지니아가 말한다. "지금 제어 시스템이 통째로 무너져서 망할 화물 컨테이너가 계획보다 연료를 덜 쓰는 바람에 출렁임 섭동이 예상보다 커요. 내가 좀 손보긴 했지만 우리 쪽에 반동이 너무 큰 데다 대기항력도 꽤 높아서 내가 저 물건을 제자리에 맞출 수 있을지 모르겠다고요. 이러다 저게—"

"그럼 화물 컨테이너를 세워요." 싱이 말한다.

"화물 컨테이너를 어떻게 세워요. 관성도 몰라요?"

"알아요. 나, INDNAS 엔지니어예요."

INDNAS. 지난 세기에 인터넷 쇼핑 시대를 열었고 현재 모든 곳에서 모든 것을 파는 한 민간 기업과 NASA와 인도 우주국의 합병으로 탄생한 회사.

"오케이, 오케이." 버지니아가 말한다. "관성이 심하고, 컨테이너의 추진로켓은 자동차 빼듯 쉽게 후진할 수 있는 게 아니라 속력과 방향을 약간씩 수정할 수 있을 뿐이잖아요."

"그 프로그램을 설계한 게 그쪽이잖아요." 싱이 말한다. "어쩌라는 거예요?"

"설계에 참여했죠. 설계팀이 한가득 있었죠. 하지만 컨테이너를 설계한 건 그쪽이잖아요." 버지니아가 말한다. "내 말은, 진즉에 180도 회전하는 추진로켓을 달지 그랬어요."

엄마가 버지니아 옆으로 간다. "이래봐야 도움 안 돼요. 싱. 이름이 싱, 맞죠? 이거 코드레드*예요. 볼드체 시나리오. 도움이 필요해요, 지금 당장. 화물 컨테이너가 지금 충돌… 1분 전이에요."

"그럼 컨테이너의 속력이라도 늦춰요." 싱이 말한다.

문득 연결이 끊어진다. 잠시 기다린다. 싱이 다시 화면에 뜬다.

"자, 잘 들어요." 배경에 다른 목소리들이 있다. 요란한 목소리들, 다급한 목소리들. "잠깐. 자, 좋아요. 여기 화물 컨테이너 추진로켓 입력 변수들이 있어요. 이걸 입력해요. 여기서는 컨테이너를 제어할 수가 없어요. 사령 데스크는 그쪽이에요." 싱이 숫자와 문자를 줄줄 읊어댄다.

버지니아가 맹렬히 타이핑하며 단말기 사이를 바삐 오간다. 마치 로드러너처럼. 그러다 한숨을 내쉰다. 공포의 한숨인지 안도의 한숨인지 두 가지 다인지 알 수가 없다.

"됐어요. 이제 도킹까지 50분." 버지니아가 말한다. "시간은 좀 벌었어요. 이제 어떡하죠?"

"이젠 말썽난 자이로를 수동으로 꺼요."

---

* code red, 심각한 위기 상황.

"오케이."

버지니아가 함교 반대편으로 떠가서 키보드가 장착된 스크린을 탁 올린다. 화면이 초록색으로 달아오른다. 버지니아가 키를 몇 개 누른다.

"이런 젠장." 버지니아가 말한다.

"어떻게 돼가요? 말 좀 해봐요." 싱이 말한다.

엄마가 버튼을 누른다. "문제가 있는 것 같아요."

"오, 맙소사, 맙소사." 브라운이 말한다.

"조용." 엄마가 말한다. 화난 목소리는 아니다. 그보다는 사무적이다. 우리에겐 화내는 데 쓸 시간이 없다.

버지니아가 맞은편 벽을 차고 붕 떠서 우리 쪽으로 돌아온다. 화면 속 화물 컨테이너가 계속해서 커지고 있다. 다만 커지는 속도는 확실히 줄었다.

"꺼지지가 않아요." 버지니아가 말한다. "제어가 먹통이에요. 케이블이 끊어진 건가?"

"혹시–"

"했어요." 버지니아가 말한다. "무슨 말을 하려는지 몰라도 이미 다 해봤어요."

"진동 4.5G." 엄마가 말한다.

"그렇다면 자동 차단 기능도 고장 났다는 말인데." 싱이 말한다.

"그러게 말이에요." 버지니아가 쏘아붙인다. 그러고는 다른 화면들을 본다. "제어 프로그램이 감당을 못 해요. 요동이 너무 심해요. 컨테이너에 데이터 입력하는 정도로는 이거 못 잡아요. 추진로켓을 다 써도 힘들어요." 버지니아가 버튼을 누른다. "프로그램 출력치에 따르면 현재 도킹은 불가능해요. 조언 좀 해봐요."

"거기서 기다려요." 싱이 말한다.

"하아," 버지니아가 말한다. "어디 갈 데도 없어요."

"컨테이너는 오는데." 브라운이 화면을 가리킨다. 화면에서 컨테이너가 스톱모션 애니메이션처럼 서서히 커지고 있다.

"저게 우리와 충돌하면 정확히 어떤 결과가 생기죠?" 엄마가 차분하게 묻는다.

버지니아가 심호흡한다. "외부 토크를 심하게 받죠. 우주정거장 자세가 흐트러지고, 심하면 궤도에서 벗어나요. 거기다 저 물건은 500톤이나 나가요. 우리한테 배달하는 예비 연료와 장비와 보급품으로 가득해요. 그만큼 충돌 시 충격이 엄청날 거고, 아마 공기 공급장치나 냉각장치가 파열될 거고… 우린 튀김이 되거나 산소가 바닥나겠죠."

"하느님, 차라리 산소를 가져가세요." 브라운이 말한다. "구워지는 건 싫어요."

"선택형 문제가 아니에요." 엄마가 말한다.

브라운이 더욱 해쓱해진다.

바로 그때 싱이 다시 화면에 나타난다. "오케이, 그러니까 한 50분 남았죠? 맞죠?"

"맞아요." 버지니아가 말한다.

"유일한 시나리오는 프리먼과 브라운이 나가서 수동으로 직접 자이로를 끄는 겁니다." 싱이 말한다. "그러면 섭동이 사라질 거고, 그러면 남은 자이로 세 개와 추진로켓으로 우주정거장의 자세를 제어할 수 있어요. 맞죠?"

“맞아요.” 버지니아가 대답한다.

“잠깐만요,” 엄마가 말한다. “사전 준비는 어떡하고요? 선외활동은 표준 준비만도 70kPa 저압 처치 24시간, 고순도 산소 처치 30분이에요.”

“러시아 규정은 고순도 산소 1시간이었어요.” 싱이 말한다. “지금은 음, 30분쯤 할 수 있겠네요.”

“그걸로 충분해요?” 엄마가 묻는다.

인터컴에서 귀에 익은 목소리가 나온다. “고정불변의 법칙은 없어요.” 스턴스 박사가 말한다. “하지만 감압병은 반드시 피해야 합니다. 만약 감압병에 걸리면… 우주정거장에 처치실이 있어요.”

“오케이.” 엄마가 말한다.

“오케이?” 브라운이 놀란다.

“그럼 컨테이너가 들이받기를 기다릴래요?” 엄마가 말한다.

브라운이 잠잠해진다.

잠시 정적이 흐른다.

그러다-

“자,” 엄마가 브라운을 바라본다. “결국은 선택권이 귀관에게 있군요. 준비가 불충분한 우주 유영을 하다 죽는 건 어때요?”

브라운은 한참 동안 대답이 없다. 하지만 우리에겐 한참의 여유가 없으니, 실제로는 아마 10초쯤이었을 거다.

“여기서 죽는 것보다는 낫죠.” 드디어 브라운이 대답한다.

“오케이.” 엄마가 말한다. “그럼 산소 마시러 갑시다.”

시뮬레이션 아닌 죽음 3

나는 버지니아와 사령 모듈에 남고, 엄마와 브라운만 x-축 좌현 끝으로 간다. 우주정거장의 축마다 끝에 에어로크와 해치가 있는데, x-축 좌현 끝이 고장 난 자이로와 가장 가깝다. 두 사람은 외부 RCV를 타고 신속히 이동해 문제의 자이로로 가게 된다.

몇 분 후, 리브라와 오리온이 나타난다. "문제 생겼어요?"

버지니아가 고개를 끄덕인다. "레오 엄마랑 브라운이 EVA 중이야. 오작동하는 자이로를 꺼버리러. 느껴지지?" 버지니아가 동체에 손을 댄다.

리브라와 오리온도 손가락을 뻗는다. "아, 네. 덜덜거리네요."

우주정거장이 덜덜 떨리고, 나도 덜덜 떨린다.

나는 화면으로 엄마를 지켜본다. 엄마가 액체냉각복을 입는다. 다음에는 산더미 같은 외부 우주복을 입기 시작한다. 우주복을 착용하는 내내 산소통에서 고순도 산소를 흡입한다. 엄마와 브라운은 에어로크에 있다. 버지니아가 미리 공기를 좀 빼서 기압을 70kPa로 낮춰놓았다. 곧 32kPa로 더 낮춰서 우주복의 내부 압력 시스템에 맞출 거다.

물론 기압 강하는 서서히 이루어져야 한다. 그러지 않으면 우주비행사가 우주로 나갔을 때 감압병에 걸린다. 우주는 기압이 0이고, 우주복 내부의 압력은 우주정거장 내부의 3분의 1 수준이다. 하지만 엄마가 말한 대로, 가급적 24시간의 적응기를 가져야 한다. 우주 유영은 치밀하게 연출된 안무와 같다. 급하게 뛰어나가서 하는 비상 작업이 아니다.

음, 이상적인 세상에서는 그렇다. 이상적인 세상. 여기서 자란 사람에겐 또 하나의 이상한 표현. 이상적인 세상은커녕 우리는 어느 세상에도 있지 않다. 우리는 하늘에 있다.

"저 화물선 때문에요?" 오리온이 묻는다.

화면에 서서히 다가오는 거대한 원통이 보인다. 원통 뒤에는 지구의 그림자를 덮어쓴 달이 어마어마하게 떠 있다.

"으응." 버지니아가 대답한다.

"자동 도킹하나요? 멋지다."

"말썽난 자이로를 끈다면."

"끄지 못하면요?"

버지니아는 대답하지 않는다. 오리온이 나를 쳐다본다. 이렇게 말하는 표정으로. 끝장!

"그래도," 오리온이 말한다. "실력은 너희 엄마가 최고잖아."

"맞아."

자랑하는 게 아니다. 사실이다. 엄마는 공군사관학교에서 탑건이었고, 문2에 열다섯 번 교대 온 바 있다.

1분, 1분이 느리게 흘러간다. 그동안 싱은 인터컴을 계속 켜놓고 상황을 전해 들으며 버지니아에게 의견을 전달한다.

화면에서 엄마와 브라운이 헬멧의 금색 가리개를 내린다. 엄마가 카메라로 떠온다. "준비 완료."

버지니아가 계기 판독치를 확인한다. "산소, 정상. 우주복 압력, 정상. 누출 감지, 없음. 좋아요. 나가도 됩니다."

브라운은 말이 없다.

"프리먼, 상태 확인 요망." 버지니아가 말한다.

"상태, 정상." 엄마가 말한다.

"브라운, 상태 확인 요망."

침묵.

"상태, 정상." 마침내 브라운이 말한다.

버지니아가 고개를 끄덕인다. 그러고는 스위치를 내려서 해치의 잠금장치를 푼다. 이제 엄마와 브라운이 수동으로 해치를 열어야 한다. 두 사람이 장갑 낀 손을 바퀴에 올리고 돌리기 시작한다. 거대한 우주복 때문에 몸놀림이 어설프다. 하지만 결국 해치가 열린다. 두 사람은 해치를 뒤로 당기고 밖으로 나간다.

화면에 지구돋이*가 잡힌다. 푸른 대양이 우주로 뚫린 둥근 문을 가득 채운다. 두 우주비행사가 몸을 밖으로 내밀고, 각자의 안전케이블을 우주정거장 외벽을 따라 붙어 있는 레일에 채운다. 그런 뒤, 우주로 헤엄쳐 나간다.

민망하게도, 바로 그 순간 내게 든 감정은- 질투심이다.

두 사람은 밖에 있다. 공허 속에, 새카만 어둠 속에 있고, 나는 여기에 있다. 언제나처럼. 내 평생 늘 그랬듯이.

버지니아가 외부 카메라로 전환한다. 문2 표면에 매달려 있는 엄마와 브라운이 보인다. 우주정거장의 회색 동체를 바탕으로 두 사람의 우주복이 너무나 하얗다. 두 사람은 RCV를 향해 조금씩, 조

* earthrise. 달이나 우주선에서 본 지구의 떠오름.

금씩 움직인다. RCV는 평상형 트레일러처럼 생겼는데, 작은 바퀴들로 트러스를 따라 굴러간다. 버지니아의 원격 조종에 따라 우주비행사들을 목표 지점까지 태워다준다.

엄마가 안전케이블을 레일에서 풀어 차량에 채우는 동안 브라운이 엄마의 팔을 잡아준다. 다음에는 엄마가 브라운의 팔을 잡아준다. 두 사람이 RCV의 가장자리를 잡는다.

"준비 완료?" 버지니아가 마이크에 대고 묻는다.

"준비 완료." 엄마가 대답한다. "지금까지는 이상 무."

버지니아가 조이스틱 중 하나를 잡고 살살 민다. RCV가 두 명의 우주비행사를 뒤에 달고 트러스를 따라 굴러간다. 우주복의 등에 부착된 팩에도 추진로켓이 있다. 이 소형 로켓을 이용해, 이론적으로는 우주에서 이리저리 날아다닐 수 있다. 하지만 어디까지나 비상용이다. 자칫 우주정거장에서 떨어져 나갔을 때를 대비한.

버지니아가 모니터로 몸을 돌려 외부 카메라를 있는 대로 모두 불러낸다. 이제 바깥 상황이 여러 각도에서 보인다. 화면 하나는 여전히 화물 컨테이너를 보여주고 있다. 이제 우주정거장과 지척으로 보인다. 버지니아가 지속적으로 추진로켓을 조정해서 우주정거장 자체의 속력을 높인다. 화물선과 우주정거장을 최대한 멀리 떼어놓으라는 싱의 제안에 따른 거다. 유일한 문제는 우주정거장의 비행 속력을 높이면 지구 대비 고도도 늘어난다는 거다. 우주에서는 속력이 곧 높이니까. 하지만 저 물건이 결국 도킹하게 되면 우주정거장의 자세를 어차피 통째로 수정해야 한다.

그사이 엄마와 브라운이 자이로가 있는 곳에 도착한다. 버지니아가 두 사람을 클로즈업한다. 문제의 자이로가 요동치는 것이 여기서도 보인다. 그 힘에 우주정거장의 해당 축이 통째로 흔들거릴 정도다. 우주비행사들이 RCV에서 줄을 풀어서 다시 트러스에 채운다. 그런 뒤, 자이로의 케이블과 회로판에 접근한다.

“이거 완전히 발광이 났는데.” 엄마가 마이크에 대고 말한다.

“그러게요.” 브라운이 말한다.

두 사람도 자이로의 진동 때문에 몹시 덜컹거린다. 지진 난 건물에 묶여 있는 꼴이다.

“그래도 접속을 해제할 순 있죠?” 버지니아가 묻는다.

“시도해볼게요.” 엄마가 말한다.

엄마가 RCV에서 스패너를 꺼내 든다. 단순한 스패너가 아니다. 전기 모터가 내장된 다용도 전동 공구로, 우주비행사들이 온갖 종류의 작업에 쓴다. 엄마가 브라운에게 똑같이 하라는 동작을 한다. 두 사람은 자이로 옆 금속판의 볼트를 풀기 시작한다. 자이로를 제어하는 장치에 접근하려는 것 같다.

금속판이 분리되자 두 사람은 그걸 RCV에 묶는다.

“이 물건의 회로도 있어요?” 엄마가 묻는다.

“네.” 버지니아가 답한다. “지금 보고 있어요. 왼쪽 윗부분의 붉은색 전력선을 잘라버리거나 오른쪽 메인보드를 뽑아버려요.”

엄마는 스패너에서 다른 기능을 선택하고, 워크스테이션을 지지대 삼아 회로판 위로 몸을 숙인다. 엄마의 두 다리가 허공에 뜬다.

“준비됐어요?” 엄마가 말한다.

버지니아가 모니터 몇 개에 코드를 잔뜩 띄운다. “추진로켓들과 대체 자이로 대기 중.”

“10-4.” 엄마가 말한다. “브라운, 꽉 잡아요. 아마 축이 심하게 흔들릴 거예요."

줄이 트러스에 붙어 있긴 하지만, 어쨌든 브라운은 트러스 레일을 붙잡는다. 엄마가 스패너를 내린다.

다음 순간–

엄마가 몸을 비튼다–

그리고–

문제의 자이로가 멈춘다. 그러자 모션 블러* 같던 화면 이미지의 떨림이 사라지고, 화면 중 하나에서 뾰족뾰족하게 흐르던 G그래프가 0으로 납작해진다.

버지니아가 다시 맹렬히 타이핑한다. 우주정거장에 있는 모든 토크 생성기에 특근 명령을 내려서 우주정거장의 진로를 유지한다.

엄마와 브라운이 몸을 제대로 가누지 못하다가 균형을 찾는다. 두 사람이 하이파이브 한다. "임무 완성." 엄마가 말한다.

바로 그때, 나는 곁눈으로 뭔가를 포착한다. 고개를 돌려 보니, 화물 컨테이너의 꽁무니에서 불길이 뿜어져 나온다. 나는 버지니아를 부른다. "버지니아." 오리온도 말한다. "맙소사." 싱도 허둥지둥 인터컴에 등장한다. "왜 저러죠? 대체 왜 저러죠?"

이 모든 것이 한꺼번에 일어난다. 화물 컨테이너가 갑자기 무섭게 돌진한다. 우리와의 거리가 200미터도 남지 않은 상황이다. 버지니아의 코드와 명령어로 겨우 접근을 막고 있을 뿐, 우리와 동일 궤도를 도는 거나 다름없다. 그나마 이제는 다 소용없게 됐다. 화물 컨테이너의 로켓이 고순도 연료를 태우며 불길을 뿜어댄다. 컨테이너가 어마어마한 총알이 되어 우리에게 곧장–

* motion blur. 움직이는 물체를 촬영할 때 생기는 피사체의 잔상과 번짐.

쾅음.

우주정거장이 뒤흔들린다. 리브라가 나를 덮쳐서 머리를 내 가슴팍에 박고, 오리온은 탁자와 충돌하면서 거기에 매달린다. 버지니아의 얼굴이 데스크에 쾅 떨어진다. 버지니아가 다시 머리를 들었을 때 코와 입에서 피가 흐른다. 하지만 버지니아는 그걸 아는지 모르는지 미친 듯이 두드리고, 두드리고, 또 두드린다.

하지만 스크린 두 개는 완전히 나갔다. 살아 있는 화면 중 하나에서 우주정거장 y-축 하단에 충돌한 화물 컨테이너가 자신을 축으로 회전한다. 패널과 동체와 뭔지 모를 것들의 파편이 까만 공간으로 색종이 조각처럼 흩어진다. 거대한 금속 원통이 지렛대처럼 돌다가 x-축을 향해 회전하기 시작한다.

엄마와 브라운이 있는 쪽으로.

우주정거장에서 부서져 나온 크고 작은 조각들이 소리 없이 허공을 떠돈다. 우주정거장 안에서는 경보음이 울리기 시작한다.

"문2, 응답하라. 문2, 제발 응답하라." 싱이 인터컴으로 다급히 부른다. 하지만 아무도 거기에 신경 쓰지 못한다.

이 와중에 적어도 버지니아는 제정신을 유지하고 있다. 화면을 번갈아보며 현황을 추적한다. "레오! 피해는 축 하단에 그친 것 같아. 두 번째 에어로크 문들을 닫아. 이거 막아야 돼."

"던컨!" 엄마가 부른다.

"네, 듣고 있어요-" 버지니아가 우주비행사들에게 말하면서 동시에 나한테 손을 흔든다. *너도 네 몫을 해.*

"알았어요." 내가 말한다. 정신이 멍하다. 빙빙 돈다. 현기증이 난다. 공기가 더 짙고 더 걸쭉한 뭔가로 대체된, 그래서 거동하기가 더 힘들어진 다른 세상에 온 것 같다. 하지만 버지니아의 지시가 그 속을 뚫고 나한테 도달한다.

나는 우주정거장의 네 개 축 중 화물 컨테이너와 충돌한 축을 폐쇄하는 프로토콜을 개시한다.

"했어요."

"우주정거장 나머지 부분은 압력이 정상화되고 있어?"

나는 화면을 지켜본다.

82.7kPa.

86.2kPa.

89.6kPa.

"네."

글은 직선으로 나가지만 사건들은 그렇게 일어나지 않는다. 후행 사건들이 모두 동시에 일어나는 상황, 모든 말들이 서로 포개지고 중첩되고 트럼프카드처럼 교차 배치되는 상황.

여러 각도에서 화물 컨테이너의 이미지가 들어온다. 화물 컨테이너는 로켓 중 하나의 폭주와 우주정거장과의 충돌로 인해, 이제 거대한 회전력의 주체가 아니라 대상이 되어, 십자형 문2의 축과 축 사이를 가로질러 회전한다—

압력 관리 시스템에서 눈을 들었을 때 내 눈에 들어온 광경은, 화물 컨테이너가—

엄마와 브라운이 매달려 있는 곳을 향해 돌진한다—

"줄을 풀고 얼른 RCV를 잡아요!" 버지니아가 외친다—

엄마와 브라운이 RCV를 잡는다—

버지니아가 엎어지듯 조이스틱을 누른다. RCV가 두 사람을 뒤에 달고 축을 따라 미끄러져 내려간다. 우주정거장의 중심부, 우리가 있는 십자 부호의 가운데를 향해 빠르게 내려간다. 그때 브라운의 손이 갑자기 RCV에서 홱 떨어져 나간다. 브라운은 자이로 작업을 하던 트러스에서 미처 클립을 풀지 못했다—

화물 컨테이너가 기다란 꼬리로 트러스를 긁으며 지나간다. 그리고 금속과 단열재의 부서진 조각들을 꼬리처럼 달고 빈 공간을 향해 회전한다. 어느 순간, 브라운이 거기에 없다. 찰나의 순간에 사라져버렸다. 작용과 반작용이 가차 없이 제 할 일을 하면서 우주정거장에 중력가속도가 장난 아니게 붙는다. 우리는 회전한다. 무언가(핸드레일?)가 내 등과 충돌하고 나서야 나는 이 상황의 진실을 깨닫는다. 우리는 사실 몹시 몹시 무거운 것 속에 있다. 공기가 우리를 밀어주고 무중력이 우리를 뜨게 해주지만, 근본적으로는 본질적으로는 물리법칙들, 세상을 한데 묶는 법칙들이 엄중하게 작용하는 곳.

세상을 묶고 또 떼어놓는 법칙들.

버지니아가 다른 화면을 연다. 화물 컨테이너가 우리에게서 급속히 멀어지고 있다. 공중제비를 하면서. 저글링 막대기처럼.

팔다리를 축 늘어뜨린 브라운의 작디작은 모습이 암흑 속으로, 별들이 송곳 구멍처럼 반짝이는 암흑 속으로 떠내려가고 있다.

"브라운!" 버지니아가 인터컴에 대고 소리친다. "브라운!"

대답이 없다.

우리는 여덟 살이다. 어쩌면 아홉 살.

리브라와 오리온과 나는 큐폴라에 앉아 우리 아래서 돌고 있는 북극 빙하를 보고 있다.

"느낌이 있었을까?" 리브라가 말한다.

전날 로켓이 발사 중에 폭발했다. 통신위성을 수리하러 오던 세 명의 우주비행사가 죽었다.

"아니," 오리온이 말한다. "아마 알지도 못했을걸."

우리는 그 순간을 화면으로 봤다. 다음 순간 버지니아가 화면을 꺼버리고 우리를 내쫓았다. 나가 놀라며.

"죽는 줄 모르고 죽으면 어떻게 될까?" 내가 말한다. "내 말은, 자기가 죽은 걸 알까?"

오리온이 어깨를 으쓱한다. "모든 게 그냥 깜깜해지지 않을까? 화면을 끌 때처럼."

리브라가 고개를 젓는다. "그냥, 다음 장소로 가 있지 않을까?"

"거기가 어딘데? 천국?"

이제는 리브라가 어깨를 으쓱한다. "엄마가 그러는데, 옛날엔 사람이 죽으면 천사가 된다고 생각했대. 하늘로 올라가 지구를 내려다보면서 사람들을 지켜본다고 생각했대."

400킬로미터 아래의 차가운 파란색 바다에서 부빙들이 갈라진다. 우리는 밤의 검은 선으로 다가가고 있다. 오로라가 일렁거린다. 비단이 나부끼듯이. 지구의 왕관. 초록색 파도.

"우리처럼." 내가 말한다.

우리 모두 몸을 떤다.

옷 입어

"브라운을 잃었다." 엄마가 말한다. "브라운을 잃었다." 이제 그가 없으니 누군가 그를 대신해서 그의 상태를 알려야 한다는 듯이. 말하지 않아도 자명한 일을.

왜 이렇게 고약한 생각이 드는지 나도 모르겠다. 어째서 이런 생각이 유성처럼 내 마음에 떨어지는지. 충격 때문인가.

"아아, 젠장. 젠장. 대체 이 프로그램에 뭐가 씐 거야? 내가 뭐 한 거야?" 버지니아가 운다. 자기가 울고 있는 걸 모르는 채로 운다. 눈물이 누수처럼 새어나와 0G 모듈 안을 물방울을 이루어 둥둥 떠다닌다.

"우는 거 멈춰요." 내가 말한다.

"뭐? 그런 말이 나와-"

나는 작은 구체들을, 달빛에 반짝이며 작은 행성들처럼 부유하는 눈물방울들을 가리킨다.

"젠장."

싱의 목소리가 인터컴을 타고 들어온다. "상황 보고 요망."

내가 버튼을 누른다. "저는 무사해요. 그러니까, 저는 레오예요. 버지니아, 그러니까 비행장교 던컨도 무사해요. 엄마도 무사해 보여요."

"나도, 무사해요." 엄마가 말한다. 화면으로 RCV에 매달려 있는 엄마가 보인다. 엄마 주위에 아직도 금속 조각들이 있다. 파편들이 예측 불허로 움직인다. 무슨 볼트 같은 것이 날아오자 엄마가 몸을 숙인다. "하지만 브라운은—"

"브라운은 죽었어요." 싱이 말한다. "우리 쪽 화면에 어떤 생체징후도 잡히지 않아요."

"미안해요." 버지니아가 말한다. "미안해요. 뭐가 잘못됐는지 모르겠어요. 이 코드를 백만 번이나 점검했는데, 아니 이백만 번—"

"귀관 잘못이 아니에요." 싱이 말한다. "데이터에 따르면 추진로켓 폭발은 기계 결함이었어요. 소프트웨어 탓이 아니에요. 뭔가, 불똥 때문에 연료에 불이 붙었어요."

"맙소사. 맙소사." 버지니아가 길게 숨을 토한다.

"일동 주목." 인터컴에서 새로운 목소리가 나온다. 부트로스 사령관이다. "비통한 사고입니다. 하지만 우리는 집중해야 합니다. 던컨, 이쪽 화면에 따르면 지금 우주정거장은 아까의 충돌로 균형 자세가 심하게 깨졌어요. 여기서 돕겠지만 그쪽에서 빨리 조치하도록."

"네, 네." 버지니아가 말한다. "물론이죠."

"프리먼을 빨리 승선시키도록. 현재 섭동이 매우 심해요."

버지니아가 나를 본다. 버지니아가 무슨 생각을 하는지 안다. 나도 같은 생각을 하고 있으니까. 지금까지 못 했던 생각. 엄마가 다시 들어오지 못할 수도 있다는 생각.

"오케이." 버지니아가 통신 스위치를 누른다. "프리먼? 안전해요?"

"클립 채웠고, 붙잡고 있어요." 엄마가 말한다. "난 안전해요."

엄마 목소리가 왠지 공허하다. 거대한 금속 원통이 수백 톤에 해당하는 힘으로 동료를 우주정거장에서 쓸어내는 걸 봐서 그런가.

"나이트록스* 수준은?"

"한 시간 남았어요." 엄마가 말한다.

"50분." 스턴스 박사가 인터컴으로 말한다.

"한 시간." 엄마가 이의를 허락하지 않는 어조로 말한다. "내가 낮출 수 있어요."

버지니아가 계기판으로 몸을 굽힌다. "오케이. 내가 추진로켓을 써서 외부 토크를 대부분 상쇄해볼게요. 그런데 연료가 충분치 않아서…."

"해요." 엄마가 말한다. "이러다 몽땅 불덩이가 돼요."

"젠장." 버지니아가 말한다. "젠장, 대기항력이 장난 아니에요. 운동량을 자동 흡수하느라 자이로가 다 포화 상태인데– 중력경도법으로 한두 개는 포화도를 낮추겠지만–"

버지니아가 한참을 장애 제거에 매달린다. 불행 중 다행이다. 지금 이 순간 다행스러운 건 이것밖에 없다. 버지니아가 이 모니터에서 저 모니터로, 이 벽에서 저 벽으로 분주히 오간다.

"우리가 도울 일 없어요?" 오리온이 말한다.

"없어."

"레오도요?"

"레오도."

30분 후 버지니아가 비로소 키보드를 놓고 위로 붕 떠올라 길게

---

* nitrox. 질소와 산소 혼합 가스.

숨을 토한다. "자세 복원 성공. 프리먼, 재승선하세요."

엄마가 수동 브레이크로 RCV를 직접 몰고 온다. 나는 계속 지켜본다. 엄마가 축 끝의 해치에 도착할 때까지.

버지니아가 해치를 열어 엄마를 들인다. 그리고 에어로크의 기압을 도로 높이기 시작한다. 엄마가 태아 자세로 몸을 웅크리고 터널 모양의 공간으로 천천히 돌면서 들어온다.

"프리먼 재승선." 버지니아가 인터컴에 대고 말한다. "그렇긴 한데, 불포화 자이로는 두 개뿐이고, 추진로켓 연료도 거의 다 소진했고, 알다시피 자이로 하나는 완전히 꼈고, 이제…."

"이제 자세를 유지하려면 추진로켓에 의존할 수밖에 없어요." 스피커에서 싱이 말한다. "거기 자이로 제어 시스템은 자이로 네 개가 필요하니까."

"맞아요." 버지니아가 말한다. "그것도 정상 상황일 때 이야기죠. 이렇게 막대한 토크가 시스템을 덮치지 않았을 때."

"젠장." 싱이 말한다. 잠시 침묵. "미안해요."

"그래서요?" 오리온이 말한다. "그게 무슨 뜻이에요?"

"연료가 더 필요하다는 뜻이야. 아니면 새 자이로를 연결하든가." 버지니아가 말한다.

"연료를 구할 순 없어요?" 리브라가 말한다. "연료를 어디서 얻는데요?"

"화물 컨테이너에서." 버지니아가 말한다.

"아." 리브라가 말한다. 금방이라도 울음이 터질 듯한 얼굴이다. 하지만 리브라도 여기서 평생을 보낸 애다. 울지 말아야 할 때를 안다.

"여분의 자이로는요?" 오리온이 말한다. "그건요?"

"하나 있어. 저장고 중 하나에 있지. 하지만 자이로 설치에는 우주비행사 두 명이 필요해. EVA로만 가능하고. 하지만 우린 방금 브라운을 잃었어."

"그럼," 리브라가 말한다. "대안은요?"

"모르겠다." 버지니아가 말한다. "집까지 날아가는 거? 레오 엄마와 브라운이 타고 온 모듈을 타고 우주정거장을 떠나는 거? 하지만 우주정거장을 버릴 순 없어. 이걸 건설하는 데 천문학적 금액이 들었어. 수많은 사람들의 필생의 사업이었어. 그럴 수는 없-"

"또는요? 다른 대안은요?"

"또는 한 시간 후쯤 우린 물체가 잘못된 각도로 대기와 충돌하면 어떤 일이 벌어지는지 알게 되겠지."

정적.

나는 버지니아의 손을 잡아 당긴다. "내가 할게요."

"뭐를?"

"내가 할게요. 내가 갈게요. 지금."

"어디로?"

"EVA 하러요. 엄마랑요. 엄마는 이미 우주복을 입었고, 우리가 새 자이로를 설치할 수 있어요. 그거 어디 있어요?"

"망가진 자이로 바로 옆. 하지만-"

"나도 프로토콜 알아요. 나도 할 수 있어요."

오리온이 나한테 인상을 쓴다. "레오, 작작해…."

"준비할 시간이 없어." 버지니아가 말한다. "감압병에 걸릴 거야."

이게 EVA의 큰 문제다. EVA는 잠수와 비슷하다. 아니, 잠수의 반대다. 잠수할 때는 물 밖으로 올라올 때가 문제다. 감압병은 고압에서 저압으로 급히 이동할 때 생기니까. EVA를 할 때는 우주로 나갈 때가 문제다. 무중력으로 나가니까. 나가서 질소와 산소 혼합 가스를 마시니까. 미리 충분히 오래 산소를, 가급적 압축산소를 흡입해두지 않으면, 혈액 안에 작은 질소 기포가 생긴다.

그러면 피부의 혈관이 터지기도 한다. 눈의 혈관도. 기포들이 관절에서 터지면 극심한 통증을 일으키고, 사지 마비를 유발한다. 의식을 잃을 수도 있고, 혼수상태에 빠질 수도 있다. 장기 신경 손상을 입을 수도 있다.

하지만 어느 것도 나를 막지는 못한다.

"제발요. 치료 방법이 있잖아요. 고압산소실에서 한 시간이면 낫잖아요."

버지니아가 나를 노려본다. "일부러 감압병에 걸린 다음에, 그다음에 치료하겠다고?"

"네, 제발요. 난 어리잖아요. 그리고 방금 건강검진도 받은 거나 마찬가지잖아요. 심장마비에 걸릴 일도 없잖아요."

"레오." 리브라가 부른다. 버지니아가 뭔가를 말하려 하지만 리브라가 한 손을 치켜든다. 그러고는 나한테 유영해서 온다. 두 손을 내 어깨에 올리고 두 눈을 내 눈에 맞춘다. "레오, 이럴 필요 없어. 엄마한테 칭찬받으려고 애쓸 필요 없어."

나는 리브라의 눈을 물끄러미 쳐다본다. 진심으로 어이가 없다.

"아니거든."

"아니야? 그럼 뭐야? 영웅이 되고 싶은 거야?"

나는 머리를 가로젓는다. "난 그저 돕고 싶을 뿐이야. 그리고…."

"그리고?" 리브라가 나를 바라본다. 이런 표정으로. *이제 진실을 말해.*

"저기 나가보고 싶어." 나는 창을 가리킨다. 창 너머의 하늘을.

오리온이 어깨를 으쓱한다. "너른 공간."

"바로 그거야."

리브라가 천천히 고개를 끄덕인다. 그리고 버지니아를 향해 돌아선다. 리브라의 머리에서 흐르는 사고 과정이 눈에 훤히 보인다. 화면에 펼쳐지는 코드처럼.

"레오 말이 맞아요." 리브라가 말한다. "이게 유일한 대안이에요. 레오가 엄마랑 EVA를 하느냐, 우리 모두 죽느냐."

정적.

"내가 나가거나." 버지니아가 말한다.

"안 돼요." 리브라가 말한다. "프로그램을 다룰 사람이 있어야죠. 조종실은 누가 맡아요."

또 정적.

"젠장." 버지니아가 엄지로 인터컴 버튼을 누른다. "부트로스 사령관님? 싱? 두 가지 옵션이 있어요. 우리 모두 지금 당장 착륙 모듈에 올라 지구로 향한다. 아니면 레오가 엄마와 EVA 해서 새 자이로를 설치한다. 레오한테 감압증이 오겠지만 들어오는 즉시 고압산소실에 넣는다."

버지니아는 세 번째 옵션은 언급하지 않는다. 우리 모두 죽는다.

정적.

"귀환은 옵션이 아닙니다." 마침내 부트로스 사령관이 말한다. "문2는 기능을 유지해야 해요. 여러분이 돌아오면 문2는 여러분 뒤에서 침몰합니다. 우리와 NASA와 러시아의 지난 80년간의 고생이 물거품이 되는 거죠."

"우리가 돌아가는 것보다 여기서 죽는 게 좋으세요?" 리브라가 일부러 느리게 말한다.

정적.

"귀환은 옵션이 아닙니다." 사령관이 반복한다. "우주정거장이 무사히 안정 궤도에 오를 때까지는."

"오케이." 오리온이 말한다. "그럼 옵션 2."

"옵션 2." 그렇게 말하고 나는 해치로 향하기 시작한다.

"잠깐." 버지니아가 말한다. "엄마한테 말해야 하지 않을까?" 버지니아가 통신 스위치로 팔을 뻗는다.

"아뇨. 직접 말할게요."

나는 우주정거장을 가로질러 활공한다. 모듈들과 해치들을 통과한다. 축 끝에 다다를 때까지. 에어로크 문 뒤에서 엄마가 아직도 몸을 웅크린 채 기다리고 있다.

나는 문 옆에 붙은 인터컴 버튼을 누른다. "엄마?"

엄마가 고개를 든다. 나는 엄마한테 그쪽 인터컴으로 가라는 시늉을 한다.

"왜?"

"우리가 나가게 됐어요. 자이로 새로 설치하러. 추진로켓 연료가 부족해서 새 자이로 없이는 자세를 유지할 수 없대요."

엄마와는 대화가 길어지려야 길어질 수가 없다. 엄마는 이미 모든 각도에서 생각하고 있다. 이미 10단계쯤 앞서 있다. 자초지종을 말할 필요가 없다.

"누가 우리야?"

"나랑 엄마요."

엄마가 눈을 치켜뜬다. "넌 경험이 없어."

"나도 나가봤어요."

"챙이랑? 고작 2분?"

그래. 2분이었다. 하지만 고작 2분이라도 아예 안 해본 것보다는 낫다.

"2분이라도 안 해본 것보다는 나아요."

엄마는 한동안 그저 나를 쳐다보기만 한다. "계획은 뭐야? 즉각 응압 처치? 감압증이 오지 않길 바라는 거? 뇌졸중이 피해 가기를 바라는 거?"

나는 어깨를 으쓱한다. "네."

엄마의 눈이 계산하듯 빠르게 움직인다. "넌 겨우 열다섯 살이야. 그리고 자이로 설치는 쉬운 일이 아니야. 사방에 잔해가 떠다니는 곳에선 더구나. 그러니까 내가 하라는 대로 해. 내가 하라고 할 때."

"옛! 알겠습니다."

"좋아, 그럼." 엄마가 말한다. 역시나 내 대답의 비꼬는 투를 감지하지 못한다. "옷 입어."

EvA 1

에어로크 문 옆에 벽장이 있다. 나는 액체냉각복을 꺼낸다. 액체냉각복은 거대한 잠옷처럼 생겼다. 다만 촘촘히 내장된 투명 플라스틱 튜브들이 온몸을 감싸고 냉각수를 몸의 말단 부위까지 보낸다. 태양광선이 강한 데다 우주복엔 체열이 빠져나갈 구멍이 없기 때문에 우주복 안은 온도가 심하게 올라간다. 냉각복이 없으면 우주복 안에서 쪄 죽는다.

다음에는 산더미 같은 우주복을 입는다. 입는다기보다 우주복으로 들어간다는 표현이 더 적당할 거다. 딱딱한 상반신으로 들어간다. 등 쪽에 일종의 문이 달려 있다. 사실 우주복은 외골격에 가깝다. 우주복은 등에 거대한 팩을 지고 있다. 팩에는 질소&산소 공급 장비, 냉각복을 위한 급수탱크, 날숨을 처리할 CO_2 제거 카트리지, 열 가지가 넘는 센서들, 각종 생명 유지장치가 들어 있다.

이미 버지니아가 에어로크를 도로 감압해놓았다. 나는 문을 열고 엄마한테 떠간다. 한 문장으로 말했지만 사실 꽤 시간이 걸리는 과정이다. 자동차 한 대를 몸에 감은 것이나 다름없는 우주복을 입고 기동하는 건 쉬운 일이 아니다. 동작 하나하나 신중해야 하고 조심스러워야 한다.

엄마가 내 손을 잡는다. 아니, 내 장갑을 잡았다고 해야 하나.

다정해서는 아니고, 그저 내가 몸을 가누게 하려고. 우리는 잠시 에어로크 안에서 까닥거린다.

우리의 탯줄이 우리 뒤로 뱀처럼 구불구불 움직인다. 통신과 전원에 연결된, 우리 각자를 모선에 묶는 줄이다. 아직 우주정거장 안에 있지만 밖으로 나가면 더 이상 압력을 받지 않는다. 우리는 각자의 LED 디스플레이를 점검한다. 산소 수준과 압력을 계기가 제대로 읽는지 본다. 밖에서는 작은 실수 하나가 곧 죽음이다.

우리는 다시 점검한다. 모든 것이 정상이다.

"외부 해치를 열어요, 던컨." 엄마가 말한다.

쉭쉭 소리와 함께 해치가 열린다. 소용돌이 구름 아래로 북극권의 툰드라가 내려다보인다. 그 너머로 암흑이 끝도 없이 이어져 있다. 이제 나갈 때다. 우리는 작렬하는 태양광을 차단해서 각막이 타는 것을 방지하는 금색 가리개를 내린다. 그리고 해치를 통과해 우주정거장 밖으로 꿈틀꿈틀 나간다.

"클립 채워." 엄마가 말한다.

나는 우주정거장 외벽에 달린 케이블에 클립을 채운다.

돌아선다.

심장이 멎는다.

내 시스템의 일부가 고장 나서가 아니라 내가 있는 곳 때문에.

아름답다.

내부에서 나고 자랐지만 벽 너머에 밖이 있다는 것을 빤히 안다. 하지만 안다고 해서 막상 밖으로 나왔을 때 밖의 깊이를, 사방의 규모를 감당할 수 있는 건 아니다. 전에도 밖으로 나온 적이 있다. 짧게. 챙과 함께. 하지만 그것만으로는 충분치 않다.

30분쯤 뒤에는 다시 어두워질 거다. 하지만 지금은 모든 것이 빛으로 넘쳐난다. 완전하고, 절대적이고, 너무나 밝아서 환상적이고, 그래서 계시 같은, 믿을 수 없는 빛으로 가득하다.

우리 아래에 지구가 있다. 완벽한 모습으로 돌고 있다. 태양이라는 조명을 받아 지구의 만곡이 분명히 드러난다. 리본 같은 은색 강줄기들이 어둠으로 이어지고, 모든 방향으로 우주가 있다. 하지만 '우주'라는 말은 틀린 말이다. 영원히 이어지고, 헤아릴 수 없이 많은 세상으로 가득한 곳이니까. 헤아릴 수 없이 많은 세상들이 무한한 어둠 속에서 바늘 자국들처럼 반짝인다.

한동안 나는 충격 상태에 있다.

이럴 줄 알았건만 어쨌거나 충격에 빠진다.

이건 마치, 이걸 어디다 비교해야 하나, 이렇게 상상해보자. 욕조에서 머리를 물속에 박고 눈을 뜬다. 욕조 내부를 보는 내가 아니라 깊은 대양 속에 있는 나를 발견한다. 눈을 내린다. 바닷물이 담청색에서 검푸른 색으로 변하고, 해파리가 너울거리고, 고래가 밑으로 지나간다. 이것이 열린 공간이 주는 느낌이다. 우주에서 나고 자랐어도 예외는 없다.

그때 삐- 소리가 들린다. 나는 내 헤드업 디스플레이*의 녹색 LED에 집중한다. 내 심장박동수가 치솟고 있다.

"레오, 레오, 대답해." 스턴스 박사의 목소리다.

"저, 괜찮아요." 내 시스템을 확인한다. "시스템 정상. 그냥, 좀 놀라서요."

"이해한다." 부트로스 사령관이 말한다. 그의 말투는 자상한 아

* head-up display. 바로 앞 유리창이나 바이저에 정보를 그래픽 이미지로 띄워주는 표시 장치.

빠 같기도 하면서 동시에 천문학적 금액이 들어간 거대 과학 탐사 사업의 보스 같기도 하다. "하지만 마음을 다잡아라. 네겐 할 일이 있어."

"옛, 알겠습니다." 이번에는 어떤 비꼼도 없다.

"우주복 점검." 엄마가 말한다.

나는 내 헤드업 디스플레이를 본다. 우주복 압력 정상. 공기 공급 정상. "정상."

"다시 점검."

나는 다시 점검한다. EVA는 모든 것을 항상 점검하는 일이다. 우주복의 누출은 바깥의 진공이 안으로 들어온다는 뜻이다. 그것은 폐가 파열되고, 고막이 터지고, 침과 땀이 끓기 시작한다는 뜻이다. 죽기에 좋은 방법은 아니다.

충분히 확인한 후 엄마가 내 클립을 RCV로 옮겨서 거기 채우라고 한다. 신속히 이동해야 한다. 질소 기포가 내 혈류로 들어오는 건 시간문제다. 빨리 우주정거장 안으로 돌아갈수록, 빨리 고압산소실로 들어갈수록 좋다.

"던컨, 우리 옮겨줘요." 엄마가 말한다. "덱스터 로봇팔 작동해서 자이로에 배치해요."

"벌써 했어요." 버지니아가 말한다.

"좋아요."

둔탁한 쾅 소리와 함께 RCV가 우주정거장 외벽의 트러스를 따라 미끄러지기 시작한다. 우리 둘 다 RCV에 연결돼 있다. 엄마는 RCV 앞면의 발판에 올라가 있다. 옛날 뱃머리에 달려 있던 조각상 같다. 나는 한 손으로 RCV 뒷부분의 핸들을 잡고 매달려 간다.

우리가 있는 축이 현재 지구와 평행이다. 아래에서 푸른 대양이 돌아간다. 이따금 섬이 지나간다. 태평양 같다. 일본이 훌렁 시야에 들어온다. 지구와 나 사이를 400킬로미터의 허공이 메우고 있다. 지구 건너편에 달이 있다. 지구의 만곡 너머로 일부만 보인다. 구멍이 숭숭 난 회색 얼굴.

달은 항상 거기 있다. 어딘가에. 우주정거장 창밖에. 지구 주위를 돌면서. 끝없이. 헌신의 궤도.

우주의 어느 것도 달이 지구를 사랑하듯이 사랑하는 것은 없다.

"집중해, 레오." 엄마가 말한다.

우리는 자이로에 도달한다. 대단해 보이지는 않는다. 뚜껑 달린 정사각형 물건이다. 회전체나 짐벌은 보이지 않는다. 그런 건 모두 둥그런 흰색 덮개 안에 있다. 미소 유성체로부터 보호하기 위해서다. 이런 방지책에도 불구하고 뭔가가 베어링을 훼손한 모양이다.

"클립을 트러스에 채워."

우리 둘 다 한 손은 차량을 잡은 채로 다른 손으로 클립을 우주정거장의 케이블로 옮긴다.

자이로 건너편 좌현에 덱스터 로봇팔이 위치해 있다. "던컨, 덱스터 제어 준비됐어요?" 엄마가 말한다.

"네." 버지니아가 대답한다. 그리고 로봇팔 끝을 살짝 흔든다.

"좋아요. 그쪽에서 자이로를 붙잡아요. 레오랑 내가 볼트를 풀 테니까. 그다음 그쪽에서 자이로를 우주정거장에서 떼어내요. 예비용 자이로는 저장고3에 있어요. 우리가 새 자이로를 설치합니다. 그다음 그쪽에서 낡은 자이로를 새 자이로가 있던 저장고3에 넣습니다. 접수했어요?"

"접수했어요." 버지니아가 말한다.

"그럼 반복해봐요." 엄마가 말한다.

버지니아가 그대로 다시 말한다. 작은 실수 하나에도 목숨이 날이간다.

엄마의 승인이 떨어지자 버지니아가 로봇팔을 작동해 자이로의 외피를 붙잡는다. 로봇팔을 움직여서 확실히 잡았는지 확인하고 또 확인한다. 로봇팔의 기어가 끽끽대지만 로봇팔이 움직이지는 않는다. 로봇팔이 자이로를 확실히 잡았다.

"스패너." 엄마가 말한다.

나는 RCV의 툴박스에서 전동 스패너를 꺼내 엄마한테 건네고, 두 번째 스패너를 꺼낸다. 엄마가 우리가 풀어야 할 볼트 여덟 개를 보여준다. "내가 이쪽 것들을 맡을 테니까, 넌 그쪽을 맡아."

나는 내 주변을 머리에서 몰아내려 애쓴다. 별들, 지구, 달. 무한한 공간. 나는 세상을 헬멧 가리개 바로 앞에 있는 것들로 줄여버리려 애쓴다. 태양광을 받아 어슴푸레 은색으로 빛나는 자이로 볼트와 우주정거장 외벽. 액체냉각 속옷에도 불구하고 우주복 속은 덥다. 땀방울이 이마에 맺히는 게 느껴진다. 모든 소리가 둔탁하게 죽었다. 심장 모니터의 삑삑 소리와 무전기에서 나오는 목소리들을 빼고.

나는 스패너로 첫 번째 볼트를 잡고 돌린다. 어렵다. EVA에서는 아주 단순한 활동도 어렵다. 스패너를 비트는 것과 동시에, 잡아주는 중력도 없이 산더미 같은 우주복 속에서 우주정거장에 찰떡같이 붙어 있어야 한다. 머리는 진행 중인 일에 집중하면서 근육은 죄다 중심을 잡는 데 동원해야 한다. 세밀한 운동 제어를 사실상 불가능하게 만드는 거대한 장갑을 끼고 스패너를 조작하는 고충은 덤이다.

비틀고,

비틀고,

비틀고.

나는 스패너를 조심스럽게 돌린다. 마침내 볼트가 풀린다. 볼트가 우주로 떠내려가기 전에 용케 장갑 손으로 잡아서 RCV의 툴박스로 옮긴다. 툴박스에는 신축성 있는 띠들이 바둑판 모양으로 붙어 있어서 작은 물건들이 흩어지는 걸 막는다.

다음 볼트.

그다음 볼트.

엄마 쪽을 힐끔 올려다본다. 엄마는 마지막 볼트를 푸는 중이다. 나보다 훨씬 빠르다. 나는 우리 아래서 돌아가는 지구를 살짝 본다. 지금은 인도 대륙이 지나간다. 푸른 산맥과 광막한 갈색 사막. 세계의 모습에 숨이 막힌다. 빙하들. 폭발처럼 뻗어나간 도시들.

눈을 돌려도 색들이 여전히 따라온다. 우주정거장의 벽과 유리에 비친 초록색들, 파란색들, 밤색들. 지구의 투영. 지구가 아래에서 일렁인다. 아름답다. 깊고 깊은 암흑에 맞서 더더욱 선명하게 아름답다.

"집중해." 엄마가 말한다.

나는 다시 마지막 볼트로 눈을 돌린다. 내 헬멧 가리개에 김이 서리는 것을 본 것은 그때다.

"어, 네바다, 내 가리개에… 응결 현상이 있다." 자이로의 덮개와 마지막 볼트만 겨우 보이고, 모든 것이 흐릿하게 일렁인다.

"응결 현상인가, 시력 문제인가?" 내가 한 번도 가보지 못한 지구에서 부트로스 사령관이 말한다.

"응결 현상 같아요."

"생체징후 확인 중." 스턴스 박사가 말한다. "심장박동수가 조금 높은데, 그건 사전 가압이 없었기 때문에 예상했던 거예요. 그건 그렇고, 두 사람 다 서둘러야 해요. 장기적 신경 손상이 염려됩니다."

아, 제기랄.

엄마가 몸을 날려서 나한테 와 있다. 눈앞에 엄마의 헬멧이 보인다. 김이 서린 가리개 때문에 뭉개져 보인다. 이제는 집중을 방해하는 우주 풍경 걱정을 할 필요가 없어졌다. 보려고 해도 잘 보이지 않는다. 거기다 눈에 뭐가 들어갔다. 모래인가.

"헬멧에 김이 서리는 원인이 뭔지 염려스럽다." 엄마가 말한다.

"기술 담당," 스턴스 박사가 말한다. "응답 바란다."

다른 목소리가 나온다. 여자다. "레오, 눈이 따갑니?"

"네, 그게, 따갑진 않은데, 눈에 뭔가 깔깔한 게 들어갔어요."

"아." 기술 담당 여자가 말한다.

"아." 스턴스 박사가 말한다.

EVA 2

"아?" 내가 말한다. "그게 무슨 뜻이에요?"

"산소 정화 시스템?" 엄마가 말한다.

"내 생각도 같아요." 기술 담당 여자가 말한다.

"동의해요." 스턴스 박사가 말한다.

이쯤 되자 나는 약간 히스테리 상태가 된다. 나는 우주정거장 밖에 묶여 있고, 우주복 밖의 모든 것이 나를 죽이려 든다.

"우주복의 공기를 정화하는 여과장치가 있는데," 여자가 말한다. "이 장치가 수산화리튬을 써서 네가 내뿜는 이산화탄소를 제거해. 이 수산화리튬이 새는 것 같아. 이게 좀 매워. 이것 때문에 눈이 아리고 김이 서리는 거야."

"그럼 어떻게 해요?"

"우주복을 환기시켜야 해. 지금 당장."

"뭐라고요?" 우주복을 어떻게 환기해? 그건 미친 짓이다. 공기를 모두 제거하라니? 숨은 어떻게 쉬고?

"나를 믿어, 레오. 환기와 동시에 우주복이 신선한 산소로 채워져. 단, 호흡을 천천히 하도록. 그럼 괜찮을 거야."

"잠깐만요, 만약–"

"시간이 없어. 환기 밸브를 열어."

"하지만 난-"

"지금 실시한다." 대문자로 말하는 것이 가능하다면, 지금 이 여자가 그렇게 하고 있다. "지금, 레오. 이건 명령이야."

이제 어두워졌다. 헬멧 가리개에 김이 서려서 그런 것만은 아니다. 시속 2만 8천 킬로미터로 지구를 공전하다 보면 낮밤이 스위치처럼 바뀐다. 이제 나는 빛의 전적인 부재 속에 있다. 환상적이다. 이번에는 극도로 나쁜 의미에서.

오케이, 나는 생각한다. *너한테 달렸어, 레오.*

환기 밸브가 어디에 있는지는 안다. 헬멧의 왼쪽 귀 옆에. 하지만 내가 이걸 쓰게 되리라곤 상상도 못했다. 내 공기를 우주에 쏟아버리는 장치다. 하지만 어쨌거나 나는 그것을 돌린다. 공기가 쉭쉭대며 우주복 밖으로 빠지기 시작한다. 광대한 우주로 부글부글 흘러넘친다. 실제로 거품이 보인다. 수천 개의 거품이 우주정거장의 빛을 받아 무지갯빛으로 어른거리며 암흑 속으로 흩어진다.

나는 느리게 호흡한다. 공기가 우주복에서 빠져나가는 동안 최대한 공기를 적게 쓰려고 노력한다. 그러면서 산소가 새로 들어오고 있다고, 산소가 새로 들어오고 있다고, 산소가 새로 들어오고 있다고, 끝없이 속으로 주문을 왼다.

머리가 어질어질하다. 엄마가 내 손을 붙잡는다. 그제야 내가 우주정거장에서 손을 놓았다는 것을 깨닫는다.

숨을 천천히.

그러자 서서히 김이 걷히기 시작한다. 우주복 램프의 빛줄기 아래로 트러스와 RCV와 로봇팔과 자이로가 다시 보인다. 더럽던 창문이 깨끗해지는 것처럼. 눈이 따끔거리는 것도 줄어든다.

나는 크게 호흡한다.

"괜찮아졌어요. 이제 괜찮아요."

"그럼 이제 잡아." 엄마가 말한다.

그러고 보니 엄마가 여태 내 장갑을 붙들고 있다. 나는 다른 손으로 우주정거장의 핸들을 붙잡고 엄마 손을 놓는다.

"고마워요."

우주복을 입으면 어깨를 으쓱할 수 없다. 하지만 엄마가 어깨를 으쓱하는 것이 느껴진다. "이제 빨리 움직여야 해." 엄마가 말한다.

"맞아." 스턴스 박사가 무전기로 말한다. "새는 구멍이 없어진 건 아냐. 우주복을 신선한 산소로 채웠다 해도 수산화리튬이 다시 차오르기 시작할 거야. 10분 남았어."

"시야가 다시 흐려지기까지요?"

"죽기 전까지."

너무 사무적이고 직설적이라서 뭐라 대꾸할 말이 떠오르지 않는다. "오케이." 이 말밖에는 할 말이 없다.

"여기," 엄마가 말한다. "마지막 볼트는 내가 할게."

"아뇨. 내가 할게요."

"이걸로 해야지." 엄마가 나한테 스패너를 건넨다. 환기하는 동안 스패너도 놓아버린 게 분명하다.

나는 고개를 끄덕이고 마지막 볼트로 몸을 돌린다. 스패너로 볼트를 잡고 돌린다. 꿈쩍하지 않는다. 너무 빡빡하다. 다시 돌린다. 마찬가지다. 나는 허둥대기 시작한다.

젠장.

그때 엄마의 손이 기다란 스패너 손잡이를 함께 잡는다. 우리 둘이 함께 비튼다.

펑–

볼트가 돌아간다. 나는 볼트를 빠질 때까지 돌려서 툴박스의 쫄쫄이 그물에 집어넣는다.

“덱스터로 자이로를 제거해요, 던컨.” 엄마가 말한다. 로봇팔이 자이로를 들어 올려 우주정거장 벽에서 멀리 치운다. 엄마가 나한테 돌아선다. “새 걸 꺼내는 건 우리가 해야 해. 로봇팔은 바빠.”

우리는 케이블에 클립을 채운 채로 우주정거장 외벽을 따라 움직인다. 저장고3에 닿자 엄마가 저장고를 잠가놓은 걸쇠를 푼다. 안에 새 자이로가 있다. 무겁다. 몇 백 킬로그램은 나갈 거다. 하지만 여기는 무중력이라 무게가 없다. 무게 차원이 아니라 모양과 덩치 차원에서 부담스럽다.

우리는 물건을 묶어놓은 끈을 조심조심 풀고, 물건이 저장고 밖으로 둥실 뜰 때까지 스패너를 지렛대 삼아 밀어 올리고, 각자 한 손으로 물건을 붙들어서 멀리 떠가지 못하게 막는다. 물건은 침대 크기다. 옮기기가 결코 만만치 않다. 더구나 우주복을 입고 우주정거장 벽에 묶여 있을 때는.

땀이 난다. 근육이 비명을 지른다. 나는 물건을 가누면서 절벽에 붙어 가듯 조금씩 전진한다. 호흡이 가빠진다. 어디까지가 힘이 부치는 탓인지, 어디까지가 감압증 때문인지 모르겠다. 지금쯤 감압증이 생길 때가 되고도 남았다. 정맥 안에서 부글거리는 질소 기체가 눈앞에 그려진다.

우리는 자이로의 위치를 대충 잡는다. 우주복의 목테 아래로 땀이 줄줄 흐른다.

"기다려요." 버지니아가 무전으로 말한다. "낡은 자이로를 치우는 대로 내가 도와줄게요."

로봇팔이 RCV보다는 움직임이 자유롭다. RCV는 기본적으로 트러스를 선로 삼아 왔다 갔다 하는 열차에 불과하다. 반면 로봇팔은 위치 이동도 하고 동시에 상하좌우로 움직인다. 버지니아가 조종하는 로봇팔이 우리를 지나 저장고3 위로 옮겨와서 낡은 자이로를 조심스럽게 집어넣는다. 버지니아가 자동 폐쇄 기능을 써서 저장고를 봉한다.

로봇팔이 돌아와서, 우리가 새 자이로의 위치를 조정하는 동안 새 자이로를 움직이지 않게 잡아준다. 마침내 자이로 구멍들이 우주정거장 동체와 가지런해진다.

"됐어." 엄마가 말한다.

우리는 풀었던 볼트들을 다시 구멍에 조여 넣는다.

간단하다. 하지만 몇 분이 걸린다. 몇 분인지는 모르겠다. 내가 아는 건 내가 지금 나의 마지막 볼트를 돌리고 있다는 것. 눈이 또 깔깔해지기 시작한다. 눈에 모래가 들어간 느낌이 돌아왔다. 내가 모래의 느낌을 아는 건 아니지만. 우주정거장에서 자라면 비유를 하기도 어렵다. 거의 모든 것을 책으로 배운다. 경험이 아니라.

"새 자이로 설치 완료." 엄마가 말한다. "반복한다. 새 자이로 설치 완료."

"수고했다." 부트로스 사령관이 말한다. "정거장으로 귀환하라. 지금 당장."

"던컨, 레오가 들어갈 고압실 준비해요." 스턴스 박사가 말한다. "즉각 응압 처치. 24시간. 고순도 산소."

"이미 준비 완료." 버지니아가 말한다. "리브라와 오리온이 도왔어요."

고맙다, 리브라. 나는 생각한다. *고맙다, 오리온.*

우리는 클립을 케이블에서 풀어서 RCV에 채운다. 버지니아가 RCV를 조종해서 우리를 다시 해치로 데려간다. 나는 시야가 흐려진다. 젠장, 젠장.

"시야가 흐려요." 내가 말한다.

"얼른 움직여요," 네바다의 여자가 말한다. 여자의 이름은 알 길이 없다. "빨리."

"얼마 남았죠?"

"2분." 스턴스 박사가 말한다. "최대 2분."

안개가 지구를 지운다. 암흑. 달. 우주정거장의 은색 벽에 비친 아름다운 모습. 보이는 게 없다. RCV 바퀴가 약하게 쉭쉭대는 소리와 무전에서 나오는 목소리들을 빼면 들리는 것도 없다. 목소리들이 점점 더 다급해진다.

"해치 열어요."

"얼른."

"애를 안으로."

"던컨, 에어로크 재가압 개시."

해가 뜬다.

또다시.

EVA 3

희미하게 누군가 내 우주복을 벗기는 느낌이 난다. 나를 냉각 속옷에서 꺼내고, 나를 끌고 에어로크 문과 모듈들을 통과한다. 시야가 갠다. 바로 눈앞에 틀어놓은 비디오 화면처럼 금속 벽과 나사와 경고표지 들이 나를 지나간다.

어느새 나는 베이지색 공간에 들어와 있다. 매끈한 벽들이 나를 휘감는다. 관 같다. 쥐어짜는 느낌, 가슴을 압박하는 느낌이 든다. 그러다 뭔가가 세차게 뿜어져 나온다. 쉭쉭 소리와 함께 관이 고순도 산소로 가득 찬다.

오른편에 밝은 빛이 있다. 나는 몸을 돌린다. 여압실의 둥근 창밖에 엄마가 떠 있다. 얼굴을 유리에 바싹 대고.

"어떠니?"

나는 생각을 모은다. 관절이 아프다. 호흡이 얕게 느껴진다. 눈앞에 별들이 춤을 둔다. 우주 한 조각이 나를 따라 흘러 들어온 건지, 아직도 나를 에워싸고 있다. 심장이 피스톤처럼 가슴통을 세게 두들긴다. 통제 불능 상태로 돌아가는 자이로처럼.

"별로 안 좋아요."

"스턴스 박사가 네 생체징후를 모니터링하고 있어." 엄마가 말한다. "박사 말로는 괜찮을 거래. 팔다리에 발진이 없어. 몸통도 깨끗하고. 따라서 신경학적 후유증만 없으면…."

"그게 가능해요?"

"응."

나도 이미 알고 있다. 하지만 왠지 엄마 대답으로 듣고 싶었다.

"그럼 이제 기다리는 일만 남았네요."

"이제 기다리는 일만 남았어. 24시간."

다음 말을 왜 했나 모르겠다. 하지만 했고, 한 말을 회수할 수는 없다. 음파가 이미 여압실로, 우주정거장으로 나갔고, 모듈 벽에 메아리치고 있다. "같이 있을 거죠?"

"아니. 난 함교로 가야 해. 브라운 일을 마무리해야 해. 가족한테 통지해야지. 가족한테 연락하는 건 내가 하기로 했어. 왜냐면, 그 일이 일어났을 때 내가 함께 있었으니까."

"젠장, 까먹고 있었어요. 어떻게 까먹을 수 있지?"

"너도 상황이 워낙 급했으니까."

상상도 안 된다. 연락을 받은 가족 마음은 어떨까. 브라운이 화물 컨테이너에 부딪혀 우주로 날아갔다는 것을 알면. 정말 재수 없는 사고 때문에. 나는 캘리포니아의 단층집, 또는 애틀랜타의 교외 주택, 또는 어딘가에 있을 그의 가족을 그려본다. 그가 겁에 질렸다는 것 외에, 그가 경험이 부족했다는 것 외에, 내가 그에 대해 아는 건 아무것도 없다. 비드링크 전화를 받는 브라운의 가족이 그려진다. 그들의 세상이 무너진다. 우주의 진공이 밀고 들어와 초토화한다.

토할 것 같다. 지금까지 내가 아는 사람이 죽은 적은 한 번도 없다. 할머니만 빼고. 하지만 할머니는 내가 정말로 어렸을 때 비드링크로 봤을 뿐이고, 지금은 얼굴도 생각나지 않는다. 불과 한 시간 전에 같은 모듈에 같이 있었다는 이유로 그의 죽음이 전혀 다른 방식으로 기묘하게 다가온다. 심지어 모든 게 내 탓 같은 마음도 든다. 내가 내 계획에 그들을 내몬 것 같은….

아니, 그저 로켓에 불이 났을 뿐이야. 그뿐이야.

혹시 엄마도 나와 같은 생각을 할까? 나는 여압실 창이 어안렌즈처럼 확대한 엄마의 눈을 살핀다.

그 눈이 나를 마주 본다. 비디오 화면처럼 텅 비어 있다.

"글쎄," 엄마가 말한다. "적어도 브라운의 바람대로 되긴 했어. 우주에 묻혔으니까."

그러고는 가버린다.

다시 가압

나는 여압실에 누워 있다. 24시간 동안.

읽을 것도 없고,

비디오도 없다.

나는 그냥 누워 있고, 산소가 주입된다. 캡슐로, 그리고 내 폐 속으로. 대기압의 두 배의 압력으로.

따분하다.

그게 다다. 별로 할 말이 없다.

귀향 1

24시간이 다 지나자 리브라와 오리온이 나를 데리러 온다.

스턴스 박사가 이미 원격으로 내 생체징후를 확인했고, 건강한 상태라고 공표했다. 나를 네바다 기지로 데려가 감압증에 의한 신경학적 손상은 없는지 뇌 MRI를 찍어봐야 알겠지만, 일단은 그렇다. 어쨌든 관절은 아무렇지 않고, 몸에 발진도 없고, 심장박동수와 혈압도 정상이다. 아슬아슬했지만 늦지 않게 귀환한 덕분이다.

리브라가 나한테 새 옷을 건넨다. 사람들은 나를 여압실에 넣기 전에 액체냉각복을 벗겼다. 그게 끝이었다. 내 목숨을 살리는 데 급급해서 나한테 새 옷을 입힐 궁리를 한 사람은 아무도 없었다.

"고마워."

"별말씀을." 리브라가 말한다.

"너희 엄마랑 버지니아가 함교에서 기다리고 있어." 오리온이 말한다. "우리가 집에 예정보다 일찍 가게 되나 봐."

"정말?"

"응. 모든 게 엉망이 돼서."

"하지만 우주정거장은 안정됐잖아?"

"응. 자이로 네 개 다 작동해."

리브라가 앞장서고, 내가 뒤따르고, 오리온이 내 뒤에 온다. 우리 셋은 일렬로 우주정거장을 가로질러 활공한다.

"그런데 우릴 왜 지금 데려간대?"

"지구에 간다는데 우리가 무슨 질문을 더 했겠어?"

물론. 리브라는 집에 가고 싶어 한다. INDNAS가 우리의 집이라고 부르는 곳. 리브라는 엄마를 안고 싶어 한다. 오리온도 마찬가지다. 다만 언제나처럼 크게 내색하지 않을 뿐이고, 내 뒤에서 묵묵히 유영할 뿐이다. 해치와 핸들을 발사대 삼아 우아하게 날아오르면서. 오리온은 그저 콘서트홀에서 플루트를 연주하고, 소리가 벽을 만나 만드는 반향을 듣고 싶을 뿐이다.

단순한 소원. 하지만 불가능한 소원. 지금까지는.

우리는 함교에 도착한다. 엄마와 버지니아가 매뉴얼을 탁자에 고무줄로 묶어놓고 보다가 눈을 든다.

"일어났구나." 엄마가 말한다. "네바다에서 한 시간 후 전원 버스에 탑승하라는 명령이 왔어." 엄마 같은 우주비행사들은 도킹 & 랜딩 모듈을 버스라고 부른다. 일상적인 것처럼, 별로 무섭지 않은 것처럼 들리게 하려고. 내 생각이지만.

"한 시간요?" 내가 말한다.

"그래. 기회가 좋아. 착륙장 날씨가 청명해. 기지에서는 다음번 폭풍 전선이 접근하기 전에 우리가 먼저 도착하기를 바라. 정거장에서는 어쨌든 철수하기로 했어."

"왜요?"

엄마가 눈을 깜박인다. "브라운이 죽었어."

"그건 그런데—"

"그리고 우린 연료가 부족해. 자이로를 다시 설치했어도 마찬가지야. 여기서 사람이 모두 퇴거하면 산소, 압력, 냉각장치를 끌 수 있어. 남은 연료를 모두 자이로와 추진로켓으로 돌려서 누군가 연료를 갖고 올 때까지 정거장을 현상 유지할 수 있어."

설득력이 떨어진다. 나는 그 말을 하려고 입을 연다. 하지만 엄마가 손을 휘젓는다.

"잘 들어, 레오. 넌 어차피 집에 갈 예정이야. 생일이 지난 다음에. 기지에서 항상 그랬지, 스턴스 박사가. 너희가 열여섯 살은 되어야 몸이 견뎌낼 수 있다고. 그때를 그저 조금 앞당기는 것뿐이야. 네가 여압실에 있을 때 스턴스 박사가 네 생체징후를 계속 주시했는데, 네가 재진입을 견뎌낼 만큼 충분히 튼튼하대."

"그거 잘됐네요. 우리가 살아남을 거라는 거죠." 말이 비꼬는 투로 나온다. 하기야 비꼬는 의미니까.

"우리는요?" 오리온이 말한다.

"너희도 괜찮을 거야." 엄마가 말한다.

"아유, 다행이다." 오리온이 말한다. 하지만 오리온은 미소를 짓고 있다. 오리온은 원래 걱정이 많은 편이 아니다.

버지니아가 두 손을 치켜든다. "자, 우린 가는 거야, 오케이? 그러니까 이젠 안전하게 도착하는 데 집중하자. 나와 프리먼은 매뉴얼을 검토해야 해. 만약– 만약 프리먼이 의식을 잃는 상황이 오면 내가 버스를 운전해야 하거든. 난 잘하고 싶어. 너희 셋은 숙소에서 가져갈 물건을 챙겨. 20분 후 y–축 좌현 해치에서 랑데부 하자. 우리가 거기 없으면 너희 먼저 우주복 입어. 곧바로 갈 테니까."

흠. 이렇게 끝인가.

리브라와 오리온과 나는 해치로 다이빙해서 한동안 함께 유영하다가 각자의 숙소로 찢어진다. 나는 가져가고 싶은 것이 많지 않다. 여기는 우주정거장이다. 개인 소지품을 바리바리 가지고 있을 공간 자체가 없다. 나는 공중제비를 해서 벽장으로 간다. 벽장에도 쫄쫄이 그물이 붙어 있다. 할아버지 사진을 꺼낸다. 진짜 사진 용지에 인화한 옛날 사진이다.

시계는 이미 손목에 차고 있다. 할아버지가 옛날에 찼던 시계. 할아버지의 스피드마스터.

뭐가 더 있을까? 내 인생이 달랑 아이템 두 개로 정리될 리 없잖아. 하지만 그렇다. 나는 깨닫는다.

내 음악은 모두 온라인에 있다. 내 책들도 모두. 내 숙제도 모두. 내게 의미 있는 소유물은 이것들뿐이다.

나는 스크린을 펼쳐서 통화 버튼을 누른다. 할아버지는 받지 않는다. 받을 걸로 기대하지 않았다. 손목시계를 보니 캘리포니아는 지금 오전 3:00이다. '메시지를 남기시겠습니까?'가 화면에 뜬다.

"할아버지, 우리 지금 내려가요. 곧 만나겠네요. 음, 얼른 뵙고 싶어요. 이 말 하려고 전화했어요. 음, 곧 만나요."

나는 스크린을 도로 만다. 난 메시지가 싫다. 난 메시지에 약하다.

만약 내가 죽으면 이게 나의 마지막 메시지? 나의 유언?

나는 스크린을 펼쳐서 다시 통화 버튼을 누른다.

"사랑해요, 할아버지. 이 말을 하고 싶었어요."

나는 스크린을 말고, 침상을 딛고 공중으로 떠올라 해치를 통과해 y-축으로 향한다. 온실을 가로지르는데, 리브라가 아직 거기 있다. 식물 한 포기를 금속과 유리로 만든 튜브에 담고 있다.

"식물을 가져가려고? 지구에 흔하고 흔한 게 식물이야."

리브라가 나를 쳐다본다. “그래서? 이건 우주에서 재배한 식물이야. 여기의 일부야. 당연히 가져가야지.”

“음, 그래.” 잘 모르겠다. 이 위에 있거나 저 아래에 있거나 둘 중 하나다. 그 두 가지를 섞어서 뭐할 건데? 하지만 리브라는 리브라고, 별난 구석이 있긴 해도 나는 리브라를 사랑한다.

“넌 뭘 가져가?” 리브라가 묻는다.

나는 손목시계를 내려다본다. “별로 없어.”

“오리온은 플루트를 가져가. 다른 걸로 바꾸고 싶지 않대. 그게 공기 중에선 어떤 소리를 내는지 듣고 싶대.”

정적.

“산딸기 맛.” 내가 말한다. “미끄럼틀. 엘리베이터.”

리브라가 미소 짓는다. “트램펄린. 여럿이 야외 온탕에 들어가기. 졸업. 공중에 사각모 던지기.”

“야외 온탕, 멋진데.”

“고마워.”

“졸업은 별로. 하여튼 넌 별나.”

리브라가 내 팔을 주먹으로 친다.

뻘쭘한 순간이 따른다.

“음,” 리브라가 내 팔을 토닥인다. “이제 갈 시간 같은데.”

이후로는 모든 것이 빠르게 흘러간다. 우리는 모듈들을 통과해 축 끝의 해치로 활공한다. 해치 옆에 내가 EVA 나갈 때 있던 것과 비슷한 벽장이 있다. 투명 문 뒤에 우주복들이 줄지어 서 있다. 오리온은 이미 자기 우주복 안으로 들어가고 있다.

“어서들 와.” 오리온이 말한다. 태평하게. 우리가 약속의 땅으로 내려가기 일보 직전이 아닌 것처럼. 중력을 만나기 일보 직전이 아닌 것처럼.

"그래."

나는 우주복을 리브라보다 빨리 착용한다. 난 해봤으니까. 바로 어제. 액체냉각복. 몸통. 백팩. 가리개는 올린 채로 둔다. 리브라와 오리온도 그렇게 한다. 아직 에어로크에 들어간 게 아니니까.

우리는 거기서 선헤엄을 친다. 서로 말은 없다. 할 말도 없다. 나는 창밖을 본다. 지금 중요한 건 창밖을 보는 일인 듯. 별이 반짝이는 무한한 암흑 속에 흠뻑 젖고 싶다. 내 안에 담아가기 위해. 지구의 빛나는 둥근 테두리를 마음에 새기려고 한다. 절대로 잊지 않기 위해. 반쯤 그림자에 덮인 회색 달도.

우주. 내 고향.

아니지, 지금 가는 곳이 고향이지.

약 5분 후 엄마와 버지니아가 개구리헤엄으로 터널 끝에 도착한다. 엄마가 우리를 위아래로 훑어본다. "오케이."

그걸로 끝.

엄마와 버지니아도 우주복을 입는다. 따로 의식이나 행사가 있어야 할 것 같은 마음이 든다. 샴페인 병이라도 터트려야 하지 않나? 물론 그런 건 없다. 우주에서는 샴페인 병을 터트릴 수 없다. 그 액체를 어떻게 감당할 것인가. 공기가 통하지 않는 폐쇄 환경에서 그건 악몽이다.

오리온이 내 어깨를 토닥인다. 나는 애써 미소 짓는다.

엄마가 에어로크를 열고, 우리는 들어간다. 우리 다섯 명이 커다란 방에 둥둥 떠 있다.

"가리개 닫고, 누출 점검." 엄마가 말한다.

우리는 각자의 얼굴 가리개를 닫는다. 누출이 있는지 확인한다. 모든 것이 정상이다.

산소. 헤드업 디스플레이.

"감압." 엄마가 문 옆 수동 스위치를 꺾는다. 방이 한숨을 쉬고, 공기가 빠져나간다. 내 주위로 공기의 움직임이 느껴진다.

이제 우리는 우주에 있다. 우주에 나간 거나 진배없다. 엄마가 상륙 모듈, 이른바 버스로 통하는 문을 연다. 리브라와 오리온과 내가 먼저 들어간다. 머리부터 들어가고, 들어간 다음에는 몸을 굴려서 뒷좌석 중 하나에 몸을 우겨넣는다. 좌석 벨트로 몸을 고정한다. 몸이 자리에 꽉 낀다. 오리온과 내가 양쪽 창가에 앉고, 리브라가 가운데 앉는다.

마지막으로 엄마와 버지니아가 들어와 해치를 닫는다. 두 사람은 앞자리 조종석으로 들어가서 점검을 시작한다.

"추진로켓."

"이상 무."

"디스플레이."

"이상 무."

"컴퓨터."

"이상 무."

"통신."

"네바다?"

"똑똑하게 잘 들린다, 나벳3."

"이상 무."

"온도."

"설정 중. 남은 시간 5분."

"압력."

"이상 무."

몇 시간은 흐른 것 같다. 드디어 엄마가 혼자 끄덕인다. "오케이. 네바다, 분리 시작한다."

"승인한다." 어떤 목소리가 말한다. 싱 같다.

엄마가 스위치 하나를 젖히자 무겁게 덜컹대는 소리가 나면서 우리를 양성 도킹 포트에 잡아놓았던 후크들이 열린다. 그러자 금속성 핑핑 소리와 함께 스프링들이 발사되면서 우리를 우주정거장에서 천천히 밀어낸다.

엄마가 버튼을 두드려 네바다에 정보를 전송한다.

몇 분이 흐른다. 그러더니—

"안전하게 분리됐다." 엄마가 말한다.

엄마 앞 스크린에 문2가 보인다. 우리는 우주정거장에서 벌써 46미터나 멀어졌다. 어쩌면 그보다 더. 우주정거장을 이런 식으로 본 적은, 이렇게 떨어져서 본 적은 한 번도 없었다. 기묘하다. 내 어린 시절 전체가 갑자기 졸아드는 것 같다. 주머니에 넣을 만큼 작게. 내 속눈썹이 파닥거린다. 뭔가 잘못됐다는 생각이 든다. 그렇게 커 보였던 저렇게 작은 장소를 떠나서는 안 될 것 같은 기분이 든다. 하지만 나는 눈썹을 가라앉히고 호흡을 가다듬는다.

우주정거장이 작아진다. 그 뒤에서 달도 작아진다. 팔을 뻗으면 하늘에서 딸 수 있을 것 같다. 손가락 마디에 올려놓고 돌릴 수 있을 것 같다. 동전처럼. 중력이 있다면.

중력. 우리는 곧 중력을 만난다.

어떤 느낌일지 궁금하다. 상상조차 되지 않는다. 평생 그것의 부재만 알고 살았는데 어떻게 그것의 느낌을 마음에 구성할 수 있겠나? 나는 키스가 어떤 느낌일지 모른다. 요즘에는 가끔씩 오리온을 쳐다보면서 그런 생각을 한다. 마찬가지로 나는 중력이 어떤 느낌일지 모른다.

"엔진 점화." 엄마가 말한다. "추진까지 10초."

엄마가 다른 스위치를 꺾는다. 우리가 갑자기 우주로 빨려 들어간다. 내 등이 좌석에 압착된다. "궤도 역학 전개." 엄마가 말한다. 버지니아가 버튼들을 두드린다.

"두 시간 대기." 싱이 말한다. 네바다 기지의 싱이 맞다. "지금 주력 추진로켓 점화하면 문2의 태양전지판이 구워져요."

"처음 아니니까 걱정 접어요." 엄마가 말한다.

"넵, 물론."

두 시간이 흐른다.

시간이 여압실에서처럼 따분하게 흐른다.

창밖으로 문2가 서서히 작아진다. 우리는 궤도 비행을 하면서 우주정거장으로부터 계속 멀어진다. 컴퓨터가 계산한 궤적이 우리를 계속 아래로, 아래로, 데려간다. 지구와 점점 더 가깝게. 우리가 돌아 나왔을 때 우주정거장과 충돌하지 않도록.

버지니아가 연필과 종이로 메모한다. 두 가지 모두 번지코드*에 매달려 있다. 네바다에서 우리의 실시간 궤적 데이터를 기반으로 끊임없이 계산을 돌려 대기권 재진입을 위한 엔진 점화 시간을 따

* bungee cord. 신축성 있는 굵은 고무 밧줄.

진다. 기지에서 숫자들을 불러주면 버지니아가 받아 적는다.

따분하다.

놀랍다. 평생 산 우주정거장을 떠나 지구로 향할 때 따분할 수 있을 거라곤 생각하지 못했다. 석양이 지고, 냄새가 가득하고, 동물들이 풀을 뜯으며 돌아다니는 곳으로 내려가는데.

하지만 지루한 건 지루한 거다.

"오케이, 1분 전." 마침내 싱이 말한다.

잠시 침묵. 아래서 누군가 기침을 한다.

"행운을 빈다, 여러분 모두." 부트로스 사령관이 말한다.

"감사합니다." 엄마가 대답한다.

싱이 말한다. "재진입 엔진 점화 3분 40초."

"10-4," 엄마가 말한다. "주력 추진로켓 점화."

엄마가 스위치를 꺾는다.

우리는 튕겨 나간다. 거대한 손가락에 맞은 파리들처럼. 굉음이 난다. 문2의 십자 부호가 뱅글뱅글 돌며 수축한다. 갑자기 큐폴라로 태양광이 쏟아져 들어올 때 밝은 빛에 반응하는 눈동자만큼이나 빠르게 수축한다. 우리는 그렇게 지구를 향해 내동댕이쳐진다. 느낌이 딱 이렇다. 누군가 우리를 움켜잡아서 아래로 내팽개치는 느낌.

우리는 떨어진다.

귀향 2

열기.

가장 먼저 느껴지는 건 열기다. 버스의 궤도가 원형에서 타원형으로 납작해진다. 버스가 타원형의 아랫부분에 이르면서 대기권의 공기 저항을 받기 시작한다.

나는 옆의 리브라를 힐끔 본다. 리브라도 땀을 흘리고 있다. 눈을 꼭 감고. 우리가 진입하는 짙은 공기가 만드는 감속 효과가 느껴지고 들린다. 창밖으로 어둠 속에 튀는 불꽃이 보인다. 상륙 모듈의 외부는 불길에 싸여 있다.

그때 캡슐이 대기에 뒤흔들려 구르기 시작한다. 나는 좌석 벨트를 부여잡는다. 우리는 사방팔방 요동치고 뒤틀린다. 바깥의 거대한 손이 우리를 가지고 논다.

"폭발 볼트* 점화." 엄마가 말한다.

"10-4." 버지니아가 궤도 모듈과 추진 모듈을 투하한다.

폭발음이 연속으로 터진다. 뭔가가 창을 쏜살같이 지나간다. 우리는 아침노을 속으로 가속한다. 지구의 만곡을 향해 돌진한다. 우주의 암흑을 배경으로 칼날처럼 날카롭게 빛나는 행성 테두리.

우리는 계속 데굴데굴 구른다. 동시에 우리에게 가해지는 압력

---

* fire explosive bolt. 우주선 분리 부분에 사용하는 볼트.

도 늘어난다. 나는 좌석에 짓이겨진다. 눈알이 머리통으로 빨려 들어가는 것 같다. 몸 전체가 외부의 격렬한 항력과 싸운다.

"3G." 버지니아가 말한다. "4G, 5G. 계속 상승."

"으음." 엄마가 말한다.

나는 저 '으음' 소리가 싫다. 엄마의 '으음'은 다른 사람의 '이런, 젠장, 빌어먹을'과 같다.

온도가 계속 올라간다. 내 티셔츠가 땀에 흠뻑 젖어서 피부에 들러붙는다. 익숙하지 않은 느낌이다. 우주정거장에서는 기후가 항상 통제된다. 결코 이렇게 뜨거워지는 법이 없다. 있다면 사고다. 지금은 온몸이 녹아내리는 것만 같다.

뭔가가 내 무릎에 뚝뚝 떨어진다. 나는 위를 본다. 캡슐 천장에 습기가 차고 있다. "저기, 음– 캡슐이 새는 것 같아요."

엄마가 뒤를 돌아본다. "뭐?"

"뭔가 나한테 떨어졌어요."

"물? 금속?"

금속? 액체 금속이 떨어지고 있는 거라면 보통 문제가 아니다. 나는 손을 움직여 내 위에 떨어진 액체를 만져본다. 그리고 손가락을 들어 살펴본다. 손가락을 드는 데도 엄청난 노력을 요한다. 우주정거장에서 보행 기계에 묶여 있을 때처럼 힘들다.

"물 같아요."

엄마가 버지니아한테 몸으로 돌린다. "단열방어막 작동 중?"

"넵." 버지니아가 말한다. "하지만 중력가속도가 계속 높아져요. 6… 7."

버지니아가 말하지 않아도 느껴진다. 이 느낌을 어디다 비교할 데가 없다. 비슷한 것을 한 번도 겪어보지 못했으니까. 평생 문2에서, 0G 상태에서 살았으니까. 그런데 갑자기 지금 가슴통을 부술 것 같은 압력이 나를 짓누른다.

"젠장." 엄마가 말한다.

"무슨 일이죠?" 버지니아가 말한다.

"모르겠어요. 모듈 중 하나가 떨어져 나가지 않은 모양인데."

"네바다?" 버지니아가 말한다. "네바다 나와라."

대답이 없다.

창밖으로 역광을 받은 수평선이 현기증 나게 돌고 있다.

내 얼굴을 덮은 피부가 느껴진다. 전에는 한 번도 얼굴 피부를 느껴본 적이 없다. 피부가 얼굴에 눌어붙는다. 얼굴 전체가 귀 뒤로 밀려 넘어간다. 캡슐이 내 얼굴을 가면으로 생각하는 것 같다. 그 가면을 떼어내려 한다. *내 얼굴을 떼지 마. 내 얼굴 벗기지 마*–

숨을 쉴 수가 없다. 손들이 내 가슴을 짓누른다, 짓누른다–

"9G." 버지니아가 말한다.

머리에서 모든 감각이 사라진다. 내가 아는 유일한 단어는 이것뿐. *살려줘, 살려줘, 살려줘.*

"제동 낙하산 전개, 지금 당장." 엄마가 말한다.

"하고 있어요." 버지니아가 말한다.

다음 순간 모든 것이 깜깜해진다.

귀향 3

구른다

돈다

위가 아래고 아래가 위다

어느 것도 잠잠한 게 없다

꿈보다 악몽

축에서 튕겨져 나온 은하계가 미친 듯이 회전하며 어딘지 모를 곳으로 굴러 떨어진다 우주가 밖으로 폭발한다

머리가 좌석 벨트들을 팍팍 당기며 사방으로 휘둘린다 한순간 떨어져 나갔다가 다음 순간

좌석으로 내동댕이쳐진다

그렇다 나는 좌석에 있다 상륙 캡슐 안에 있다 나는 눈을 뜬다 창밖은 온통 검은 하늘이다 그러다

뒤집힌다

갈색 땅, 그러다

뒤집힌다

검은 하늘, 일출인가, 양옆이 붉다, 그러다

뒤집힌다

다시 갈색 땅, 그리고

누군가 비명을 지른다 내가 지른 것 같다 리브라가 지른 것 같기도 하다 리브라 쪽을 보려고 한다 하지만 그럴 수가 없다 도대체 머리를 돌릴 수가 없다 손끝 하나 움직일 수가 없다 몸이 마비된 거면 어떡하지? 내 폐가 텅 비었다 내 폐가 텅 비었다 나는

나는 숨을 쉬려 안간힘 쓴다 공기가 작게 한 가닥 들어온다 다시 들이마시려 안간힘 쓴다

"감마선 고도계?" 엉망으로 소용돌이치는 난장판 어디에선가 엄마 목소리가 들린다.

버지니아는 대답이 없다. 나처럼 의식을 잃었나? 모르겠다. 나는 눈알을 억지로 돌린다. 엄마가 미친 듯이 버튼들을 누르고, 스위치들을 튕기고, 불들을 껐다 켰다 하는 것이 보인다. 아마 낙하산을 펴려고 저러는 것 같다. 우리의 낙하 속도를 늦추려고. 그렇지 않으면 우리 모두 땅에 추락해서 전멸할 테니까. 어느 산 위에, 또는 어느 도시의 거리에, 엉망으로 으스러진 금속 조각들과 함께 축축하게 널릴 테니까.

그때-

툭-

느려진다. 광란의 선회가 잠잠해지기 시작한다. 내 얼굴이 도로 머리 앞면으로 스멀스멀 기어온다. 손을 들었더니 손이 들어진다. 리브라의 손을 잡을 수 있을 만큼. 리브라도 내 손을 꼭 쥔다.

"중력가속도 강하." 엄마가 웅얼거린다.

더욱 느려진다. 안정된다. 나는 창밖을 내다본다. 그러다 헉 놀란다. 농지가 우리를 향해 똑바로, 급격히 상승한다. 할아버지의 드론 카메라로 보던 광경처럼 울타리로 칸이 쳐져 있고, 소들이 있

고, 도로에 차가 한 대 있고-

"10초 후 충돌." 엄마가 말한다. "마음의 준비 해."

1초, 2초 줄어든다. 초가 흐른다. 그걸 막을 순 없다. 그게 시간이 하는 거다. 그걸 막을 순 없다. 아무도 초를 세지 않는다. 하지만 머릿속에 카운트다운이 그려진다.

5

4

3

2

1

쾅.

우리는 땅에 부딪힌다. 너무 세게 부딪혀서 나는 잠시 정신을 잃는다. 금속이 찢어지는 날카로운 소리가 난다. 내가 그다음으로 아는 건 내 턱이 내 가슴 위에 있고, 내 손 위에 뭔가가 뚝뚝 떨어지고 있다는 거. 이번에는 빨간 액체. 나는 깨닫는다. 내 피. 내 코에서 떨어지는 피.

잠시 동안 모든 것이 잠잠하다.

음? 지구에서는 액체가 이렇게 생겼구나. 액체가 이렇게 떨어지는구나. 1G에서는.

탁, 탁, 탁. 내 코에서 내 손으로. 아래로.

아래라는 건 얼마나 기괴한 개념인가. 나는 창밖을 본다. 온통 붉은색만 보인다. 뭔지 모르겠다. 이걸 어떻게 읽어야 할지, 어떻게 분석해야 할지 모르겠다. 펄럭거리고 슬근거리는 붉은색. 색조를 계속 바꾸는 붉은색.

나는 천천히 리브라한테 눈을 돌린다. “괜찮아?”

“아니.” 리브라는 한쪽 팔을 부여안고 있다. 팔이 부러진 건가.

“오리온?”

“아니, 나도 안 괜찮아.”

다행이다. 둘 다 살아 있다.

엄마가 우리를 돌아본다. “다행이다. 살아들 있구나.”

엄마가 버지니아를 흔든다. “던컨, 던컨.”

내 심장이 가슴 안에서 덜컥 멈춘다. 버지니아가 죽다니 말도 안 돼. 버지니아는 안 돼. 버지니아는 죽을 수 없어. 말도 안 돼–

버지니아가 기침하더니 머리를 맹렬히 흔든다. “무슨 일이야– 문제가 생겨– 무슨–”

“쉿,” 엄마가 말한다. 제법 다정하다. “우리 착륙했어요.”

“맙소사.” 버지니아가 말한다. “어떻게 된 거예요?”

“모르겠어요.” 엄마가 말한다.

엄마가 좌석 벨트를 풀고 해치를 향해 기어오른다. 그제야 나는 우리가 옆으로 쓰러져 착륙했다는 걸 깨닫는다. 정상은 아니다. 낙하산은 우리를 캡슐 하단부가 땅에 닿도록 살포시 내려놓게 되어 있다. 정상이라면 우리가 얼굴을 위로 향하고 있어야 한다.

엄마는 대체 어떻게 움직이는 걸까. 신기하다. 나는 힘이 하나도 없어서 좌석 벨트를 풀 수 있을지조차 미지수다.

엄마가 해치를 열다가 움찔 놀란다. 캡슐 안이 순식간에 매캐한 냄새로 가득 찬다. 냄새가 어찌나 매운지 콧구멍이 아프다.

엄마가 황급히 해치를 닫는다.

“무슨 냄새예요?” 내가 묻는다.

엄마가 나를 흘깃 본다. "연기. 궤도 모듈이 분리되지 않았어. 불이 붙었어. 지금 우린 불타는 옥수수밭에 있어."

나는 창밖의 붉은색을 본다. 그게 뭔지 이제야 알 것 같다. 불길이다. 우리는 옥수수밭에 떨어졌고, 옥수수밭에 불을 질렀다.

불. 붉은 게 그거였구나. 창밖에서 고동치고 펄럭이던 것이.

"수도승들이여, 모든 것이 불타고 있다." 오리온이 말한다.

"뭐?" 엄마가 말한다.

"석가모니 말씀."

"뭐?"

"정염(情炎)에 관한 말씀이에요. 여기 불은 물론 문자 그대로의 불이고요."

정적.

"이제 어떻게 해요?" 리브라가 말한다. 리브라는 항상 계획을 원한다. 언제나 현실적이다.

엄마가 어깨를 으쓱한다. "비상 무전으로 네바다와 연결을 시도해야지."

"하지만 불은요?" 오리온이 말한다.

"탈 만큼 타다가 꺼지기를 기다려야겠지? 네바다와 연결이 되지 않으면?" 엄마가 한숨을 쉰다. "우리가 남의 밭에 불을 질렀으니까 누구라도 우릴 잡으러 올 거야."

귀향 4

"10–4," 버지니아가 무전으로 네바다에 말한다. "곧 봅시다."

사람들이 오고 있다. 여태 붙어 있는 줄도 몰랐던 불붙은 궤도 모듈 때문에 우리 시스템은 다운됐지만, 기지는 레이더로 우리를 계속 추적하고 있었다.

우리는 어딘가의 밭에 있다. 네바다에서 헬리콥터로 오고 있는 걸 보니 먼 데는 아닌가 보다.

창밖은 연기 천지다. 시커먼 그루터기들의 세상이다. 불에 탄 옥수수들로 추정된다. 여기는 어디나 산소가 있다. 밭 전체가 몽땅 타버릴 수 있다니 얼마나 놀라운 일인가. 우주정거장에서는 만약 뭔가에 불이 붙으면 그저 해당 섹션의 공기 공급을 꺼버리면 그만이다. 우주에는 불을 지탱하는 것이 아무것도 없다.

여기는– 모든 것이 넓다. 그걸 불현듯 깨닫는다. 괴기스럽고 위험한 방식으로.

"여기서 나가보자." 엄마가 다시 앞으로 움직여서 해치를 연다. 일순 긴장한다. 하지만 이제 밖은 온통 회색뿐이다. 그리고 불탄 것들의 지독한 냄새뿐이다.

"이제 괜찮아." 엄마가 말한다.

리브라와 오리온과 나는 좌석 벨트를 푼다. 뭔가가 계속 나를 좌석에 내리누른다. 순간 어디를 심하게 다친 줄 알고 놀란다. 뼈가 부러졌나. 그러다 중력 때문이란 걸 깨닫는다. 1G 상태가 이런 거구나. 중력이 나를 의자로 잡아당기고 있구나.

기괴하다.

나는 몸을 앞으로 민다. 기어야 한다. 보아하니 쌍둥이의 상황도 나보다 나을 게 없다. 우리는 기어서 엄마와 버지니아의 좌석을 지나 해치를 통과한다.

엄마와 버지니아가 나를 끌어내서 일으켜 세운다.

"설 수 있겠어?" 버지니아가 말한다.

나는 내려다본다. 두 사람이 나를 지탱하고 있다. 두 사람의 손이 내 허리와 팔을 붙들고 있다. 나는 주변을 둘러본다. 하늘이 내 위에 있고, 검은 밭이 나를 둘러싸고 있고, 멀리 산들이 있고, 내 두 발이 땅을 딛고 있다.

나는 지구를 느낀다. 불에 타서 그슬린 땅이 내 발바닥을 떠받치고 있다. 정말로 이상한 기분이다. 땅이 나를 받치는 동시에 온몸을 아래로 잡아당긴다. 무조건 한 가지 방향으로만 잡아당긴다.

나는 3차원에 사는 데 익숙하다. 우주정거장에서 위와 아래는 그저 명목상의 것들이다. 모든 표면을 기대거나 디디거나 몸을 추진하는 데 이용할 수 있다. 그런데 이제 갑자기 2차원으로 떨어졌다. 갑자기 오로지 한 면만 중요해졌다. 지구의 평면. 태양이 내 앞의 지평선 위로 뜨고 있다. 뜨면서 온 세상에 불을 지른다. 우리가 이 밭에 불을 지른 것처럼.

나는 근육을 이용해 자립을 시도한다. 내가 힘주는 걸 느끼고 엄마와 버지니아가 내게서 손을 뗀다.

중력이 나를 인형처럼 내려놓는다. 땅이 위로 돌진해서 나와 세게 부딪힌다. 나는 구겨진 채 엎어져 있다. 타버린 옥수수 그루터기 위에. 뜻밖에 우주복이 나를 보호한다.

엄마와 버지니아가 나를 상륙 모듈 벽에 기대놓는다. 그리고 리브라와 오리온을 꺼내서 똑같이 한다. 우리는 그렇게 캡슐을 기대고 나란히 눕는다. 재해가 덮친 곳의 부상자들처럼.

버지니아가 비틀거리다 넘어진다. 한 손을 뻗어 캡슐 벽을 짚는다. 버지니아의 머리가 아래로 처진다. 버지니아는 엄마보다 무중력에 오래 있었다. 몇 주. 몇 달. 엄마가 버지니아를 부축해 우리 옆에 앉게 한다.

"내참," 버지니아가 말한다. "무슨 그림이 이러냐."

엄마가 분주하게 움직인다. 중얼거리면서 우주선 주변을 이리저리 다닌다.

이렇게 앉아 있는데도 지구가 나를 붙들고 늘어진다. 내 다리, 등, 머리, 모든 것이 한 방향으로만, 오직 한 방향으로만 당겨진다. 내 주위 어느 것도 자유롭게 떠 있지 않다. 너무 낯설다. 옥수수 타는 냄새로 추정되는 냄새가 콧구멍을 찌른다. 우주정거장 밖에서 처음으로 맡는 냄새다.

모든 것이 아래로 굴절한다. 불에 탄 옥수숫대조차 아래로 늘어져 있다. 땅을 향해.

이해가 안 된다.

그때 부스럭 퍼덕퍼덕 소리가 나더니 뭔가가 상승한다. 검고 흐릿한 형체가 시꺼먼 옥수수밭에서 하늘로 도약한다. 맑은 공기 속으로 높이. 새다. 비디오에 있는 새가 아닌 진짜 새. 저것이 지금 보여주는 움직임의 명칭은 '날다'. 새는 검은 날개를 펄럭이며 날아서, 날아서, 날아서 붉은 노을 너머로 사라진다. 모든 방향으로 존재하는 생명체. 사방으로 열린 창문으로 세상을 전방위적으로 받아들이기. 내 가슴 안에서 한동안 숨이 멈춘다. 이렇게 아름다운 것은 한 번도 본 적이 없다.

"봤어?"

"응." 리브라와 오리온이 동시에 대답한다. 둘은 때때로 이렇게 동시에 말한다.

오리온의 뺨에 눈물이 흘러내린다.

흘러내린다. 모든 것이 아래로.

저 새만 빼고. 저 새만 빼고.

느낄 게 너무 많아서 어떤 것도 느끼지 못할 지경이다. 감당이 안 된다. 그러다 집중해보려고, 감각들을 하나하나 분리하려고 노력한다. 제대로 감상하기 위해.

처음에는 몸을 아래로 잡아당겨 내가 깔고 앉은 땅에 달라붙게 하는 이 힘 외에는 딴생각이 안 난다. 하지만 차츰 다른 것들을 분리해서 생각하게 된다.

내 피부에, 내 얼굴에 닿는 미풍이 느껴진다.

바람이 향기를 실어온다. 무슨 향기인지 모르겠다. 문2에서는 냄새랄 게 별로 없었다. 이 냄새는 옥수수 탄내 밑에 깔려 있다. 이게 말로만 듣던 풀 냄새인가?

이게 뭐든 시원하고, 맑고, 이루 말할 수 없이 경이롭다.

그리고 소리. 한 번도 들어보지 못한 종류의 정적이 있다. 우주정거장은 쉴 새 없이 딸깍거리고 윙윙거린다. 그 소리들이 사라지니 그 자리에 기묘한 공허가 남는다. 아무 소리도 아닌 소리? 아니다. 집중도가 높아지니까 주변을 흐르는 공기 소리, 바람 소리 외에 뭔가 다른 소리도 들리기 시작한다. 새 소리? 음악 소리?

이루 말할 수 없는 경이.

나는 땅에 손가락을 대고 꾹 누른다. 미립자로 된 무른 토양 속으로 손가락이 쑥 들어간다. 형언할 수 없는 느낌이다. 부드러움과 깔깔함과 갈라놓음과 에워쌈과 놓아줌이 섞여 있는 느낌. 아아, 외딴 곳 불탄 밭의 토양의 느낌이 이 정도라면, 수영을 하는 느낌은 대체 어떨까? 내가 어떻게 감당할 것인가? 또 오리온은 자신의 플루트 음률이 콘서트홀에 울려 퍼지는 소리를 어떻게 감당할 것인가?

그제야, 그제야 비로소 나는 정말로 본다. 제대로 본다.

태양이 이제 완전히 떴다. 이제 우리 앞의 산 위에 떠 있다. 산에는 회색과 푸른색과 그 중간색들이 모두 있다. 지나가는 구름이 걸리기 좋은 산등성이. 산들은 구름을 잔뜩 이고 있다. 초록색 나무들이 드문드문 보인다. 사이사이에 밭이, 더 많은 밭들이 멀리 뻗어 있다. 멀리. 우주에서는 콩알만 한 거리지만 여기서는 광활하기 그지없다. 울타리들이 뻗어 있고 전신주들이 솟아 있다.

그리고 하늘.

구름 타래들이 하늘에 널려 있다. 곳곳에 물고기 비늘이 있고, 곳곳에 비단 자락이 있다. 분홍색 구름들. 구름 아래와 구름 사이사이에 지평선이 있다. 엷은 파란색 막. 아니, 엷지 않다. 엷은 것의 반대다. 이 파란색은 전기를 띤, 스위치를 켠, 안에 불을 밝힌 파란색이다. 별 두 개가 아직 남아서 송곳 구멍처럼 반짝인다.

이 모든 것의 동력원은 태양이다. 벌겋게 이글이글 타는 거대한 불덩어리. 태양이 이제는 산마루를 벗어나 그 위의 대기로 밀려 올라가며 산이 입었던 구름들을 갈기갈기 찢다가 아예 흔적도 없이 불살라버린다. 세상 모서리에서 시뻘겋게 작열하는 불길이 구름을 태우고 창공에다 방전한다.

나는 지켜본다. 입을 다물지 못한다.

더 많은 것들.

더 많은 감각.

내 얼굴에 뭔가 축축한 것이 느껴진다. 나는 흙에 박혀 있는 손가락들을 들어 턱과 뺨을 만져본다.

내 눈. 눈이 따갑다.

눈물이다.

눈물이 흘러내리고 있다.

언제나 아래로.

모든 것이 하나의 축으로 움직이고, 하나의 방향에 따른다.

저 새만 빼고.

태양만 빼고. 태양은 솟아오르고 있다.

내 심장만 빼고. 내 심장은 별보다 높이 들뜬다.

경이롭다.

경이롭다.

경이롭다.

드디어 지구

“완전히 난리가 났군.” 부트로스 사령관이 말한다.

그가 머리를 두 손으로 감싸고 헬리콥터의 하강 기류를 벗어나 걸어온다. 헬리콥터는 회전날개 바람으로 옥수수 줄기들을 납작하게 눕히며 캡슐 바로 옆에 내려앉았다.

나는 말도 나오지 않는다. 내 몸은 몽땅 감각중추다. 내 마음은 바람, 바람, 바람을 느끼고, 엔진의 포효를 듣고, 불탄 옥수수와 흙과 풀 냄새를 맡는 데만도 경이로움으로 가득하다.

“구급대,” 사령관이 부른다. “이 사람들 들것으로 옮겨요.” 그가 나와 리브라와 오리온과 버지니아를 가리킨다. “생체징후 확인하고, 정맥주사 준비해요.” 내가 부트로스 사령관을 실물로 보는 건 이번이 처음이다. 화면에서는 커 보였는데 생각보다 작다.

부트로스 사령관을 뒤따라온 다른 헬리콥터에서 사람들이 더 쏟아져 나온다. 이들은 헬리콥터에 있을 때와 밖에서 일할 때 사이에 어떤 이행 과정도 없다. 너무나 빠르고 너무나 능숙하다.

몇몇은 접이의자를 챙겨 왔다. 한두 번 해본 게 아니구나. 버지니아처럼 우주에 오래 나가 있었던 우주비행사들을 한두 번 접한 게 아니구나. 그래도 아마 우리처럼 한심한 경우는 처음일걸? 나와 리브라와 오리온은 이때쯤 거의 널브러져 있다.

몸만 그런 게 아니다. 정신도 없다. 오리온은 '새소리'라는 말만 무한 반복하고 있고, 리브라는 두 손을 땅에 묻고 뭔가로 자라나기를 기다린다. 곡조 없는 콧노래만 흥얼거린다.

내 상태도 그보다 낫다고 하기는 어렵다. 나는 입을 벌린 채 하늘 높이 뜨는 해를 쳐다본다. 여기서 보는 해는 너무나 다르다. 더 작지만 더 크다. 피를 흘리듯 땅으로 빛을 흘린다.

겨드랑이 밑으로 힘센 손이 느껴진다. 그리고-

시간이 띄엄띄엄 이어진다. 그리고-

사람들이 나를 들어서 접이의자 중 하나에 올려놓는다. 새로운 느낌 추가. 밀도 있게 짠 직물이 살에 닿는 느낌. 언제인지 몰라도 누군가 나를 그새 우주복에서 꺼내놓았다. 나는 티셔츠와 얇은 우주바지만 입고 있다.

"괜찮니?" 엄마가 묻는다.

나는 엄마를 멀뚱히 쳐다본다. "모르겠어요."

엄마가 입술을 오므린다. "나는-" 엄마가 입을 다문다. "난-" 엄마가 다시 입을 다문다. 그러다 고개를 젓더니 다른 데로 간다. 그리고 양복 입은 남자들 중 한 명과 대화한다. 엔지니어들인가 보다. 엄마는 우주선을 가리켰다가 손으로 모양을 만들어가며 무언가를 설명한다. 남자들 중 한 명이 스크린에 뭔가를 적는다.

다른 사람들은 상륙 모듈과 궤도 모듈 주위를 돌아다닌다. 궤도 모듈이 아직도 상륙 모듈에 붙어 있다. 엄마 설명에 따르면, 그것이 우리가 착륙 예정 지점으로부터 몇 킬로미터 빗나간 곳에 불시착하게 된 원인이다. 폭발 볼트가 점화했는데도 궤도 모듈이 제대로 투하되지 않았고, 그 때문에 하향 운동량이 예정보다 많이 붙어서, 엄마 표현에 따르면 우리가 '총알처럼' 곤두박질쳤다.

우리는 총알처럼 대기를 통과했다. 낙하산이 우리를 살렸다. 감마선 고도계가 지표면으로부터 100미터를 찍으면 자동으로 펴지는 낙하산. 그렇다 해도 우리가 살아난 건 천만다행이었다. 엄마 말에 따르면.

나는…

…춥다. 나는 알아차린다. 바람이 나를 지나갈 때.

그렇다. 춥다는 게 이런 느낌이구나. 피부에 소름이 돋았다. 신기하다. 문2에서는 온도가 항상 19.4℃에 맞춰져 있었다.

몸이 오슬오슬 떨린다. 경이롭다. 형언할 수 없는 경이로움.

그때, 팔에 날카로운 아픔이 있다. 나는 머리를 비튼다. 녹색 점프슈트를 입은 어떤 사람이 액체 주머니를 튜브에 연결하고 있다. 튜브가 내 정맥 중 하나로 구불구불 이어진다.

"포도당이이야." 부트로스 사령관이 지나가며 말한다. "기운 나라고."

"잠깐만요."

부트로스가 멈춘다.

"방금 해돋이 봤어요?"

부트로스가 고개를 가로젓는다. "헬리콥터에서 눈을 감고 있었어. 나, 고소공포증 있거든. 아이러니하지?"

침묵.

"좋았니?" 부트로스가 말한다. "해돋이?" 그의 얼굴에 묘한 표정이 깔려 있다. 죄책감? 어쩌면. 이유는 모르겠다.

"지금까지 본 것 중 최고였어요."

부트로스가 미소 짓는다. 진짜 미소다. "넌 이제 집에 왔어."

나는 고개를 끄덕인다. 내 머리가 목에 경첩으로 붙어 있는 느낌이다. "점점 알아가고 있어요."

그때 차량 하나가 달려와 멈춘다. 흰색 픽업트럭이다. 아니, 한때 흰색이었지만 지금은 마른 진흙으로 덮여 온통 회색인 데다 물결무늬, 소용돌이무늬, 줄무늬로 그득하다. 한 남자가 트럭에서 내린다. 청바지와 구멍 뚫린 낡은 티셔츠 차림이다. 밤색 부츠를 신고, 손에 모자를 들고 있다. 남자가 부트로스에게 걸어간다.

"당신들이 이랬소?" 남자가 말한다. 불타버린 옥수수밭을 휘둘러보면서.

"유감스럽지만 그렇습니다." 부트로스가 말한다. "피해 보상은 당연히 해드리겠습니다."

남자는 그 말을 잠시 곱씹는다. 볕에 잔뜩 그을린 얼굴. 남자의 얼굴은 내 밑의 마른 흙처럼 갈라지고 주름져 있다.

오호, 이제 나도 경험에서 비롯된 비유를 할 수 있다. 이제 지구에 왔으니까.

"여기에 착륙하려고 한 거요?" 남자가 눈살을 찌푸리며 묻는다.

"천만에요. 저 궤도 모듈을 일부러 달고 내려온 것도 아니고요. 보이십니까?" 부트로스가 까맣게 그슬린 굵은 원통형 모듈을 가리킨다. 궤도 모듈이 지금도 상륙 모듈에 붙어 있다.

"그것참." 농부가 말한다. 밭주인. 나는 그렇게 짐작한다.

"대기권에 일단 진입하면 떨어져 나갈 물건이었죠. 예상치 못한 추가 운동량 때문에 상륙 모듈이 받는 압력이 12G에 육박했습니다. 재앙이죠. 다 죽지 않은 게 이상할 정도죠."

부트로스가 나와 리브라와 오리온과 버지니아를 아우르는 몸짓을 취한다.

"기대에 부응하지 못해 죄송요." 오리온이 말한다.

농부가 피식 웃는다.

부트로스가 눈을 흘긴다. 그러다 농담을 들으면 웃어야 한다는 것을, 규정에 그렇게 나와 있고 볼트체로 쓰여 있다는 것을 깨달은 사람처럼 그제야 빙그레 웃는다.

"좌우간," 부트로스가 말한다. "상륙 모듈에 방열막이 있어서 대기 마찰로 불이 붙는 걸 막았어요. 저쪽 모듈에는 그런 차단막이 없습니다. 제 말은, 저 모듈 때문에 선생님의 밭, 그러니까, 농지에 불이 붙었습니다. 정말 죄송합니다. 기술적 오차였어요."

농부가 어깨를 으쓱한다. "일을 덜어준 셈이지. 솔직히 말하리다. 어차피 여기까지 계속 물을 댈 여력이 없었소."

부트로스가 눈을 깜박인다. "아, 네. 그렇군요."

가뭄. 뉴스 비디오에서 물 부족이 거론되지 않는 때가 없었다.

"좌우간," 농부가 접이의자에 있는 우리 네 명을 바라본다. "육지로 돌아온 걸 환영해요. 운이 좋았소."

농부 아저씨는 잘못 알고 있다. 우리의 귀환에 대해 모르는 게 있다. 우리는 전에 이곳에 있었던 적이 없다. 버지니아만 빼고.

우리가 운이 좋았다는 것도 잘못 안 거다.

너무나 잘못 안 거다.

맨 인 블랙

힘센 남녀가 우리를 헬리콥터로 날라다 좌석에 앉히고 벨트를 채운다. 여기 자리도 모듈과 비슷하다. 열린 패널 문에서 공기가 들어오는 것만 다를 뿐.

헬리콥터가 공중으로 솟아오른다. 내 간이 덜컹한다.

나는 밖을 내다본다. 박살난 모듈 뒤에 반쯤 탄 낙하산이 해파리처럼 납작하게 널려 있다. 우리가 살아남은 게 신기하다.

그때 까만 지프차 두 대가 달려와 멈춘다. 지프차의 창들은 어둡게 선팅 돼 있다. 검은 양복 차림의 남자들이 차에서 내려 농부에게 다가간다. 대화를 하는 것 같다.

헬리콥터가 앞으로 발진한다. 내가 보는 장면이 뒤로 멀어진다.

남자들이 농부를 지프차 쪽으로 이끈다.

우리는 이제 급속히 멀어진다. 공기가 믿기 힘든 기세로 밀려든다. 장면은 작아졌지만 남자들이 농부를 데리고 가는 게 보인다.

누군가 문을 닫는다. 밀려들던 공기가 멈추고 헬리콥터가 한층 속력을 낸다. 헤드폰을 쓰고 있는데도 날개 돌아가는 소리가 가득하고, 보이는 것이라곤 창밖의 흐릿한 파란색뿐이다.

집으로 간다.

2부

지구

격리

지구지만, 지구가 아니다.

헬리콥터가 우리를 이리로 데려왔다. 우리 아래로 땅이 위성사진처럼, 꿈처럼 펼쳐졌다. 들과 집과 도로 들이 우리 아래로 줄줄이 지나갔다. 컨베이어벨트를 탄 것처럼. 열이 날 만큼 빠르게.

현재 우리는 격리돼 있다. 우리가 병에 걸릴까 봐. 우리가 한 번도 노출된 적 없었던 온갖 바이러스들 때문에. 한 가지 다행인 건, 리브라의 팔은 부러진 게 아니었다. 삔 것뿐이다.

창밖에 네바다의 관목지대가 하늘과 세상이 만나는 곳까지 뻗어 있다. 우주정거장에 있을 때처럼. 우주정거장에서 우리는 지구를 볼 수는 있었지만 거기서 분리되어 떠돌았다. 여기서도 지구는 여전히 유리창 반대편에 있다. 우리가 우주정거장을 떠나온 게 맞나 싶다. 풍경이 바싹 클로즈업됐을 뿐, 그게 다다.

우리는 네바다 기지에 있다. 모든 우주 미션이 조직되는 곳. 문2에 갈 때 외에는 엄마가 인생의 대부분을 보내는 곳. 격리 범위는 인터넷까지 포함한다. 우리에게 스크린을 주긴 했지만 용도는 일대일 통신뿐. 소셜미디어는 접근 금지. 이것도 우주정거장 때와 같다. 여기가 오히려 더 심하다. 여기서는 인터넷이 아예 안 된다.

우리를 여전히 진공 상태에 잡아두고 싶은 걸까.

말로는 우리에게 과부하 걸리는 걸 방지하기 위해서라고 한다. 갑자기 너무 많은 감각 정보를 접해서 뇌가 타버릴까 봐. 감염, 박테리아, 바이러스도 문제다. 따라서 외부인은 누구도 우리를 만날 수 없다. 할아버지도 예외는 아니다. 할아버지는 동물을 다루니까. 스턴스 박사에 따르면 우리는 인간에게 있는 바이러스보다 동물에게 있는 바이러스에 더 무방비 상태니까.

맥이 빠진다. 내가 지구에서 무엇보다 하고 싶은 것이 할아버지와 포옹하는 것이어서 더 그렇다. 여기 와서 비드링크로 할아버지를 두 번 보기는 했다. 마침내 지구에 온 소감을 전한 건 좋았는데, 나는 할아버지를 실제로 보고 싶다. 실물로 보고 싶다.

하지만 얼마간 세상과 떨어져 있는 것도 도움이 된다. 내 말은, 우리가 지금 사는 곳도 너무 커서 감당이 안 된다.

나와 리브라와 오리온은 각각 방을 배정받았다. 첫날 밤, 나는 침대에 누워 있다. 누워 있다는 말조차 생소하다. 느낌도 생소하다. 전혀 잠이 오지 않는다. 내가 상상했던 것과 전혀 다르다. 푹신한 침대에 푹 파묻히는 판타지와는 거리가 멀다. 베개가 나를 밀어 올린다. 침대도 마찬가지다. 반대로 담요는 나를 내리누른다. 모든 것이 어긋난 느낌이다.

나는 천천히 몸을 일으켜 발을 바닥에 댄다. 아직도 이 일에 미숙하다. 한 발을 다른 발 앞에 놓는다. 움직임 하나하나, 근육의 실룩임 하나하나에 집중한다. 불을 켠다. 방이 눈부시게 폭발한다. 나는 문으로 간다.

말하기는 쉬워도 걷는 건 전혀 쉽지 않다. 우주정거장에서 러닝머신을 탈 때와는 차원이 다르다. 지금은 나를 지지하는 줄이 없다. 걷는 과정 자체가 다르다. 나는 한 번에 한 걸음씩 간다. 매순간 걷는 것만 생각한다. 내게 걷기는 몹시 의도적인 행동이다.

마침내 복도로 나선다. 내 방 옆의 리브라 방으로 간다. 문을 두드린다.

"들어와." 리브라가 말한다.

나는 들어간다. 여기는 불빛을 좀 어둡게 해놓았다. 오리온도 와 있다. 둘은 구석에 있다. 둘은 침대를 버렸다. 벽과 벽이 만나는 모퉁이에다 담요와 베개를 쌓아놓았다.

"나도 있어도 돼?"

"당연하지." 오리온이 말한다. "안 그래도 기다렸어."

마음이 놓인다. 둘이 나를 아쉬워하기를 바랐다. 말을 해놓고 보니 좀 이상하다. 누군가가 뭔가의 부족을, 누군가의 부재를 느끼길 바라는 건 옳지 않다. 하지만 어쨌든 내 마음이 그랬다.

"우리도 잠이 안 와." 리브라가 말한다.

나는 다가간다. 다시 말하지만 말하기는 쉬워도– 둘이 둥지 안에 내 자리를 만들어준다. 리브라가 내 손을 잡는다.

우리 중 누구도 말이 없다.

땅이 우리를 떠밀어 올린다. 두 사람의 숨소리가 들린다. 우주정거장이 끝없이 내던 소음 같다. 마음이 좀 편해진다. 백색 소음.

마침내 나는 잠에 빠진다. 아래로, 아래로 떨어진다. 담요를 뚫고, 바닥과 통풍구와 케이블을 통과해서, 우리 아래의 사연들을 지나서, 지구의 뜨거운 맨틀과 핵을 뚫고, 다시 까만 우주로.

걷기

이곳의 모든 것이 우리의 지구 적응을 위한 작전에 돌입했다. 그걸 격리라고 부른다. 우리를 보호하기 위한 격리. 버지니아는 얼마간은 기지의 같은 구역에서 우리와 함께 지낸다. 하지만 엄마는 어디론가 가버리고 보이지 않는다. 사람들을 훈련시키러, 기자 회견을 하러, 새로운 장비 개발을 도우러. 우주에 나가지 않았을 때 항상 하는 일들을 하러.

나는 샤워를 마치고 잠시 앉아 있다. 사람들이 샤워실 안에 의자를 놓아줬다. 우리는 오래 서 있을 수 없으니까. 우리는 가슴에 심장박동수를 재는 고무 밴드를 두르고 다닌다. 나는 우주 유영 때 뇌 손상은 없었는지 확인하기 위한 MRI 검사도 받았다. 30분 동안 딸깍대고 재깍대는 터널 안에 누워 있었다. 결과가 어떻게 나왔는지는 모른다. 하지만 결과가 나쁘다고 말한 사람은 없었다.

5분만 서 있어도 맥박수가 140 이상으로 상승한다. 그럴 때는 당장 앉아야 한다. 그래서 샤워실 안에 의자가 있는 거다.

나는 샤워를 오래 한다. 느낌 때문이다. 물이 내 위로 흐르는 느낌. 느끼기만 하는 게 아니라 구경도 한다. 끝없이 떨어지는 물줄기를 넋 놓고 본다. 더구나 찬물이 있고 더운물이 있다. 두 개의 서로 다른 개체들. 손잡이만 돌려서 이것에서 저것으로 순조롭게 바꿀 수 있다. 샤워 헤드도 돌릴 수 있다. 돌려서 샤워 물을 분무에서 가랑비로, 가랑비에서 살을 바늘처럼 찌르는 소나기로 바꿀 수 있다. 두 손으로 비누를 문지르면 비누가 마술처럼 거품으로 변한다. 이제껏 내가 느껴본 것들 중 가장 부드럽다.

타월로 몸을 닦고 옷을 입는다. 이 또한 고통스러운 기동이다. 매순간 중력은 내 발을 잡고 늘어지고, 동시에 지구는 나를 위로 떠다민다. 나는 이에 익숙하지 않다. 나는 360도짜리 자유에 익숙하다. 360도로 회전하는 자이로스코프처럼.

지금의 나는 닻에 묶여 있다. 항상 하향 가속하는 기분, 이것이 이 닻의 효과다. 땅 위에 서 있는 게 아니라 그리로 발사된 느낌.

빌어먹을. 내 신세를 생각하니 다시 메슥거린다. 구토 증상도 나를 항상 따라다니는 것 중 하나다.

나는 천천히 G슈트*를 입는다. 기본적으로 G슈트는 다리를 세게 조여주는 바지다. 혈액 순환을 돕기 위해서다. 스턴스 박사 말로는 사람들이 장거리 비행 때 압박양말을 신는 이유와 같다. 피가 발목과 종아리에 쏠리고 고이는 것을 막아서 혈전증이 올 가능성을 낮춘다나-

옷을 입고 나서 핸드레일을 잡고 생활구역으로 걷는다. 보통 사람이 15초에 갈 거리가 내겐 3분 10초 걸린다. 나는 머릿속으로 시간 계산을 한다. 이론적으로는 걷는 방법을 안다. 문2에 있을 때 체력단련 유닛에서 백만 번도 넘게 연습했다. 그때는 신축성 있는 장력 조절장치가 중력을 대신했다. 하지만 진짜 중력은 완전히 다른 이야기다. 내겐 중력에 맞는 근육 또는 신체 조정력이 없다. 나

* g-suit, 내중력복(耐重力服).

는 아직도 첫 걸음마 하는 아기처럼 휘청댄다.

오리온이 피아노를 치고 있다. 한 번도 쳐본 적 없지만, 악보를 볼 줄 알고 음들이 어떻게 맞아 들어가는지 알아서 그런지, 내가 듣기엔 벌써 아름다운 소리가 난다. 녀석은 어떻게 저런 소리를 만드는 걸까? 나도 음악의 수학적 원리는 이해한다. 주파수비(周波數比), 즉 파장이 서로 배수인 음끼리는 듣기 좋은 화음을 만든다는 것을 안다. 하지만 아는 것과 실제 연주는 다른 이야기다.

"헤이," 오리온이 말한다. 얼굴만 돌리고 연주는 멈추지 않는다. "졸도?"

"아니."

"발전했네."

처음 이틀은 우리 모두 샤워하다 몇 번씩 기절했다. 우리의 심장은 피를 위로 펌프질하고 바닥에서 끌어올리는 데 익숙하지 않다. 우리는 일어나 앉는 것만도 벅차다.

리브라는 소파에 앉아서 스크린으로 뭔가를 읽고 있다. 하지만 따분하고 꽁해 보인다. 육체적 제약 때문에 정신 에너지가 안으로 꼬여버린 모습. 리브라가 나를 향해 손만 살짝 든다. 말을 할 의지조차 잃은 것 같다. 왜 아니겠어. 말을 하는 데 얼마나 많은 근육이 동원되는지 알면 놀랄 거다. 횡격막, 윤상갑상근, 턱끝목뿔근, 흉부의 각종 잔 근육들. 직립 자세를 유지하느라 다른 근육 천 가지를 쓰면서 말을 한다고 생각해보라. 생각만 해도 진 빠진다.

리브라의 스크린이 삐– 울린다. 메시지를 확인한 리브라의 얼굴에 미소가 번진다. "엄마가 온대."

오리온이 화음을 누른 채로 멈춘다. "뭐? 지금?"

"오늘. 부트로스 사령관님이 막 메시지를 보냈어. 그리고 우리 다 검진받으러 가래. 또 다른 MRI 검사."

"그럼 그렇지." 오리온이 한숨을 쉰다.

우리는 이미 끝내주게 많은 검사를 받았다. 그중 한 번은 특이하게도 배터리가 등판했다. 우리 몸의 전기전도율이 지구에서 태어난 사람과 같은지 알아보는 검사라는데, 우리 몸에 실제로 배터리를 연결했다. 매일 아침 피검사를 한다. 혈압 측정과 심전도 검사와 방광 초음파 검사도 수시로 한다.

아, 맞다. 괜찮은 경험도 있다. 오줌 누는 거. 우주정거장 벽에 붙은 흡입관에 볼일을 보던 사람에겐 놀라운 경험이다. 오줌 줄기가 아치를 그리며 떨어지는 광경. 그 소리. 연습이 좀 필요하다. 바지나 신발이 오줌 범벅이 되지 않으려면 연습을 요한다. 아무리 형제 같은 친구들이라지만 오줌에 젖은 바지나 신발을 내보이기 민망하고, 이 방에서 저 방으로 이동하는 데 3분 넘게 걸리는 입장에서는 숨기는 것도 쉽지 않다.

"언제 가래?" 내가 묻는다. "검진받으러."

문에서 노크 소리가 나고 당직병들이 휠체어를 밀며 들어온다.

"지금 같은데?" 오리온이 말한다.

쌍둥이 엄마는 어떻게 온다는 거지? 지구 착륙 이후 우리 엄마는 한 번도 나를 보러 오지 않았다. 엄마도 왔으면 좋겠다. 우주비행사 노릇을 위해서가 아니라 나를 보러.

버지니아도 어디 있는지 보이지 않는다. 아마 자기 방에 박혀서 뭔가 코드를 짜고 있을 가능성이 높다.

당직병들이 우리를 휠체어에 태우고 복도를 따라 검진실로 밀고 내려간다. 건물 반대편 창문들로 우주왕복선과 로켓을 발사대로 나르는 철도가 보인다. 발사장도 보인다. 땅에 그려진 거대한 X자 위로 강철 지지대가 까마득히 솟아 있다. 작업자들이 발사장을 분주히 오간다. 지게차를 몰고, 새 구조물을 세운다. 한쪽 구석에서는 로켓 엔진을 해체하는 작업을 하는 것 같다.

우리가 도착하자 스턴스 박사가 실험가운을 입은 다양한 사람들을 지나 우리를 구석진 곳으로 데려간다. 와본 적이 없는 곳이다. 소독약 냄새가 난다. 시큼하게 톡 쏘는 냄새. 스턴스 박사의 커프스단추가 창에서 들어오는 빛에 반짝인다. 스턴스 박사는 언제나 잘 차려입는다. 구두도 반짝반짝 광이 난다. 누군가 해주는 사람이 있나?

"이번에 특별히 개발했다." 박사가 말한다. "제너럴일렉트릭(GE)사가 우리를 위해 만들었어." 그러고는 유리문 너머에 있는 둥근 구조물을 가리킨다. 원통을 세워놓은 것처럼 생겼다. 우리 옆으로 스크린이 부착된 책상들이 늘어서 있고, 실험기사들이 거기 앉아서 키보드를 두드리고 있다. "전신 기능 MRI. 실시간 판독. 수직 촬영." 박사가 원통 구조물의 문을 열고 안에 깔린 검은색 매트를 보여준다. "러닝머신이 장착돼 있어. 너희가 걸을 때 뼈와 근육을 관찰할 거야."

"우리가 걸어야 해요?" 리브라가 묻는다.

"유감스럽지만 그래. 하지만 오래 하는 건 아냐. 한 2분? 걱정 마. 우리가 심장박동수도 모니터링하니까."

"아, 그래요?" 오리온이 말한다.

스턴스 박사가 양손가락 끝을 뾰족하게 맞댄다. "유감이다. 지구에 올 날을 손꼽아 기다렸을 텐데 모든 게 황당하고 짜증스럽겠지. 하지만 천천히 접근할 수밖에 없어. 우리가 너희한테서 알아내야 할 게 많아. 너희는 우주에서 자란 유일한 인간이야. 지금까지는 우주에서 짧게 체류하고 귀환한 우주비행사들만 연구할 수 있었는데, 이제 우주에서 자라 지구에 처음 온 인체가 받는 영향을 조사할 수 있게 됐어. 이건 전례 없는 일이야."

"박사님의 실험실 쥐가 돼서 기뻐요." 내가 말한다.

"너희를 면밀히 모니터링하는 건 너희를 위한 일이기도 해."

"정말 그런 것 같아요." 오리온이 비꼰다.

"검사 수행은 필수야. 너희가 충분히 강한지 확인해야, 다음 단계로 갈 수 있어. 우주에서는 검사에 한계가 많았어. 고작 초음파 검사가 다였으니까."

"다음 단계라뇨?" 내가 묻는다.

"여기를 떠나는 거."

여기를 떠난다. 할아버지의 목장. 바람. 태양.

"얼마나 오래-"

하지만 그때 어떤 청년이 다가와 스턴스 박사에게 인사한다.

"여기 맞죠, 박사님?" 청년이 말한다. 우리보다 나이가 많기는 한데, 많아봐야 열여덟이나 열아홉 살로 보인다. 노랗게 물들인 장발에 볕에 그을린 피부. 비디오나 사진에서 본 서퍼와 비슷하다. 진짜 서퍼는 물론 본 적이 없다. 청년의 눈은 초록색이고 눈꼬리에서 살짝 가늘어진다. 일본인 혼혈 같다. 어쩌면 한국인.

"맞아." 스턴스 박사가 대답한다. "잘 왔다, 소토." 그리고 우리를 향해 말한다. "여기 소토는, 음, 새 프로그램에 참여해."

"새 프로그램요?" 오리온이 묻는다.

"그래. 어린 우주비행사들을 우주정거장에 보내는 계획. 최대 열아홉 살. 2년 이상. 0G가 그들의 몸에 미치는 영향을 보려고."

"왜요?"

스턴스 박사가 눈을 껌뻑인다. "왜? 왜라니? 그야, 여행에 대비하기 위해서지."

리브라가 고개를 갸웃한다. "다른 행성들로요?"

"어쩌면. 또는 일종의 정기 기항지? 인공 달? 지금은 그저 프로젝트 시작 단계, 미션의 시작에 불과해."

"우주 탐사 미션." 내가 말한다. "옛날 NASA 시절처럼. 맞죠?"

"그보다는 생존 미션." 소토가 말한다. 그가 이 말을 할 때, 혀에 장식용 징을 박은 게 보인다. 입 안에서 은색이 반짝한다. 스턴스 박사가 한 손을 들어 말을 막는다. 소토는 어깨를 으쓱한다. "왜요? 사실이잖아요, 안 그래요? 여기는 더 이상 공간이 없잖아요. 물도 말랐고요."

"음, 저 위는 남아도는 게 공간이죠." 오리온이 말한다. 나도 웃고 소토도 웃는다. 소토의 눈가에 주름이 생긴다. 보조개도 생긴다. 나는 눈을 돌린다. 웃는 것도 힘들다.

"어찌 됐든," 스턴스 박사는 불편한 기색이다. "소토도 MRI 검사를 받을 거야. 문2에 다녀온 다음 다시 스캔 할 거고. 혹시 뼈가 나빠지지 않았는지 봐야 하니까. 근육도. 소토의 검사 결과는 너희 검사 결과와 비교할 기준치가 될 거야. 실험군과 대조군이랄까."

"항상 대조군이 되고 싶었어요." 소토가 말한다. 나한테 윙크하면서.

나는 숨이 막힌다. 아주 잠깐 동안만.

스턴스 박사가 유리문을 열고, 소토한테 들어가라는 몸짓을 한다. "소토 먼저. 2분간 걸어줘. 안이 시끄러울 거야. 여기." 박사가 탁자에서 헤드폰을 집는다. "이거 써. 피어싱은 좀 빼주고."

소토가 씩 웃더니 혀에 박혀 있는 볼트를 돌려서 뺀다.

스턴스 박사가 소토를 데리고 유리문 안으로 들어간다. 소토를 기계 안에 들여보내고 문을 닫은 다음, 유리문을 나와 우리 옆에 선다. 우리 왼쪽의 실험기사들이 일제히 화면 위로 몸을 굽힌다. MRI를 가동하는 사람들이다.

소음이 믿기 어려울 정도다. 얼마간은 음악 소리 같기도 하다. 가끔씩 소리의 흐름 위로 비트가 올라온다. 오리온이 열심히 듣는 게 보인다. 딸깍 소리 하나, 왱왱 소리 하나, 박동 하나 놓치지 않을 기세로. 기계가 여러 가지 다양한 주기로 돈다. 무슨 주기인지는 모르지만, 소음의 리듬과 톤이 수시로 바뀌기 때문에 주기가 다르다는 건 알 수 있다. 어떤 때는 몽롱한 백색 소음이었다가 다른 때는 삐- 소리를 내다가 또 다른 때는 타악기 같은 소리를 낸다.

2분이 지나고, 문이 열리고, 소토가 나온다.

"다음은 너, 레오." 스턴스 박사가 말한다. 박사는 나를 데리고 다시 유리문을 통과해 원통형 구조물로 간다. 구조물 외부는 두꺼운 플라스틱이고, 내부는 둥글고 매끈한 것이 우주정거장의 모듈 느낌이다. 박사가 나를 검은색 트랙 위에 위치시킨다.

"컨베이어가 MRI와 동시에 시작할 거야." 박사가 말한다. "느린 속도로 걸어. 멈추지 말고 계속 걷기만 해."

나는 사방을 둘러본다. "손잡이 같은 건 없어요?"

"없어. 자연스러운 걸음걸이를 봐야 해서."

하하. 평생을 0G에서 살아온 내가, 이 해치에서 저 해치로 유영만 하던 내가 자연스럽게 걸을 수 있을 거라는 발상 자체가 웃긴다. 하지만 나는 웃지 않는다.

"준비됐니?"

"모르겠어요."

"충분해."

박사가 나한테 청력 보호용 헤드폰을 건네고 문을 닫는다.

소음이 시작된다.

소음이 시작되자 발아래 트랙이 돌아가기 시작한다. 나는 운동에 관여하는 근육과 힘줄의 결집과 조정에 집중한다. 한 번에 한 걸음. 지금 나는 버지니아가 '의식적 능력'이라고 부르는 단계에 있다. 우리 다 그렇다. 걷는 법을 얼추 알기는 하지만 거기에 집중할 때만 가능한 단계.

왜앵. 윙윙.

딸깍 딸깍 딸깍.

쿵 쿵 쿵.

MRI가 나를 둘러싸고 포효하고, 두들기고, 웅웅거린다. 나는 걷는다. 두 눈을 큐비클 내벽에 고정한다. 벽이 엄청 매끈하다. 정말 문2의 모듈에 들어온 것 같다. 벽이 나를 튜브처럼 에워싼다. 트랙은 우리가 쓰던 운동기구 같다.

나는 휘청거린다. 다리에서 불이 나는 것 같다. 폐가 타는 것 같다. 내가 땅으로 발사되고 있다. 왜 아직도 떨어지고 있는 거지?

우리가 이미 착륙한 줄 알았는데. 그런데 나는 아직도 지구를 향해 추락하고 있다. 아직도 대기 속으로 끌려 내려가고 있다. 아직도 착륙 캡슐 안에 있다. 매끄러운 벽이 나를 둘러싸고, 나를 에워싸고, 나를 가두고–

삐– 소리가 난다.

가슴에 찬 벨트가 윙윙거린다.

이 물건은 대체 언제쯤 착륙할까? 나는 충격에 대비한다. 공처럼 몸을 웅크린다–

나는 떨어진다. 드디어 땅에 닿는다. 드디어 착륙했다. 그런데 땅이 미끄럽다. 땅이 움직인다. 땅이 나를 싣고 벽으로 굴러간다. 벽에서 멈춘다. 하지만 바닥은 계속 내 밑에서 기어간다. 내 옆구리를, 내 피부를 문지르면서.

그때 벽이 열린다. 벽이 멀어진다. 나는 빛 속으로 굴러 떨어진다. 헤드폰이 벗겨진다. 상상할 수 없는 무게의 소리가 내 뇌에 올라앉는다. 스턴스 박사가 보인다. 스턴스 박사와 녹색 옷을 입은 남자. 남자는 장비 케이스와 제세동기를 들고 있다.

"심장 확인해요." 스턴스 박사가 말한다. 박사의 목소리가 멀게 들린다. 그는 아직도 우주에 있나 보다. 땅에 있는 건 아마 나뿐인가 보다.

녹색 옷의 남자가 내 상태를 살피기 시작한다. 방이 서서히 선명해진다. 나는 원통형 MRI 기계 밖, 유리 대기실 안에 있다. 소토도 들어와 있다. 나를 내려다보면서. 걱정스러운 얼굴로. 소토는 들어올 수 없을 텐데. 나한테 심장마비가 오지 않았는지 확인하느라 바빠서 스턴스 박사가 미처 신경 쓸 틈이 없었나 보다.

다행히 내 관상동맥은 무사하다. 그런 것 같다.

스턴스 박사가 내 손가락 끝에 산소 포화도 측정장치를 부착한다. 리브라와 오리온도 유리방에 들어와 있다. 소토보다 더 걱정스러운 얼굴로. 당연하다. 둘은 아직 기계 안에 들어가기 전이니까.

스턴스 박사가 마침내 몸을 뒤로 젖힌다. 녹색 옷 남자(구급대원?)에게 가도 좋다는 손짓을 한다. "괜찮아질 거다, 레오." 박사가 말한다. "너 때문에 간 떨어지는 줄 알았다. 우린 너희가 빠르게 적응 중이라고 생각했는데… 하지만 뭐 이것도 유용한 데이터야." 나한테 하는 말이라기보다 혼잣말에 가까워 보인다. "어떻게 된 거니? 균형을 잃었니?"

"아뇨. 그냥, 다시 캡슐에 있다는 생각이 들었어요. 발을 헛디딘 건 아니고, 그냥 좀, 겁이 났어요."

"흥미롭군. 심리적 변수들은 생각 못 했어. 향후 검사에는 산탓 박사도 불러야겠어."

산탓 박사는 매일 아침 우리를 면담하는 심리학자다. "지구의 첫인상은?", "너에게 집이란?" 같은 질문을 하는 사람.

"이제 어떡해요, 박사님?" 소토가 묻는다.

스턴스 박사가 턱을 문지른다. "애부터 일으키자." 사람들이 내 겨드랑이에 손을 넣어서 나를 일으켜 세운다. 스턴스 박사는 화면에 뜨는 그래프들을 계속 주시한다. 가슴에서 윙윙대던 벨트가 그새 멈춰 있다.

사람들이 나를 부축해서 유리방 밖으로 데리고 나가 휠체어에 앉힌다. 리브라와 오리온도 다시 앉는다. 그러고 보니 내가 쓰러졌을 때 말 그대로 둘이 의자를 박차고 나왔다. 나를 위해 일어난 거다. 그게 내 가슴 깊은 곳을 뜨겁게 한다. 지구에서 집처럼 느껴지는 건 이 둘뿐이다. 이 쌍둥이.

세상 어느 것과도 맞지 않다. 나는 부적응자다. 거꾸로 서서 걷는 사람처럼.

"시간 프로토콜을 줄입시다." 스턴스 박사가 화면을 보는 기술자 중 한 명에게 말한다. "남은 두 명은 각각 1분씩."

"이걸 재개한다고요?" 소토가 말한다.

"해야 해. 아이들 몸에서 무슨 일이 일어나는지 알아야 해. 스트레스 포인트 말이야. 아이들이 이곳을 떠나서 견딜 수 있을지 알아야 해."

소토가 머리를 내젓는다. 하지만 입을 다문다.

"딱 1분." 스턴스 박사가 말한다. 그 결정을 스스로에게 정당화하듯이. "1분 후엔 빼는 거야." 박사가 기술자의 어깨를 두드린다. "특히 관절 작동을 보고 싶어요. 무릎과 발목을 잘 지켜봐요." 그리고 다시 우리를 향한다. "오케이, 후딱 해치우자."

오리온이 손을 든다. "오, 스턴스 박사님. 저를 뽑아주세요. 하고 싶어 죽겠어요."

"하하." 리브라도 거든다.

소토가 나와 눈이 마주치자 다시 윙크한다. 지금은 장난기가 없다. 아까보다 호의적이다. 하지만 이번에는 내 심장이 펄떡이지 않는다. 내 심장은 이미 감당하기 어려울 만큼 감당했다.

공 던지기

리브라와 오리온도 MRI 기계를 거친 후 우리는 다시 휠체어에 실려 숙소로 돌아온다. 소토도 따라온다. 아무 말도 없이. 그냥 어슬렁어슬렁 따라오는 분위기다.

숙소에 도착하자 리브라는 엄마 맞을 준비를 하고 싶다고 한다. 쌍둥이 엄마는 플로리다에 산다. 그래서 여기 오는 데 이틀이 걸렸다. 쌍둥이 엄마는 조직에서 우리 엄마처럼 거물은 아니지만 몇 번 미션을 나간 적 있다. 우주정거장에 캐나담*2를 설치한 팀의 일원이기도 하다. 캐나담2는 지금 있는 것 이전에 쓰던 로봇팔이다.

오리온도 비슷한 취지의 말을 웅얼거리며 리브라와 함께 각자의 방으로 사라진다. 소토가 잠시 나를 본다.

"여기서 나가볼래?" 소토가 씩 웃는다. 웃으니까 몸속에서 자체 조명이 들어오는 것 같다.

나는 멀뚱히 본다. "난 못 해."

"기지를 나가자는 건 아냐. 그냥 바깥."

"바깥?"

"그래. 이를테면 옥상?"

---

* 캐나담(Canadarm)은 우주선의 고장 수리와 물체 운반을 위해 1981년 우주왕복선 컬럼비아호에 처음 장착된 로봇팔이다. 캐나다에서 제작했기 때문에 이렇게 부른다.

나는 계속 멀뚱히 쳐다본다. "옥상에 나가도 돼?"

"안 되지. 원칙적으로는. 하지만 실제로는? 물론."

나는 어깨를 으쓱한다. "응. 물론. 응." 무심하게 대꾸하려 애쓴다. 하지만 내겐 너무나 놀랍고 생소한 생각이다. 우주정거장에서는 이런 종류의 자유가 아예 존재하지 않는다.

소토가 고개를 끄덕이고, 내 휠체어 손잡이를 잡고, 나를 밀고 복도로 나간다. 길게 뻗은 복도를 두 개 지나고, 모퉁이를 두 개 돌아, 밋밋한 회색 문 앞에서 멈춘다. 문에 '비상구'라고 쓰여 있다.

"휠체어는 여기서 작별해야 해." 소토가 말한다.

"응."

"나한테 기댈래?"

"부탁해."

소토는 내가 일어나 한 손을 자기 어깨에 올릴 때까지 기다린다. 셔츠 밑으로 단단한 근육이 느껴진다. 내 몸에 약한 전류가 찌릿하게 흐른다. 내 중심부에서 무슨 일이 일어난 느낌이다. 피가 안으로 쇄도한다. 피부가 얼얼하다. 전에 한 번 느꼈던 기분이다. 우주에서. 오리온과 얼싸안았을 때.

"오케이?"

"오케이." 뺨이 빨개지지 않았나, 내 피부 밑에서 쟁그랑거리는 신경들이 보이지는 않을까 걱정된다.

소토가 문을 열고 나를 이끌고 계단을 올라간다. 계단 하나하나가 고문이다. 땅이 계속 나를 공격한다. 계속 나를 덮친다. 계속 나를 찍어 누른다. 나는 근육과 관절의 협업을 낱낱이 자각하고 계획한다. 각각의 움직임의 각각의 구성요소에 일일이 집중한다.

격렬한 신체 운동과 정신 운동 때문에 땀이 난다.

우리는 비틀비틀 계단을 올라간다. 층계참에 이를 때마다 반환점을 돌아야 한다. 이 생각은 전혀 못 했다. 이것들이 나의 천적이 될 줄은. 숨이 차다. 눈썹에서 땀이 뚝뚝 떨어진다. 그냥 포기하고 싶은 마음이 굴뚝같다. 육체적으로만 진이 빠지는 게 아니다. 정신적으로도 그렇다. 죽을힘을 다해 움직임 하나하나에 집중한다. 한 끝이라도 놓치면 자빠진다. 여기서 주저앉고 싶다.

그런데 눈을 들어 보니 정상에서 불과 두 계단 아래다.

"해냈어." 소토가 내 옆에 있다. 나를 받치고 있다. 똑바로 서 있는 게 참으로 쉬운 존재.

무릎과 발목이 기름칠하지 않은 부품처럼 비명을 지른다. 근육이 불탄다. 나는 마지막 두 계단 위로 나를 질질 끌어올린다. 우리 앞에 또 다른 회색 문이 있다. 불길에서 도망가는 남자 그림이 붙어 있다. 문 둘레를 밝은 백색광이 액자처럼 두르고 있다.

"이거야." 소토가 말한다. "바깥으로 나가는 문."

소토가 절뚝거리는 나를 부축해서 문으로 간다. 그리고 문을 연다. 처음에는 햇빛에 두 눈이 먼다. 나는 눈을 깜박인다. 빛나는 원들이 내 시야를 채우다가 서서히 걷힌다.

광활한 아스팔트 바닥. 아스팔트 맞나? 시멘트? 나는 지구의 물질들에 밝지 못하다. 아직 배우는 중이다.

옥상은 평평하다. 군데군데 지붕 달린 형체들이 있을 뿐이다. 공기 배출구 같다. 아니면 공기 흡입구? 위로 파란 하늘이 비단처럼 펼쳐지고, 아래에는 차량들이 깨알같이 돌아다닌다.

"우와." 이 느낌을 잊고 있었다. 옥수수밭에 있었던 게 불과 며칠

전인데. 내 살에 닿는 공기. 이 냄새. 복잡하다. 마른 풀 냄새와 기름 냄새와 기계 냄새. 비릿한 냄새는 아마도 오존? 혹시 폭풍이 오나? 바람이 높다. 바람이 경계선 울타리 너머 기다란 풀들에 무늬를 만들고 소용돌이를 만든다.

새 한 마리가 하늘을 선회한다. 까악까악 울면서. 하늘에서 공중제비하면서. 바람이 날려 올린 검은색 천 조각 같다. 바람이 놓아서 다시 떨어뜨린다. 나는 전에 본 비디오들을 떠올린다. 그리고 이 새가 까마귀인 걸 깨닫는다. 까마귀가 상승 기류를 타고 까마득히 날아오르다가 밑으로 곤두박질치기를 반복한다.

소토가 왼편의 한 지점을 가리키고 나를 부축해서 그리로 간다. 도착하자 나를 잡아 옥상 바닥에 앉혀준다.

내가 엉덩이를 대자마자 바닥이 나를 밀어 올린다. 꼬리뼈에 느껴지는 압박감. 내게 꼬리뼈가 있다는 것을 문2에서는 한 번도 의식하지 못했다. 이제는 앉을 때마다 실감한다.

"봐." 소토가 말한다.

나는 본다. 우리는 옥상 가장자리에 있다. 아마 동쪽 모서리? 잘 모르겠다. 의료 센터와는 방향이 안 맞고, 우리 숙소에서 내다보이는 풍경과 거의 같다. 다만 지금의 풍경에는 아무런 필터가 없다. 유리로 조정되지 않았다. 내가 우주정거장 밖으로 걸어 나왔을 때, 아니 유영해서 나왔을 때와 좀 비슷하다. 나는 갑자기 탁 트인 공간으로 풀려났고, 눈앞의 광경은 안에서 볼 때와 피상적으로만 같을 뿐 느낌이 완전히 다르다.

풍경도 장난 아니다. 풀이 완만한 기복을 이룬 땅을 덮으며 저 멀리 예리하게 그어진 지평선까지 깔려 있다. 땅은 지평선에 닿자 빛나는 푸른 비단 하늘에 스러진다.

소토가 바닥에 등을 대고 누워 머리 뒤로 깍지 낀다. 나도 똑같이 하고 싶다. 하지만 소토의 태평스러운 동작을 따라 할 자신이 없다. 그랬다가 일어나지 못할 수도 있다.

소토가 하늘을 올려다본다. 대낮의 밝은 빛. 태양이 넝마처럼 나부끼는 구름 뒤에 뜨거운 원반으로 떠 있다. 하지만 초승달도 있다. 파란 하늘에 창백하게.

"네가 저기에 그렇게 오래 있었다는 게 믿어지지 않아." 소토가 말한다. "정말이지, 끝내줬겠다."

나는 어깨를 으쓱한다. "우리가 살았던 곳일 뿐이야." 나는 우리 주위의 모든 것을 향해 손을 흔든다. 공기, 풀, 멀리 듬성듬성 보이는 벌거벗은 나무들, 아니 선인장들. "끝내주는 건 이거지."

"야, 여긴 네바다야."

"어쨌든 나한테는 끝내줘." 나는 코로 천천히 숨을 쉰다. 공기 중에 뭔가 따끔거리고 차가운 것이 있다.

"비." 소토가 나를 보며 말한다.

"그래?"

"맞아. 폭풍이 오고 있어." 소토가 검은 구름들을 가리킨다.

어색하지 않은 정적.

"우주에 나간 적 없지?" 결국 내가 묻는다. 답이 빤한 질문이다. 나는 대화 훈련을 많이 받은 편이 아니다.

"없어. 이제 막 박사학위를 땄으니까."

"열여덟 살이라며? 그런데 박사학위?"

소토가 얼굴의 반만 웃는다. 빼기는 웃음도 아니지만 그렇다고

쑥스러운 웃음도 아니다. "그래. 어린 우주비행사 프로그램이야. 박사학위와 충분한 비행 경험이 기본 조건이지."

"그럼 너도 조종사라고?"

"공군사관학교 나와서 공군 입대. 맞아."

"대단하다. 기분이 이상해. 난 저기서 살아야 했어. 그럴 자격 하나 없이 말이야."

소토가 내 팔을 쿡 찌른다. "왜 이래. 넌 우주에서 태어났잖아. 네가 했다는 EVA 이야기, 나도 들었어. 자이로 교체 작업 말이야."

나도 반쪽 웃음을 흉내 내본다. 성공적으로 된 것 같지는 않다. 방귀 뀌는 표정이 되지 않았다면 다행이다. "선택의 여지가 별로 없었어."

"진짜 우주비행사처럼 말한다."

다시 침묵. 얼굴에 닿는 햇살이 따스하다. 눈을 감아도 해가 보인다. 눈꺼풀을 통과해서 발갛게 빛난다.

"다시 돌아가고 싶어?"

"문2로?"

"응."

"몰라. 지구에 대해 제대로 아는 게 없어서. 아직은."

"그렇겠다."

"그게 말이야. 사람들은 지구를 집이라고 부르는데 정작 우린 여기에 있었던 적이 없거든."

"그래도 오고 싶기는 했지?"

"그럼! 당연하지. 우주비행사나 리브라나 오리온이 아닌 사람들과 만나고 싶었어. 그들을 사랑하지 않아서는 아니야. 다만, 친구를 사귀고 싶었어! 스포츠도 하고! 여긴 끝내주게 많은 것들이 있잖아. 폭포, 수영, 바다, 야구공 던지기, 롤러코스터! 숲속 걷기, 눈, 모래, 전부 다. 전부 다 느껴보고 싶어."

소토가 끄덕인다. "나도 그래. 저기로 가고 싶은 것도 그래서야. 0G의 느낌을 알고 싶어서."

이제 우리 둘 다 끄덕인다. 우리가 서로에게 미러 이미지라는 걸, 우리는 똑같으면서 정반대라는 걸 깨닫는 순간이다.

"언제 가는데?"

"두 달 후쯤." 소토가 말한다. "준비 과정이 태산이지만, 프로그램 진행에 대한 압박이 장난 아니야. 알다시피 가뭄 탓에. 인구 과다 문제."

나는 그를 물끄러미 본다.

"왜?" 소토가 묻는다.

침묵.

"사람들이 너희한테 이런 말은 안 해?" 소토가 다시 묻는다.

나는 머리를 흔든다. "가뭄에 대해선 들었어. 할아버지한테. 뉴스 비디오에서도. 하지만–"

"이 미션이 얼마나 긴요한지에 대해선 자세히 말 안 했다?"

"목표가 우주에서 살 대비를 하는 거라는 건 알았지만–"

"이렇게까지 시간에 쫓기는 줄은 몰랐다는 거지?"

나는 고개를 끄덕인다.

소토가 머리를 설레설레 흔든다. "담수가 근본적으로 고갈되고 있어. 대기 중 탄소 수준도 장난 아냐. 빙하가 지난 20년 동안 엄청나게 녹고 해수면이 상승해서 홍수가 잇따랐어. 땅들이 짠물로 덮이고— 지구 전체가 갈증에 허덕이고 있어. 설상가상으로 인구는 그 어느 때보다 많아. 100억 명. 중장기적으로 지속 불가능한 상황이야. 이런 이유 때문에 나 같은 후보들이 있는 거지."

"어떻게 하겠다는 건데?"

"우린 우주비행사야, 알지? 조종사들과 자타 공인 천재들." 내용과 달리 소토의 말에는 조금의 거만한 기색도 없다. "수학 영재들. 직관적 기억력. 뇌에 수치와 좌표와 규정 들을 끝없이 입력할 수 있는 능력. 동시에 우린 신체적으로도 기괴해. 아니, 남달라. 높은 폐활량, 강한 심장, 느린 심박동수. 프로그램에 뽑히기 위해 체력 검사도 통과해야 했지만 의학 검진도 수없이 거쳤어."

"그래서?"

"우리를 시범적으로 우주에 데려가 오래 살게 하는 거야. 2년 동안. 우리를 의학적으로 모니터링하고 우리가 돌아오면 검사하는 거야. 사람이 감당할 수 있나 보는 거지."

나는 눈을 들어 하늘에 희미하게 떠 있는 낫 모양의 달을 본다. 항상 거기 있는 달. 우리에게 보이지 않을 때도 지구를 돌면서, 지구의 곁을 영원히 떠나지 않는.

"왜?"

"왜냐면 지금 원거리 우주선을 만들고 있거든. 탐사선. 그런데 이게 50년 계획이야. 다른 행성들을 탐사하겠다는 거야. 우리가 식민지로 삼을 행성을 찾아서."

"정말?"

"정말이야. 수십 년 전부터 전 세계 천문학자들이 지구 닮은꼴 행성들을 물색했어." 소토가 머리를 돌려 하늘을 훑어본다. 그러다 우리 뒤를 가리킨다. "예를 들어 백조자리 외계행성 케플러-186f. 저쯤에 있어. 지구에서 4,600조 킬로미터 떨어져 있지. 거리 면에서 보면 그다지 좋은 조건이 아니지만, 지구와 비슷한 크기에다 지구처럼 생명체가 거주 가능한 거리에서 모항성을 공전해. 물과 산소가 존재할 가능성까지 있어."

"흠."

"괴상한 행성들도 꽤 발견했어. 예를 들어 게자리 55 e라는 행성. 삼분의 일이 다이아몬드래. 액체와 고체 다이아몬드."

"살기엔 별로 쾌적할 것 같지 않은데."

"전혀. 하지만 굉장하지 않아? 내 말은 저 우주 말이야." 소토가 손가락을 들어 푸른 하늘을 가리킨다. "저기 어딘가에 다이아몬드로 된 행성이 있다는 거. 잠자기 전에 가끔씩 생각해. 저기 있는 모든 별들. 그 수만 해도 상상 불허잖아. 거기다 다이아몬드 행성. 그런 생각을 하면 기분이- 바보 같지? 저기엔 천억 곱하기 천억 곱하기 천억 개의 별이 있고, 그래서 내가 초라하게 느껴져야 맞는데, 그대신, 어쩐지 덜 외롭게 느껴진단 말이지."

나는 소토를 쳐다본다. 내 맥박이 가파르게 튄다.

"미안. 별 멍청한 소리 다 듣지? 이런 말 하는 게 아닌데."

"아냐. 나도 그래. 난 달을 보면 그래. 달이 지구 둘레를 도는 걸 보면." 이제는 내가 바보 같다는 생각이 든다. 멍칭이는 나다. 하지만 나는 멈추지 않는다. 발사대를 떠나 날아가는 발사체처럼. "그걸 보면, 사랑이란 게 그런 게 아닐까 싶어. 항상 곁에 있는 거. 무슨 일이 있어도. 둘이 맞물려서 같은 궤도를 도는 거."

소토의 눈이 가늘어진다. 하지만 빈정대는 표정은 아니다. "그래. 알 것 같아."

정적.

그때 리브라의 목소리가 들린다. 오리온의 목소리도. 웃음소리. 공기 중에 일렁이던 모종의 황금빛이 흩어진다.

"나 좀 일으켜줘."

소토가 나를 붙잡아 일으켜 세운다. 나는 잠시 휘청한다. 소토를 목발처럼 의지해서 건물의 정면 쪽으로 비틀비틀 걷는다. 정면이 북쪽이었지 아마? 나는 내려다본다. 주차장이 보인다. 차를 앞에 댈 수 있는 원형 진입로도 있는 걸 보니 현관 로비 같다. 깃대에서 반은 멕시코 국기고 반은 미국 국기인 깃발이 펄럭인다.

차 한 대가 반달형 진입로에 정차해 있다. 원심력을 거스르는 디자인의 독일제 스포츠 해치백. 우주비행사가 빌릴 법한 차다. 아니나 다를까, 몸을 숙여서 내려다보니 쌍둥이 엄마가 차 옆에 서 있다. 직원이 밀고 온 휠체어에 앉아 있는 리브라도 보인다. 아줌마가 몸을 굽혀 딸을 끌어안는다. 아주 오랫동안. 아줌마는 딸을 놓아주고 이번엔 오리온을 끌어안는다. 아주 꼭 끌어안는다. 이 위에서도 느껴질 정도다. 아줌마의 얼굴에서 햇빛을 받아 반짝이는 눈물이 보인다. 그 눈물까지 느껴진다.

우리 엄마도… 우리 엄마도 저랬으면. 가끔.

그러다 바보 같은 생각 말자고 생각한다. 그건 케플러-186f에 착륙해서 나만의 작은 왕국을 건설하겠다는 것만큼 망상이다. 게자리 55 어쩌고 하는 행성을 포획해서 지구 궤도로 끌어다놓고 나만의 다이아몬드 광산으로 삼겠다는 발상과 다를 바 없다.

우리 엄마는 우리 엄마다. 다른 사람이기를 바라는 건 부질없다.

나는 몸을 펴고 급히 숨을 들이마신다. 숨이 차다. 얼마간은 태양의 칼날 아래 연약한 거품처럼 불쑥불쑥 뜨는 기대감 때문에, 얼마간은 무릎을 찌르는 통증 때문에.

"너희 엄마는 여기 있잖아?" 소토가 묻는다.

"어딘가에. 제대로 본 적은 없어."

소토가 내 눈을 응시한다. "나, 너희 엄마 만난 적 있어. 훈련받을 때 교관이셨지. 음, 상상이 된다."

"맞아."

"다른 가족은 없어?"

"할아버지. 하지만 만나는 건 아직 금지야. 격리 대상이라."

"하지만 쌍둥이는 엄마를 보잖아?"

"저분은 소를 치지 않으니까. 소에는 나쁜 세균이 많다며?"

"아, 더러워."

침묵.

"아까 그랬지? 경험하고 싶은 게 많다고." 소토가 말한다.

"으응."

"음, 그 목록에서 작은 거 하나 처리하자."

"뭐를?"

소토가 머리를 흔든다. "여기서 기다려. 금방 올게." 소토는 나를 공기 배출구인지 흡입구인지 중 하나로 끌고 가서 거기다 기대놓는다. 그리고 문으로 사라진다.

나는 그대로 서서 감각들이 내 속을 넘나들도록 놔둔다. 발아래 옥상 바닥의 깔깔한 질감. 산들바람. 햇빛. 폭풍이 다가오는 냄새. 세상에는 너무나 많은 냄새, 너무나 많은 질감이 있다. 우주에서는 대부분이 매끈하고, 대부분이 땀 냄새 아니면 소독약 냄새다.

5분쯤 지났을까, 소토가 다시 나타난다. 판지상자를 들고 온다. 상자를 탁 열고 기울여서 안을 보여준다.

상자 안에 작고 하얀 공들이 옹기종기 모여 있다.

"탁구공이야." 소토가 말한다.

"탁구공? 어디서 났어?"

"탁구대가 있어. 아래 레크리에이션 룸에. 뭐랄까, 훔쳐 왔어."

"그걸로 뭐 할 건데?"

"던질 거야. 이리 와."

소토가 나를 데리고 도로 옥상의 동쪽으로 간다. 바로 아래에는 금이 간 콘크리트가 기다랗게 깔려 있다. 그다음에 담장이 있고, 그다음에 일종의 잡초 해자가 있고, 그다음에는 가시철망을 두른 더 큰 담장이 있다. 나는 손으로 햇빛을 가린다. 눈이 아프다.

소토가 박스에서 공을 하나 꺼내고, 내 손을 잡아서 중심을 잡아준다. 그러더니 다른 팔을 휘둘러 공을 던진다. 공이 원호를 그리며 높이, 높이, 높이 올라간다. 공기를 가르며. 만곡의 정점에 다다를 때까지. 공은 보이지 않는 곡선을 그리지만 내 눈에는 보인다. 공의 비행을 지배하는 질량과 힘과 각도와 속도가 만드는 신성불가침의 공식들. 공이 하강하기 시작한다. 형용할 수 없이 아름답다. 공기의 표면에 쓴 반짝이는 수학. 공이 떨어지고 또 떨어진다. 올라갈 때 그린 만곡을 반대로 그리며 떨어진다.

그러다 튀어 오른다.

퐁.

다시 튀어 오른다. 수직으로 번지는 파문. 깡충깡충 뛰는 작은 아치들. 점점 작아지는 현수교들. 퐁 퐁 퐁.

"와우, 바보 소리로 들리겠지만 진짜 끝내준다."

소토가 활짝 웃는다. 또 자체 조명이 들어온다. 번쩍. "우주에선 물로 공을 만들어 공중에 띄울 수 있지? 난 그걸 보고 싶어."

소토가 박스를 내민다. 나는 볼을 하나 집는다. 손을 뒤로 보냈다가 던진다. 익숙하게 던지지도, 멀리 던지지도 못한다. 나는 연습 횟수 0이다. 그래도 공이 아치를 그리며 올라가고 같은 모양으로 내려와서 아래 보도에 맞고 튀어 오른다.

소토가 공 하나를 던진다.

내가 다른 하나를 던진다.

우리는 박스 안의 공을 다 던진다. 서로 번갈아서. 공들이 땅에서 핑핑핑핑핑 튄다. 공들이 비처럼 떨어진다. 공은 모두 하얗고, 땅은 회색이고, 풀은 갈색이고, 하늘은 파랗다. 이 모든 아름다운 색들, 소리들. 나는 살아 있다. 나는 지구에 있다. 모두를 흡수하고 있다. 이 모든 감각을 빨아들인다.

그러다 문득 브라운이 생각난다. 지금 그 어떤 것도 흡수할 수 없게 된 사람. 지금도 저 위 어딘가를 떠돌고 있을 사람. 나는 브라운의 가족을 떠올린다. 둘러앉아 있을 가족. 지금쯤은 그가 거기 없는 것에, 식탁의 빈자리에 익숙해졌을까.

공이 내 손에서 우물쭈물하다가 멀리 못 가고 떨어진다.

"이만 들어가자." 내가 말한다.

아이스크림

나는 소토의 부축을 받아 계단을 내려간다. 올라가는 것보다 내려가는 게 조금 쉽다. 아주 조금.

계단을 내려가면서 소토가 묻는다. "지금까지 뭐 먹어봤어?"

"몰라. 여기서 식판에 음식을 갖다 줘."

"아이스크림 먹어봤어?"

"아니."

"됐다, 그럼. 구내식당으로 간다."

"난 못 가는 곳일 텐데."

"옥상은 가는 데였고?"

옳은 말이다.

소토가 내 휠체어를 밀고 복도를 내려간다. 거기서 엘리베이터를 타고 넓은 방으로 내려간다. 사람들이 먹고 마시고 떠들고 있다. 포크와 나이프가 쨍그랑대는 소리. 웅성대는 말소리. 이렇게 많은 사람이 한 장소에 있는 건 처음 본다.

압도적이다. 하기야 내겐 모든 것이 압도적이다.

소토가 나를 밀고 한 곳으로 간다.

"금방 올게." 소토가 말한다.

나는 앉아서 기다린다.

얼마 안 가 소토가 그릇 두 개를 들고 돌아온다. 그릇 안에 하얀 덩어리, 분홍 덩어리, 밤색 덩어리가 하나씩 들어 있다.

"바닐라, 딸기, 초콜릿." 소토가 말한다. "성삼위일체."

나는 주위를 둘러본다. 이 넓은 홀을 채운 수백 명의 직원들. 나는 엄마나 버지니아가 있을까 해서 사방을 훑어본다. 없어도 놀랍진 않다. 두 사람은 사교적인 구내식당 타입이 아니다. 내가 아는 사람은 아무도 없다. 사실 내가 아는 사람 자체가 극소수다. 리브라, 오리온, 우주비행사 몇 명. 더하기 지상 수뇌부: 부트로스 사령관, 스턴스 박사, 라브지, 산티아고–

사람들이 계속 나를 쳐다본다. 쳐다보다가 재빨리 눈을 돌린다.

그러고 보니 산티아고는 어떻게 됐을지 궁금해진다. 그런 경우는 한 번도 못 봤다. 시뮬레이션 중에 누군가 갑자기 빠지고 돌아오지 않는 경우. 회사는 그런 식으로 일하지 않는다. 시뮬레이션은 중요하다. 특히 죽음 시뮬레이션은. 그걸 모르는 사람은 없다.

"홍보팀에 있는 산티아고라는 사람, 들어본 적 있어?"

소토가 머리를 가로젓는다. "아니. 여기 직원이 워낙 많아서."

흐음. 여기 직원이 그렇게 많다 이거지–

"레오?" 소토가 부른다.

정신이 퍼뜩 돌아온다.

나는 스푼을 들어 초콜릿 아이스크림을 한가득 뜬다.

뇌가 폭발한다.

농담이 아니다. 이런 사고실험을 해보자. 통이나 캔에 든 것이 아닌 다른 어떤 것도 먹어본 적이 없다고 가정하자. 당신이 먹어본 거라곤 건조식품 아니면 보존식품뿐이다.

이제 아이스크림을 입에 넣는다고 상상하라.

그 차가움. 그 달콤함. 결빙의 맛. 공기를, 바람을, 미세한 거품을 가득 넣어 부풀린 느낌. 한순간 액체로 녹아버리는 느낌.

차가움, 달콤함, 공기, 액체, 냉각 상태. 따로따로는 우주정거장에도 있었다. 하지만 이렇게 모두 함께, 모두 결합해서 존재하는 경우는 결코 없었다. 이건… 이건…

"세상에." 그 순간 맛이 나를 강타한다. 초콜릿은 전에도 먹어본 적이 있다. 하지만 이건 다르다. 이건 혀의 맛봉오리를 모두 남김없이 덮어버린다.

"어때?"

나는 스푼을 다시 든다. 너무 많이 푼다—

"악!" 나는 머리를 움켜잡는다. 얼음의 창이 내 대뇌피질을 제대로 뚫고 들어갔다.

"아하," 소토가 말한다. "브레인 프리즈*."

머리가 짜르르한 느낌이 잦아든다. "이게 그거야?"

"응."

"그런데도 먹어?"

소토가 웃는다. "고통을 감수할 만하지 않아?"

"그건 그래." 나는 인정하고 다시 한입 먹는다.

어깨에 누군가의 손이 느껴진다. 스턴스 박사다.

"레오," 박사가 말한다. "넌 격리 중이야. 숙소로 돌아가거라."

"아, 좀요, 박사님." 소토가 말한다. "별일 있겠어요?"

* brain freeze. 찬 것을 먹었을 때 일시적으로 머리가 아픈 현상.

별일

평생 한 번도, 단 한 번도, 아파본 적이 없다고 가정하자. 은자처럼 밀폐된 환경에서 성장했다고 가정하자.

이제 그런 당신이 감기에 걸렸다고 가정하자.

머리가 지끈거리고, 목구멍이 찢어질 듯 아프고, 수도꼭지처럼 콧물이 줄줄 흐르고, 팔다리가 쑤신다. 이 통증이 어디까지가 걷기 연습 때문이고 어디서부터 바이러스 때문인지 알 수 없다.

나는 사흘 동안 침대에, 아니, 방 한구석에 앓아누웠다. 리브라와 오리온이 거리를 유지했지만 소용없었다. 둘 다 감기에 걸렸다. 그다음부터는 우리 셋이 함께 잔다. 쌍둥이 엄마가 쌍둥이에게 수프와 레몬차 같은 것들을 가져다준다.

우리 엄마는 나한테 아무것도 가져오지 않는다.

오리온은 부루퉁하다. "정작 넌 지구 귀환을 우리처럼 환장하게 좋아하지도 않았잖아. 넌 우주비행사 일에만 환장하잖아. 그런데 네가 앞장서서 격리를 깨고 우리한테 병을 옮겨?" 오리온이 한숨을 쉰다. "그냥 숙소에 얌전히 있을 순 없었냐?"

"너희도 너희 엄마 만나러 바깥에 나갔잖아. 내가 봤거든."

"조용히 해, 둘 다." 리브라가 말한다. "따져서 뭐해."

때로 이러다 죽는 게 아닌가 싶게 아프다.

어떤 일상

우리가 감기에서 회복하자 처음에는 사람들이 우리를 시간마다 검사한다. 심박동수. 혈압. CAT 촬영.

다음에는 하루 두 번.

다음에는 하루 한 번.

다음에는 이틀에 한 번.

시간이 몹시 느리게 흘러간다.

어느 날 아침, 나는 무작정 스크린을 펴고 비드링크로 교환대를 호출한다. 교환대 번호는 내 비드링크에 사전 설정된 번호 중 하나다. 어떤 여자가 받는다. 적어도 내가 듣기엔 여자 목소리다. 모습은 보이지 않는다. 화상 연결 카메라는 꺼져 있다. 운영상의 보안조치인가 보다.

나는 홍보팀의 산티아고를 바꿔달라고 한다.

“이곳 직원 중에 그런 이름을 가진 사람은 없습니다.” 여자가 말한다.

집에 갈 준비

리브라와 오리온의 엄마가 한 주 더 머무른다. 우리 엄마는 여전히 어딘가에서 비행복을 실험하거나 시뮬레이션을 돌리며 항상 하는 일을 하고 있다. 밥 먹으러 내려갈 때나 의료 센터에서 검사받을 때 가끔 엄마를 볼 때도 있다.

나머지 시간은 무척 지루하다. 우리는 스크린으로 영화나 시트콤을 보며 지루함을 달랜다. 뉴스를 검색하지만 뉴스는 막혀 있다. 우리가 이 세상에 적응하려면 아직 시간이 필요하다는 건가. 우리를 PTSD(외상 후 스트레스 장애) 환자로 취급하는 것 같다. 어쩌면 맞는 말이다. 적응하기가 이렇게 힘드니 말이다.

우리는 매일 아침 약을 먹는다. 골밀도를 최대한 높이는 약. 혈압을 적정선으로 유지하는 약. 철분, 칼륨, 기타 등등을 보충하는 약. 개수도 엄청 많고 색과 모양도 제각각이다.

우리는 때로 책을 읽고, 때로 복도를 어슬렁거린다. 어슬렁거린다고 하니까 무척 여유롭게 들리지만 사실 종종 목발이나 휠체어를 동반한 어슬렁이다.

어쨌거나 우리는 조금씩 강해지고 있다. 갈수록 중력 때문에 받는 충격도 줄고, 중력에 짓눌리는 기분도 준다. 움직임이 점차 부드러워지고 유연해진다.

우리에게 말을 거는 사람은 없다. 복도에서 우리와 마주치면 다들 고개를 숙이고 각자 갈 길을 가고 볼일을 본다. 옥상에 올라간 날 이후 소토를 본 적은 없다. 소토가 나를 피하고 있는 것처럼. 우리가 밖에 나가는 건 허락되지 않는다. 1~2분 이상 나가 있는 건 막는다. 햇빛이 아직 우리에겐 버겁다는 설명이다.

우리가 워킹 MRI 스캔을 처음 받은 날로부터 3주쯤 지났을 때, 스턴스 박사가 우리의 공용구역으로 온다. 리브라와 오리온의 엄마도 함께 온다. 우리 엄마도.

"레오." 엄마가 말한다.

"엄마."

엄마가 사무적인 끄덕임을 하사한다.

스턴스 박사가 앞으로 나선다. "자! 오늘은 중요한 날이다."

"그래요?" 오리온이 말한다. "오늘은 피검사를 두 번 하나요? 제발 그렇다고 해주세요."

"웃겨 죽겠다, 오리온." 리브라가 말한다.

"아니, 너희에게 새로운 환경을 적용하려고 한다." 스턴스 박사가 말한다.

"새로운 환경이라면?" 오리온이 묻는다.

스턴스 박사가 엄마들을 본다. 리브라와 오리온의 엄마는 눈가가 젖어 있다. 아줌마는 오늘 정장을 입고 화장도 했다. 특별 행사에 온 분위기다. "음," 박사가 말한다. "우리가 숙고한 끝에, 너희를 퇴원시킬까 한다. 잠정적으로. 다양한 안전 점검책을 가동하는 조건으로."

"하아." 리브라가 말한다.

"우리가 여길 나간다고요?" 오리온이 말한다. 오리온의 얼굴에 뜬 놀라움을 나도 똑같이 느낀다. 우리가 이 회색 방들에 영원히 갇혀 살게 될지도 모른다는 자포자기의 생각이 점점 믿음으로 굳어지던 무렵이니.

"그래, 한 달간. 일단은. 모니터링은 계속된다. 각자에게 혈액 검사 키트를 지급할 거야. 각자 일주일에 한 번씩 검사 결과를 업로드 해야 해. 검진도 당연히 계속 받는다. 우리가 매주 간호사를 보내 정밀 촬영, 폐활량 측정 등등을 할 거야. 그리고 한 달 후에는 이리로 돌아와서 골밀도 측정을 위한 뼈 스캔을 받는다. 하지만 지금은– 가도 좋다."

"전에는 가는 게 나빴나요?" 내가 말한다.

"그냥 표현이야." 엄마가 말한다. 중립적으로.

"개인적으로 나는 감독 기간을 연장하자는 쪽이었다." 스턴스 박사가 말한다. "너희 셋의 생체학적 기능과 작용은 지구에 있는 누구와도 전적으로 달라. 난 의사로서 너희의 안전을 최우선시할 의무가 있어–" 박사가 우리 엄마와 쌍둥이 엄마를 힐끗 본다. "하지만 너희를 위한 최선은 가정(家庭)에 있는 거라는 의견을 받아들이기로 했다. 당분간, 모니터링하면서."

"그럼, 우린 어디로 가나요?" 리브라가 묻는다.

"너희는 엄마랑 마이애미로 가면 되고." 쌍둥이 엄마가 말한다. 아줌마는 젖은 뺨으로 웃고 있다.

리브라가 활짝 웃으며 자기 엄마를 안는다. 그 모습이 내 속을 아프게 찔러서 나는 움찔한다. 심지어 오리온도 좋아서 웃는다.

"넌 할아버지한테 가면 돼." 엄마가 말한다.

"엄마는 안 가요?"

"좀 더 있다 갈 거야. 1~2주 뒤. 여기서 처리할 일이 있어서."

모든 게 너무도 기묘하다. 모든 것이 너무나 경직되고 어색하게 제시된다. 마치 기존 프로토콜이 유예되고, 이제는 누가 결정을 내리고 있는지 아무도 모르는 상황처럼. 문2에서는 모든 게 논리적이었고, 무엇이든 규정대로 진행했고, 모든 일에 매뉴얼을 따랐다. 지금은 우리를 어떻게 할지 아무도 확실히 모르는 것 같다. 나는 창문으로 눈을 돌린다. 창문 너머 잡목으로 덮인 땅으로.

밖으로 나간다. 목장으로 간다.

진짜 사람이 된다.

잠시 무게가 없어진 기분이 든다. 순간적인 0G. 나는 손을 뻗어 의자 팔걸이를 잡고 몸을 가눈다. 그동안 내가 얼마나 죄수 같은 기분이었는지, 얼마나 이 건물에서, 이 기지에서 벗어나고 싶었는지, 나도 미처 몰랐다. 지금 이 순간까지는.

우리가 정말로 지구를 찾아간다. 지금까지 한 달 넘게 있었지만, 있었다고 할 수 없는 지구.

"밖에 나갈 때는 언제나 선글라스를 써야 한다." 스턴스 박사가 말한다. 눈에 닿는 빛을 제한하는 용도로 특별히 처방된 선글라스는 이미 받았다. 우리의 망막은 전적으로 실내에서, 인공조명 아래서 발달했다. 자연광에는 익숙하지 않다. "그리고 당연히 피부엔 SPF 50 자외선 차단제."

"물론이죠." 오리온이 말한다. "그런데 그 선글라스 말인데요, 이왕이면 좀 더 멋진 테로 바꿀 순 없을까요? 왜냐면 그게 워낙…."

오리온의 엄마가 웃음을 터뜨린다. 나도 웃는다. 선글라스는 끔찍하게 생겼다. 둥그렇고, 뭉툭하고, 두꺼운 검정 플라스틱으로 만들어졌다.

스턴스 박사는 웃지 않는다.

"언제요?" 내가 정적을 깬다. "우리 언제 가요?"

"오늘. 원한다면." 스턴스 박사가 말한다. "할아버지께서 어제 비행기로 오셨다. 한 시간 내에 헬리콥터로 여기 도착하실 거야. 너를 다시 목장으로 데려가실 거야. 할아버지께도 너의 의학적 조건에 대해 충분히 알려드렸다."

"목장으로." 내가 말한다.

"뭐라고?"

"지금 '다시 목장으로'라고 하셨잖아요. 그런데 저는 아직 가본 적이 없거든요. 그러니까 '목장으로'라고 해야죠."

"그래," 스턴스 박사가 말한다. "목장으로."

"다음에는요?" 리브라가 묻는다. "레오는 목장으로 가고, 우린 마이애미로 가고, 그리고 그다음엔 어떻게 되는 거죠?"

스턴스 박사가 눈을 껌뻑인다. "다음에 뭐?"

"그다음엔 우린 어떻게 되나요?" 오리온이 말한다.

"글쎄, 삶을 사는 거지. 너희 엄마가-" 박사가 말하다가 나를 본다. "너희 엄마들이 너희를 학교에 입학시켜야 하지 않겠니. 법적인 문제에 대해선 내가 분명히 몰라서. 부트로스 사령부에서 필요한 자문을 제공할 걸로 믿는다. 나머지는- 전적으로 너희에게 달려 있겠지."

"아하." 오리온이 말한다. 이 말이 언제부턴가 우리의 구호처럼 되어간다. 아하.

무슨 이유에선지 나는 항상, 어느 시점이 되면 우리가 문2로 돌아가게 될 거라고 생각했다. 왜 그렇게 생각했을까? 그건 나도 잘 모르겠다. 지구는 약속의 땅이었다. 귀에 못이 박히게 들었다. 너희가 충분히 강해지면 지구에 가게 된다고. 따라서 지구는 분명히 종착지였다. 목표였다. 그런데도 왠지– 왠지 나는 그걸 순환 과정으로 보았고, 다시 그리로 돌아가는 나를 보았다.

"무슨 문제 있니, 레오?" 엄마가 묻는다.

"아뇨, 없어요. 난 그냥 항상, 내가 다시 우주로 갈 걸로 생각했거든요. 언젠가는."

엄마가 고개를 끄덕인다. "그렇지."

"뭐가 그래요?"

엄마가 이번엔 어깨를 으쓱한다. "열심히 공부해야겠다고. 우주비행사가 되려면."

맞다. 그렇지. 우리는 우주비행사가 아니지. 우리는 그저 어쩌다 우주에서 태어난 아이들이지.

리브라와 오리온은 엄마와 함께 떠날 채비를 하러 간다. 하지만 우리 엄마는 스턴스 박사와 함께 가버린다. 뭐 예상치 못한 일은 아니다. 나는 나 혼자 알아서 기지를 떠날 준비를 한다.

집에 갈 준비. 집. 한 번도 가본 적 없는 곳.

비행

그래서 나는 짐을 싼다. 오래 걸리지 않는다. 가진 게 아무것도 없으니까. 손목시계 하나뿐. 회사가 지급한 옷가지 몇 벌뿐. 의료센터에 내려가서 키트를 받아와야 한다. 키트에는 가정용 피검사 세트, 목발, 접이식 휠체어가 포함된다. 일체가 트렁크 같은 것에 들어 있다. 따라서 받아온다고 했지만 엄밀히 말해 내가 '받아오는' 건 힘들다. 담당 직원이 카트에 실어 내 방까지 운반한다.

그리고 리브라와 오리온에게 작별을 고한다. 이게 짐 싸는 것보다 오래 걸린다. 딱히 무슨 말을 할지 몰라 서로 뻘쭘하게 서 있는데 시간의 대부분을 보낸다. 우리는 작별인사를 하러 버지니아를 찾아본다. 하지만 아직도 일하는 중인지 보이지 않는다. 부트로스 사령관도 버지니아가 정확히 어디 있는지 모른다.

"무슨 말을 해야 할지 모르겠다." 리브라가 말한다.

우리는 숙소의 공용구역에 서 있다. 방금 내 스크린에 할아버지가 탄 헬리콥터가 착륙했다는 메시지가 떴다. 기지에서는 할아버지가 숙소로 내려가도 무방하다고 했지만, 나는 그보다는 내가 올라가서 할아버지를 맞겠다고 했다.

나는 진짜 공기 속에서 할아버지를 처음으로 만나고 싶다. 바깥 공기 속에서. 감기에 걸린 이후 할아버지와 통화하지 못했다. 기지가 이제는 스크린의 통신 기능도 막았다. 우리가 안정될 때까지 바깥세상과의 직접적 접촉은 피하는 것이 우리의 순조로운 이행에 유리하다는 설명이었다. 몸뿐 아니라 마음도 격리한다는 거다.

"나도 그래." 내가 말한다.

"나도." 오리온이 말한다.

"우리가 언제나 함께 있을 거라고 생각했는데." 리브라가 목에 건 작은 목걸이 갑을 만지작거린다. 지구에 온 지금도 여전히 그 목걸이를 걸고 있다. 리브라도 내 마음과 비슷한 걸까. 여기서, 이 기지에서 나가기 전까지는 지구에 온 걸 실감하지 못하겠다는 걸까. "바보처럼." 리브라가 말한다.

"아냐," 내가 말한다. "나도 그래." 나도 항상 그렇게 생각했다. 생각하지 않으면서 생각했다. 일종의 기본 전제. 자명한 이치. 지구를 도는 달처럼.

그런데 지금 생각하니 그건 어떤 원칙도 아니었다. 원칙이었던 때가 없었다. 그저- 하나의 상황에 불과했다.

"이제 뭐 할 거야?" 오리온이 묻는다.

"응?"

"목장에 가면."

"몰라. 넌 뭐 할 거야? 마이애미에 가면?"

"교향곡 들으러 갈 거다, 바보야."

"웃기지 마. 맥도널드부터 찍는 게 아니고?"

오리온이 씩 웃는다. "맞아, 어쩌면."

"엄마가 마당 한구석을 내 텃밭으로 쓰래." 리브라가 말한다.

나는 미소 짓는다. 텃밭에 있는 리브라가 보이는 것 같다. 눈을 감고 교향곡을 듣는 오리온이 보이는 것 같다.

"난 할아버지 소 떼를 보러 갈 거야." 내가 말한다. "강아지도. 거기 개가 새끼를 낳았대. 내가 탈 말도 있대. 비행도 배우고, 물리도 공부하고- 글쎄, 모든 거."

오리온이 잠시 내 말을 막고 탁자로 가서 물병 세 개를 집어온다. 그걸 하나씩 나눠준다. 우리는 물병을 쨍그랑 부딪친다.

"모든 것을 위하여." 오리온이 말한다.

"모든 것을 위하여."

"모든 것을 위하여."

그다음 우리는 어색하게 발을 내딛고 어색하게 서로를 포옹한다. 시작은 리브라다. 리브라가 나를 끌어당긴다. 리브라의 머리에서 샴푸 냄새가 난다. 새로운 향이다. 지구의 향. 우주정거장에서는 결코 맡지 못할 향.

다음은 오리온. 내 감각신경이 모두 춤을 춘다. 오리온의 피부 아래로 근육이 느껴진다. 소토의 근육만큼 발달하진 않았지만 꽤 단단하다. 하지만 내가 언제나 알아온 오리온이다. 내가 살아 있다는 것을 알았을 때부터 알아온 오리온 그대로다. 나는 오리온을 너무 오래 안고 있지도, 너무 짧게 안고 있지도 않으려 신경 쓴다. 겸연쩍다. 자의식 발동. 그런데 그때- 오리온이 움찔한다. 나는 뒤로 물러선다.

"왜 그래?"

오리온이 얼굴을 찡그린다. 경련을 풀려는 듯이 어깨를 비튼다. "그냥 좀- 뻐근해." 그러고는 숨을 깊이 몰아쉰다.

나는 얼굴을 찌푸린다. "언제부터 그랬어?"

"어, 별거 아냐. 적응하느라 그래."

"스턴스 박사님도 알아?"

"내 전신 엑스레이, MRI, CAT 사진을 종류별로 갖고 있는 사람이 스턴스 박사님이야. 내가 모르는 것까지 알고 있을걸."

리브라와 나는 걱정스러운 눈길을 주고받는다. 하지만 오리온은 벌써 목발을 짚고 복도를 뚜벅뚜벅 내려간다. 당직병들은 내 의료 키트 트렁크를 가지고 이미 출발한 상태다.

"가자." 리브라가 말한다. "할아버지 빨리 보고 싶지 않아?"

나는 그렇게 한다. 당연히 그렇게 한다.

내가 평생 기다려온 순간이다. 그래서 오리온을 따라간다. 나는 목발을 쓰지 않는다. 엘리베이터까지 걸어가는 것 정도는 할 수 있다. 할 수 있을 거다- 부트로스 사령관이 8층으로 오라고, 헬리콥터가 옥상에 내렸다고 했다.

우리는 8을 누른다. 엘리베이터가 상승한다. 불빛이 1부터 시작해 다음 숫자로 깜빡이며 이동한다. 그때마다 차임벨 소리가 난다. *2 땡 3 땡 4 땡 5 땡 6 땡 7 땡-*

8.

엘리베이터 문이 열린다. 제기랄. 태양이 직사각형 공간으로 쏟아진다. 나는 어깨로 엘리베이터 문을 잡고 청바지 주머니에서 선글라스를 꺼내 쓴다. 빛의 강도가 훌쩍 떨어진다. 헬리콥터가 옥상에 있다. 20미터쯤 떨어진 지점에. 날개가 천천히 돈다.

그리고-

내 앞에 남자가 한 명 서 있다. 낡은 가죽 모자를 쓰고, 체크무늬 셔츠와 청바지를 입고, 부츠를 신은 남자. 남자가 모자 끝을 잡고 나한테 인사한다.

그 앞으로 달려갔다고 말하고 싶지만, 나는 달릴 수가 없다. 대신 조심조심 앞으로 걸어간다. 걷기의 요소요소에 집중해야 하는 정도는 줄었지만 그래도 아직 자연스럽지는 않다.

남자도 앞으로 다가온다. 남자의 웃는 눈 주위로 주름이 자글자글 잡힌다. 동시에 두 눈이 젖어가는 게 보인다.

우리는 멈춘다. 우리는 한순간 거기 그렇게 서 있다.

그러다 남자가 두 팔을 두르고 나를 꽉 끌어안는다. 왼편에 서 있는 스턴스 박사가 얕게 헛기침한다. 그 소리에 할아버지가 얼른 팔을 푼다. 내 연약한 몸을 미처 생각 못 했다는 듯. 당연히 그 순간에는 생각 못 했을 거다. 나를 안아줄 마음밖에 없어서.

"안녕하세요, 할아버지." 내가 말한다. "반가워요."

할아버지가 웃는다. 목이 멘 웃음소리다. "반갑다, 레오."

할아버지가 내 어깨에 양손을 올리고 나를 살핀다. 할아버지의 눈은 내가 생각했던 것보다 더 연한 갈색이다. 유전자의 영향은 아니다. 캘리포니아의 태양에 색이 씻긴 거다. 같은 태양이 할아버지 얼굴에 기미로 별자리들을 만들었다. 할아버지가 비로소 고개를 끄덕인다. "불시착에도 몸이 많이 축나진 않았구나."

"에이, 제가 문2에 있을 때 보셨어야 하는데. 거기선 보디빌더 같았는데."

할아버지가 웃는다. "화면이 실제보다 5킬로그램 쪄 보인다더라."

"맞아요." 나도 마주 웃는다.

우리 주위에서 사람들이 움직인다. 그중에 부트로스 사령관과 엄마가 보인다. 돌아보니 리브라와 오리온도 있다. 둘이 손을 흔든다. 같은 안무를 하듯이.

"잘 보살펴주세요." 부트로스 사령관이 앞으로 나서며 말한다.

"당연한 말씀을." 할아버지가 말한다.

뭔가 복잡한 눈빛이 두 사람 사이를 오간다.

할아버지가 엄마한테 고갯짓한다. 여기 도착해서 엄마와는 이미 말을 나눈 분위기다. 그간의 안부. 엄마와 안부를 나눈다는 게 어떤 건지는 모르겠지만. 어쨌거나 포옹은 없었을 거다. 두 사람이 포옹하는 장면은 상상이 되지 않는다.

스턴스 박사가 할아버지한테 의료 관련 주의사항을 다시 죽 설명한다. 재미없는 이야기.

이윽고 우리는 헬리콥터로 간다. 할아버지가 나를 태워준다. 자리를 잡고 앉자 할아버지가 나한테 헤드폰을 건넨다. 할아버지도 헤드폰을 쓴다. 헤드폰에 달린 마이크를 통해 회전날개의 소음을 뚫고 대화가 가능하다.

헬리콥터가 천천히 공중으로 올라간다. 그러다 갑자기 앞으로 쌩- 나간다. 우리는 건물에서 멀어져 기지 위로 날아간다. 헬리콥터가 더 속력을 낸다. 아래로 담장이 지나간다. 다음으로 가시철망을 얹은 외부 담장이 지나가고, 갈색 들판이 우리 아래로 한 1분간 이어지다가 또 다른 담장이 지나간다. 이번 담장은 높이는 낮지만 회색 도로를 굽어보는 감시탑이 솟아 있다.

도로 위에 사람들 무리가 보인다. 무슨 간판 같은 것들을 들고 있다. 도로변에 텐트들도 보인다. 여기서 사는 사람들인가. 하지만 이내 그들도 우리 뒤로 사라져버린다.

"저 사람들 누구예요?"

"누구?"

"저기 피켓 들고 있는 사람들요."

할아버지가 어깨를 으쓱한다. "나도 몰라. 회사 시설이 있는 데마다 항상 시위자들이 있어. 제51구역* 미치광이들. 외계인 음모론자들."

"다 끝난 이야기 아니에요? 회사가 기지를 인수한 다음엔요."

할아버지가 어깨를 으쓱한다. "저 사람들에겐 아닌가 보지."

우리는 한동안 구름 속을 난다. 구름이 아니라 안개인가? 확실히 모르겠다. 구름을 우주에서만 봤으니까. 여하튼 이것이 우리를 꿈의 시작처럼 둘러싼다. 비디오에서 장면이 서서히 사라질 때와 비슷하다. 나는 구름이 흩날리는 걸 바라본다. 여러 톤의 회색과 흰색이 너울거린다.

헬리콥터가 리드미컬하게 웅웅대고 퉁퉁대며 진동한다. 나는 눈을 감는다. 잠시지만 나는 연어가 되어 넘실대는 하얀 물속을 수영한다. 거품이 너무 자욱해서 꼭 구름 같다. 나는 갖가지 회색 톤의 반들반들한 돌멩이들 위로 물줄기를 거슬러 올라간다. 물이 우윳빛 리본이 되어 바위를 얇게 덮으며 떨어진다. 물이 살얼음처럼 보일 정도다. 나는 그런 곳에서는 바위 위로 뛰어오른다. 나는 올라가기 위해 내내 버둥댄다. 산으로 올라가려고. 그러다-

"얘야, 레오."

깜빡 잠이 든 모양이다. 나는 눈을 뜨고 할아버지를 본다. 나는

* Area 51. 미국 네바다 주 사막에 위치한 비밀 공군기지로, 정식 명칭은 그룸 레이크 공군기지. 근방에서 UFO를 봤다는 주장이 이어지면서 이곳에서 외계인 연구와 비밀 무기 개발을 행한다는 설이 계속 제기되어왔다.

헬리콥터 안에 있다. 할아버지한테 기대고 있다. 입에서 침도 좀 흘러나왔다. 나는 바로 앉는다.

까마득히 아래에 지구가 지나간다. 들판과 도로와 전신주와 작은 마을들. 자동차들. 얕고 갈색 나는 강물. 호수들. 호수들 중 일부는 말라버린 강바닥과 다를 바 없다. 하지만 어떤 호수들은 아직도 햇살에 반짝인다.

"정말 아름다워요."

"그래."

그때 헬리콥터가 아래로 기운다. 땅을 향해.

"다 왔다." 할아버지가 말한다. "소노마."

광활한 초원이 끝나자 즐비하게 늘어선 산들이 나타난다. 산 앞에서 갑자기 땅이 솟는가 싶더니-

눈앞에 동화책에서 보던 계곡이 나타난다. 넓고 푸른 저지대. 동쪽으로 산들이 병풍처럼 늘어서고, 좁은 강들이 리본처럼 구불거리고, 각기 다른 농장들로 구분된 초원. 옹기종기 모인 건물들. 헛간들. 거대한 금속 구조물들- 철탑인가? 아닌 것 같다. 아래에 바퀴가 달려 있다.

아름답다.

계곡이 커진다. 창문을 한가득 채운다.

우리는 더 낮게 내려간다. 지구로, 땅으로.

총과 돈

우리는 정사각형 콘크리트 판 위에 내린다. 낮은 조립식 건물들로 둘러싸인 곳이다.

"동네 학교." 할아버지가 말한다. "하지만 몇 년 전에 폐교했지."

"왜요?"

"애들이 많이 없어서. 여기서 생계를 꾸리는 게 힘들어져서 농가들 대부분이 북쪽으로 이주했거든."

나는 농구대를 바라본다. 넝마가 된 그물망이 바람에 힘없이 흔들린다. 아스팔트에 그려놓은 흰색 선들. 서글픈 마음이 든다. 뭐랄까. 난 여기서 놀지 못하겠구나. 개인 사물함도 가져보지 못하겠구나. 평범한 학교생활은 물 건너갔구나.

학교 문제는 어떻게 되는 걸까? 할아버지가 집에서 가르칠까? 아니면 전처럼 비드링크 교사들이? 나중에 할아버지한테 물어봐야겠다. 부트로스 사령관에게 물어봤어야 했나? 모든 것이 너무나 낯설고 달라서 어디에 먼저 집중해야 할지 모르겠다.

나는 눈을 깜박이며 집중한다. 지금 이 순간을 살자. 나는 할아버지를 따라간다. 할아버지가 걸음을 멈추고 나를 기다린다. 우리는 헬리콥터 바람에 흔들리며 운동장을 가로지른다.

회사에서 함께 온 사람들이 내 짐짝을 바깥 거리에 주차된 픽업트럭으로 옮겨준다. 할아버지가 내 팔을 잡고 걷는 걸 돕는다.

우리는 회사 사람들에게 작별을 고한다. 할아버지가 시동을 걸고 텅 빈 도로로 나간다. 우리는 집들을 지나다가 정지신호 앞에서 멈춘다. 앞에 건물들이 더 나타난다. 3층 또는 4층쯤 돼 보인다.

"저게 여기서 시내라고 부르는 데다." 할아버지가 말한다.

할아버지가 전진 기어를 넣는다. 우리는 달린다. 빅토리아풍 주택으로 보이는 건물들이 늘어서 있다. 서부영화에서 튀어나온 것 같은 집들, 상점들. 거리에 사람들이 몇 명 보인다. 다들 모자를 쓰고 가죽 부츠를 신었다. 시간 여행을 온 것 같다.

나는 조수석 창을 조금 내린다. 시원한 공기가 차 안으로 흩날리듯 들어온다.

"가을이 오고 있어." 할아버지가 말한다. "바람에서 가을 냄새가 나는구나."

나는 공기를 들이마신다. 그윽한 향이 난다. 풀 냄새? 뭔가 깨끗하고 차가운 것. 바위와 산에서 흘러내리는 하얀 물줄기 냄새 같은 것. 그런 것들에도 냄새가 있다면.

우리는 높다란 상점 건물을 지나간다. 무슨 상점인지 모르겠는데 밖에 사람들이 줄 서 있다. 특이하게도 젊은 사람은 없다.

"저기 뭐예요?"

"은행."

한 블록 더 갔는데 사람들이 줄을 선 상점이 또 있다. 여기에는 열 명쯤이 참을성 있게 기다린다.

"은행?"

"총포상."

상점들이 또 지나간다. 휙휙. 플립북 애니메이션처럼. 상점들은 다 비어 있다. 밖에 줄도 없다.

"아까 그 상점들은 왜요?"

"뭐가 왜야?"

"왜 거기만 줄 서 있어요?"

"요즘은 다들 먹고 살기가 힘들어. 그래서 자산을 현금화하는 거야. 총은 그걸 지키기 위해 필요한 거고."

나는 얼굴을 찌푸린다. "아하."

할아버지는 더 이상 말이 없다. 나도 입을 다문다. 건물이 점점 적어지다가 아예 없어진다. 우리는 이제 계곡 중심을 통과하는 너른 도로를 달린다.

나는 이 계곡을 안다. 위성사진으로 본 적 있다. 길이 27킬로미터에 폭도 몇 킬로미터나 된다. 계곡 밑에 지하수를 품은 대수층(帶水層)이 있다. 대수층은 지하 호수라고 할 수 있다. 수량이 절정에 달했던 19세기에는 곳에 따라 위에서 바닥까지 높이가 90미터에 달했다. 아니지, 깊이라고 해야 하나. 과거에는 농부마다 우물을 팠고, 더는 비가 내리지 않자 지하수와 강우의 등식 관계가 깨지고 계속 한 방향으로만 기울었다.

언덕들이 서쪽으로 완만히 높아진다. 동쪽에는 눈 덮인 산등성이가 짙은 그늘에 잠겨 있다. 그 위로 하늘이 걸려 있다. 하늘이 우주보다도 커 보인다. 나를 에워쌌던 그 끝없는 암흑보다 훨씬 커 보인다. 하얀 구름이 점점이 떠가는 담청색 하늘.

모두가 너무나 아름답다. 너무나 아름다워서 가슴 속에서 심장이 띠로 동이는 것처럼 조여온다. 대기의 영향일까. 우리는 해발

600미터 고원에 있고, 여기는 내가 있던 데보다 산소가 적다.

차창 밖으로 금속 구조물이 줄지어 지나간다. 바퀴가 달려 있지만 전부 제자리에 서 있다. 어느 것도 움직이지 않는다. 아까 헬리콥터에서 철탑으로 착각했던 구조물이다. 모양은 삼각형이고, 강관으로 만든 것 같고, 삼각형 밑에는 검정 고무바퀴가 달려 있다. 이런 구조물 여럿이 나란히 사슬에 묶인 채 들판을 가로질러 뻗어 있다. 마치 거대 공룡의 등뼈처럼.

"저것들은 뭐예요?"

"회전 살수기. 저것들이 크게 원을 그리며 돌면서 물을 뿌리는 거야. 물이 골고루 떨어지게."

"멈춰 있어요."

"그래."

차가 달릴수록 풀이 점점 푸르러진다. 살수기도 더 많이 나타난다. 여기서는 살수기가 돌아간다. 삼각형 꼭대기에 연결된 금속 막대가 그네처럼 앞뒤로 움직이며 안개처럼 물을 뿌린다.

"여기 것들은 움직여요."

"해리슨의 땅이야. 훌륭한 농부지. 20년 전에 대수층 보호를 위해 여름철 물 퍼올리기가 금지됐는데, 해리슨은 그전부터 빗물을 모으기 시작했어."

"할아버지도 그랬고요."

할아버지가 고개를 끄덕인다.

"그러니까 할아버지도 훌륭한 농부인 거죠?"

할아버지 얼굴에 흐릿한 미소가 뜬다. "최선을 다할 뿐이지."

들판이 뒤로, 뒤로 지나간다. 풀과 빛도 지나간다. 30분쯤 달렸을까, 할아버지가 앞쪽과 오른쪽을 가리킨다. "우리 땅." 기분 좋다. 할아버지의 '우리'라는 말.

우리는 계곡을 이등분하는 도로를 따라 산맥 방향으로 천천히 달려왔다. 이제 우리 앞에서 길이 갈라지며 육중한 철문이 나온다. 좀 더 가서 보니 문이 도로변 울타리만큼 높다. 사람이 타고 넘어가는 건 불가능하게 높다.

"다 왔다." 할아버지가 말한다.

우리는 갈림길로 들어선다. 갈림길 옆 울타리 기둥에 색색의 조각들이 묶여 있다. 찢어진 조각들이 바람에 나부낀다.

"풍선." 할아버지가 말한다. "할머니가 네 엄마 열여섯 살 생일에 묶어놓은 거야. 사람들한테 방향을 알려주려고. 이유는 나도 몰라. 이 계곡에 우릴 모르는 사람이 어디 있다고. 우리 집이 어딘지 다 아는데 말이지. 하지만 여태껏 차마 떼지 못하고 있다."

할아버지가 대문에 다가가며 계기판 버튼을 누른다. 우리는 대문이 활짝 열릴 때까지 서행하다가 문을 통과한다. 할아버지가 버튼을 다시 누르자 문이 둔탁한 쿵 소리와 함께 닫힌다.

경비가 삼엄하구나.

우리는 덜컹거리며 2~3킬로미터를 더 간다. 여기에는 관개장치가 없다. 하지만 지금껏 보아온 곳들보다 풀이 푸르다. 블랙앵거스 소들이 풀을 뜯고 있다. 내가 소 품종을 구별하는 건 할아버지가 그동안 비드링크로 충분히 여러 번 말해준 덕분이다. 나는 할아버지 목장에 소가 210두 있다는 것도 안다. 소는 '두(頭)'로 센다는 것도 할아버지한테 배웠다. 소들이 몸 없이 머리만 돌아다니는 것처럼. 땅에서 둥둥 떠서.

아닌 게 아니라 몇몇은 희부연 햇빛 속에서 둥둥 떠다니는 것 같다. 소는 내가 생각했던 것보다 크다. 한두 마리가 도로 가까이에 있는데 정말 픽업트럭만 하다. 좀 무섭다. 물론 트랙을 따라 울타리가 있고, 울타리에 빨간 공들이 철사에 감겨 있다. 일종의 전기 장치 같다.

트럭이 커브를 돌자 시골집이 한눈에 들어온다. 내 심장이 부풀어 오른다. 이 순간을 수없이 상상했다. 밤마다 잠자리에서 이곳에 도착하는 내 모습을 수없이 상상했다. 나는 차창을 더 내린다. 뭔가 동물적인 냄새가 바람을 타고 들어온다. 풀 냄새 아래에 깔려 있는 뭔가 진한 지구 냄새. 이제는 적어도 이게 풀 냄새인 건 안다. 머리가 어질어질하다.

집은 완전히 목조 건물이다. 할아버지가 우주 미션을 다니는 사이사이 직접 지었다. 엄마의 의지와 집념은 알고 보면 부친에게 물려받은 거다.

"빅 스카이 목장에 온 걸 환영한다." 할아버지가 말한다.

"감사합니다." 그 순간 나는 감사로 마음이 벅차오른다.

우리는 완만한 커브를 돌아 집 앞에 멈춰 선다. 할아버지가 엔진을 끄자 세상이 조용해진다. 생각해보니 나는 헬리콥터에서 트럭으로 갈아탔고, 갈아타는 동안에도 헬리콥터 날개는 계속 돌고 있었다. 옥수수밭에 착륙했던 때와 소토와 옥상에 올라갔던 때를 빼면, 에어컨 돌아가는 소리나 피스톤 오르내리는 소리 같은 백색 소음에 잠기지 않은 세상을 접한 건 이번이 거의 처음이다.

멀리서 날카로운 울음소리가 들린다. 매? 할아버지가 매를 언급했던 기억이 난다. 사방에서 풀이 바스락거린다. 어디선가 찍찍 소리가 난다. 설마 귀뚜라미? 귀뚜라미는 날씨가 차가워지면 사라진다. 이것도 내가 비디오로 배운 것 중 하나다.

"괜찮니?"

"네. 그냥 듣는 거예요."

할아버지가 고개를 끄덕인다. "이해한다."

물론 할아버지는 이해한다. 리브라와 오리온을 빼면 할아버지가 나를 알아주는 유일한 사람이다. 엄마라면 뭘 하냐고 물을 거다. 뭔가 생산적인 일을 해야 하지 않겠니?

할아버지는 기다려준다. 내가 창에 드는 햇살과 풀이 바람에 일렁이는 소리와 내 폐를 채우는 공기의 감촉에 젖어드는 동안. 그러다 차를 빙 돌아와 문을 열어준다. "물건은 나중에 챙기자."

할아버지가 나를 닻처럼 잡아준다. 내 팔을 당신 어깨에 올리고 나를 포치로 데려간다. 살에 닿는 공기가 서늘하다. 집은 초승달처럼 완만하게 굽어 있다. 오른편에 지붕을 덮고 난간을 두른 현관(포치라고 부르는 곳)이 있고, 거기에 흔들의자가 있고, 흔들의자 위에 얌전히 접은 체크무늬 담요가 있다. 우리는 문으로 다가간다. 문은 파란색인데 페인트칠이 바랬다. 할아버지가 문을 열 때 나는 문을 손가락으로 만져본다. 꺼끌꺼끌하다.

"햇볕과 바람이," 할아버지가 말한다. "모든 것으로부터 색을 빼앗아가지. 다시 칠할 이유를 모르겠어서 그냥 놔뒀다."

"좋은데요."

맘에 든다. 세월을 담은 색이다. 날씨와 공기 자체의 색이다.

우리는 계단을 올라 안으로 들어간다. 나는 선글라스를 벗다가 놀란다. 창문들이 저렇게 작은데도 집 안이 믿어지지 않게 밝다.

햇빛이 모든 곳을 채우고 있다. 안에 먼지 알갱이들을 담고서.

"집이 밝아요."

"낮은 창의 효과지. 아침과 오후엔 볕이 많이 들고, 더운 한낮엔 덜 들어. 겨울엔 해가 많이 들고, 여름엔 덜 들고."

"우와." 이 집에 투입된 궁리가 엄청나게 많다. 시간과 노력뿐 아니라. 나는 주변을 둘러본다. 문틀, 창문, 발길에 반질반질 닳은 마루. 모두 할아버지가 만든 것들이다.

할아버지가 나를 이끌고 문을 지나 거실로 간다. 알록달록한 러그들이 걸린 목조 벽. 세월에 눌려 땅까지 꺼진 소파 두 개와 안락의자들. 우리가 비드링크 할 때 할아버지가 주로 앉아 있던 의자가 눈에 들어온다. 혼자 빙그레 웃는다.

내가 왔다. 드디어 이 몸이 왔다.

할아버지가 나를 구석의 주철 난로로 데리고 간다. 난로에 다가가니 온기가 느껴진다. 공기 중에 아직 한기는 없는데 왜 난로를? 바닥에 두툼히 접은 담요가 있다. 그리고 그 위에 웅크리고 있는-

"네 강아지." 할아버지가 말한다. "귀향 선물로 생각해라."

나는 그저 바라보기만 한다. 검정과 하양이 한데 엉킨 너무나 자그마한 형체. 귀는 하나만 보인다. 숨을 쉴 때마다 작은 가슴통이 오르락내리락한다. '아기자기'라는 말을 생각나게 한다. '완벽'이라는 말이 떠오르게 한다. '생명'이라는 말을 생각나게 한다.

"어때? 맘에 드니?"

"만져봐도… 돼요?"

"당연히 되지. 네 강아지니까. 네가 이름도 지어줘야 해."

나는 한 걸음 나선다. 다리가 후들거린다.

"앉아야겠어요."

할아버지가 의자를 가져다 나를 앉힌다. 작은 의자다. 어쩌면 엄마가 어렸을 때 쓰던 의자?

나는 몸을 숙이고 웅크린 털 뭉치에 손바닥을 가져다 댄다. 따뜻함. 오르락내리락. 숨결의 파동. 그 부드러움.

털 뭉치가 가냘프게 깽깽거리며 내 손 아래서 몸을 굴리더니 일어나 앉는다. 털 뭉치가 풀려서 눈을 깜박이는 완벽한 강아지가 된다. 강아지가 내 손에 머리를 치댄다. 나를 민다. 중력을 치받는다. 쓰다듬어달라고. 나는 쓰다듬는다. 그러자 녀석이 앞발을 세우고 자기 얼굴을 내 얼굴에 가져다 댄다. 작은 머리에서 빛나는 초롱초롱한 눈. 내 코에 닿는 녀석의 코는 촉촉함 그 자체다. 사람들이 벨벳처럼 보드랍다고 말할 때 그게 무얼 말하는 건지 이제 알 것 같다. 강아지가 야무지게 짖으며 나를 핥는다.

내 머릿속에 드는 단어는 '사랑'이다.

강아지가 계속 짖으며 제자리에서 맴돈다. 그러다 다가와서 다시 내 코를 핥는다.

"녀석이 널 좋아하는데?" 할아버지가 말한다.

나도 녀석이 좋다. 녀석의 몸은 검정색과 흰색으로 얼룩덜룩하다. 녀석은 유성의 표면처럼 생겼다. 얼굴에는 하얗고 기다란 줄무늬가 있다. 혜성의 꼬리처럼. 나는 녀석의 이름을 정한다.

"코멧*이라고 부를래요."

"코멧. 좋은 이름이다. 훌륭한 목축견의 이름다워. 보더콜리는 아주 잽싸지. 우리 둘이 훈련시키자. 언젠가 너랑 이 녀석이 소 떼

* comet, 혜성.

를 몰 수 있게."

나는 활짝 웃는다. "좋아요."

내 강아지 코멧이 지금은 제자리에서 폴짝폴짝 뛰고 있다.

"산책 나가고 싶어서 그래. 네가 데리고 나갈래?"

"정말요?"

"그럼."

"할아버지도 가요?"

할아버지가 고개를 젓는다. "난 잠깐 앉아야겠다. 늙으면 좀 쉬어줘야 해." 그러고는 안락의자 중 하나에 앉는다.

이건 시험이다. 나도 안다. 기지에서 검사받던 것과 비슷하다. 다만 출제자가 할아버지일 뿐. 할아버지가 빙긋이 웃고 있다. 내가 혼자 걸을 수 있을까? 개를 데리고 나갈 수 있을까?

"좋아요."

"사방이 농장이고, 자동차는 없어. 안전할 거야."

나는 고개를 끄덕이고 녀석한테 오라고 손짓한다. "이리 와, 코멧." 녀석이 깡충 튀어나온다. 나를 자빠뜨릴 뻔한다. 할아버지가 숨을 헉 들이쉬는 소리가 난다. 하지만 나는 다시 중심을 잡고, 한 손을 벽에 대고, 천천히 현관을 향해 걷는다.

한 걸음. 두 걸음. 세 걸음.

문으로. 후광처럼 빛의 테두리를 두른 문을 향해.

계단에 난간이 붙어 있다. 할아버지가 나를 위해 설치한 모양이다. 아까 들어올 때는 미처 못 봤다. 나는 감사한 마음으로 한 손을 난간에 올리고 조심조심 땅으로 내려간다. 가벼운 바람이 먼지 회오리를 일으킨다. 밖에는 여전히 그 냄새가 난다. 푸근하고 들큼

한 동물 냄새. 짐작건대 소 냄새. 다만 지금은 아까보다 멀리서 난다. 아니나 다를까, 지금은 소들이 멀리 작은 점들로 보인다. 풀과 나무와 꽃과 다른 모든 것들은 그대로다.

코멧이 현관 계단을 쪼르르 내려가 마당으로 간다. 우리 바로 앞에 들판이 있다. 멀리 야트막한 언덕까지, 그 너머 산들까지 들판이 하염없이 이어져 있다. 가을꽃이 듬성듬성 피었다. 나중에 할아버지한테 꽃들 이름을 물어봐야겠다.

나는 들판을 향해 걷는다. 균형을 잡기가 쉽지 않다. 숨이 차다. 하지만 상관없다. 발밑의 검은 땅이 햇볕을 받아 따스하다.

"달려, 코멧."

내 말을 알아들었는지, 녀석이 마당을 쏜살같이 가로질러 들판으로 나간다. 작은 다리들이 보이지 않을 정도로 잽싸다. 뛰는 게 아니라 물처럼 흘러간다.

코멧은 달리고 달린다. 가끔씩 도로 뛰어와서 코와 주둥이를 내 손에 비벼대고, 내가 쓰다듬으면서 우리 코멧, 우리 코멧, 안녕 우리 코멧 하면 좋아서 몸을 떤다.

녀석이 다시 달린다. 지구 위를, 풀밭 위를, 꽃 위를 달린다. 낮게 날아가는 미사일 같다. 녀석의 에너지와 완벽함이 믿기지 않는다. 녀석의 움직임이 땅과 완벽한 운율을 이룬다.

나는 숨이 막힌다.

우리가 도와줄게

빛이 나를 깨운다.

할아버지는 커튼 따윈 필요 없다. 할아버지는 농부는 모름지기 해와 함께 일어나야 한다고 믿는다. 10월이 아니라서 아직은 해가 일찍 뜬다.

햇빛이 창문을 관통해서 마룻바닥을 금빛으로 물들인다. 햇빛에 새들의 지저귐이 함께 딸려 온다. 한없이 들뜨고 낭랑한 소리. 나중에 할아버지한테 새들 이름을 물어봐야겠다.

나는 발치에 보온 베개처럼 누워 있는 코멧을 다른 데로 옮겨놓고 가장 먼저 선글라스부터 쓴다. 그런 뒤 침대에서 일어나 셔츠를 입고 방을 나선다. 언제나처럼, 누군가 밤중에 집을 해체해서 그 구성 요소들로 배치만 슬쩍 바꿔 다시 지은 것만 같다. 나는 작은 계단에서 발을 헛디뎌 어깨를 문설주에 쾅 찧는다. 하마터면 러그 위에 자빠질 뻔했다. 문2 같지 않다. 문2에서는 모든 움직임이, 이 모듈에서 저 모듈로의 모든 이동이 연속선상에 있었다. 여기는 매사 장면 전환이다.

마침내 부엌에 도착한다. 손목시계를 본다. 6분 걸렸다. 여기 온 지 일주일이 채 안 된다. 한 달쯤 후에는 5분 내에 주파할 수 있을 거다. 내 방은 1층에 있으니 매일 계단과 사투를 벌일 일은 없다.

어설픈 와중에도 나는 점점 강해지고 균형감각도 날로 좋아지고 있다.

나는 벽장에서 피검사 키트를 꺼낸다. 매끈하고 날렵한 금속 막대를 살에 대고 누르면 자동으로 침이 나와 소량의 피를 보이지 않게 채취한다. 나는 막대를 스크린에 꽂는다. 스크린이 샘플을 즉시 분석해서 결과를 회사 서버로 업로드 한다. 2주 후에는 간호사가 온다. 휴대용 CAT 촬영기와 폐활량 측정기를 들고서. 비현실적이다.

문득 쌍둥이는 지금 뭘 하고 있을까 궁금해진다. 어쩌면 플로리다에서 엄마와 보드게임을 하고 있지 않을까. 나는 할아버지의 스크린으로 가서 인터넷을 켜본다.

먹통이다.

브라우저로 넘어가 뉴스를 검색한다.

–현재 연결이 끊겼습니다–

와이파이 표시 막대기가 다 살아 있다. 그런데도 접속이 되지 않는다. 내가 여기 온 이후로 내내 이렇다. 짜증난다. 리브라, 오리온과 통화하고 싶다. 엄마와 통화하고 싶다. 언제 올 건지 물어보고 싶다. 우주정거장의 일상은 매사 예측 가능했다. 프로토콜이 있었다. 때로 혼자만의 시간을 가질 때도 언제나 우리는 머지않아 다시 보리란 걸 알고 있었다. 검사와 보고와 수업이 있었으니까. 그런데 지금은 아무런 체계가 없다. 아무런 원칙이 없다.

그나저나 부엌에서 좋은 냄새가 풍겨 온다. 나는 그리로 간다. 심지어 가면서 아무것도 잡지 않고 간다.

할아버지가 베이컨을 굽고 있다. 나는 앉는다. 말이야 간단하지,

앉는 게 그리 간단하지만은 않다. 할아버지가 와서 나를 거들어주고 다시 프라이팬으로 돌아간다. 할아버지는 항상 베이컨부터 굽는다. 기지에서는 음식이 조리되는 과정을 본 적이 없다. 아무리 봐도 질리지 않는다. 이 소리, 이 냄새. 어쩐지 햇빛을 담은 것 같은 베이컨의 미치게 강렬한 냄새. 지글거리는 소리.

할아버지는 다음으로 달걀을 꺼낸다. 나는 항상 그렇듯 달걀 하나하나의 완벽한 타원형에 감탄한다. 자체 강도를 최대화하기 위해, 멀리 굴러가는 걸 막기 위해 자연이 설계한 절묘한 형태. 회사의 기술이 만들 수 있는 그 어떤 것보다 완벽하다.

내가 정신없이 보는 걸 할아버지가 보고 씩 웃는다. 할아버지는 내 접시에 베이컨 세 줄을 수북이 얹고, 그 위에 달걀 프라이를 미끄러뜨린다.

"스크린이 아직도 다운이에요."

"허어, 점점 더 불안정해지네. 회사를 불러야겠다."

회사? 무슨 뜻인지 모르겠다. 인터넷 회사? 아니면 그 회사? 아니면 결국 둘이 같은 건가? 어쩌면. 아마도.

나는 접시에서 올라오는 김을 들이마신다. 내 안으로 한껏 빨아들인다. 평생 냉동식품과 건조식품과 온실 모듈에서 기른 것만 먹던 인간에게 베이컨은 세계의 불가사의 중 하나다.

할아버지는 돼지를 기르지 않는다. 대신 매년 목장의 소고기 중 일부를 해리슨 농장의 베이컨, 햄과 교환한다. 할아버지는 고기를 집 뒤편의 저장실에 보관한다. 냉장고에 넣기에는 양이 너무 많기도 하지만 전기를 아끼기 위해서다. 여기서 쓰는 전기는 모두 지붕의 태양전지판과 뒤쪽 들판의 풍력 터빈으로 충당한다.

"먹어라." 할아버지가 말한다. "오늘은 일이 많아."

코멧이 크고 영롱한 눈으로 애원하듯 할아버지를 올려다본다. 할아버지가 베이컨 한 조각을 녀석의 입에 떨어뜨린다.

"그래요?"

"두 살짜리 소들을 여름 목초지에서 살찌우고 있는데, 녀석들이 피복작물*까지 벗겨먹고 있어. 오늘 소들 무게를 달아서 도축장에 보내려고."

나는 마른침을 꼴깍 삼킨다. "정말요?"

"그래."

할아버지의 눈이 내 눈에 얽힌다. 또 다른 시험이다.

"좋아요."

"일꾼들이 올 거야. 함께 들판에 나가자. 너도 소몰이 시즌을 알아두는 게 좋아." 할아버지는 이렇게 계속 암시를 준다. 언젠가 목장이 내 것이 된다는 암시. 하지만 아직 할아버지한테 내가 하고 싶은 걸 말하지 않았다. 말할 용기가 없었다. 나는 다시 우주로 나갈 교육을 받고 싶다. 엄마처럼.

영원히 나가겠다는 건 아니다. 그저 배우고 싶을 뿐이다. EVA. 비행.

어쨌든, 나는 아무 말 않는다. 그저 베이컨 에그만 먹는다.

"우리끼리 한 말 잊지 않았지? 넌 몸이 아파서 병원을 들락거리며 큰 거야. 그래서 네가 그동안 여기 온 적이 없었던 거야."

나는 고개를 끄덕인다. "기억해요."

회사는 우리에게 세간의 이목이 몰리는 걸 원치 않는다. 할아버

* cover crop. 토양 유실 방지를 위해 지표면을 덮을 목적으로 심는 클로버 등의 식물.

지도 사람들이 분명히 과도하게 궁금해하고 쓸데없이 간섭할 거라고 생각한다. 할아버지는 내 안위를 생각한다. 그게 할아버지의 설명이다. "유명 인사로 사는 게 어떤지 넌 몰라."

나는 모른다. 그건 맞다. 하지만 비드링크로 봐서 유명 인사의 삶이 어때 보이는지는 안다. 재미있어 보인다. 하지만 그런 말은 하지 않는다. 할아버지는 나를 사랑하고, 이러저러한 일에 이견을 제기할 시간은 앞으로도 많으니까.

30분 후, 일꾼 세 명이 나타난다. 그들의 픽업트럭은 할아버지의 트럭보다 더 바래고 더 낡았다. 한때는 빨간색이었던 것 같다. 할아버지는 햇빛과 바람이 모든 것으로부터 색을 빼앗아간다고 했지만, 사람 얼굴만큼은 명백한 예외다. 할아버지처럼 흑인이 아닌데도 남자들 모두 얼굴이 해에 그을려 짙은 갈색이고, 피부는 바람이 헤집어놓은 것처럼 주름져 있다. 눈만 할아버지의 눈보다 젊다.

"난 카일." 남자 중 한 명이 말한다. 다른 두 사람은 말이 없다. 남자들은 뭔가를 질겅질겅 씹고 있다. 담배일까.

카일은 다른 두 명보다 젊다. 나보다 나이가 아주 많아 보이지도 않는다. 그가 모자를 들어 인사하며 미소 짓는다. 나도 미소로 답한다.

"저는 레오예요."

"만나서 반갑다, 레오." 남자가 악수하려고 손을 내밀지만 할아버지가 앞으로 나서며 막는다.

"레오는 많이 아파." 할아버지가 말한다. "태어나서 거의 병동에만 있었어." 딱히 틀린 말은 아니다. "많이 연약해. 뼈가― 뭐랄까, 물에서 나온 심해어라고 생각하면 돼."

카일이 손을 내린다. "에일리언처럼요?"

할아버지가 얼굴을 찌푸린다. "비슷해."

카일의 눈에 복잡한 표정이 스친다. "에일리언은 처음 봐요." 이 말을 하고 씩 웃는다.

코멧이 팡팡 뛰어온다. 폭신한 털로 덮인 자동 용수철 같다. 녀석이 내 발치에서 멈춘다. 나를 지키는 보초처럼.

"얘는 코멧이에요." 내가 말한다.

"히야, 하루 만에 에일리언도 보고 혜성도 보고."

다른 남자들 중 한 명이 눈알을 위로 굴린다. "작작해, 카일."

남자들이 다시 픽업트럭에 올라타고, 나도 할아버지 트럭에 탄다. 우리는 완만한 오르막 경사의 흙길을 10분쯤 달려 산맥 기슭과 닿은 들판에 이른다. 좁다란 은색 개울이 근처 언덕을 따라 갈지자로 흐른다.

나는 뒤를 돌아본다. 할아버지 집이 우리 아래로 아득히 멀어져 있다. 장난감 집 같다. 그 너머로 계곡이 바다를 향해 넓게 뻗어 있다. 할아버지에 따르면 맑은 날은 바다까지 보인다는데, 나는 아직 보지 못했다. 내 안경 때문일지도, 내 시력 때문일지도 모른다. 기지의 전문가 말로는 우주정거장에 갇혀 지낸 영향으로 우리가 약간 근시라고 했다.

지금 우리 앞의 들판은 집 앞의 들판과 비슷하다. 다만 풀이 더 짧다. 양배추 비슷한 것들과 샛노란 꽃들도 있다.

"너희 할아버지가 최초로 윤환 방목하면서 다시 피복작물을 심기 시작한 사람들 중 한 명이야." 카일이 말한다. "그게 너희 할아버지 목장이 아직 굴러가는 이유 중 하나지."

"윤환 방목요?"

"물 문제가 가장 심각하지만, 토양 침식도 큰 문제야. 흙이 바람에 날려 유실되는 거지."

"그래서요?"

"그래서 그걸 막기 위해 옛날에 썼던 방법이 있는데, 너희 할아버지가 남보다 먼저 옛날 방식을 도입했어. 일단 소들을 1년 내내 저지대 초지에 두고 먹여. 그동안 고지대 초지에 풀이 자라게 놔두고. 그리고 거기다 피복작물을 심어. 뿌리가 튼튼한 콜라드, 호밀, 클로버를. 그러다 여름 끝 무렵에 소들을 고지대 초지로 옮겨서 피복작물을 먹게 하지. 작물이 없어지기 시작하면 소들을 도축장에 보내. 아니면 다시 저지대 초지로 옮기거나. 이렇게 차례로 장소를 옮겨가며 방목하는 게 윤환이야. 소들이 땅을 완전히 벗겨먹는 걸 막고 식물을 계속 심는 방식으로 토양을 지키는 거지."

할아버지가 다른 남자들 중 한 명과 함께 다가와서 카일한테 고갯짓을 한다.

"우리가 소 떼를 서쪽 슈트로 몰고 가서," 할아버지가 서쪽을 가리킨다. "우리에 넣을 거야. 그 앞에 트랙이 있어. 거기서 두 살짜리들을 분리할 테니까, 그때 자네가 초음파를 하게. 알겠나?"

"알겠습니다." 카일이 대답한다.

"초음파요?" 내가 묻는다. 기지의 망령이 여기까지 따라온 기분이다. 기지의 일부는 내 주위에 사라지지 않고 머물러 있는 것 같다. 신기루처럼. 곧 이리로 올 간호사가 떠오른다. 이쯤 되면 기지에서 간호사를 따로 보낼 필요도 없다. 대신 카일이 나를 스캔 하면 된다.

“난 수의사야.” 카일이 말한다. “아니, 얼마간 수의사와 일했어. 난 소를 초음파로 검사해. 육질의 마블링을 점검하는 거지. 품질과 산지만큼 중요한 건 없어. 대량 공급이 불가능해져서 지금은 부자들만 소고기를 사 먹을 수 있고, 부자들은 최고만 찾거든.”

카일은 똥 씹은 표정이다. 자기가 뱉는 말이 역겹다는 듯. 나는 그가 혹시 가뭄으로 망한 목장주의 아들이 아닐까 상상한다. 아니면 대다수는 고기를 먹고 싶어도 못 먹는데 최상급 고기만 사는 사람들이 미워서? 하지만 나는 아무 말도 하지 않는다. 카일이 다시 나한테 모자를 까딱하고 다른 남자들과 계획을 짜러 간다.

나는 한동안 멀뚱히 서 있다. 소가 정말 많다. 100에이커도 넘는 땅에 여기저기 수십 마리씩 흩어져 있다. 개들이 소들을 모으는 역할을 한다지만, 쉬운 일 같아 보이지 않는다.

나는 내 개를 내려다본다. 녀석이 내 발을 휘감으며 돈다. “앉아.” 녀석이 계속 돈다. “앉아.” 녀석이 연방 돈다. 내가 다시 말하자 녀석이 마침내 풀 위에 앉는다. 나는 주머니에 챙겨 온 베이컨 조각을 녀석한테 준다. 녀석이 가죽처럼 질긴 혀로 내 손을 핥는다. 녀석의 혀가 내 피부에 처음 닿았을 때, 그 느낌이 너무나 놀라워서 거의 비명을 지를 뻔했다.

나는 할아버지가 알려준 방법대로 코멧을 훈련시키고 있다. 코멧이 이 계곡에서 제일가는 목축견이 되기를 바란다. 언젠가.

“훌륭한 개야, 저 녀석.” 할아버지가 말한다.

“누가 고른 개인데요.”

할아버지가 윙크한다. “선배 개들이 소몰이 하는 것도 보고, 휘파람 소리도 들어봐야 해. 그렇게 배우기 시작하는 거지.”

"네. 그럼 저는 뭐 해요?"

"넌 여기 있어. 소들한테 너무 가까이 가지 마. 소들을 우리에 가둔 다음엔 와서 울타리에 앉아도 돼. 알았지?"

"네."

"코멧을 바싹 데리고 다녀. 잘못하면 소들한테 밟혀 죽는다."

"알았어요."

"목발이 트럭에 있다. 필요해?"

이목이 내게 집중된다. 시험 3.

"필요 없을 것 같아요."

시험 접수.

할아버지가 남자들과 걸어간다. 멀리서 카일이 나한테 모자를 까딱한다. 남자들이 작업에 착수한다.

나는 구경한다. 발레 같다. 이건 숫제 공연이다. 치밀하게 조직한 소리 없는 오케스트라다. 남자들은 그저 가끔만 서로에게 내가 알아듣지 못할 말로 지시사항을 외친다. 개들한테 휘파람을 불기도 한다. 개들은 모두 보더콜리인데 세 마리는 할아버지의 개고, 나머지는 남자들의 개다. 개들은 겁먹은 소 떼 주변을 빙빙 컹컹 짖고, 소들은 거기 반응해서 움직인다.

걷고 있는데 전방의 땅에 뭔가 매끄럽고 허연 게 보인다. 종이 같다. 나는 사방을 훑어본다. 1~2미터 떨어진 곳에 종이가 또 하나 있다. 풀 더미에 눌려 접혀 있다.

나는 조심조심 몸을 굽혀 종이를 집는다. 광택 있는 작은 종이에 짧은 메시지가 인쇄돼 있다.

우주 소년

우리가 도와줄게.

비드링크 598.9xtl.87##

나는 마른침을 꼴깍 삼킨다.

다시 사방을 훑어본다. 멀리 종잇조각이 또 있다. 땅에 반쯤 묻혀 있다. 누군가 이것들을 드론으로 뿌린 걸까? 아니면 농약 살포 비행기에서? 누군가 나한테 보낸 게 분명하다.

우주 소년.

카일이 아까 나를 에일리언이라고 불렀던 게 생각난다. 하지만 카일은 농담으로 한 말이었다. 거기다 카일은 사실을 모른다. 뭐지, 이 기분은ㅡ 딱히 위협하는 내용이 아니건만 무섭다. 누가 보낸 건지 몰라도 나한테 보낸 메시지라고 가정할 때, 어째서 내게 도움이 필요하다고 생각한 걸까? 내가 어디서 왔는지는 어떻게 알았을까? 내 출신은 비밀인데.

리브라와 오리온이 여기 있었으면, 아니면 걔들한테 비드링크라도 할 수 있으면 좋겠다. 함께 말이라도 하게.

수십 미터 앞에서 할아버지가 나를 돌아본다. "어서 와라, 레오."

종잇장은 내 손안에 접혀 있다. 할아버지가 있는 데서는 종이가 보이지 않는다. 보일 리 없다. 나는 손을 흔든다. *네, 가요.*

나는 종이를 주머니에 넣는다.

무슨 일인가 일어나고 있다. 그게 뭔지 알아내야 한다.

증인

나는 발 디딜 데를 골라가며, 넘어지지 않게 조심하며 풀밭을 이동한다. 심장이 쿵쾅쿵쾅 뛴다. 가슴이 리드미컬하게 오르내린다. 나는 걸음마다 중력과 싸운다. 반면 코멧은 중력의 영향을 반만 받는 것 같다. 영구 가동 코일로 만든 생명체 같다. 잠재 에너지 그 자체. 항상 땅에 튀어오를 준비가 된 용수철.

소들과 남자들이 서서히 슈트로 향한다. 슈트가 뭔가 했더니, 은색 강철판으로 벽을 만들어 세운, 점점 좁아지는 가축우리다. 슈트가 기다랗게 울타리를 둘러친 땅으로 연결된다. 양옆에는 나무 기둥들이 늘어서 있다. 이게 아까 말한 트랙인가 보다.

태양이 하늘의 정점에 있다. 땀이 뻘뻘 난다. 액체가 피부를 타고 흘러내린다. 아직도 익숙하지 않은 느낌이다. 입술에 느껴지는 짠맛.

우주 소년.

우주에서 온 소년이라고 왜 꼭 도움이 필요하지? 내가 우주 소년이란 건 애초에 어떻게 알았지? 나는 탁 트인 들판에 있다. 할아버지도 여기 있다. 이 남자들은 할아버지가 믿는 사람들이다. 그런데도 주눅이 든다. 우주정거장에 있을 때는 느끼지 못했던 무섬증이 난다.

두 남자가 소 떼를 압박해서 슈트로 밀어 넣는다. 소들이 허둥지둥 슈트로 들어가 잔디 트랙으로 빠진다. 할아버지가 이미 트랙 반대편 끝에 자리 잡고 기다린다. 거기서 왼쪽 또는 오른쪽으로 열리는 회전문을 조종해서 소를 둥근 우리로 넣거나 다른 들판으로 내보낸다.

마침내 마지막 소가 트랙으로 들어간다. 할아버지가 회전문을 닫아서 둥근 우리를 막는다. 내가 구경하는 것을 보고 할아버지가 오라고 손짓한다.

나는 할아버지한테 향한다. 코멧이 앞서 달린다. 그때 놀라운 일이 일어난다. 내가 막 발을 내딛으려 할 때, 코멧이 짖으며 나한테 덤벼든다. 나는 뒤로 자빠질 뻔하다 다행히 중심을 잡는다. 내 앞을 보니 땅이 푹 꺼져 있다. 원래 돌덩이가 박혀 있던 자리거나 작은 싱크홀 같다. 하마터면 그리로 빠질 뻔했다.

코멧이 먼저 보고 경고한 걸까? 맞다. 녀석이 날 살린 거다. 나는 몸을 굽히고(몸을 굽히는 건 여전히 고통스럽다) 두 팔을 내밀어 녀석을 꼭 끌어안는다. 녀석의 숨이 뜨겁게 닿는다. 녀석이 낮게 으르렁 소리를 낸다. 행복해하는 소리 같다.

우리는 다시 할아버지를 향해 걷기 시작한다. 혹시 할아버지도 봤을까. 나는 풀 속에 떨어진 종이를 두 개 더 지나친다. 종이의 상태로 봤을 때 꽤 최근에 뿌린 것 같다. 하지만 할아버지는 아무 말이 없다. 나도 아무 말 하지 않는다.

할아버지가 손을 흔들어 카일을 부른다. 두 사람이 내 엉덩이 아래를 받쳐서 나를 트랙 울타리 위에 올려준다. 울타리는 위가 평평하고 널찍해서, 다리를 디룽거릴 필요 없이 앉아서 우리 안을 굽어

볼 수 있다. 두 사람이 코멧을 들어다 내 품에 넣어준다. 녀석이 품으로 파고든다.

"이제 무게 달고 스캔 해." 카일이 말한다.

남자들이 짝짓기 하지 않은 수소를 분리한다. 그러고 보니 육우는 모두 수소다. 개들이 분리한 소들을 우리 안의 좁은 구역으로 몰아넣는다. 거기서 소들은 금속판 위로 떠밀려 올라간다. 무게를 다는 장치 같다. 한편 카일은 소들 옆에 요술지팡이 같은 봉을 들고 대기한다. 봉은 발전기로 가동하는 기계에 연결되어 있고, 기계 화면에 이미지들이 뜬다. 무슨 이미지인지 여기서는 너무 멀어 보이지 않는다.

발전기에서 연료 냄새가 난다. 배기가스 냄새. 소들 냄새도 난다. 소들이 느끼는 긴장과 두려움의 냄새까지 나는 것 같다. 소들이 내 앞을 지나갈 때 공기의 움직임이 느껴진다. 기다란 속눈썹에 싸인 검고 커다랗고 아름다운 눈들. 그 눈을 들여다보면, 거기서 어떤 교감이, 어떤 유대가 느껴진다. 기분이 묘하다. 마음이 아리다. 이게 죽을 소들을 가려내는 과정이라는 게.

해가 기울어간다.

꼬리뼈가 아프다. 울타리의 나무가시들이 내 허벅지 뒤쪽을 파고든다. 소를 따라다니는 파리들이 내 얼굴 주위로 윙윙거린다. 믿기 힘들게 짜증스럽다. 우주에는 없는 일이다. 우주에는 낮게 앵앵대고 머리통을 뱅뱅 돌면서 얼굴을 간질이는 날벌레들이 전혀 없다. 하지만 나는 불평하지 않을 거다. 할아버지에겐.

코멧이 내 무릎 위에서 잠든다.

냄새가 내 콧구멍을 떠나지 않는다. 소똥, 땀, 가죽.

그때 먼지가 연기처럼 길게 일더니 트럭 한 대가 나타난다. 아니, 두 대다. 트럭들은 품질 합격을 받은 두 살짜리들을 모아놓은 들판 가장자리에 멈춰 선다. 나는 눈치챈다. 소들을 도축장으로 싣고 갈 차들이다.

할아버지가 내 쪽으로 온다. 수소들을 지나칠 때 그중 한 마리 앞에 걸음을 멈추고, 소의 눈을 들여다보고, 소의 귀에 뭔가 속삭이고, 코를 쓰다듬고는 엉덩이를 철썩 갈긴다. 그러자 소가 카일과 다른 남자들이 있는 쪽으로 내뺀다.

할아버지가 내 옆에 와서 울타리에 기대선다. 할아버지는 눈물을 흘리고 있다. 아니면 아주 요상한 방식으로 땀을 흘리고 있거나. 눈에서.

"할아버지, 울어요?"

"그래."

"왜요?"

할아버지가 억지로 웃는다. "내가 내 소들을 죽이고 있으니까."

"하지만," 나는 전에 본 비디오들, 읽은 책들을 떠올린다. "목장 일이란 게 원래- 냉정해야 하는 일 아니에요? 제 말은, 어차피 죽이기 위해 기르는 거잖아요."

"맞아."

"그런데도 속상해요?"

"그래."

나는 머리를 흔든다. 이해가 안 간다.

"소 눈을 들여다본 적 있니?"

있다. 소의 눈을 들여다본 적 있다. 우주처럼 검은 눈.

나는 고개를 끄덕인다.

"목장 일은 냉정한 일이 아냐. 농사는 뭔가를 전력을 다해 돌보는 일이야. 그리고 증인이 되어주는 일이야. 그들이 갈 때, 눈을 돌리지 않는 거."

할아버지가 이 말을 할 때, 남자들이 소들을 몰아서 트럭 안에 태우기 시작한다. 소의 머리들이 줄지어 들어가 사라진다.

할아버지는 이 광경을 끝까지 지켜본다. 한 번도 눈을 돌리지 않는다. 마침내 트럭들이 뒤로 먼지 소용돌이를 일으키며 떠난다.

"흐음, 집에 가자." 할아버지가 픽업트럭으로 걸음을 옮긴다.

다른 일꾼들도 자신들의 픽업트럭으로 향한다. 그들의 개들도 따라간다.

이제 내가 울타리에서 내려가 그들을 따라갈 시점이다. 시험 4.

잠시 그대로 앉아 있는데 카일이 지나간다.

"울고 있어?" 카일이 말한다. "괜찮아?"

나는 소들의 눈을 생각하고 있었다. 순한 얼굴, 휙휙 움직이던 꼬리, 눈에 깜박거리던 빛. 먼 곳의 별들.

"괜찮아요. 증인 서는 거예요."

"아, 그거. 노인장이 좀 로맨틱하시지?"

나는 고개를 끄덕인다.

"울타리에서 내려올 거지? 잡아줄까?"

"네, 부탁해요."

시험 4. 접수.

카일이 한 손으로 내 무릎 뒤를, 다른 손으로 내 겨드랑이 아래를 받친다. 코멧이 내 품에서 꿈틀댄다. 카일이 나를 든다. 힘이 느껴진다. 근육과 힘줄이 완벽하게 협업한다. 너무나 수월하고 너무나 능숙하게. 우주에서는 전혀 느껴보지 못한 것들. 다른 몸의 엔지니어링. 레버와 용수철의 항(抗)중력 역학. 카일이 나를 사뿐히 내려놓고 뒤로 물러선다. 나는 후련한 마음이 든다. 동시에 몸에 약한 강도의 전기 충격을 맞은 기분이다.

나는 한 걸음 내딛으며 얼른 정신을 차린다. 코멧이 내 품에서 튀어나와 쏜살같이 앞서간다.

"기다려."

녀석이 쏜살같이 돌아온다. 빛과 움직임만 있는 비(非)물리적 존재. 녀석이 어느새 내 발치에 와 있다.

"훈련 잘 시키는데." 카일이 말한다.

"고마워요."

우리는 걷는다.

우리는 땅에 떨어진 종이쪽지 하나를 지나친다. '주 소년'만 보인다. 나머지는 종이가 땅에 짓이겨 있어서 보이지 않는다. 소가 밟고 간 모양이다.

카일은 종이를 보지도, 무슨 말을 하지도 않는다. 나도 아무 말 하지 않는다.

할아버지가 스크린을 무릎에 놓고 들여다본다. 코멧은 내 무릎에서 코를 곤다. 난로가 은은한 빛과 열기를 방으로 발산한다.

할아버지는 화면 속의 남자와 러시아어로 대화 중이다. 간만에 인터넷이 된다.

할아버지와 화상통화 중인 남자는 피부가 엄청나게 희다. 허옇고 무성한 눈썹 위에 안경을 썼다. 은퇴한 대학 교수처럼 생겼지만, 유리라는 이름의 우주비행사다. 스크린에 전화가 왔을 때 할아버지가 말해줬다.

유리는 많이 웃는다. 몸짓도 많이 한다. 할아버지도 유리와 말하면서 웃는다. 두 분이 오래 알던 사이라는 감이 온다. 과거에 함께 비행했거나. 또는 우주정거장에서 함께 생활했거나.

그러다 유리가 슬픈 표정이 된다. 손가락으로 눈가를 톡톡 찍어낸다. 이심전심으로 할아버지의 목소리도 낮게 깔린다. 두 사람은 이런 식으로 조금 더 대화를 이어간다. 이윽고 할아버지가 작별인사를 하고 통화를 끊는다.

"무슨 통화예요? 그분, 왜 운 거예요?"

"저쪽 사람들이 원래 좀 감정적이야. 러시아의 우주 프로그램이 종말을 맞던 때의 얘기를 하다가."

"아하, 한 시대의 종말."

"이제 있는 건 INDNAS뿐이야. 러시아도 없고, USA도 없어."

"네에."

"지금은 그저 먼지만 덮어쓰고 있지. 러시아의 우주 장비들."

"그래요?"

"그래. 유리 말로는 최근 바이코누르*에 다녀왔는데, 왕년의 부란** 우주왕복선들이 격납고를 가득 채운 채 녹슬어가고 있더래. 그냥 처박아둔 거지. 충분히 운용 가능한데 그냥 버려졌어."

"아아."

"애석한 일이지. 한때는 우리 모두 함께였는데, 이젠 회사가 다야. 최초의 우주정거장 건설에 러시아의 공이 컸어. 너도 알지? 우주정거장 초창기에 러시아가, 뭐랄까, 산파 역할을 했지."

"네에." 오늘 나는 미스터 단답형이다.

"이제 유리가 하는 일이라곤 흑해 연안에 있는 부친의 통나무집에 앉아서, 듣는 사람 아무나 붙잡고, 그중에 하나가 난데, 우주개발 시절의 일화들을 곱씹는 것뿐이야. 참, 자기 숲을 돌보는 거랑." 할아버지가 말을 잠깐 멈춘다. "우주를 많이 그리워해."

"할아버지도 그리운 목소린데요."

할아버지가 슬픈 미소를 짓는다. "가끔." 서글픈 미소가 점점 밝아진다. 할아버지가 난로와 개와 나를 가리킨다. "지금은 아니야."

---

* Baikonur. 카자흐스탄 남부에 위치한 우주기지. 1961년 인류 최초의 우주비행사 유리 가가린이 탄 보스토크1호가 여기서 발사됐다.

** Buran. 미국에 맞서 구소련이 개발한 우주왕복선으로, 무인 비행도 가능하다. 1988년 비행사 없이 지구 궤도로 발사되었다가 바이코누르 우주기지에 자동 착륙에 성공했지만, 직후 구소련의 붕괴로 우주 프로젝트가 무산되면서 한 번의 비행 만에 은퇴한 비운의 우주선이다.

첫눈

어느 쌀쌀한 날, 그 일이 일어난다.

이 지역에서는 가을이 가랑잎이 아니라 돌멩이 떨어지듯 온다. 할아버지가 한 말이다. 전날까지 여름이었다가 다음 날 아침 물웅덩이들에 얇게 얼음이 낀다. 이곳에는 이렇다 할 나무가 별로 없기 때문에 단풍이 들거나 낙엽이 지는 것도 보기 힘들다. 매일 아침 눈 뜰 때마다 기온이 뚝뚝 떨어진다. 그러다 담요를 여러 장 덮고 누운 내 얼굴 위로 입김이 하얗게 서린다.

계절이 바뀌고 있다. 지구는 자전축이 기운 채로 태양을 돈다. 따라서 지구 북반구가 태양에 가까이 기울었다가 멀리 젖혀지기를 반복한다. 가까이-멀리, 가까이-멀리, 가까이-멀리. 지구가 태양으로 고개를 기울이는 여름철에는 태양이 하늘에 수직으로 높이 뜬다. 지구가 태양으로부터 고개를 젖히는 겨울철에는 태양이 하늘에 비스듬히 낮게 뜬다.

이제야 나는 북반구에 서 있는 사람이 된다. 이제야 그걸 느낄 수 있다.

이런 생각을 하니 엄마가 언제 올지 궁금하다. 여름이 지고 가을이 오는데. 계절 하나가 몽땅 가는데. 그날 옥상에서 본 이후 엄마를 본 적이 없다. 엄마가 보고 싶은 건 아니다. 좀 묘하다. 오리온과 리브라는 확실히 보고 싶다. 하지만 비드링크를 시도해도 되지 가 않는다. 인터넷이 다운이다. 아니면 걔들이 전화를 안 받거나. 알 수가 없다.

들판에서 주운 종이쪽지로 말하자면, 나는 그걸 내 방 서랍장 안에 숨겼다. *우주 소년. 우리가 도와줄게.*

가끔은 나와 쌍둥이의 연락이 차단당한 건 아닐까 하는 생각이 든다. 나를 도와주겠다는 건 그래서일까? 의문의 쪽지가 말하는 도움이란 게 그건가?

나와 접촉을 피할 법한 사람이 누가 있을지 생각해본다. 기지에 있는 사람? 하지만 그건 말이 안 된다. 그랬으면 내가 거기 있을 때 했겠지. 그럼 누구? 기지 생각을 하니 산티아고가 떠오른다. 그 여자가 대외 홍보의 구멍, 내지는 기밀 누설의 가능성을 제기했던 게 생각난다. 그때는 무인 화물선에 관한 얘기라고만 생각했다. 일이 잘못되고 언론이 그걸 알아냈을 때의 대처 방안을 모색하는 걸로만.

이제 나는 다시 자문한다. 산티아고가 우려한 그 구멍이 혹시 나와 오리온과 리브라였을까? 우리가 우주에서 자란 거? 전에는 이런 생각을 해보지 않았다. 하지만 할아버지가 유명 인사의 고충을 언급한 이후, 뭐랄까— 세상 사람들은 우리에 대해 모른다는 인상을 받았다. 우리가 우주에 있었다는 거. 그리고 우리가 지구에 왔다는 거.

하지만 누군지 몰라도 쪽지를 뿌린 사람은 아는 거다. 아마도 그들은 알고 있고, 그래서 나를 돕겠다는 거다.

하지만 이 생각은 한 바퀴 돌아 다시 이 질문으로 온다. 왜? 무엇을 도와줘? 난 여기에 잘 있는데. 난 행복한데.

그래서 나는 이 생각을 단순 피해망상으로 치부한다. 회사가 나를 리브라와 오리온에게서 떼어놓을 이유가 뭐야? 의미 없다. 나는 할아버지와 함께 있다. 할아버지는 나를 사랑한다. 내 강아지도 있다. 또한 이유는 설명할 수 없지만, 이 쪽지를 뿌린 사람에게 실제로 나를 돕고 싶은 마음이 있다고도 생각되지 않는다. 내 감이지만 이건 돕겠다는 말을 내세운 위협이다. 더구나 나를 겨냥한 메시지가 아닐 수도 있다.

아니다. 나를 겨냥한 건 맞다.

나는 머리를 흔든다. 사서 걱정하지 말자. 이걸 즐기자. 지구를 즐기자.

나는 아래층으로 내려간다. 코멧이 내 발치에 따라붙는다. 거실에서 할아버지가 장작 난로에 불을 피우고 있다. 나도 가서 돕는다. 이렇게 뭔가 할 때마다 몸의 유연성이 증가한다. 무엇보다 경험의 저장고에 내용물이 늘어난다. 마음속으로 마주 비교할 수 있는 것들이 늘어난다.

책을 많이 읽긴 했다. 마른가지가 탁탁 타는 소리와 장작이 바작바작 타는 소리를 책으로 읽은 적은 있다. 하지만 소리의 묘사를 읽기만 했지, 실제로 마른가지나 장작이 타는 소리를 들어본 적은 없었다. 지금까지는.

나는 말없이 할아버지한테 나뭇가지 다발을 건넨다. 할아버지가 불쏘시개용 가지들을 적당한 크기로 부러뜨린다. 툭, 툭, 툭. 이것이 마른가지가 부러지는 소리다. 난로 바닥에 미리 깔아놓은 마른 잎과 이끼 위에 나뭇가지를 피라미드형으로 쌓아올린 다음 불을 붙인다. 불길이 파란색과 초록색과 그 사이의 모든 색을 내며 쉭쉭 올라온다. 할아버지가 알갱이로 압축한 토탄을 난로에 집어넣기 시작한다.

토탄이 따다다다 터지는 소리를 낸다. 불이 낮은 소리로 웅얼거린다. 탄다는 것이 어떤 느낌인지 말하듯이.

"오늘은 무슨 일 해요?" 내가 묻는다. 부엌에서 베이컨 에그를 다 먹고 나서. 다른 음식도 있지만 베이컨은 영 질리지 않는다. 아직까지는.

"일 없어." 할아버지가 말한다. 드문 일이다. 일 없는 날은 없었다. 울타리 수리, 발굽 손질, 뱀에 물린 상처 보기, 관개 장비 수리, 송아지들 있는 곳으로 정찰 드론 날리기 등등.

"그냥 너랑 경계선이나 한 바퀴 돌아볼까 한다."

나는 궁금한 눈으로 할아버지를 본다.

"보통은 드론으로 하는데, 할 수 있다면 직접 둘러보는 것도 좋아. 땅도 살피고, 울타리도 점검하고, 알지?"

나는 모른다. 하지만 고개를 끄덕인다. "네."

할아버지는 말하는 내내 스크린에서 눈을 떼지 않는다.

"뭐 하시는 거예요?"

할아버지가 스크린을 내 쪽으로 돌린다. 위에서 내려다본 들판이 보인다. 목장에 오는 길에 봤던 도로변 목책처럼 높다란 울타리가 보이고, 멀리 소들도 보인다.

"스크린으로 순찰 경로 사전 답사. 가봐야 할 데가 있는지 미리 점검하는 거야."

"있어요?"

할아버지가 스크린을 도로 돌리고 키보드를 두드린다. 화면의 이미지가 급속히 확대된다. 경련에 가까운 줌인. 찰칵. 할아버지가 화면을 빙글 돌린다. 울타리에 뚫린 구멍이 보인다.

"누가 울타리에 저런 구멍을 낸 거죠?" 나는 생각한다. *누군지 몰라도 혹시 종이쪽지를 뿌린 사람?*

"들개 짓일 수도 있어. 근데 저건 전기울타리거든. 가서 확인해 보자. 구멍을 때우려면 아무래도 랜디의 작업반을 불러야겠지?"

나는 코멧한테 개 비스킷 하나를 떨어뜨린다. 녀석이 요란스럽게 먹어치우고 캉캉 짖는다.

"우리 본분은 소들을 살찌우는 거야. 개들이 아니라."

농담 반 진담 반이다. 나는 답례로 군기 빠진 경례를 붙인다. 할아버지가 어이없다는 듯 눈알을 위로 굴린다.

우리는 밖으로 나갈 채비를 한다. 집을 나서기 전 할아버지가 거실 벽장 중 하나로 간다. 주머니에서 열쇠를 꺼내 벽장을 열고, 벽장 시렁에서 엽총 하나와 권총 하나를 꺼낸다. 권총은 주머니에 넣고 엽총은 손에 들고 픽업트럭으로 간다. 타운에서 본 사람들이 떠오른다. 딸리는 자금 때문에, 그리고 그걸 지키기 위한 총 때문에 줄 서 있던 사람들.

할아버지가 총을 운전석 발밑 공간에 기대놓고 시동을 건다. 우리는 덜컹거리며 들판을 가로질러 몇 분을 달려 높다란 경계선 울타리에 이른다. 지금 봐도 사람이 타고 넘는 건 불가능한 울타리다. 총포상의 줄이 생각난다. 자꾸만 의도적인 일 같다.

우리는 울타리를 따라 달린다. 그러다 가끔씩 차를 세우고 내린다. 할아버지가 송아지나 울타리 결함을 살피는 동안, 코멧은 그림자를 쫓아 이리 뛰고 저리 뛴다. 그러다 땅에 죽어 널브러진 암소 한 마리를 발견한다. 뭔가에 발이 걸린 사이에 야생동물의 습격을 받은 것 같다. 퓨마? 코요테?

할아버지가 죽은 소 옆에 무릎 꿇고 한 손을 소의 옆구리에 올린다.

"잘 가라, 마틸다."

"소들을 다 구별해요?"

"물론이지." 할아버지가 휴대용 스크린을 꺼내 펼치고 전화를 건다. "음, 무라트? 내 땅에서 소 한 마리가 죽었어. 내일 아침? 좋아."

우리는 다시 트럭에 올라타고 계속 달린다. 그러다 암소인지 수소인지 모를 작은 소를 지나간다.

"저 놈이 페퍼다. " 할아버지가 말한다. "전에 드론 캠으로 본 적 있지?"

와우. 나는 송아지의 몰라보게 자란 모습에 경악한다. 부서질 듯 가녀리던 다리가 저렇게 빨리 자라다니.

이윽고 우리는 구멍 난 울타리에 도착한다. 할아버지가 구멍으로 가서 쭈그리고 앉는다. 쭈그리고 앉는 건 아직 내겐 넘지 못한 산이다. 어쨌든 할아버지를 따라가 옆에 서서 본다. 둥글게 틈이 벌어져 있다. 누가 잘라낸 것 같은데, 무엇으로 자른 건지는 모르겠다. 전기 도선으로 쓰는 두꺼운 철사도 없어졌다.

"어떻게 이렇게 한 거예요?"

할아버지가 땅을 만져본다. 풀 위에 검게 그을린 자국이 있다.

"소형 토치?"

나는 급히 주위를 둘러본다. 갑자기 위험에 노출된 기분이다. 들판 울타리 옆에 달랑 우리 둘만 있다.

"정말요?"

"그래. 아니면 볼트 커터인데, 내 생각엔 토치야. 울타리 전압이 4천 볼트거든."

이제는 할아버지도 주위를 둘러본다. 매 한 마리가 멀리 하늘 꼭대기에서 맴을 돌고 있다.

"소도둑 소행 같구나. 과거엔 보통 문제가 아니었어. 하지만 지금은 남아 있는 목장이나 시장이 적기 때문에 도둑이 설칠 일도 줄었어. 거기다 예전엔 꼬리표를 잘라버리면 그만이었지만 지금은 소에다 귀표를 하거든. 도둑을 막는 데 도움이 됐지."

'도움'이라는 단어.

그 단어가 내 안에서 메아리친다.

나는 숨을 들이마신다. "할아버지, 혹시 제가 도움이 필요할 거라고 생각할 사람이 있을까요?"

할아버지가 고개를 갸우뚱한다. "도움?"

"네."

"뭘 도와?"

"모르겠어요."

할아버지가 입술을 오므린다. "무슨 말인지 도통 모르겠다."

"저도요. 하지만 뭔가가 있는 것 같아요-" 나는 내가 이해하지 못한 일들을 떠올린다. 오리온, 리브라와 통신이 되지 않는 이유. 할아버지는 유리라는 사람과 화상전화를 잘만 했는데. 그리고 산티아고가 한 순간엔 있었다가 다음 순간에 사라진 일. 심지어 이 생각도 난다. 불탄 밭의 농부와 우리가 떠날 때 농부에게 접근한 양복 입은 남자들. 들판의 종이쪽지. "제가 모르는 뭔가가 있는 것 같아요."

"네가 모르는 것들이야 엄청나게 많지." 할아버지가 웃는다. 반만 웃는 미소. 동시에 슬픈 미소.

할아버지가 이내 얼굴을 찌푸리며 하늘을 본다.

나도 하늘을 본다. 아까 매라고 생각한 게 매가 아니었다. 드론이 돌고 있다. 애초에 왜 저걸 매라고 생각했는지 모르겠다. 날개가 두 개인 것이 피상적으로 비슷하긴 한데, 드론의 날개는 회전날개다. 여기서도 회전날개가 돌며 만드는 흐릿한 형체가 보인다.

"경계선을 계속 빙빙 돌게 해놔야겠다." 할아버지가 말한다. "동작 인식 센서와 적외선 센서가 있거든."

우리는 다시 트럭에 탄다. 할아버지는 평소보다 더 조용하다. 코멧조차 얌전하다. 그러다 트럭이 풀 더미들 위로 덜컹대기 시작하자마자 깜빡깜빡 졸기 시작한다.

할아버지가 좀 더 달리다가 트럭을 세운다. 두 살짜리 소들을 모으던 목초지 가장자리다. 우리 위로 언덕이 있다. 시에라네바다 산맥이 시작되는 구릉지의 첫 번째 언덕. 우리는 차에서 내려 위를 본다. 눈 덮인 산봉우리들이 보인다. 순간 뭔가 느껴진다. 나는 손바닥을 든다.

작고 차가운 감촉. 뭔가가 내 피부에 날카로우면서도 부드럽게 닿는다.

나는 머리를 돌린다. 눈이 내리고 있다. 많이 오는 건 아니지만 소담스러운 눈송이가 천천히 나부끼듯 떨어진다. 놀랍다. 보드라

움도 놀랍고 크기도 놀랍다. 내리는 눈 때문에 눈앞의 광경 전체가 흐트러진다. 마치 전파 방해를 받은 것처럼, 혼선된 것처럼.

할아버지도 손바닥을 든다. "가만있자, 이게 너의 첫눈이지, 아마?"

"맞아요."

할아버지가 씩 웃는다. "혀를 내밀어봐."

나는 그렇게 한다. 얼마나 흘렀을까. 드디어 눈송이 하나가 혀에 살포시 내려앉는다. 솜털 같은 차가움. 이건 마치- 모르겠다. 마땅한 비유가 떠오르지 않는다. 전기에 옮은 것 같다.

"와우."

코멧이 눈을 보자 환장한다. 캉캉 짖고 뱅글뱅글 돌며 눈송이를 잡지 못해 안달이다. 나도 손을 벌리고, 혀를 내밀고, 눈을 잡으러 다닌다. 누가 보면 미친 사람 같을 거다. 보고 있는 사람이 있다면. 망원경으로.

나는 멈춘다.

눈이 계속 내린다. 보슬보슬 조금씩. 가볍게. 하지만 겨울이 오는 신호로 전혀 부족하지 않다. 겨울. 얼음. 지구의 행진. 우리를 어둠 속으로 던지는 전진 운동.

마른가지

할아버지가 언덕을 가리킨다. "울타리를 봐. 뭐 이상한 점 없니?"

나는 본다. 시간이 좀 걸린다. 그러다 깨닫는다. 울타리가 언덕을 타고 올라가다가 시야에서 사라진다. 그러다 멀리 오른편에 다시 나타나 언덕을 따라 구불구불 내려간다. 울타리가 언덕의 굴곡을 그대로 보여준다. 테두리처럼.

"다른 건 안 보여?"

흘러내리는 개울이 보인다. 할아버지의 손가락을 따라가며 본다. 개울이 할아버지의 땅으로, 할아버지의 표현에 따르면 우리 땅으로 흘러들다가 오른편 오르막 뒤로 모습을 감춘다.

"내가 이 땅을 2018년에 샀거든." 할아버지가 말한다. "사람들은 내가 목장을 확장한다고만 생각했어. 여기가 기존 땅과 인접한 건 사실이야."

"인접요?"

"옆에 닿아 있다고." 할아버지가 눈을 가늘게 뜨고 나를 본다. "네 학교 문제를 얼른 생각해봐야겠다."

몸이 부르르 떨린다. 아침 한기 때문만은 아니다. 학교 생각을 하면 겁이 난다. 많은 사람들. 나는 군중에 익숙하지 않다. 붐비는 복도가 무섭다. 기지 구내식당을 제외하면 나는 평생 너덧 명 이상이 모인 공간에 있어본 적이 없다.

그냥 그렇다는 거다. 학교에는 가야 한다. 나도 안다. 나는 수학 또는 물리학 학위가 필요하다. 앞으로 우주비행사가 되려면.

"여하튼," 할아버지가 말한다. "땅을 늘리려고 산 게 아니었어. 소 마릿수를 늘리려고 산 것도, 여름 목초지로 쓸 고지대가 필요해서 산 것도 아냐. 남들은 다 그렇게 넘겨짚었지. 하지만 이유는 따로 있어. 내가 이 땅을 왜 샀는지 모르겠니?"

음. 내게 보이는 건 딱 하나뿐이다.

"개울."

할아버지가 만족스럽게 끄덕인다. "그래. 난 저 개울을 산 거야. 개울과 그 원천. 내 관개장치들이 아직도 돌아가는 이유를 이제 알겠지? 남들은 양수 금지에 묶여서 땅의 반을 어쩔 수 없이 묵혀야 했어. 강제 휴경지가 된 거지. 그렇게 몇 년은 국가보조금으로 버텼지만, 결국 대수층이 말라버리자 다들 파산하고 말았어."

"하지만 할아버지 땅엔 개울이 있었죠."

"그래. 적시적소에. 강수량은 계속 줄었지만, 대신 산의 얼음이 계속 녹았거든. 물론 지속 가능하진 않아. 결국엔 눈도 말라버리겠지. 하지만 그건 네 문제겠지? 내 문제가 아니라." 할아버지가 나한테 윙크를 날린다.

"할아버지가 목장을 살리셨네요."

나는 우리 아래로 뻗어 내려간 땅을 굽어본다. 저지대 들판 중 하나에서 관개시설이 천천히 줄지어 돌고 있다. 우리 집이 보인다. 장난감처럼 작다.

"단지 기회와 돈의 문제였을 뿐이야."

돈과 총.

다시 오한이 난다. 나는 곁눈으로 뭔가 움직이는 것을 본다. 눈을 돌리니 송아지 한 마리가 고르지 않은 땅을 절절매며 간다. 내가 보기에도 송아지가 저러고 있는 건 이상하다. 어미에게서 떨어진 게 분명하다. 할아버지도 송아지를 보고 인상을 쓴다.

"잡아." 할아버지가 말한다.

"뭘요?"

나는 할아버지가 코멧을 보고 있는 걸 깨닫는다. 녀석이 한껏 당긴 새총처럼 팽팽히 긴장한 게 보인다. 아뿔싸, 너무 늦었다.

바로 그 순간 코멧이 쏜살같이 튀어 나간다. 이건 거의 순간 이동이다. 코멧이 송아지를 향해 질주한다. 사냥 본능이 발동한 건지, 소몰이 욕심이 발동한 건지 잘 모르겠다. 어쨌거나 빠르다.

송아지가 개를 보고 공포에 사로잡혀 뛰기 시작한다. 그러다 미끄러진다. 송아지가 균형을 잡는 데 시간이 걸린다. 코멧이 송아지한테 달려든다. 녀석의 근육들이 두꺼워졌다. 그새 많이 자랐다.

"안 돼!" 내가 외친다.

할아버지가 뛰기 시작하다 몸을 돌린다. 얼굴에 노기가 깔려 있다. "어서! 네 개야. 네가 막아."

나는 뛰어나가며 외친다. "안 돼! 코멧! 안 돼!"

할아버지가 앞서 뛰며 나를 손짓으로 독려한다. "더 빨리!"

나는 달린다. 발을 내려다볼 틈이 없다. 순간 세상이 덜컹한다. 나는 땅에 깊이 파인 구멍에 빠진다. 토끼 굴인가? 내 운동량이 나를 문2에 충돌한 화물 컨테이너처럼 메다꽂는다. 내 정강이에서 무언가가 부러진다.

뚝.

나는 바닥에 엎어진다. 풀이 완충 작용을 했지만, 잠시 숨이 막히고 앞이 하얗다. 다음 순간 내 비명이 공기를 소리로 대체한다. 비명이 공기를 찢고 가른다.

할아버지가 내 이름을 부르며 내 옆에 미끄러져 멈추는 소리가 난다. 코멧이 좌절감에 짖어대는 소리가 난다. 송아지가 녀석한테서 벗어났나 보다. 짐작만 할 따름이다. 지금 내게 보이는 거라곤 파란 하늘뿐이다. 눈송이 몇 개가 흩날리며 떨어져 내 얼굴에 차갑게 내려앉는다.

이제 내게 은유들이 생겼다. 내 비명에 톤과 색이 생겼다.

나는 더 이상 우주인이 아니다.

내 다리가 부러졌을 때 어떤 소리가 났는지 똑똑히 들었다. 고통의 용암이 다리 전체로 쏟아져 들어오고, 내 몸 일부가 아니라 내 세상 전체가 쪼개지는 것 같았을 때. 내 세상이란 것이 결국 내 경험치의 합이니까 틀린 말도 아니다. 나는 현상학적으로 존재한다. 따라서 나와 세상이 모두 부러졌다—

그 소리와 함께—

바로 그 소리—

마른가지가 부러지는 소리와 함께.

할아버지 집에 온 지 며칠 안 됐을 때다.

할아버지가 나를 깨운다. 밖은 칠흑같이 캄캄하다. 달도 없다.

"무슨 일이에요?"

"어서 와. 유성우(流星雨)야."

할아버지가 나를 포치로 데리고 나가 흔들의자에 앉혀준다. 작은 탁자가 있다. 할아버지가 벌써 거기다 핫초콜릿을 두 잔 가져다놓았다. 김이 나는 머그 안에 마시멜로가 동동 떠 있다.

할아버지도 부엌 의자를 하나 가져다놓고 내 옆에 앉는다.

우리는 하늘을 본다. 눈이 어둠에 적응하자 밝은 별 사이사이로 덜 밝은 별들이 나타나서 하늘을 우윳빛으로 흐드러지게 채운다. 별들이 어둠 속에서 차갑게 빛난다.

"저기." 할아버지가 하늘을 가리킨다.

한 줄기 빛이 길게 하늘을 가로지른다.

"저기."

또 하나.

또 하나.

작은 빛 화살들이 계속해서 어둠을 가른다. 우리는 운석들이 지구 대기권에서 타버리는 모습을 본다.

"소원을 빌어." 할아버지가 말한다.

나는 그렇게 한다.

우리는 한동안 말없이 앉아서 하늘만 바라본다. 몇 분에 한 번씩 유성이 어슴푸레 나타나 밝은 선을 그린다. 우리 머리도 유성의 흐름을 따라 돌아간다. 공기가 차갑다. 할아버지가 담요를 가져다 내 다리를 덮어준다. 나는 핫초콜릿을 마신다. 따뜻하고 달콤하다. 마시멜로가 핫초콜릿에 반쯤 녹았다. 지구의 여러 경이 중 하나다.

그런데 행성들과 항성들을 볼 때, 별이 빛나는 하늘을 볼 때, 가슴이 조이는 기분이 드는 건, 향수가 드는 건 어째서일까.

나는 뒤로 기대앉아 의자를 약하게 흔들며 끝도 없이 흐르는 별들의 바다를 바라본다.

“저기로 다시 나가고 싶었던 적 없으셨어요?”

할아버지가 머리를 흔든다. “없어. 넌?”

“저도요.” 거짓말.

나는 무슨 소원을 빌었는지도 말하지 않는다.

할아버지가 좋아하지 않을 것 같아서. 할아버지는 내가 당신과 엄마가 한 일을 하는 걸 원치 않으니까. 할아버지는 내가 당신이 지금 하고 있는 일을 하기를 원하니까. 목장을 물려받고 목장을 굴러가게 하는 것. 할아버지는 내가 비행 교육을 받는 걸 원하지 않는다. 내가 천체물리학을 공부하고 공군에 입대하는 걸 원하지 않는다.

엑스레이

목장으로 구급차를 부르는 건 의미가 없다. 할아버지가 나를 픽업트럭에 싣고 병원으로 달린다.

엔진 소음. 차창으로 보이는 네모난 하늘. 울퉁불퉁한 길과 덜컹거리는 바퀴. 모든 것의 밑에 통증이 깔려 있다. 뼈가 안에서 살을 찌르는 느낌이다. 몸 안의 것들이 원래 있어야 할 자리에 있지 않은 느낌. 끔찍하다.

나는 몸을 조금 일으킨다. 그제야 내가 트럭 뒷자리에 길게 누워 있다는 걸 깨닫는다. 몸을 묶는 끈은 없다. 맙소사, 다리를 내려다보는 실수를 범하고 만다. 내 발목과 발이 비현실적인 각도로 불뚝 꺾여 있다. 어떻게 여기까지 왔는지 기억나지 않는다. 코멧은 덜컹거리는 차 안에서 안간힘을 다해 중심을 잡고 있다.

"미안하다." 할아버지가 말한다. "미안해."

"왜요?"

"내 잘못이야. 생각이 없었어. 송아지를 보고 놀라서. 미안하다."

나는 혼란스럽다. 헷갈린다. 할아버지가 왜 사과하는지 도무지 납득이 가지 않는다. 할아버지 말을 듣지 않은 건 난데.

얼마나 흘렀는지 알 수 없는 시간이 흐르고 우리는 병원에 도착한다. 할아버지가 차에서 내려 구급대원을 부르러 간다. 구급대원들이 나와서 나를 이동용 침상에 눕힌다. 사람들이 코멧을 떼어놓으려 하지만 내가 놓지 않는다. 코멧도 떨어지려 하지 않는다. 이빨을 드러내며 낮게 으르렁댄다.

그래서 코멧은 나와 함께 들것을 타고, 할아버지는 들것 옆을 걸어서 낮은 벽돌 건물로 들어간다. 시원한 복도를 연속으로 여럿 지난다. 복도들이 한결같이 하얗고, 독한 냄새를 풍긴다. 콧구멍을 쏘는 소독약 냄새.

대기실 벽에 커다란 화면이 붙어 있다. 화면 아래로 자막이 번쩍이며 지나간다. 뉴스 프로그램인 것 같다. 나는 눈을 돌리다 깜짝 놀라 다시 본다.

화면에 나오는 사람. 스턴스 박사 같다. 방송 스튜디오에서 양복 입은 사람과 말하는 사람. 화면 아래로 자막이 흐른다.

음모론자들이 지속적으로 문제를 제기–

그때 할아버지의 목소리가 들린다. 할아버지가 유리 칸막이 옆 작은 카운터에 있다. 카운터 옆에 '응급 환자 분류. 여기서 기다리세요.'라고 쓰인 안내판이 보인다. 할아버지가 뭐라 말하는데 들리지 않는다.

나는 다시 화면으로 눈을 돌린다. 화면이 그새 꺼졌다. 새카맣다. 우주의 이미지.

흠.

스턴스 박사는 아니었을 거야. 그냥 닮은 사람이었겠지.

아니지, 가능성이 없지도 않지. 뭔가 있다. 그리고 거기에 나와 리브라와 오리온이 관련돼 있다는 감이 갈수록 짙어진다. 하지만 지금 당장은 다리의 통증이 내 마음에서 더 전면에 있다.

우리는 엑스레이 기계가 있고 가리개용 커튼이 달린 방으로 간다. 구급대원이 혈압과 심박동수와 산소포화도를 측정해서 스크린에 결과를 입력한다.

몇 분 후 흰 가운을 입은 의사가 와서 나를 들여다본다. 나이가 많지도 적지도 않은 남자다. 서른 살 정도.

"난 콜리 박사야." 남자가 말한다. "넌 레오구나. 맞지?"

나는 고개를 끄덕인다.

"얘는 네 강아지니?"

또 끄덕.

"귀엽다."

수습 목축견이에요. 똑똑해요. 휘파람 소리에 방향을 바꾸고, 들판으로 나간 망나니 송아지도 데려오죠. 지금은 아니지만 앞으로 그렇게 할 거예요.

의사가 할아버지를 향해 말한다. "어떻게 된 건가요?"

"개가 송아지를 따라 튀어나가는 바람에, 레오가 개를 잡으러 뛰어가다– 내가 그러라고 시켰거든요. 그러다 발이 토끼 굴에 빠졌어요."

그래, 예상대로 토끼 굴이었어.

"아이고," 의사가 말한다. "그랬군요. 제가 알아야 할 건강상의 특이사항은 없나요? 알레르기, 혈압, 심장질환 등등."

"없어요." 내가 말한다.

"얘가–" 할아버지가 말하다 말고 입을 다문다.

"뭡니까?"

"아닙니다." 할아버지가 말한다.

"좋아요. 그럼," 콜리 박사가 말한다. "먼저 외진부터 해야 할 것 같구나. 오케이?"

의사는 대답을 기다리지 않고 간호사를 부른다. 상냥한 미소의 키 작은 여자가 온다. 의사와 간호사가 함께 내 청바지를 자른다. 의사의 손가락이 다리 아래로 움직인다. 다리에 압박감이 온다.

숨이 턱 막힌다.

"미안. 거의 다 됐어."

의사는 콧노래를 흥얼거리며 간호사에게 폐쇄성 골절, 미미한 부기, 혈액 순환 정상 같은 말들을 던진다. 간호사는 계속 스크린에 기록한다.

콜리 박사가 내 머리맡으로 와서 나를 굽어본다. "이제 엑스레이 사진을 찍을 거야. 골절이 분명하긴 한데, 부상 정도를 정확히 파악해야 다음 처치를 결정할 수 있거든."

"네."

"진통제도 좀 투여할 거야."

"그게 좋겠어요."

"그럼."

의사가 간호사에게 내게 주사할 진통제의 양을 지시한다. 나는 듣는 둥 마는 둥 한다. 그저 빨리 놔주기만 바랄 뿐. 지금 당장.

간호사가 몸을 숙인다. 팔이 따끔하다 싶었는데 바로 이어서, 거의 즉각적으로, 따뜻한 물이 몸에 밀려들어 철철 채우는 느낌이 든다. 내 몸이 욕조가 된 것 같다. 그러더니 내 다리에서 사납게 날뛰던 통증이 물러가기 시작한다. 정말 마술처럼. 코멧이 한숨 소리를 내며 내 품에서 물렁해진다. 마치 고통이 내게서 물러가는 걸 감지한 것처럼. 그러더니 어느새 코를 골기 시작한다.

의사가 관절 스탠드에 연결된 엑스레이 화면을 이리저리 당겨가며 내 다리를 찍는다. 이따금 간호사에게 경사 골절, 정강뼈, 종아리뼈 같은 말들을 던지고, 간호사는 기록한다.

의사가 엑스레이 화면을 한참 들여다본다. 입술 사이로 공기를 흡입한다. 생각에 잠긴 사람이 자기도 몰래 하는 행동. 그러더니 할아버지한테 몸을 돌린다.

"아드님이-"

"손자입니다." 할아버지가 정정한다.

"죄송합니다. 손자한테 어떤 건강상의 문제도 없다고 하셨죠?"

"네."

"그런데 손자의 골밀도가…" 의사가 말끝을 흐린다. "검사를 더 해봐야겠습니다."

나는 약물 때문에 정신이 몽롱하다. 내 몸이 전적으로 공간에 붙어 있지 않다. 내 형체가 없어진다. 내 가장자리들이 흐릿해진다. 그런데도 용케 의사의 어조를 포착한다.

"저한테 무슨 문제가 있나요?" 내가 말한다.

"문제가 있다고 단정할 순 없는데," 의사가 말한다. "그게…."

할아버지가 부동자세로 의사를 응시한다.

"네 뼈가 또래 친구들의 뼈보다 약해서 말이야. 말했다시피 검사를 더 해봐야겠다. 전문의 소견도 필요하고."

"다친 데는요?" 할아버지가 말한다. 화제를 바꾸고 싶은 듯.

의사가 고개를 끄덕인다. "그건 복잡할 거 없습니다. 정강뼈와 종아리뼈의 단순 골절입니다."

"부러진 뼈가 붙는 데는 문제가 없는 거죠?"

"그럼요. 줄기세포 주사 효과가 아주 좋습니다. 자랑은 아니지만 제가 이런 부상엔 나름 도통했습니다." 의사가 씩 웃는다. "이 지역에 스키 타러 오는 사람들이 많아서요. 환자 뼈가 약한 걸 고려해서 특별히 신경 써야겠죠. 어쨌든 접골은 상당히 빠르게 진행될 겁니다. 그다음…."

"그다음은요?"

의사가 나를 슬그머니 고갯짓으로 가리키더니 할아버지와 함께 병상에서 몇 걸음 물러나서 병상을 둘러싼 커튼을 마저 닫는다. 나는 작은 고치 안에 혼자 남겨진다. 커튼 밖에서 할아버지와 의사가 소리 죽여 말하는 소리가 들린다.

다시 커튼이 열린다. 의사가 간호사에게서 스크린 하나를 받아 할아버지한테 건넨다. "동의서예요. 형식적인 거죠. 통상적인 위험 요소들, 진통제 처방 등." 의사가 화면의 몇몇 지점들을 짚어준다. "여기, 그리고 여기에 서명하시면 됩니다."

할아버지가 서명한다.

"개는 데려가시는 게 좋겠습니다, 프리먼 씨." 의사가 말한다.

코멧은 아직도 내 위에 웅크리고 잠들어 있다.

"저기," 내가 말한다. "같이 있으면 안 돼요?" 말이 뭉개져서 나온다. 약이 내 안에서 말까지 물컹하게 만들었나 보다. 이제는 말들이 으깨진다.

"미안하다. 여긴 살균 구역이라서."

한숨.

할아버지가 코멧을 살포시 들어올린다. 녀석이 깨서 깽깽거린다.

콜리 박사가 생각하는 얼굴이 된다. "잠깐만요," 그가 할아버지를 돌아보며 말한다. "혹시 그 로버트 프리먼이세요?"

할아버지가 고개를 끄덕인다.

"달에 간 마지막 남자, 그 로버트 프리먼? 잠깐만요, 맞아요. 알아보겠어요! 그런데 그땐 수염을 기르지 않았나요?"

"맞아요."

콜리 박사가 휘파람을 분다. "어렸을 때 방에다 선생님 사진을 붙여놨었죠. 〈투나잇 쇼〉에도 나오셨잖아요! 무대 출입구에서 제 책에 사인도 해주셨는데! 저는 우주비행사가 되고 싶었거든요. 결국은 이렇게 뼈나 맞추고 있지만요."

"별말씀을. 훌륭한 의사가 되셨는데."

녹색 옷을 입은 남자들이 다시 나타난다. 의사, 간호사와 함께 우리는 흰색 복도를 지나고 자동문을 여러 개 통과해서 천장 조명이 눈부신 방으로 들어간다. 커다란 흰색 기계들이 있고, 기구가 즐비하게 놓인 스탠드들이 있다. 소독약의 금속성 냄새가 여기는 한층 심하게 난다.

다른 의사가 이미 와 있다. 수염을 하얗게 기르고, 한쪽 귓바퀴 전체와 한쪽 눈썹에 피어싱을 한 나이 지긋한 남자다.

콜리 박사가 수염 기른 의사와 뭔가를 상의한다. 수염 기른 의사가 내 머리맡으로 다가와 미소 띤 얼굴로 나를 내려다본다.

"이제 네 얼굴에 마스크를 덮을 거다, 레오. 10부터 거꾸로 세줄래? 할 수 있지?"

"네."

수염 기른 의사가 플라스틱 마스크를 내 얼굴에 지그시 댄다.

나는 수를 센다.

10.

9.

8.

그러자 잠의 로켓이 점화해서 나를 추진한다. 역방향 발사. 하늘을 향해서가 아니라, 천장을 향해서가 아니라, 아래로. 나를 침대 속으로 발사한다. 나는 아래로 가속한다. 왜 잠에 빠진다고 하는지 이제야 할 것 같다. 우주정거장에서는 잠이 사방에 있다. 어느 방향에서도 잠에 접근할 수 있다. 하지만 지구에서는 잠이란 뭔가 내 아래에 있는 것이다.

나는 빠진다…

나는 우주의 암흑 속에 있다.

나는 지구에서 떨어지고 말았다.

퇴원

방이 나를 둘러싸고 한 덩어리로 뭉친다.

창문으로 들어오는 빛이 보인다. 빛이 블라인드에 비스듬히 잘려서 들어온다. 벽들은 녹색이다. 그중 한 면에 유명한 해바라기 그림이 있다. 나는 침대에 있고, 구석에 의자가 하나 있고, 거기 할아버지가 앉아 있다. 엄마가 그 옆에 서서 할아버지한테 말하고 있다.

"남들을 심하게 밀어붙이면 어떻게 되는지 이젠 아실 때도 됐다고 생각했는데요." 엄마가 말한다.

"미안하다고 했잖니." 할아버지가 말한다. "애한테도 미안하다고 했고."

"애한테 다른 말씀은 안 하셨고요?"

"안 했다."

"좋아요. 뭐든 급하게 가는 건 원치 않아요. 서두를 일이 아니라고요."

"애도 알아야 한다고 생각하진 않니?"

"무슨 말을 어떻게 꺼내라고요? 방법은 있어요?"

"우리가 말하지 않아도 만약 저 의사가—"

그때 할아버지가 나를 본다. 조종사와 우주비행사로 보낸 세월 동안 단련된 매의 눈으로. 또 그만큼의 세월 동안 소 떼를 쫓아 먼

지평선을 훑던 눈으로.

할아버지가 급히 입을 다물고 일어서서 내 머리맡으로 온다. “어이, 챔피언. 침대를 올려줄까? 앉을 수 있게?”

“네.”

할아버지가 리모컨을 들어 버튼 하나를 누른다. 침대 머리 쪽이 올라가며 나를 앉은 자세로 밀어 올린다. 그러고 보니 나를 끄잡아 내리는 중력 생각을 잠시 잊었다. 내가 정말로 중력에 익숙해지고 있나 보다. 내 머리에 있는 건 다리 생각뿐이다. 다리가 둔하게 욱신거린다.

나는 아래를 본다. 내 다리가 케블라* 같은 보강재인지 포장지인지로 싸여 있다.

“의사 불러올게요.” 엄마가 말한다.

“엄마, 안녕.”

엄마가 돌아본다. 엄마 눈이 살짝 가늘어진다. “그래, 안녕.”

이 정도가 내가 얻을 수 있는 최대 반응이다.

엄마는 병실을 나가고, 할아버지가 내 어깨를 토닥인다. 잠시 후 콜리 박사가 엄마와 함께 들어온다.

박사가 병상 옆에 와서 선다. 손에 스크린을 들고 있다.

“좀 어떠니?”

“좀 띵하지만, 괜찮아요.”

“좋았어. 잘됐어. 어머니는 네 소식을 듣자마자 네바다에서 날아오셨어.”

나는 엄마를 본다. “그랬어요?”

---

* kevlar. 듀폰 사에서 개발한 고강도 화학 섬유로, 방탄복 따위의 재료로 쓰인다.

엄마가 어깨를 으쓱한다.

"우주비행사를 두 명이나 만나다니," 콜리 박사가 말한다. "열두 살 때의 나였으면 이게 생시인가 했을 거다. 우주에 나갔던 인물을 한 사람 만나는 것도 믿기 힘든 일인데, 두 명이나-"

"엄밀히 말하면 세-"

"다음 계획은 뭐죠?" 엄마가 내 말을 싹둑 자르며 말한다.

"계획요?" 박사가 묻는다.

"애 다리요."

"아, 다리. 음." 박사가 내 다리를 감싼 껍데기를 탁탁 두드린다. "레오, 이 깁스는 볼리스틱 소재야. 아마 인공위성에도 쓰는 재료일걸. 이게 다리를 안정적으로 딱 잡고 있을 거야. 하지만 앞으로 4~5주 동안은 뛰면 안 돼. 옛날엔 몇 달씩 걸렸지만, 지금은 그 정도면 뼈들이 딱 붙을 거다." 의사가 엄마와 할아버지를 본다. "그래도 전문의에게 꼭 보이셔야 합니다. 전반적인 문제에 대해서요. 모든 연령대의 골다공증을 접했지만 아드님의 골밀도는-"

"토끼 굴로 뛰어들지만 않으면 문제없죠." 엄마가 말한다.

"하지만-"

"애는 오늘 집으로 데려갈게요. 제가 7주간 아버지 집에 머물며 애를 돌볼 거예요. 반대 의견 있나요?"

"그, 그럴 리가요." 콜리 박사가 말을 더듬는다. 이마에 주름이 생긴다. "생명이 위험한 상태도 아니고, 퇴원을 원하시면 하셔도 됩니다. 다리 골절 치료는 끝났으니까요. 하지만 제 생각엔-"

"잘됐네요." 엄마가 말한다.

"오늘 데려가도 됩니까?" 할아버지가 묻는다.

콜리 박사가 할아버지를 본다. "네."

"좋지?" 할아버지가 나한테 미소를 던진다.

그 미소가 왠지 내가 할아버지 집에 처음 도착한 날을 떠올리게 한다. 문득 코멧 생각이 난다. 지금껏 코멧을 잊고 있었다니 믿기지 않는다. 녀석의 또랑또랑한 눈. 녀석의 에너지. 녀석의 영구적 준비 태세. 녀석의 몸에 든 천연 자동 용수철.

"코멧은요?"

할아버지의 미소가 더 커진다. "트럭 안에. 복도를 하도 뛰어다녀서."

나도 빙긋 웃는다. 보지 않아도 선하다.

"퇴원 수속 밟고," 엄마가 말한다. "차까지 휠체어를 이용하고 싶은데요."

"아. 네, 네, 물론." 콜리 박사가 스크린의 버튼 하나를 누르고 말한다. "202호실에 휠체어 부탁해요." 그다음 엄마한테 말한다. "목발도 수령해 가셔야죠."

"그건 집에도 있어요."

"알겠습니다."

콜리 박사의 얼굴에 이미 목발이 있는 점도 기록해놔야겠다고 생각하는 표정이 뜬다. 뭔가 의심쩍다고 여기는 게 보인다.

콜리 박사만 그런 게 아니다.

일이 빠르게 진행된다. 병원 직원이 와서 나를 휠체어로 옮겨준다. 엄마는 콜리 박사와 함께 가버린다. 직원이 휠체어를 밀고 할아버지는 휠체어 옆을 걷는다. 우리는 흰색 복도를 내려가 문을 통과해 눈을 뜰 수 없게 밝은 햇빛 속으로 나간다.

차에 도착하자 직원이 말없이 할아버지를 도와 나를 뒷자리에 태운다. 다친 다리는 앞좌석 사이에 잘 괴어놓는다.

코멧이 뒷자리에서 나를 기다리고 있다. 녀석이 뛰어올라 내 얼굴에 온통 침을 바르고, 축축한 코를 내 코에 마구 비벼댄다. 나는 녀석을 뭉개져라 끌어안는다. 녀석이 꿈틀댄다. 그러다 나를 다시 핥는다.

우리는 트럭 안에 앉아서 기다린다. 할아버지가 히터를 튼다. 날이 쌀쌀하다. 잠시 후 차가 따뜻해지자 차창 안쪽에 뿌옇게 김이 서리며 창밖의 콘크리트 주차장과 차들을 시야에서 지운다.

15분쯤 후 엄마가 나타난다. 뭔가 결의에 찬 표정으로. 항상 그렇지만, 평소보다 더 결의에 찬 표정. 엄마가 지갑을 가방에 넣는다. 여기서 가방이라 함은, 핸드백이 아니라 실용적인 숄더백을 말한다.

엄마가 조수석에 올라타고 앞을 가리킨다. 가자는 뜻이다.

"드디어," 할아버지가 엄마한테 말한다. "네가 집에 왔구나."

"잠시 거들러 온 것뿐이에요."

두 사람 다 더는 말을 하지 않는다.

최고의 우주비행사

집에 도착하자 할아버지와 엄마가 나를 트럭에서 내려 목발을 쥐여준다. 나는 비교적 애먹지 않고 집으로 들어간다. 어차피 지난 몇 주에 걸쳐 불편에 익숙해진 몸이다. 세상의 무게가 가하는 압박에. 지구에 착륙한 이후로 나는 부력을 빼앗기고 해변에 쓸려 온 물고기 신세였다. 부러진 다리는 동일 주제의 확장에 불과하다.

내가 거실 소파에 앉자 코멧이 내 옆으로 뛰어올라온다. 그리고 내가 팔을 들어 공간을 만들어주길 기다렸다가 소파에 엎드린다. 녀석한테 내 팔이 딱 맞다. 마치 나한테 의지가 되어주려고 창조된 존재처럼. 우리는 두 몸으로 된 하나의 세트다.

할아버지가 난로에 불을 지피기 시작한다. 나뭇가지가 부러질 때 내 안에서 뚝뚝 소리가 메아리친다. 내 뼈가 다시 부러지는 느낌이다. 뚝. 뚝. 뚝.

"난 방에 갈게요." 엄마가 말한다. "할 일이 좀 있어서."

"언젠 없었니?" 할아버지가 말한다.

"누구한테 배운 건데 그러세요."

할아버지가 난로에서 눈을 들어 엄마를 본다. 할아버지는 이미 불쏘시개를 깔끔하게 쌓아 피라미드를 완성했다. "난 필요할 때는 항상 함께 있었다." 할아버지가 말한다.

"저도 레오 때문에 여기 있잖아요. 레오, 필요하면 불러, 알았지? 걸을 때나 목욕할 때, 오케이?"

"오케이."

엄마가 돌아선다.

"왜 7주냐?" 할아버지가 묻는다.

"네?" 엄마가 대답한다.

"의사한테 그랬잖니. 7주간 여기 있을 거라고. 너무 구체적이어서 말이야."

엄마가 할아버지를 향해 눈을 깜빡한다. "다시 우주로 나가요." 엄마가 나를 본다. "소토와 함께. 너도 만난 적 있다며? 네 얘기 많이 하더라." 엄마가 말을 끊는다. 남들 이야기를 하는 것 자체가 엄마에겐 이질적이고 어색하다. "훈련을 수료했어. 내 임무는 소토를 우주에 데려다주는 거야. 임무 마치면 바로 귀환해."

"그 아이를 우주로 배달하는 거구나."

엄마는 아무 대꾸도 않는다. 그저 할아버지를 보기만 한다.

"그래, 가봐라. 기지와 연락할 일이 많겠구나."

엄마가 고개를 끄덕이고 사라진다. 엄마가 계단을 올라가는 발소리가 들린다. 엄마 방이 위층에 있는 건 알지만 들어가본 적은 없다. 이유는 모르겠다. 엄마에 대해 그 정도까지 궁금하진 않아서? 아니면 엄마에 대한 공포감 때문에? 신경 쓰지 않는다. 나는 엄마가 다른 엄마들이 자기 아이를 보는 것처럼 나를 보지 않는다는 걸 안다. 나는 엄마의 그림자다. 엄마의 반영이 아니라.

그냥 그렇다는 거다.

그래도 내가 다치니까 엄마가 오기는 왔다.

할아버지가 불쏘시개에 불을 붙인다. 난로에 금세 불이 타오른다.

"할아버지, 달에 가셨을 때 어땠어요?"

"그냥 묻는 거냐, 아니면 정말로 알고 싶은 거냐?"

"정말로 알고 싶어요."

"회색 먼지가 엄청 쌓여 있었지. 달에선 맘만 먹으면 공처럼 튀어오를 수 있어. 하지만 신의 계시 같은 건 없었다. 궁금한 게 그런 거라면…" 할아버지가 눈을 비빈다. "그전에 이미 궤도 비행도 해봤고, 우주에 떠 있는 지구도 봤어. 달은, 그냥 암석 덩어리일 뿐이야."

하지만 결코 지구 곁을 떠나지 않는 암석 덩어리죠. 항상 지구를 따라 지구 주위를 돌잖아요. 그건 사랑이에요.

"음." 이 '음'은 엄마에 대한, 그리고 이젠 할아버지에 대한 내 실망을 포괄적으로 담은 '음'이다. 우주를 그저 역학적으로만 보는 데 대한 실망.

"여하튼, 그게 내가 우주비행사가 된 이유는 아니니까. 난 낭만파는 아니거든."

"낭만파요?"

"공상과학소설을 읽는 사람들. 마음의 지평을 넓히고 싶어서 우주에 가려는 사람들."

"그럼 할아버지는 뭐였어요?"

할아버지가 잠시 생각에 잠긴다. "최고가 되고 싶었던 사람이지. 최고의 조종사. 최고의 천체물리학자. 최고의 우주비행사."

나는 고개를 끄덕인다. 알 것 같다. 나도 최고가 되고 싶으니까. 나도 남들은 하기 어려운 EVA를 위해 부름을 받는 사람이 되고 싶으니까. 그런데 '되고 싶었던'이란 단어에 묘한 변곡점이 있다.

"지금은요?"

"지금 뭐?"

"지금은 뭐가 하고 싶으세요?"

이번에도 할아버지는 생각하며 뜸을 들인다. "내 땅과 내가 사랑하는 사람들을 돌보는 거." 마침내 할아버지가 말한다.

나는 할아버지한테 미소 짓는다. 손바닥 아래서 코멧의 심장박동이 느껴진다. 할아버지가 내 손을 토닥인다. 다리가 화끈거리기 시작한다. 나는 할아버지의 눈을 들여다본다. 거기에는 사랑만 있다. 든든함만. 내가 믿을 수 있는 것들만.

"할아버지."

할아버지한테 물어보고 싶다. 검은 양복의 남자들과, 산티아고와 모든 것에 대해. 하지만 뭐라고 물을 것인가? *할아버지, 비밀이 있는데요, 그게 뭔지 알고 싶어요.* 내가 들어도 어린애 소리 같다.

"왜?"

"진통제 먹어야겠어요."

할아버지가 손목시계를 본다. 민간인의 시계다. 할아버지의 조종사 시계는 내가 차고 있다. 스피드마스터. 할아버지가 우주 유영을 할 때 우주복 위에 찼던 시계. "맞다." 할아버지가 우두둑 소리와 살짝 과장된 신음 소리를 내며 소파에서 일어나 알약과 물 잔을 가져온다.

나는 알약을 삼킨다.

우리는 따뜻한 공기 속에 앉아만 있다. 할아버지는 TV나 영화 보는 걸 즐기지 않는다.

얼마 후 나는 소파 옆 탁자에 둔 내 스크린으로 손을 뻗는다. 스크린을 펼쳐서 오리온의 이름을 두드리고 통화 버튼을 누른다.

딩. 딩. 딩.

받지 않는다.

리브라의 이름을 두드리고 통화 버튼을 누른다.

딩. 딩. 딩.

받지 않는다.

나는 스크린을 소파에 팍 엎는다. 낡아서 맛이 갔나. 나는 눈을 감고 심호흡한다. 마음의 안정을 폐에 불어넣는다. 좌절감을 내쉰다. 둘 다 바쁜 걸 거야. 자기들 엄마와 뭔가를 하느라. 그 뭔가가 뭔데? 궁금하다. 수상스키? 나는 플로리다에 대해 아는 게 별로 없다. 오리온은 어딘가의 콘서트홀에서 바흐의 선율에 몸을 맡기고 있으려나. 리브라는 엄마가 내준 텃밭에서 당근을 캐고 있으려나. 그래서 전화를 못 받나.

거실이 점점 더워진다.

코멧이 나한테 바싹 파고든다. 송아지를 쫓아가는 꿈을 꾸는 걸까? 잘됐다. 송아지는 꿈속에서 추적하는 게 전적으로 안전해.

눈꺼풀이 점점 무거워진다.

눈이 감긴다.

눈꺼풀 너머에서 난롯불이 붉은 춤을 춘다.

발갛게 빛난다.

나는 그걸 들이마신다.

좌절감을 내쉰다. 고통을 내쉰다. 모든 것을 내쉰다.

경보. 침입자

얼마나 오래 잤는지 모르겠다.

딩. 딩. 딩. 딩.

눈을 껌뻑이고 내 스크린을 움켜잡는다. 오리온이나 리브라의 회신을 기대하면서. 하지만 화면은 까맣다. 할아버지의 스크린이 눈에 들어온다. 탁자 위에서 할아버지 스크린이 빨갛게 반짝이며 진동한다. 할아버지는 내 옆에서 코를 골고 있다.

나는 목발에 의지해서 몸을 직립 자세로 끌어올린다. 한 손으로 스크린을 낚아채 깔끔한 동작으로 단번에 스크린을 펼친다.

화면에- 사람들의 실루엣이 떠 있다. 위에서 본 모습이다. 사람들의 윤곽이 어둠 속에서 붉은색으로 빛난다. 이미지가 어둡고 거칠지만, 사람들이 울타리의 커다란 구멍을 통과해 움직이는 것을 알 수 있다. 드론이 찍은 적외선 카메라 영상이다. 남자 두 명. 어쩌면 세 명. 길쭉한 물건들을 들고 있다. 총 같다.

'딩딩딩'은 전화 신호음이 아니었다. 경보음이었다. 어떻게 이걸 전화 소리로 착각했지?

경보. 침입자. 화면에 경고가 뜬다.

경보. 침입자. 경보. 침입자.

볼드체

"할아버지, 일어나세요."

할아버지가 눈을 껌뻑이며 몸을 일으킨다. "무슨 일인데?"

나는 스크린을 보여준다.

"젠장. 몇 놈이냐?"

"둘? 셋?"

"무장했어?"

"네."

"젠장." 할아버지가 몸을 일으켜 벽장으로 걸어가며 주머니에서 열쇠를 꺼내 든다. 벽장을 연다. 엽총 하나를 꺼내 한 손에 들고, 권총을 꺼내 나한테 건넨다.

"이걸로 어떻게 해요?" 손안의 총이 차갑고 묵직하다.

할아버지가 엄지손가락으로 옆의 스위치를 건드린다. "안전장치 풀었다. 총신 끝으로 목표물을 겨눠. 그리고 방아쇠를 당겨."

단지 그뿐? 혀를 배터리 단자에 댈 때 같은 느낌이 온몸으로 퍼진다. 온갖 군데에 다 느껴진다. 입 안에. 뱃속에. 다리에.

내 다리. 아, 젠장.

할아버지가 나를 붙잡아 일으켜 세운다. 코멧이 바닥으로 뛰어 내려서 나를 올려다본다. 이게 다 무슨 소동인지 궁금한 눈으로.

"이층으로 올라갈 수 있겠니? 목발 짚고?"

"어려울 것 같아요."

잠시 침묵.

"도보로 이동하디?"

"네."

"오케이. 그럼 한 5분 남았구나. 내가 이층에 데려다주마." 할아버지가 시렁에서 엽총을 하나 더 내려서 다른 총과 함께 옆구리에 낀다. "가자."

나는 권총을 어떻게 해야 할지 난감하다. 할아버지가 권총 옆의 스위치를 도로 꺾은 다음, 내 허리춤에 넣어준다. "놈들이 이층으로 올라오면 안전장치를 풀어. 바라건대 그럴 일은 없겠지만."

그러게요, 바라건대. 심장이 가슴 안에서 엄청나게 부풀어서 두방망이질을 한다. *쿵쾅쿵쾅. 쿵쾅쿵쾅.* 미친 리듬으로. 내 몸의 나머지와 엇박자로.

할아버지가 나를 이층으로 나른다. 한 번에 한 칸씩. 계단을 반쯤 올라갔을 때 젖산이 근육을 뒤덮고 태우는 것 같다. 거의 꼭대기까지 갔을 때는 폐가 터져버릴 것만 같다.

코멧이 앞장서서 뛰어올라가 계단 꼭대기에서 기다린다. 나를 조롱하는 것 같다.

하지만 우리 둘은 해낸다. 나는 잠시 벽에 기대서 헐떡인다.

"가자." 할아버지가 말한다. "시간이 없어."

할아버지가 엄마 방문을 두드린다. 다시 두드린다. 엄마가 눈살을 찌푸리며 문을 연다. 책상 위의 스크린에 기지 연구실로 보이는 곳이 떠 있다.

"뭐예요?" 엄마가 말한다.

"침입자야. 오고 있어."

엄마는 더 이상 토를 달지 않고 고개만 끄덕인다.

할아버지가 엄마한테 여분의 엽총을 건넨다. "너희 둘은 이층에 있어. 내가 놈들이 이층으로 올라가는 걸 막을게."

울타리에 뚫린 구멍이 떠오른다.

할아버지가 개울 이야기를 했던 게 떠오른다. *단지 기회와 돈의 문제였을 뿐이야.*

상점 밖에 줄 서 있던 사람들이 떠오른다. 두 개의 상점에만. 총과 돈.

기회.

총.

돈.

몸이 떨린다. 엄마가 내 팔을 잡았을 때에야 내가 떤다는 걸 깨닫는다. "괜찮을 거야." 엄마가 말한다.

"그걸 어떻게 알아요."

"그건 그래." 엄마가 동의한다.

대박. 가끔씩 나는 엄마가 엄마다운 게 뭔지 알기는 할까 의문스럽다.

우리는 할아버지를 따라 계단으로 간다. 할아버지는 우리를 두고 아래층으로 달려 내려간다. 놀랍도록 날렵하게, 소리 없이. 밖에서 현관문을 열면 정면에 바로 홀이 있고 계단이 있다. 그래서 계단 위에서도 현관이 잘 보인다. 할아버지가 현관문 경첩에 붙어 선다. 우리를 향해 가라고, 숨으라고 손짓한다.

하지만 나는 움직이지 않는다.

엄마가 내 팔을 잡아당긴다. "방으로 가자." 엄마가 속삭인다.

나는 고개를 젓는다. 나는 할아버지를 지켜보고 싶다. 할아버지가 다치지 않는 걸 보고 싶다.

크림을 발랐는지 엄마 얼굴에서 냄새가 난다. 꽃 냄새 조금, 미네랄 냄새 조금. 층계참 창문에서 푸르스름한 달빛이 비스듬히 떨어진다.

엄마가 한숨을 쉰다. "오케이." 엄마가 손가락을 입술에 댄다. 우리는 달빛에서 벗어나 어두운 곳으로 주춤주춤 이동한다.

"가만있어." 나는 발치의 코멧한테 속삭인다. 녀석이 마룻바닥에 엎드리고 앞발에 머리를 올려놓는다.

1분이 흐른다.

2분이 흐른다. 나는 현관문 옆에 서 있는 할아버지만 지켜본다.

그때 현관문 손잡이가, 둥근 놋쇠 손잡이가 흔들거린다. 그러다 좌우로 돌아간다. 누군가 밖에서 문을 열려고 한다. 은밀하게 움직이는 소리가 난다. 쥐처럼. 타닥타닥. 문은 움직이지 않는다.

더 희미한 소리가 이어진다. 금속성 소리. 자물쇠에 뭔가를 밀어넣는 소리.

쉬익. 쉬익.

손잡이가 다시 돌아간다. 문이 안쪽으로 천천히 열린다. 할아버지가 서 있는 쪽이 문으로 가려진다. 검은 옷을 입고 마스크로 얼굴을 가린 남자가 들어온다. 기다란 권총 같은 것을 들고 있다. 할아버지가 엽총을 가슴 높이로 들어 올린다. 그리고 문을 관통해 발사한다. 그 소리가 어마어마하다. 엄청나다.

탕-

남자가 한쪽 무릎을 꿇으며 옆으로 쓰러진다. 비명을 지른다. 할아버지가 문 뒤에서 걸어 나와 남자의 손목을 걷어차 권총을 바닥으로 떨어뜨린다. 그와 동시에 한 발짝 내디디며 권총을 발로 찬다. 권총이 뱅글뱅글 돌면서 통로로 미끄러져 나와 엄마의 시야에서 벗어난다.

남자가 팔을 뻗어 할아버지 다리를 움켜잡지만, 할아버지가 엽총으로 남자의 손을 내리친다. 바로 그때-

피웅.

소리가 난다. 뭔가가 계단에 맞아 지저깨비가 날린다. 할아버지가 몸을 홱 숙이며 보이지 않는 곳으로 피한다. 엄마를 나를 뒤로, 복도로 끌어당긴다. 그런데 그때 뭔가 박살나는 소리가 나고, 이어서 쨍그랑 소리가 난다. 볼 것도 없이 유리창 깨지는 소리다.

우리는 엄마 방으로 부리나케 이동한다. 그런데 거기, 유리가 바닥에서 번쩍인다. 창가에서 스키 마스크를 한 남자가 창틀에 붙은 날카로운 유리 조각들을 방바닥으로 쳐내고 있다. 깨진 창으로 차가운 밤공기가 밀려든다.

엄마가 엽총을 앞에 들고 달려 나간다. 가까이 가면서 엽총을 어깨 높이로 올린다. 이후 여러 가지 일들이 전광석화처럼 순식간에 일어난다.

창가의 남자가 다리는 아직 창밖에 있는 채로 몸을 내민다. 엄마는 미처 적정 거리에서 멈추지 못한다.

남자가 엄마의 엽총 끝을 와락 움켜잡고 힘껏 잡아당기는 동시에 한쪽으로 홱 비튼다.

엄마가 창문 밖으로 밀려나가 추락한다. 비명을 내지르면서.

쿵.

내 뼛속을 울리는 소리. 내 마음도.

눈 깜짝할 사이에 남자가 창문을 가득 메운다. 달빛이 온통 가로막힌다. 방이 짙은 어둠에 싸인다. 남자가 창을 뛰어넘어 양발로 고양이처럼 착지한다. 어른거리고 불쑥거리는 형체. 빛이 다시 직선으로 들어온다. 나는 석고상이다. 몸이 돌로 변했다. 움직일 수가 없다. 아무것도 할 수가 없다.

남자는 손에 엽총을 들고 있다. 하지만 거꾸로 들고 있다. 남자가 총을 다른 손으로 바꿔 잡으며 나한테 한 걸음 다가온다.

딱히 내 의도랄 것도 없이, 내 결정도 없이, 내 양손이 목발을 민다. 천천히 쓰러지는 나무들.

내 오른손이 허리춤의 권총으로 움직인다.

권총을 뺀다.

내 왼손이 올라가 안전장치를 찰칵 푼다.

우주에서 자라서 좋은 점이 있다면 손놀림이 좋아진다는 거다. 거기서는 손끝이 야물어야 한다. 손재간이 없으면 작은 물건들이 둥둥 떠내려가기 일쑤다. 거기 있으면 여러 다양한 계기판을 두드려 명령을 입력하는 데 능숙해진다. 건조비누로 목욕도 할 수 있게 된다. 공중에 떠서 모듈을 넘나들며 손잡이가 될 것들을 잽싸게 포착하고 잡아서 몸을 가속하거나 가속의 방향을 돌려야 한다–

그 영향인지–

아니면 엄마가 창밖으로 떨어지는 것을 보고 초능력이 생긴 건지–

어쨌든 놈이 엽총을 돌리는 것보다 내가 권총을 빼드는 시간이 적게 걸린다. 그리고-

놀랍게도 나는 상대가 대응 사격을 할 자세를 잡기도 전에 상대를 총으로 겨누는 데 성공한다. 바로 그 순간, 보더콜리 강아지가 남자한테 덤벼든다. 발톱으로 마룻바닥을 긁으며 뛰어올라 남자의 다리를 물어뜯는다.

남자가 코멧을 떼어내려고 팔짝팔짝 뛴다.

나는 총을 발사한다.

충격이 생각만큼 세지는 않다. 나를 충격에 빠뜨린 건 지축을 흔드는 엄청난 소리다. 천둥 같은 소리가 방 안을 채운다. 남자도 몹시 놀랐는지 뒤로 비틀거린다. 하지만 다음 순간 나는 남자가 비틀거린 이유가 따로 있다는 걸 깨닫는다.

남자의 어깨에서 피가 흐른다.

남자가 엽총을 떨어뜨리고 주저앉는다.

"망할." 남자가 말한다. "빌어먹을."

나는 한 발 내딛는다. 하지만 깁스한 걸 잊고 그 다리로 짚는다. 나는 중심을 잃고 양손을 앞으로 뻗으며 넘어진다. 권총의 뭉툭한 끝이 바닥에 부딪히며 망치 소리를 낸다. 망치로 맞은 듯한 고통도 따른다. 이젠 손목도 부러졌나? 나는 잠시 헐떡이며 자빠져 있다가 아등바등 몸을 일으켜 다친 다리를 앞으로 뻗고 앉는다.

손목은 아직 아프지 않다. 하지만 어색한 각도로 꺾여 있다. 장담하건대 통증이 멀지 않았다. 나는 총을 다른 손으로 옮긴다. 무슨 도움이 된다고.

나는 남자의 팔을 겨눴는데 정작 총알은 남자의 어깨에 맞았다.

그것도 오른손으로 쏜 게 그 모양이다. 코멧을 쏘지 않은 게 다행이다. 녀석이 요란하게 짖으며 나한테 달려온다. 내가 귀 뒤를 긁어주자 녀석이 좋아서 몸을 떤다.

"고맙다, 코멧."

"우린 널 도우려는 거야. 젠장." 남자가 엽총으로 손을 뻗는다. 총을 자기 쪽으로 끌어당긴다. 들어올리기 시작한다. "여기서 빼내주려고."

"날 여기서 빼내요?"

남자가 나를 노려본다. "카일 말로는 네가 인간처럼 생겼다고 했어. 하지만 이렇게 으스스할 줄은 몰랐지."

"*인간?*"

남자가 엽총을 나한테 겨눈다. "하지만 이제 다 개판 됐어. 재앙 프로토콜."

"뭐라고요?"

"에일리언을 생포할 수 없다면 죽여라. 미안하다."

남자가 나를 조준한다. 나는 너무 황당해서 손에 든 총을 어떻게 해볼 생각도 못한다.

그때 할아버지가 걸어 들어온다. 엽총을 앞에 치켜들고 문턱을 넘는다. 남자가 총으로 나를 겨누고 있는 걸 보고 한순간의 망설임도 없이 발사한다. 숨을 쉬는 것만큼 쉽게. 남자가 벽으로 나가떨어진다. 피를 아치 모양으로 뿜는다. 남자의 머리가 나무 벽에 쿵 부딪힌다.

우주 소년.

뼈는 내 팔에, 내 손목에 내장된 고통의 소리굽쇠다. 내 안에서 통증의 노래를 연주한다.

피가 빗발처럼 벽에 후두둑 떨어진다. 피의 스프레이. 수학적으로 굽은 선.

나는 생각한다:

우주 소년.

우리가 도와줄게.

나는 생각한다:

우린 널 도우려는 거야. 젠장. 여기서 빼내주려고.

할아버지의 말이 떠오른다.

제51구역 미치광이들. 외계인 음모론자들.

나는 이런 것들을 생각한다. 생각들이 어디로 이어질지 생각하기 싫다.

추락

할아버지가 숨을 날카롭게 들이마시며 나한테 달려온다. 할아버지의 엽총은 여전히 창가 바닥에 널브러진 남자를 향하고 있다.

"저는 괜찮아요." 내 목소리가 솜을 통과하듯 빽빽하다. "손목만 좀 다친 것 같아요."

할아버지가 내 팔을 훑어본다. "빌어먹을."

할아버지가 다시 시선을 남자한테 돌린다. 그리로 걸어가서 남자의 몸을 발로 쿡쿡 찔러보다가 남자의 총을 멀리 쳐낸다. 만약을 대비해서. 실속 없는 행동 같기는 하다. 남자가 죽은 게 명백하니까.

"드론이 있는 건 몰랐나 보지?" 할아버지가 죽은 남자한테 말하고 돌아선다. "네 엄마는 어디 있니?"

나는 창문을 가리킨다. "떨어졌어요."

"뭐야? 빌어먹을."

사이렌

"여기 있어라. 내려가서 네 엄마를 살펴볼게."

"네."

할아버지는 나한테 아무 말도 해주지 않을 게 분명하다. 어쨌거나 지금 당장은. 나도 지금은 엄마가 걱정된다. 엄마가 무사했으면 좋겠다. 비록 엄마는 나를 추상적으로만 걱정하지만.

"계속 겨누고 있어." 할아버지가 침입자를 가리키며 말한다.

"죽었어요."

"만전을 기하는 게 좋아."

할아버지가 나를 좀 더 편안한 자세로 앉혀준다. 나는 왼손에 총을 들고 침입자를 겨눈다. 남자는 달빛과 피의 웅덩이 안에 앉아 있다. 남자의 눈이 완전히 멍하다. 텅 빈 우주처럼.

할아버지가 숨을 깊이 들이마시고 한 손을 내 어깨에 올린다.

"경찰이 올 거야. 경찰에겐 이자들이 내 금고를 노리고 왔다고 하자, 알았지? 금고 안에 현금이 많거든."

나는 할아버지를 멍하니 본다.

"알았지, 레오? 내 말대로 해. 나중에 설명해줄게."

"알았어요."

할아버지가 그제야 숨을 내쉬고 아래층으로 향한다.

다리와 손목이 아파서 죽을 것 같지만 나는 내 신경말단부가 보내는 신호를 애써 무시한다. 대신 머릿속을 주문으로 채운다. *괜찮아라, 괜찮아라, 괜찮아라.*

"옆에 있어, 코멧."

코멧이 내 손을 핥다가 옆에 웅크리고 앉는다.

할아버지가 계단을 내려간다. 다른 사람 소리는 들리지 않는다. 다 죽은 건가. 아래층의 남자들. 할아버지는 우주비행사가 되기 전 공군에 있었다. 비행기만 테스트하던 군인이 아니었다. 이라크 등지에서 실제 전투에 참가했다. 나는 때로 그 사실을 잊는다. 하지만 할아버지가 이 남자를 죽이는 과정을 내 눈으로 지켜봤다. 할아버지가 물 흐르듯 매끄럽고 지체 없이 움직이는 걸 봤다.

벽시계가 시간을 착착 친다. 시간을 재단해서 재깍재깍 쌓는다.

그때 할아버지가 밖에서 위에 대고 외친다.

"엄마는 무사해. 떨어져서 어깨가 탈골된 것 같긴 한데, 별 탈 없을 거야. 내가 구급차 불렀다."

엄마는 *괜찮다, 괜찮다.* 엄마가 괜찮기를 바라는 마음이 이렇게 간절할 줄은 나도 몰랐다.

"알았어요." 나도 아래로 외친다. "엄마한테—"

"뭐?"

"엄마한테 저도 무사하다고 말해주세요."

잠시 정적.

"엄마가 잘됐대." 할아버지가 말한다.

그럼 그렇지. 그게 내가 바랄 수 있는 최선이다.

나는 앉아서 기다린다.

시계가 계속 시간을 나눈다. *재깍 재깍 재깍.* 분침이 작게, 작게 뛰어서 둥글게 돈다. 생명력에 고취된 것처럼.

분침이 시판을 몇 바퀴나 돌았을까, 사이렌이 접근하는 소리가 난다. 도플러 효과 때문에 접근 중이라는 걸 알 수 있다. 내 귀에 도달하는 소리 파동의 주파수가 늘어난다. 그래서 음이 점점 높아지고 소리가 점점 커진다.

밖에는 적어도 두 종류의 사이렌이 있다. 두 가지가 서로 엮여든다. 아마도 경찰차와 구급차. 곧이어 붉은색과 파란색 불빛이 물결치듯 일정한 박자로 창문을 물들이며 방을 밝힌다. 창문이 밝은 직사각형이 되어 바닥에 고꾸라져 있는 남자를 액자처럼 두른다. 사이렌이 요란하게 울부짖는다.

제복 입은 경관들이 총을 들고 방에 들어온다. 구급대원들도 따라 들어온다. 나는 양손을 머리 위로 올리고 권총을 내준다. 구급대원들이 들것이 필요하다는 걸 깨닫고 아래층의 누군가에게 하나 가져오라고 외친다.

"저 남자가 침입했어요." 나는 절도범을 가리킨다.

"그래." 콧수염을 기른 나이 많은 경관이 말한다. "네 할아버지를 잘 안다."

"저를— 납치하려고 했어요. 저를 데리러 왔다고 했어요." 순간 나는 말을 끊는다. 아무 말도 해서는 안 된다. "아니에요, 모르겠어요. 알아듣기 어려웠어요. 횡설수설해서."

"그래." 경관은 별 관심이 없어 보인다. 그게 더 이상하다.

경관이 남자한테 걸어가 쭈그리고 앉더니 남자의 목에 손을 대 본다. 그리고 구급대원들을 향해 고개를 젓는다.

녹색 옷의 여자가 내 옆에 와서 바닥에 무릎을 대고 앉는다. “할아버지 말씀으론 손목을 다쳤다던데?”

나는 오른팔을 든다. 여자가 한 번 쳐다보고 끄덕인다. “오케이. 구급차로 응급실에 데려갈 거야. 엑스레이를 찍어야 해. 이미 겪어 봤겠구나.” 여자의 시선이 내 다리로 향한다. 내 다리의 깁스로.

“넵. 최근에 사고가 잦네요.”

여자가 미소 짓는다. 웃는 얼굴이 예쁘다. 초록색 눈도.

들것이 도착한다. 여자가 남자 두 명과 함께 나를 들것으로 옮긴다. 코멧이 상황을 눈치채고 깽깽 울며 위아래로 뛰기 시작한다.

“함께 가시나요?”

“그러지 뭐.” 여자가 말한다.

“감사합니다.”

나는 강아지한테 몸을 기울인다. “코멧, 올라와.”

코멧이 들것으로 뛰어서 내 위에 올라앉는다. 나를 소유한 것처럼. 녀석의 눈에 빼기는 기색이 역력하다. *내가 이 인간의 생명을 구했어. 알아두는 게 좋을 거야. 이 인간은 내 인간이야.*

“안녕, 코멧.” 여자가 강아지한테 살짝 허리 굽혀 인사한다. 녀석이 흡족한지 왈왈 소리로 답한다. “난 셜리야.” 여자가 말한다.

“저는 레오예요.”

“일단 다친 데를 좀 살펴본 다음 병원으로 이동하자.”

구급대원이 내 손목을 검사한다. 나는 비명을 지른다. 손목을 삐었다는 결론이 나온다. 손으로 가는 혈액 공급이 끊어졌다거나 동맥이 파열됐다거나 하는 최악의 일은 일어나지 않은 것 같다.

구급대원들이 나를 아래층으로 옮긴다. 편안한 이동은 아니다.

들것이 계단을 쿵쿵 찧으며 내려간다.

우리는 구급차에 오른다. 나는 차벽에 고정된 이동식 침상에 눕는다. 반대편 침상에는 엄마가 누워 있다. 사람들이 우리 둘에게 다양한 장치를 연결한다. 우리의 혈류 산소 수준과 심박동수 등을 파악하기 위한 거다.

내 수치들을 보더니 구급대원들이 인상을 쓰며 귓속말을 주고받는다.

쇼크. 나는 짐작한다. 나는 쇼크 상태다. 그 때문에 심박동수 등등이 맛이 갔다.

그래서 뭐. 이젠 그다지 중요치 않다. 사람들이 나한테 진통제 주사를 놓는다. 모든 것이 하늘하늘 가벼워지고 사사로워진다.

할아버지는 어디 있을까. 집에 남아 경찰을 상대하고 있을까.

구급차 안은 춥다. 피 냄새와 소독약 냄새를 풍긴다.

엄마도 비몽사몽이다. 어느 순간 내 쪽으로 눈을 돌리다 나를 보자 고개를 끄덕거린다.

"레오."

"엄마."

그게 다다. 우리의 안부 교환. 우리가 처음으로 나눈 안부 인사.

내 정맥에 약물이 주입된다. 구급차가 돈다. 우주정거장처럼 회전한다. 사이렌은 경보음이다. 위반을 울린다. 재앙을 울린다.

"엄마. 나, 에일리언이에요?"

약속

엄마가 나를 한참 쳐다본다.

"엄마? 내 말 들었어요?"

엄마가 한숨을 쉰다. 잠시 생각한다. "내가 너한테 약속할 수 있는 한 가지가 있다면, 그건 바로 넌 에일리언이 아니라는 거야."

엄마의 문장이 좀 이상하다. 말하기 전에 생각하고 말하는 투다.

나는 눈을 가늘게 뜬다.

"그럼 나한테 약속할 수 없는 건 뭔데요?"

엄마가 고개를 돌린다. 아무 대답도 하지 않는다.

구급차가 돌면서 우주 공간으로 떨어져 나간다.

검은 양복 남자들

의식이 오락가락한다. 밖으로 일출과 어둠이 계속 바뀐다. 여기는 우주정거장의 큐폴라다. 동시에 캘리포니아 도로의 구급차다.

할아버지가 누군가와 통화하는 소리가 들린다. 울타리 수리 일정을 논한다. 이어서 다른 누군가와 또 통화한다. 토지 경계선 순찰을 맡을 경비 인력을 요청하고 지불 코드를 알려준다.

우리는 병원에 도착한다. 구급차가 후진으로 격납고처럼 너른 문이 달린 건물로 들어간다. 우리가 접근하자 문이 열린다. 사람들이 우리를 득달같이 끌어내려서 넓은 복도로 밀고 들어간다.

응급실에서 우리는 찢어진다. 남자들과 셜리가 나를 창문 없는 진찰실에 굴려 넣고, 엄마는 다른 진찰실에 밀어 넣는다.

백발의 여자 의사가 나를 보러 온다. 좀 지친 안색이다. 여자는 자기소개를 하지 않고, 나도 여자의 명찰을 제대로 보지 못한다. 레이놀즈? 그 비슷한 이름이다.

"개는 여기 못 들어옵니다." 여자 의사가 가장 먼저 한 말이다. 화난 목소리는 아니다. 피곤한 목소리다.

"개도 여기 있을 거예요." 내가 말한다. 코멧이 더욱 납죽 엎드리며 나한테 바싹 달라붙는다. 내 말에 밑줄을 긋듯이.

의사가 손을 들었다가 털썩 내린다. "좋아, 좋아."

의사가 다친 다리에 대해 몇 가지 묻는다.

"아주 최근에 부러진 거니?"

"지금 아프니?"

"혹시 혈액 농도를 묽게 하는 약을 복용 중이니?"

[네. 네. 아니오.]

의사가 스크린에 뜬 기록 사항을 재빨리 내려다본다. "콜리 박사가 추가 검진을 요한다고 했네?"

"네."

의사가 인상을 쓰며 스크린을 탁탁 두드린다.

"왜요?"

의사가 입술을 오므린다. "이상해. 기록이 그걸로 끝이야. 어째서 스캔이 더 필요한지는 없어."

"제 골밀도 얘기를 하셨어요."

약기운이 슬슬 떨어지고 있다. 다시 현실이 주입된다. 회색빛 현실. 고통을 수반한 회색.

"흠." 의사가 생각에 잠겨 손톱으로 스크린을 톡톡 두드린다. "엑스레이 사진도 없고 말이지. 콜리 박사가 다리를 맞춘 건 알겠는데 시각 자료가 전혀 뜨지를 않아." 의사가 한숨을 쉰다. "이 병원은 IT 부서를 더 만들어야 해. 하긴 이 병원은 의사부터 모자라. 그게 아니면 내가 60시간 교대 근무를 하고 있지도 않겠지? 기록도 불완전한 환자들을 인계받고 있지도 않겠지?"

"물어보세요. 콜리 박사님한테요."

"그 사람은 어제 그만뒀어. 교대 끝나고 그대로 나가버렸어. 그게 병원 매니저의 설명이야."

헐.

괴이하다.

"하여튼, 이번에 새로 입은 부상부터 볼까?" 의사가 거의 책망하듯 말한다. 내가 부주의했다는 듯이. "실랑이 중에 당한 부상이라고?" 의사가 백발을 귀 뒤로 쓸어 넘긴다. 내가 보기엔 거의 틱 수준의 습관성 행동 같다. 이제 보니 의사는 내가 처음 생각했던 것보다 젊다.

"아뇨. 넘어졌어요."

"계단에서?"

"아뇨. 그냥- 앞으로요. 바닥으로요."

의사의 눈썹이 다시 한데 모인다. "뛰다가?"

"아뇨."

의사가 스크린을 들어 뭔가를 톡톡 친다. 구급대의 기록 사항을 불러오는 거겠지. "단순히 쓰러진 걸로 이렇게 심하게 접질렸다고?"

나는 바로 누우며 최선을 다해 어깨를 으쓱한다. 어렵다. 밖에서 회전날개 돌아가는 것 같은 소리가 난다. 조용한 하강 기류 소리. 영화를 많이 보면 다 아는 소리다. 구급 헬리콥터가 옥상에 착륙하나 보다.

"흠."

침묵.

"그래, 뭐, 엑스레이 찍자. 여기서부터는 내가 맡지. 확실한 게 좋은 거니까."

의사가 스크린으로 간호사를 호출한다. 흰색 유니폼을 입은 남자 한 명이 금세 엑스레이 기계를 밀며 들어온다. 두 사람이 기계를 세우고 내 팔을 스캔 한다.

"생각한 대로야. 단순 염좌. 굳이—" 의사가 말을 멈춘다.

"네?"

"가만있자, 이 뼈들이—"

"왜요? 제 뼈가 왜요?"

"이게— 그러니까—" 의사가 또 머리를 귀 뒤로 쓸어 넘긴다.

정적.

"내 말은—" 의사가 또 말을 멈춘다. "혹시 기존 병증이 있니? 골다공증? 백혈병? 면역결핍증?"

"네? 아뇨."

에일리언을 생포할 수 없다면 죽여라.

의사가 다시 손톱으로 스크린을 두드린다.

나한테 진통제가 더 필요한 것 같다. 다리와 손목이 못으로 가득 찬 느낌이다. 못들이 나를 찌른다.

"선생님?"

의사가 나를 본다. 우리가 눈을 맞춘 건 이때가 처음이다.

"미안하다, 레오. 뭐냐면," 의사가 말한다. "검사를 더 해봐야 한다는 콜리 박사의 소견이 맞는 것 같다. 어머니가 룸 C3에 계신다고 했니?"

"그건 모르겠어요. 엄마도 여기 온 건 맞아요. 병원에요."

의사가 고개를 끄덕인다. "어머니와 얘기 좀 해야겠다. 진료 다 받으시면. 그다음 정밀 검사에 들어가자." 의사가 자신을 야단치듯 머리를 짧게 흔든다. "아니지, 손목에 부목부터 대야지. 그래야

덜 아프지.” 하지만 이 말을 멍하게 한다. 생각이 딴 데 있는 사람처럼.

코멧이 내려가고 싶어 한다. 녀석은 자기가 어째서 내 위에 앉아만 있는지, 어째서 우리가 또다시 이 장소에 있는지 납득하지 못한다. 녀석이 자꾸 들썩인다. 나는 한 손을 녀석한테 올린다. 녀석이 차분해진다. 녀석의 심장박동이 느껴진다. 녀석이 작게 짖는다.

“괜찮아, 코멧.”

하지만 나는 괜찮지 않다.

괜찮지 않다. 왜냐면, 의사가 문을 열었을 때 부트로스 사령관이 들어온다. 세로줄 무늬 양복을 입고, 양옆에 검은 양복 남자들을 거느리고 들어온다. 남자들은 귀에 이어폰을 꽂았다. 이어폰 줄이 하얗게 나선형으로 말려 있다. 이것도 영화에서 보던 장면이다.

남자들의 손 위치가 요상하다. 그러다 나는 깨닫는다. 이들이 언제라도 옷 안의 무기를 뽑아들 태세를 취하고 있다는 걸.

의사가 남자들을 황당하다는 듯 쳐다본다. “누구세요?”

부트로스 사령관이 손을 젓는다. 말벌 쫓듯 질문을 일축한다.

“여기서부터는 우리가 맡겠습니다.”

그러자 남자들이 의사를 호위해서 방을 나간다.

코멧이 놀라서 짖고 또 짖는다. 비상사태. 우리에게서 소리의 파동이 연못의 파문처럼 퍼져나간다. 좁고 창문 없는 방의 벽들에 맞아 메아리치면서.

날다, 달아나다

부트로스 사령관이 어디선가 휠체어를 가져온다. 남자들이 나를 거기 태우고 복도 끝 출구까지 밀고 내려간다. 거기서 미닫이문을 통과해 차가운 밤공기 속으로 나간다. 머리 위에서 얇은 구름들이 별들을 스쳐 지난다.

남자들이 나를 보도를 따라 밀고 간다. 가까운 거리에 시커먼 유리창의 대형 호송차량들이 늘어서 있다. 코멧이 안절부절못한다. 나는 성한 손을 녀석한테 올리고 계속 다독인다. 녀석이 낮게 칭얼거린다.

우리는 밴에 이른다. 다른 차들처럼 시커멓다. 크롬 범퍼. 앞쪽에 똑같이 생긴 밴이 한 대 더 있다. 밴 뒷문에 연결한 경사로로 엄마를 태운 휠체어가 올라가는 게 보인다. 엄마의 팔과 어깨에 붕대가 감겨 있다. 나는 소리쳐 부른다.

"엄마!"

엄마가 돌아본다. 나를 응시한다.

무언의 질문들이 공기를 뚫고 나에게서 엄마에게로 흐른다. 질문들의 파동.

엄마가 고개를 돌린다. 사람들이 엄마를 밴에 밀어 넣고 차문을 닫는다.

가까운 밴의 뒷문도 열려 있다. 검은 양복 남자들이 나를 경사로로 밀어 올리고 휠체어를 줄로 묶는다. 미리 계획한 일을 하듯 능수능란하다. 검은 양복 남자들 중 한 명이 나를 정면으로 마주 보는 좌석에 앉는다. 차문이 열렸다 닫힌다.

부르릉 시동 걸리는 소리가 나고 밴이 움직이기 시작한다.

"무슨 일인지 말해주실래요?"

하지만 남자는 정면만 응시한다.

"그럴 줄 알았어요."

채 10분이나 달렸을까. 차가 멈춘다. 차문이 열리고, 인공 불빛이 쏟아져 들어온다. 눈이 부시다. 검은 양복 남자들이 휠체어를 묶은 줄을 풀고, 경사로를 내리고, 나를 차 밖으로 끌어낸다.

내린 곳은 가설 활주로다. 활주로에 늘어선 전등들이 별들을 지우며 일대를 훤히 비춘다. 오른편에 격납고로 보이는 건물이 있고, 저 멀리 낮은 건물들이 더 보인다. 움직이지 않는 차량들이 여기저기 흩어져 있다. 지게차들, 트럭들. 빨간색과 흰색의 줄무늬 바람자루가 미풍에 축 늘어져 있다. 활주로에 경비행기가 한 대 있다. 비행기도 시커멓다.

깡패들이 나를 비행기로 밀고 간다. 부트로스 사령관이 다른 양복쟁이들과 함께 앞서 걷는다. 엔진이 갑자기 멎는 소리. 타이어가 멈춰서는 소리. 나는 뒤를 돌아본다. 밴의 문이 열리고 엄마가 굴러 나온다. 이제 우리 둘 다 훤히 트인 활주로를 가로질러 제트기로 향한다. 제트기에서 계단이 내려와 있다.

계단에 이르자 두 남자가 나를 휠체어에서 들어 올린다. 뒤를 보니 엄마도 마찬가지로 옮겨지고 있다.

"잠깐만요." 내 말에 코멧이 놀라서 나한테 발톱을 박는다. 나는 성한 팔로 녀석을 감싸서 가슴에 꽉 안는다. 녀석은 불편해하면서도 저항은 하지 않는다.

남자들이 놀랄 만큼 부드럽게 나를 부축해서 계단을 오르기 시작한다. 그게 왜 놀라운지는 나도 모르겠다. 부드러움이란 참 묘한 것 중 하나다. 부드러우려면 강해야 한다.

하지만 지금은 그게 중요한 게 아니다.

중요한 건, 내가 사람들 손에 비행기 객실로 옮겨져 커다란 가죽 의자에 앉는다는 거다. 여기는 내가 비디오로 보던 비행기들과 다르다. 내부가 뻥 뚫려 있고, 좌석들이 안락의자 같고, 서로 마주 보고 있다. 비행기 측벽은 하얗고, 나무 장식이 많다. 고급 아파트 같다. 바닥에는 두꺼운 카펫이 깔려 있다.

더욱 중요한 건, 할아버지가 이미 의자 중 하나에 앉아 있다는 거다. 할아버지 발치에 지퍼 달린 회색 더플백이 놓여 있다.

역시 부드럽게 사람들이 엄마를 다른 의자에 앉힌다. 엄마 얼굴이 핼쑥하다. 엄마 이마에 땀방울이 맺혀 있다. 엄마는 왜 사람들이 하는 대로 가만히 있는 걸까?

대체 무슨 일이냐고?

분명 무슨 일이 일어나고 있다.

수상쩍은 일이 일어나고 있다는 걸 나는 진즉에 눈치챘다. 하지만 그게 뭔지는— 어쩐지 알고 싶지 않았다.

알고 싶은 동시에 알고 싶지 않았다.

그때 부트로스 사령관이 오더니 우리 사이에 서서 양손을 맞잡는다.

나는 코멧을 놓아준다. 녀석이 뛰어내려 내 발치에 선다. 나를 경호하듯이. 그제야 나는 녀석이 부트로스 사령관을 향해 낮게 으르렁대고 있는 걸 깨닫는다. 녀석의 목털이 빳빳하게 섰다.

부트로스가 코멧을 힐끔 본다. “카펫에 똥 싸면 곤란한데.”

할아버지가 쯧쯧 혀를 찬다. “배변 훈련은 된 놈이지만, 비행시간이 얼마나 되느냐에 달려 있겠지.”

부트로스가 끄덕인다. “묻고 싶으신 게 많겠죠. 이해합니다.”

할아버지가 웃는다. “그래요? 이해해요? 몰랐네요.”

“상황이 상황이라서요.”

“젠장맞을.”

“광신도들이 대담해지고 있는 건 알았지만, 이렇게 실제로….”

부트로스가 말끝을 흐린다.

실제로, 집에 침입할 줄은.

실제로, 나를 납치하거나 죽이려 들 줄은.

“선생의 간접적 질문에 답하자면,” 부트로스가 말한다. “비행시간은 약 다섯 시간입니다. 목적지는 마운틴 돔입니다.”

“아.”

엄마가 반쯤 감긴 눈꺼풀을 억지로 좀 더 뜬다. “왜요?” 엄마 목소리가 메말라 있다. 꺽꺽대는 목소리. 까마귀. 인간의 언어를 흉내 내는.

“말했듯이,” 부트로스가 말한다. “상황이 상황인지라. 레오한테 바깥 세계는 안전하지 않아요. 노리는 사람들이 너무 많아요.”

“우리가 있는 곳을 그 사람들이 어떻게 안 거요?” 할아버지가 묻는다.

"우리 쪽에서… 정보가 샜어요." 부트로스가 답한다.

할아버지가 고개를 끄덕인다. "그럴 줄 알았어."

정적.

"그런데… 왜요?" 내가 말한다. "왜 사람들이 날 노려요?"

부트로스가 대충 이런 뜻의 고갯짓을 한다. *당장 대답하기엔 너무 큰 질문이구나.* "〈X-파일〉 광신도들." 부트로스가 말한다. 그게 수십 년 전에 유행한 TV 프로그램이란 건 나도 안다. "정보를 왜곡하고 너를 엉뚱하게 매도하는 인간들."

"에일리언." 내가 말한다.

부트로스가 고개를 끄덕인다.

침묵.

"나, 에일리언이에요?"

"레오, 내가 말했잖니." 엄마가 말한다.

"엄마가 하긴 무슨 말을 해요. 난 대답을 원해요." 정말이다. 더는 기다리기 싫다. 더 이상의 헛소리도 사양한다. 이제는 진상을 들을 때다.

"대답을 얻게 될 거다. 마운틴 돔에 도착하면." 부트로스가 말한다. 그의 어조는 단정적이다. *다시는 묻지 마.*

"하필 그리로 가는 이유가 있나요?" 엄마가 묻는다.

"의학적 문제가… 좀 있어서." 부트로스가 말한다. "다른 두 대상도… 합병증 문제요. 고도가 높은 곳이면 도움이 될 듯해서."

"의학적 문제는 여기도 있지." 할아버지가 시선을 나한테 꽂는다. 깁스를 한 다리. 접질린 손목.

엄마는 아무 말도 하지 않는다.

"맞습니다." 부트로스가 말한다. "병원 의사들 말로는 당장의 위험은 없다고 합니다. 비행기 내에서 진통제는 투여할 수 있습니다. 도착하면 당연히 헨드릭스 박사와 의료진이 필요한 치료를 맡을 겁니다. 프리먼의 어깨도 치료하고, 레오의 손목도 검사하고요."

"스턴스 박사는 없는 모양이군요." 할아버지의 목소리에 뼈가 있다. 이미 알고 있다는 말투. 어떤 암시.

"스턴스 박사는 이제 우리와 함께 일하지 않습니다." 부트로스가 말한다.

"그러게요." 할아버지 목소리 기저에서 계속 감지되는 적대적인 기류.

부트로스가 부드럽게 손뼉을 친다. "자, 그럼, 항해 중에 저는 선미에 대기하겠습니다. 진통제, 음료, 뭐든 필요한 게 있으면, 좌석 팔걸이의 버튼을 누르세요."

"좋은 여행." 할아버지는 비꼬는 투다. 내겐 그렇게 들린다.

부트로스가 '뒤로 돌아' 해서 선실 끝에 있는 문으로 사라진다.

"이게 다 무슨 일이에요?"

할아버지가 머리를 가로젓는다. "내가 말할 입장은 아닌 것 같다. 미안하다." 발음하기 어려운 말을 하는 것 같다. 할아버지의 입은 이런 말에 익숙하지 않다.

하아.

"말할 입장이 아닌 거예요, 말하기 싫은 거예요?"

할아버지가 나를 보고 웃는다. 슬픈 미소다. "둘 다."

"엄마?"

하지만 엄마는 대답이 없다. 엄마의 눈은 감겨 있다. 잠들었거나, 잠든 척하는 것이거나.

할아버지가 의자에 깊이 기대앉는다. 비행기가 움직이기 시작한다. 비행기가 잠시 활주로 위를 이동하더니 엔진이 풀가동하면서 급작스럽게 추진하고, 나는 뒤로 훅 밀린다. 처음 지구에 착륙하던 때와 이후의 나날들이 떠오른다. 땅으로 내던져지던 느낌. 침대로, 의자로 처박히던 기억.

비행기가 앞으로 돌진한다. 나는 뒤로 돌진한다. 내 좌석 속으로. 다음 순간 우리는 공중에 있다–

그게 느껴진다. 내 뱃속 깊숙이에서 느껴진다. 중력과의 갑작스러운 단절, 솟구침, 다른 차원으로의 이동. 순간적 무중력 상태, 또는 그 비슷한 것–

그것을 내 몸의 모든 원자들이, 자전하면서 공허를 공전하는 내 모든 입자들이 느낀다. 세상의 모든 무거운 물질이, 지구의 두꺼운 맨틀이 내게서 떨어져 나가는 짜릿함.

비행(flight).

날다(fly)의 명사형.

동시에 달아나다(flee)의 명사형.

우리는 지구에서 달아나고, 내 심장은 탈출의 기쁨으로 거세게 뛴다. 내가 왜 이러지? 내가 오직 원한 건 이곳이었는데. 이 목장. 내 발밑에 느껴지는 땅.

그런데도 비행기가 하늘로 이륙하자 내 몸이 덩달아 노래한다.

하강

우리는 계속 올라간다. 귀가 먹먹하다. 그걸 깨려고 위해 연신 침을 삼킨다. 코멧이 뱅뱅 돌면서 맹렬히 짖어댄다. 녀석은 이 요상한 움직임을, 이 상승 운동을 납득하지 못한다.

마침내 비행기가 순항 고도에 올라 수평을 유지한다.

몇 분이 흐른다. 몇 분 더. 몇 시간.

나는 눈을 감는다. 나도 모르게 잠이 든다.

잠에서 깨니 아무것도, 아무도 변동이 없다. 시간이 한 뭉텅이 생략된 것 같다. 비행기는 날고, 사람들은 말없이 앉아 있다.

나는 엄마를 본다. 엄마는 눈을 감고 있다. 할아버지는 창밖을 내다보고 있다. 구름이 무슨 말을 해주기를 기다리는 사람처럼.

엄마가 눈을 뜬다. 통증에 얼굴이 구겨진다.

"진통제가 필요하면 팔걸이에 있는 버튼을 누르라더라." 할아버지가 말한다.

엄마가 고개를 끄덕이고 버튼을 누른다. 잠시 후 검은색 양복의 남자가 한 명 나타난다.

"진통제요." 엄마가 말한다.

"아, 네."

남자가 사라졌다가 물을 담은 플라스틱 컵과 흰색 알약을 가지고 온다. 엄마가 약을 급히 삼킨다. 남자가 도로 사라진다.

"엄마, 이게 다 무슨 일이에요?"

엄마가 머리를 흔든다. 그럴 줄 알았다.

엄마가 할아버지를 곁눈질한다. 엄마 눈은 아까보다 많이 맑아졌다. 아까처럼 눈꺼풀이 내려앉아 있지도 않다. "울타리 상태를 알았으면 애를 거기서 데리고 나왔어야죠. 기지로 데려갔어야죠." 엄마가 힐난하는 투로 말한다.

"기지도 안전하지 않은 건 마찬가지야, 마리. 너도 알다시피 거기야말로 시위자들로 둘러싸여 있는 데야."

처음 들었다. 할아버지가 엄마를 마리라고 부르는 걸.

"기지의 좋은 점은—" 엄마가 입술 사이로 공기를 흡입하며 다리 자세를 바꾼다. "무장 괴한들을 집으로 불러들이지 않는다는 거예요. 기지에선 무장한 남자들이 경계선에 경비를 서죠."

할아버지는 아무 대꾸도 하지 않는다. 그저 잠시 눈을 감는다.

"미안하다." 잠시 후 할아버지가 말한다.

엄마가 손사래 친다. 할아버지 말을 받지 않는다.

침묵.

"아버진 왜 여기 있는 거죠?" 엄마가 말한다. "그 소중한 목장에 남아 있지 왜 우리랑 함께 온 거예요?"

할아버지가 눈을 감았다 뜬다. 말도 안 되는 질문을 다 듣는다는 듯이. "레오를 위해 왔지. 너를 위해 왔고."

엄마가 이상하게 웃는다. 속을 파낸, 뼈들만 달각대는 소리로 웃는다. "살다 보니 별일이 다 있네요."

외국어 비디오를 자막 없이 보는 기분이다. 또는 막 방에 들어와서 대화의 앞부분을 놓친 느낌이다. 내내 여기 있었는데도.

나는 눈을 감는다. 시간이 흐른다.

잠시 후 할아버지가 목청을 가다듬는다. 낮고 조용하게.

"그럼 이제 애한테 말할 거냐?" 속삭임에 가까운 소리다.

"여기서는 아니에요." 엄마가 말한다. "지금은 아니에요."

할아버지가 어깨를 으쓱한다. "어차피 조반간 알게 될 텐데."

정적.

비행기가 하강하기 시작한다. 할아버지가 벨트를 풀고 창문으로 가서 블라인드를 연다. 비행기가 비스듬히 날고 있다. 아래에 눈 덮인 산들이 보인다. 산들이 창백한 새벽빛 속에 반짝인다.

산꼭대기에 건물이 하나 있다. 눈 속에 솟은 반구형 구조물. 유리 같은 반투명 곡선 벽. 그리고 건물 아래로 활주로가 있다. 파란색과 빨간색 조명들이 활주로를 밝힌다.

"여긴 어디예요?"

"마운틴 돔." 엄마가 말한다.

"그럴 줄 알았어요."

할아버지가 앉은 자리에서 뒤척인다. "여긴 고고도 저기압 훈련 시설이야. 달 여행 이후론 나도 여기에 처음 와보는구나."

"아." 나는 잠시 생각한다. 잠시 희망을 가져본다. "여기서 무슨 훈련을 받나요?"

"그건 아닐 거야." 할아버지가 서글프게 말한다. 비행기가 착륙 자세를 잡으며 굉음을 토한다. 바퀴 내려오는 소리가 난다. "훈련보다는 배치에 가까울 것 같다."

문이 열리고, 부트로스가 들어온다. 할아버지를 봤다가 엄마를 본다. 엄마의 눈은 아까보다도 더 초롱초롱하다.

"별자리 미션에 대해선 말씀을 좀 나누셨는지?" 부트로스가 말한다. 그의 말투로 미루어볼 때 그는 이미 답을 알고 있다. 어쩌면 카메라로 내내 우리를 지켜보고 있었을지도 모른다.

"아뇨," 엄마가 말한다. "치료가 먼저죠."

할아버지가 엄마를 노려본다. 이건 또 무슨 뜻인지 모르겠다.

"좋습니다." 부트로스가 말한다. "그때 저도 배석하고 싶습니다. 괜찮으시다면."

엄마가 머리를 외로 꼰다.

"좋습니다." 부트로스가 말한다. "곧 착륙이니 안전벨트 착용하세요. 곧장 병원으로 갑니다."

우리는 좌석 벨트를 채운다.

부트로스가 퇴장한다.

머릿속이 복잡하다. *대체 무슨 일이 일어나고 있는 거야? 대체 무슨 일이?* 코멧이 내 무릎 위로 폴짝 뛰어오른다. 나는 녀석의 턱 아래를 긁어준다. 녀석이 나직이 그르렁댄다. 만족한, 하지만 여전히 조금은 겁먹은 그르렁. '대체 무슨 일일까' 그르렁.

하강.

바퀴가 끼익 비명을 지른다.

땅으로 하강.

에어브레이크가 작동한다. 나는 앞으로 던져진다. 안전벨트가 나를 받는다. 내 허리로 파고든다.

덜컹거리며 하강.

진실

사람들이 나를 들고 계단을 내려간다. 비행기 밖으로 나가자 추위가 나를 벽처럼 때린다. 온도가 면밀히 통제되는 문2에서는 겪지 못했던 일. 고독, 죽음과 비슷하다. 날씨의 일부가 되는 것.

사람들이 나를 대기 중인 휠체어에 태운다. 엄마도 마찬가지다.

우리는 눈 덮인 활주로를 가로지른다. 어디선가 소나무 향으로 추정되는 냄새가 희미하게 풍긴다. 고지에 있다는 실감이 난다. 저 멀리 언덕들이 보인다. 언덕들이 광활한 산림지대로 이어진다. 하지만 그건 한참 아래다. 여기는 산봉우리가 치솟아 있다. 바위와 얼음이 뜨는 해를 받아 번쩍인다.

우리 앞의 돔은 거대하기 짝이 없다. 그 자체로 언덕이다.

사람들이 우리를 데리고 활주로를 가로질러 유리문을 통과해서 돔으로 들어간다. 들어가자마자 따뜻한 공기가 우리를 휘감는다. 우리는 거대한 아트리움*에 들어와 있다. 아득히 높은 유리 천장이 저 멀리로 하향 곡선을 그린다. 건물이 주는 깊이감이 장난 아니다. 우리 앞에는 반원형 벽이 솟아 있다. 벽이 돔 높이만큼 높아서 거의 30미터에 이른다. 거기에 문들이 박혀 있다.

부트로스가 우리 옆으로 걸어온다. 그의 구두굽이 콘크리트 바

---

* atrium, 건물 중앙에 유리 지붕을 얹은 넓은 공간.

닥에 부딪혀 또각또각 소리를 낸다. 우리 앞의 문들 중 하나가 열리고, 들어가니 복도가 나온다. 머리 위 가로대에 형광등이 죽 달려 있다.

복도가 구부러진다. 한 번, 두 번. 우리는 두 개의 문을 지난다. 그러자 누가 봐도 의료 구역인 곳이 나온다. 흰색 셔츠를 입은 남자가 다가온다. 홀은 간호사들과 컴퓨터 앞의 사람들과 장비를 이리저리 밀고 다니는 사람들로 북적인다.

"난 헨드릭스 박사야." 남자가 나한테 손을 내민다. 하지만 코멧이 남자한테 뛰어오르며 캉캉 짖는다.

"죄송해요." 내가 말한다.

헨드릭스 박사가 미소 짓는다. 미소 때문에 눈가에 잔주름이 생긴다. "레오 맞지? 그리고 이쪽은 비행장교 프리먼이시죠?"

"네." 엄마가 대꾸한다.

헨드릭스 박사가 고개를 끄덕인다. "좋습니다." 그가 스크린을 들어올린다. "레오의 엑스레이 사진을 받았습니다. 복잡한 부상은 아닙니다. 여기 우리 수련의가-" 그가 근처의 터번 쓴 남자를 가리킨다. "더 나은 깁스로 교체해줄 겁니다. 여기선 특수 손목 밴드를 씁니다. 그동안 프리먼 씨의 어깨도 보죠. 어깨를 다시 맞추기는 했다고 들었습니다만, 어쨌든 제가 다시 보겠습니다."

"네." 엄마가 말한다.

사람들이 엄마의 휠체어를 밀고, 헨드릭스 박사가 따라간다. 부트로스도 따라간다. 일행은 흰색 문을 통과해 다른 복도로 나간다.

그동안 터번을 쓴 의사가 나와 할아버지와 코멧을 데리고 다른 방으로 간다. 터번 쓴 의사는 말이 별로 없다. 그저 묵묵히 내 팔뚝에 막대를 대고 붕대를 감는다. 다음에는 기다란 탄소섬유 장갑을 끼운다.

의사가 장갑을 벨크로로 고정한다. "팔을 심하게 움직이지 않도록 하세요."

"그뿐이에요?"

"그뿐입니다. 가로 방향 움직임을 삼가세요. 뼈가 저절로 아물 겁니다. 당연히 방수 소재고요, 진통제가 더 필요하면 말하세요."

의사가 문으로 걸음을 옮긴다.

"잠깐만요." 내가 말한다.

"왜요?"

"돌아다니는 건요?"

의사가 나를 의아하게 쳐다본다.

"다리요. 다리도 부러졌거든요. 원래 목발을 짚고 다녔는데 지금은…." 나는 다친 손목을 들어 보인다.

의사가 턱을 긁는다. "계속 휠체어를 써야죠 뭐."

"항상 누군가 나를 밀고 다녀야 한다는 건가요? 언제까지요?"

의사가 체머리처럼 머리를 좌우로 흔든다. "6주?"

나는 기지 생활을 돌이켜본다. 아무데도 갈 수 없었던 시절. 갇혀 있는 것만 같았던 때. 그게 불과 한 달 전이다.

"또 6주를 남들 손에 의지해 다닐 순 없어요."

의사가 내 눈을 마주한다. 좀 누그러진 표정이다. "알았어요. 전동 휠체어를 알아보죠."

"감사합니다."

의사가 방을 나간다.

할아버지가 문을 연다. 나를 밀고 다시 의료 센터 메인홀로 간다. 우리 쪽으로 다가오는 부트로스가 보인다. 우리와 가까워지자 그가 한 손을 들어 인사한다. 코멧이 으르렁댄다. 부트로스의 얼굴에 슬쩍 짜증이 스친다.

"어머니는 한 시간쯤 후에 끝날 거야." 부트로스가 말한다. "여긴 최첨단 시설을 갖추고 있어. 며칠 쉬고 나면 나을 거야."

"음, 잘됐네요."

"빙하가 내려다보이는 편한 방이 있는데, 거기서 어머니를 기다리는 게 어때?"

"네."

그러고 보니 검은 양복의 남자들은 어느새 눈 녹듯 사라졌다. 사라지는 걸 보지도 못했는데, 나와 할아버지와 부트로스만 있다. 그리고 코멧. 녀석은 의자 하나에 올라앉아 머리를 삐딱하게 꼬고 있다. 의자 옆에는 연구원이 서 있다. 머리를 헤어네트로 고정한 젊은 여자 연구원이 현미경을 들여다보고 있다가 재미있다는 표정으로 코멧을 본다. 하지만 부트로스의 시선이 자신에게 향하자 다시 머리를 숙이고 하던 일을 한다.

"이리 와, 코멧." 내가 말한다. "따라와."

코멧이 깡충깡충 뛰어와 내 옆에 붙는다. 할아버지가 부트로스를 따라 나를 밀고 가고, 코멧이 따라온다. 복도를 내려가서 어떤 문에 이르자, 부트로스가 주머니에서 키카드를 꺼내 문을 연다.

우리는 돔 외곽에 위치한 방으로 들어간다. 말하자면 여기는 바깥 날개다. 왼편 벽은 바닥에서 천장까지 한 장의 거대한 통유리다. 지금은 유리가 까맣고, 전등 빛이 휘황하다. 방 자체는 파이 조각 모양이다. 건물이 거대한 돔이니 당연하다. 소파와 안락의자들이 있고, 탁자마다 개인용 스크린이, 벽에는 대형 스크린이 있다.

부트로스가 벽으로 가서 작은 키패드를 두드리자 까맣던 유리벽이 서리가 끼듯 불투명해지다가 서리가 녹듯 투명해진다. 숨이 턱 막힌다. 유리벽 너머에 쩍쩍 갈라진 빙하가 폭포처럼 산에 쏟아져 있다. 빙하가 아침 햇빛에 파랗게 빛난다. 그 아래로 작은 산들이 이어지고, 그 아래로 언덕들이 이어진다. 언덕들은 아래로 향할수록 기복이 낮아지다가 파도처럼 일렁이는 밤색 황야로 변한다. 황야에 강이 몇 가닥 리본처럼 구불대며 지평선까지 이어진다.

"전망 죽이지?" 할아버지가 말한다.

"네."

"와볼 만한 곳이야. 세상에서 멀리 떨어진 감이 있지만." 할아버지는 이 말을 하며 부트로스를 쳐다본다.

"흐음." 부트로스가 신음한다.

침묵.

"물론 원하시는 만큼 계셔도 됩니다, 프리먼 선생." 부트로스가 말한다. "선생은 여기 귀빈입니다. 전설적 우주비행사에다 달에 간 마지막 사람 중 한 명이니까요."

할아버지가 눈썹을 치켜 올린다.

나는 또다시 무언의 대화를 감지한다.

부트로스가 문으로 향한다. "어머니를 모시고 올게."

할아버지가 나를 밀고 유리벽으로 간다. 내가 더 쉽게 내다볼 수 있게. 독수리가 저 멀리 아래에서 맴돌고 있다. 여기는 최소 해발 2천미터 이상의 고지다. 산 정상에 있는 거나 다름없다.

"여긴 뭐 하는 데예요? 왜 이리 온 거죠?"

할아버지가 내 옆에서 와서 선다. 코멧이 우리 사이에 선다. 우리 모두 눈과 얼음을 본다. 깎아지른 빙벽. 아득한 지평선.

"엄마를 기다리러." 할아버지가 말한다.

"그러지 말고 말 좀 해주세요."

할아버지가 천천히 머리를 흔든다. "난 네 할아버지일 뿐이야. 기다려보자." 안간힘을 쓰는 목소리다. 하기 힘든 말을 하는 것처럼. 말을 공기에서 분리하려는 성대에 저항하듯이.

"더는 카일과 일 못 하시겠네요." 순간 쓴맛이 혀에 미끄덩 지나간다. 카일, 좋은 사람인 줄 알았는데.

할아버지의 찌푸린 얼굴이 대답을 대신한다.

"놈들한테 제가 있는 곳을 알려준 게 아무래도 카일 같아요. 총 든 남자들요. 울타리를 뚫은 게 카일일지 몰라요. 놈들이 카일 이름을 언급했거든요."

"제기랄." 할아버지가 말한다.

나는 입을 다문다.

시간이 흐른다. 독수리가 허공을 맴돈다. 태양이 하늘을 가로질러 움직인다. 빙하의 반짝이는 부분과 일렁이는 부분도 태양과 함께 이동한다.

마침내 문이 열리고, 부트로스가 엄마가 앉은 휠체어를 밀며 들어온다. 엄마는 팔걸이 붕대를 하고 있다. 부트로스가 엄마를 우리 옆으로 데려오고, 우리는 모두 유리창에 늘어서서 밖을 내다본다.

부트로스가 엄마를 내 방향으로 돌려놓는다. 할아버지도 내 휠체어를 돌린다.

"네 전동 휠체어도 오고 있다." 부트로스가 말한다.

"감사합니다."

정적.

엄마는 경치를 바라보고 있지 않다. 엄마는 자기 손을 내려다보고 있다.

"어서 해." 할아버지가 말한다.

엄마가 할아버지를 노려본다. 그러다 심호흡하고 나를 본다. 그러다 눈을 다시 내리깐다. "네가 진실을 알 때가 됐다, 레오." 그러고는 말을 끊는다. 나보고 무슨 말이라도 하라는 듯이.

"그래요."

또다시 심호흡. "17년 전, 난 이미 우주비행사로 활동하고 있었어. 막 두 번째 우주여행을 마쳤을 때였어. 스물여덟 살 때였지. 회사가 나를 회의에 호출했어. 당시는 회사가 지금보다 정부와 밀접하게 일했지만 본질적으로는 지금과 같은 조직이었어. 그때나 지금이나 우리의 궁극적 목표는 우주 식민지 건설이었지. 세계적으로 지구와 비슷한 행성을 찾는 노력이 있었고, 미션이 거듭될 때마다 태양계로 조금씩 깊이 들어갔어."

정적.

"이미 물이 바닥나고 있었어." 할아버지가 말한다. "지구는 계속 뜨거워지고."

"그래." 엄마가 말한다. "문제는 또 있었어. 과학자들은 수대에 걸쳐 천문학과 물리학만 파고, 이 행성 저 행성 찔러보는 데만 관심이 있었어. 우주여행을 위한 기계 역학만 들입다 했지, 번식의 역학에 대해선 많은 시간을 할애하지 않았지."

내 마음속에서 금속성 소리가 난다.

엄마가 내 눈을 보고 한숨을 쉰다. "그러다 사람들 생각이 거기에 미쳤어. 만약 우리가 다른 행성에 도착해서 그곳을 지구처럼 만드는 데 성공했는데, 막상 아기를 가질 수 없다면?"

이제는 아예 쨍그랑거린다. 쨍그랑쨍그랑.

나는 빙하에 집중한다. 빙하의 하얀 차가움. 빙하의 반드러움.

"러시아에서 도마뱀붙이를 위성으로 보냈어." 엄마가 말한다. "수컷과 암컷을 섞어서. 다 죽었지."

다시 정적.

"우주 임신을 시도했군요." 이 말이 내 입에서 나오다니 듣고도 믿기지 않는다.

"그래. 나뿐이 아니었어. 다른 여자 두 명 더." 엄마가 눈을 감는다. 눈을 비빈다. "지구 궤도에서 최소 1년을 지내는 미션이었어. 문2에서. 임신은 음, 체외수정으로 이뤄졌어." 또다시 심호흡. "시술도 우주에서, 0G에서 수행했어. 생식의 전 과정을 최대한 실제에 가깝게 시뮬레이션 해야 했어. 착상, 임신, 출산."

나는 엄마를 바라본다. 엄마 뒤의 차갑고 단단한 빙하를. 지질학적 속도로 흐르는 폭포를.

"난 실험이군요." 내 입에서 말이 불쑥 나온다. 음악에서 떨어져 나온 가사. 망가진 악기가 뱉은 틀린 음들.

"그래."

이 말이 고통스럽게, 신경을 긁으며 나온다. 현이 윙 하고 울린다. 현이 끊어지는 소리.

별자리 미션

머릿속에 생각이 부글거린다. 속이 끓는다. 물론 관용적인 표현이다. 속이 끓으면 죽는다.

"이름."

"뭐?" 엄마가 묻는다.

"레오. 오리온. 리브라. 모두 별자리 이름이잖아요." 어쩌면 그렇게 멍청했을까? 우주선 발사를 앞두고 엄마의 임신 상태를 의사들이 놓쳤을 거라고 믿은 내가 한심하다. 어쩌면 그렇게 순진했을까?

아니, 어쩌면 그렇게 믿고 싶었던 건지도 모른다.

"으응," 엄마가 말한다. "회사에서 이름을 지었어. 미션명이 별자리였거든. 리브라, 오리온의 엄마랑 나만 임신했어. 내가 좀 더 오래 걸렸지."

주변 공기가 대기 중인 것 같다. 진동하면서. 산소와 수소의 모든 원자가 진동하는 소리굽쇠가 되어서.

"난 빌어먹을 실험이었어요." 내 목소리가 내 목소리처럼 들리지 않는다.

"표현이 좀-" 엄마가 입을 연다.

"맞아." 할아버지가 말한다.

부트로스가 목청을 가다듬는다. "설명을 하자면, 그땐 행정부가 달랐고, 기후 변화와 관련해서 압박이 심했던 때라—"

"합법적이긴 했나요?" 내가 부트로스의 말을 무시하고 말한다.

부트로스가 몸짓으로 답한다. *아마 아니었을걸.*

"그럼, 사람들이 하라니까 그냥 오케이, 알았어요, 우주에서 임신이 가능한지 한번 해보죠, 이런 거예요?"

엄마가 눈을 감는다. "난 회사에 충성했고, 내 일에 충실했어."

할아버지가 내 휠체어 옆에 무릎을 꿇는다. "그땐 엄마가 아무것도 모를 때였어. 네가 태어나면 어떤 감정일지 몰라서 그런 거야."

"원래 감정이란 게 없는 사람이에요." 내가 말한다.

하지만 엄마의 뺨에 눈물이 한 방울 소리 없이 흘러내린다.

나는 상관하지 않는다.

나는 저 빙하의 얼음이다. 온통 갈라터진 채로 날선 직사광선에 노출된 얼음.

"버지니아도 알고 있었어요? 락슈미도?"

거의 모두가 이 일에 가담한 게 분명하다. 뻔하다. 내가 아는 모든 사람. 빌어먹을 산티아고조차도. 내가 비드링크로 2분간 본 게 다였던 그 여자. 다 한패였다.

"그래." 부트로스가 말한다.

대답 한번 쉽다. 아주 간단하다.

나는 버지니아와 락슈미를 떠올린다. 우리를 먹이고 기르고 가르치던 사람들이 내내 우리에게 거짓말을 하고 있었다.

나는 코멧을 내려다본다. "이리 올라와, 코멧." 코멧이 내 무릎 위로 뛰어오른다. 나는 녀석을 들어서 녀석의 털에 얼굴을 묻는다.

털이 부드럽고 따스하다. 녀석이 버둥대는 바람에 나는 녀석을 도로 무릎 위에 놓아준다. 녀석이 내 손을 핥는다.

"내가 여기엔 왜 온 거죠? 이 돔에?"

부트로스가 나선다. "미디어 문제가 생겨서. 너랑 쌍둥이가 귀환했을 때 스턴스 박사는 너희 몸 상태를 많이 우려했어. 너희를 내보는 걸 탐탁해하지 않았지. 하지만 다른 사람들, 다른 이사진은 너희가 지구의 일상생활에 어떻게 적응하는지 보고 싶어 했어."

"그 다른 사람들 중에 사령관님도 포함인가요?"

부트로스는 대답하지 않는다. 무응답이 대답이다.

"좌우간," 부트로스가 말한다. "스턴스 박사는 우리를 떠났고, 언론매체에 실험에 대해 말하고 있어. 그 실험을 승인했던 사람들은 이제 회사에 남아 있지 않아. 우린 너희 셋을 이곳으로 이동시키기로 결정했다."

"리브라랑 오리온도 여기 있다고요?"

짧은 침묵. "그래."

"그러니까 우릴 감추려고 이리로 데려온 거군요? 모든 걸 덮으려고. 뉴스가 다른 스캔들로 묻힐 때까지 기다릴 속셈으로."

"딱히 그런 건 아냐."

침묵.

"말해요." 할아버지가 말한다.

부트로스가 코로 공기를 내뿜는다. "너희 모두… 말하자면 생체 기능이 우주에 최적화돼 있어. 그런 점에서는, 음, 네가 실험이라고 부른 그게… 대성공이라고 할 수 있지. 하지만 지구에서는 얘기가 달라. 네 폐활량과 골밀도는 모두 0G에서 형성된 거라서. 네가 다른 두 명에 비해 상태가 좋긴 해도, 너를 검진한 의사들은… 네가 골절상을 입은 게 이번이 처음이라는 사실 자체가 놀랍다는 의견이야. 이론적으로 네 상태는 뭔가에 부딪히기만 해도 뼈에 금이 가는 상태거든."

"아."

"다른 아이들보다는 네 사정이 나은 편이야." 부트로스가 재차 말한다. 그의 목소리에 긴장감이 묻어난다. "둘은… 그다지 잘 지내지 못했어. 그리고 너희 모두 각막 보호용 안경을 써야 해." 그가 내 선글라스를 가리킨다. 나는 선글라스를 쓰고 있는 것도 잊고 있었다. 선글라스는 이제 내 몸의 일부가 되다시피 했다. "힘줄, 관절… 어느 것도 1G에 맞게 형성되지 못했어. 어느 것도 중압과 충돌에 버티도록 발달하지 못했어."

"그래서…."

"그래서 너희를 이리 데려온 거야. 헨드릭스 박사의 소견으로는 가급적 기압이 낮고 고도가 높은 곳에 있는 게 이롭다고 해서. 장기적으로."

"장기적으로? 그럼 여기서 살아요?"

부트로스가 고개를 끄덕인다.

"그럼 학교는요? 직업은요?"

부트로스가 얼굴을 찌푸린다. "그때 일은 그때 가서 생각하자. 이 아이디어를 낸 사람들, 그 사람들은 이렇게 멀리 내다보지 못했어. 아무도 이런 시나리오를 상상하지 못했어."

"뭐죠? 우리가 이렇게 오래 살아 있을 거라고 생각하지 않았다는 건가요?"

일부러 도발하는 질문이다. 그런데 부트로스가 생각에 잠긴다.

"어쩌면. 분명히 말하고 싶은 건 이거야. 나라면 별자리 미션을 승인하지 않았으리라는 거. 내가 책임자일 때 이런 안이 나왔으면 고려조차 하지 않았을 거야. 하지만 내가 입사하기 전에 있었던 일이라."

"아주 위로가 되네요."

부트로스는 최소한 창피한 표정을 짓는 양심은 있다.

그러다 어떤 표현 하나가 마음에 걸린다. 부트로스가 아까 한 말에 깔려 있던 수상쩍은 어조. 그때 일은 그때 가서 생각하자던 말. "우린 오래 살지 못하는 거죠, 그렇죠?"

부트로스가 시선을 돌린다. "그건 말하기 힘들어."

와우.

정적.

"얼마쯤 살아요?"

"그건 아무도 몰라." 할아버지가 말한다. "다만 골격은 더 이상 나아지지 않을 거야. 심장 상태도."

맙소사.

나는 실험이었고, 이제 여기서 죽어간다. 물고기처럼. 해변에 떠밀려와 소용없이 펄떡이는 물고기.

꽤 오랫동안 아무도 입을 떼지 않는다.

"그러니," 마침내 부트로스가 말한다. "이제 어떻게 됐으면 좋겠니?"

나는 이 말에 웃음만 나온다. 속으로만 터진 웃음이지만. 뭐지, 이건? 내가 원하는 대로 될 수 있는 게 있기는 해? 나한테 결정권이 있기는 해? 나는 엄마를 본다. 그러다 문득 엄마를 보기가 싫어진다. 어쩌면 두 번 다시. "엄마는 나가요. 그냥… 꺼져요."

"하지만—" 엄마가 입을 연다.

할아버지가 손을 들어 엄마 말을 막는다. "가자."

"그래요, 할아버지도요."

할아버지가 이 말에 머리를 숙인다. 그리고 엄마의 휠체어를 문을 향해 밀기 시작한다. 코멧이 엄마의 휠체어 꽁무니에 붙어서 두 사람을 잠깐 따라간다.

할아버지가 녀석한테 말한다. "안 돼, 코멧. 넌 레오랑 있어."

녀석이 어리둥절한 눈으로 돌아보더니 종종걸음으로 나한테 돌아온다. 나는 손을 내려 녀석의 머리를 쓰다듬는다. 녀석이 처량하게 찡찡거린다.

할아버지가 엄마를 문으로 밀고 가다가 멈추고 몸을 돌린다. "네가 알아줬으면 하는 게 있다. 난 처음부터 반대했어. 하지만 네가 태어났을 때… 넌 내 일생 최고의 선물이었어. 그건 알아줬으면 한다." 그러고는 몸을 돌려 나가버린다. 엄마를 데리고.

나는 부트로스를 향한다.

"혼자 있게 해줄까?" 부트로스가 말한다.

"아뇨. 리브라와 오리온한테 데려다주세요."

부트로스가 몸을 바로 편다. "좋아. 안 그래도 그게 나을… 네가 원할 거라고 생각했어. 음, 준비를 해야 하니까."

"무슨 준비요?"

부트로스는 대답하지 않는다.

그는 내 휠체어의 손잡이를 잡고, 엄마와 할아버지가 나간 문으로 나를 밀고 나가 복도들을 연이어 통과한다. 이윽고 어떤 문이 나오고, 부트로스가 키카드로 문을 연다. 길고 좁은 방이 나온다. 끝으로 갈수록 어둡다. 방 끝에 텐트처럼 생긴 것이 있고, 거기서 불빛이 새어나온다. 부트로스가 나를 계속 밀고 간다. 다시 의료 구역으로 온 건가 보다. 의료 장치와 병상을 위한 전기 콘센트가 벽을 따라 죽 붙어 있다. 하지만 병상들은 비어 있다.

방 끝에서 나오는 불빛뿐이다.

우리는 계속 간다.

우리 앞에 환자용 보행기에 의지하고 있는 할머니가 보인다.

할머니가 가까워진다.

더 가까워진다.

할머니가 아니다. 리브라다.

리브라가 바퀴 달린 보행기를 붙들고 있다. 보행기가 리브라를 떠받치고 있다. 거기에 산소통이 달려 있고, 튜브가 리브라의 목에 걸린 마스크로 이어진다. 리브라는 달처럼 창백하고, 피골이 상접했다.

나는 입을 벌린 채 망연자실 쳐다본다.

"안녕, 레오." 리브라가 말한다. "좋아 보인다."

"너…." 나는 말을 잇지 못한다.

"알아. 끝내주지?" 리브라가 애써 미소 짓는다. 유령이 웃는 것 같다. 리브라가 보행기 너머로 허리를 꺾으며 기침하다가 다시 머리를 든다.

"어떻게 된 거야?"

리브라가 어깨를 으쓱한다. "중력."

나는 휑한 벽들을 둘러본다. 텅 빈 침대들. 빛이 나는 텐트. 어쩐지 저 텐트를 쳐다보기가 겁난다. "여기서 뭐 해?"

"동생 문병." 리브라의 목에서 쉿소리가 난다. 메마르고 까슬까슬한 소리. 종잇장이 내는 소리.

내 시선은 리브라를 지나쳐 그 너머를 향한다. 내가 텐트라고 생각한 것이 사실 텐트가 맞다. 나는 그것이 병상을 덮고 있다는 것을 깨닫는다. 나는 거기를 가리키며 그리로 가겠다는 손짓을 한다. 부트로스가 나를 밀고 가까이 간다. 불룩하게 부풀린 플라스틱 소재의 덮개. 투명하고 탄성 있는 성벽. 그 안에 침대가 있고, 침대에 누워 있는 몸이 보인다. 가슴이 아주 약하게 오르내린다. 팔에 전선과 튜브가 잔뜩 달려 있다.

침대의 몸이 머리를 돌린다.

오리온이 눈을 뜬다. 나를 본다.

두 뺨이 움푹 꺼져 있다. 눈 주위가 멍든 것처럼 시커멓다. 붕괴된 별들.

"오, 세상에, 오리온."

나는 휠체어에서 몸을 뒤로 젖힌다.

어지럽다.

미치게 어지럽다.

세상이 내 밑에서 무너져 내린다. 나는 다시 어둠 속을 둥둥 떠다닌다. 어둠. 내가 태어난 곳.

나중

나는 침대에 누워 있다.

실성할 것 같다.

나는 눈이 빠지게 운다.

너무 울어서 앞이 안 보인다.

더 나중

우습다. 상황이 나쁠 때 우리가 쓰는 표현들은 어쩜 이리 상투적인가.

우리가 말하는 것들은 모두가 가당치도, 가능치도 않은 것들뿐이다.

실성(失性). 마음을 잃다. 어떻게 마음을 잃어?

차라리 그러면 좋게.

운다고 눈이 정말로 빠질 리 있어?

눈물이 정말로 눈을 가릴 수 있어? 눈앞의 실제 상황을 보지 않게 할 수 있냐고!

여러 개의 나 중 하나가 떨어져 죽고,

대신 새로운 내가 뜬다.

나는 나무다.

나는 버섯이다.

내가 나를 대체한다.

나는 내가 생각했던 내가 아니다.

어쩌면 나는 내내 알고 있었다.

어쩌면 나는 그저 알고 싶지 않았던 거다.

3부

달

에덴

"이쪽으로." 리브라가 말한다.

며칠 후 우리는 코멧을 산책시킨다. 우리 둘 다 전동 휠체어로 움직인다. 우주정거장에서 로봇팔을 조종할 때 쓰는 것과 같은 작은 막대형 리모컨으로 운전한다. 우리는 겸사겸사 오리온도 보러 가는 길이다. 오리온은 이제 일인용 병실에 있다. 할아버지와 엄마는 어디 있는지 모른다.

코멧이 우리 옆에서 어슬렁어슬렁 걷는다. 가는 길에 킁킁대며 소화기 냄새도 맡고 분수식 식수대 냄새도 맡는다.

"우리, 어디 가는 거야?"

"가보면 알아." 리브라가 말한다.

우리는 널따란 복도를 지나 모퉁이를 돈다. 우리 앞에 문이 나타나고, 리브라가 출입증을 문 옆 스캐너에 대고 흔든다. 문이 스르륵 소리와 함께 옆으로 열리고, 우리는 안으로 들어간다.

정원이다. 그냥 정원이 아니다. 우리는 일종의 전망대에 올라와 있다. 내리막 통로가 원형 열대 우림으로 이어진다. 작은 언덕들과 폭포와 다리를 갖춘 거대한 식물원이다. 동시에 동물원이다. 형형색색의 새들이 이 가지 저 가지로 날아다니고, 나비들이 우리 앞을 맴돈다. 코멧이 입을 벌리고 나비를 향해 뛰어오른다. 하지만 거기

걸려들 바보 나비는 없다. 여기는 따뜻하고 습하다. 공기 중에 옅은 안개가 보인다. 우리가 앉아 있는 동안에도 벽에 있는 작은 분출구들이 끊임없이 증기를 뿜어낸다. 벽이자 천장인 곡선 유리면을 떠받치는 트러스에는 거대한 램프들이 달려 있다.

여기가 돔의 중심부라는 것을 알 수 있다. 가로세로 모두 축구장 하나보다 길고, 유리 천장은 10층 높이쯤 돼 보인다. 나는 이런 데가 있는지 몰랐다. 내가 알게 된 사실에만, 우리를 낳은 실험에만 골몰한 나머지, 돔의 구조에 대해서는 생각할 겨를이 없었다. 어떤 나무들은 키가 집보다 크다.

코멧이 우리 뒤쪽에 앉는다. 녀석이 헐떡거린다. 숨이 무겁게, 버겁게 나온다.

"와우."

"그렇지?" 리브라가 말한다. "또 다른 실험에 온 걸 환영해."

나는 사방을 둘러본다. "무슨-?"

"에덴 창조."

원숭이 한 마리가 나무둥치를 휘감으며 올라가 다른 나무로 날아가듯 뛰어오른다. 나는 그 모습을 넋 놓고 본다. "에덴-?"

"지구와 비슷한 행성들에 건설할 바이오 돔."

"아, 알 만하다."

"윤리적 관점에서 볼 때 우주에서 아이 만드는 것보다는 살짝 쉬워."

나는 웃는다. 뼈아픈 웃음.

"정말 한 번도 의심 못 했어?" 리브라가 묻는다.

"응. 넌 의심했어?"

"음, 오리온은. 처음에는. 하지만 의심은 해도 정말로 믿었던 건 아냐. 사실로 판명나기 전까지는."

나는 머리를 흔든다. "그걸 어떻게 참았어? 어떻게 가만있었어?"

"참았다고 누가 그래?"

"내색 안 했잖아."

"그래, 안 했지. 그저–" 리브라가 주위를 둘러본다. "맘에 들진 않았지만 난, 내가 살아 있다는 게 좋았어. 그거 이해할 수 있어?"

"응." 이해할 수는 있다. 느끼지는 못하지만. 아직까지는.

리브라가 휠체어를 돌려 경사로를 내려가기 시작한다. 나도 따라간다. 코멧이 우리 둘을 따라온다. 우리는 식물원 바닥까지 내려간다. 여기서 보니 식물원의 언저리를 따라 샛길이 쭉 이어져 있다. 거기서 더 작은 샛길들이 구불거리며 지류처럼 갈라져 나와 나무와 덤불 속으로 들어간다. 검고 비옥한 토양 구석구석에 밝은 꽃들이 만발하지 않은 데가 없다.

샛길이 초목 사이로 이어진다. 리브라가 멈춘다. 나는 코멧을 찾는다. 녀석이 아직 경사로에 있다. 내가 찾는 걸 보자 녀석이 헐떡이며 속도를 낸다. 우리 앞에 도착하자 또 앉는다.

리브라가 휠체어를 잠그고 천천히 몸을 일으켜 선다. 리브라는 부러진 데가 없기 때문에 잠깐 동안은 자력으로 움직일 수 있다. 중력이 리브라한테 가장 부담을 주는 부분은 골밀도 외에 중심 근력과 근육계다. 리브라의 몸은 1G에서 오래 활동하는 데 필요한 산소를 제대로 공급하지 못한다.

그게 리브라의 휠체어에 산소통이 달려 있는 이유다. 하지만 방을 떠난 이후 아직까지는 산소통을 이용하지 않았다.

리브라가 천천히 몸을 굽혀 토양을 만진다. 흙을 들어서 손가락 사이로 흘린다. 우주정거장의 작은 수경재배실에 있던 리브라의 모습이 떠오른다. 비록 신체적 역경이 있어도 여기가 리브라에겐 얼마나 경이로울지 생각한다. 리브라가 식물 하나를 가리킨다. 잎만 무성하고 특별할 것 없는 작은 식물이다.

"저게 내가 우주에서 가져온 거야." 리브라가 말한다. "기억나?"

"응. 이리로 가져온 그곳의 한 조각."

"맞아. 이젠 저들의 엽기적 에덴 프로젝트의 일부가 됐지. 나처럼. 나름 어울려, 그렇지?"

"응." 나는 여전히 미스터 단답형이다.

리브라가 다른 식물을 가리킨다. 기다랗고 섬세하고 우아한 꽃이 달린 식물이다. "저 난초, 내가 심었어."

"정말?" 난초가 꽤 자라 있다. 키가 30센티미터는 돼 보인다.

"응."

"음. 너흰 여기 온 지 얼마나 됐어?"

리브라가 손으로 잎사귀 하나를 닦는다. "거의 시작부터. 우린 진짜 빨리 아프기 시작했거든."

"어땠는데?"

"졸도하고 그랬지. 엄마는 별로 놀라는 것 같지 않더라. 그러다– 그러다 오리온이 탁자에 부딪혀 다리가 부러졌어. 병원에 갔는데, 일단은 괜찮다고 했거든? 그런데– 갑자기 맛이 가는 거야. 심폐소생술까지 받아야 했어. 음, 끔찍했어. 병원에서 오리온한테 온갖 검사를 다 하면서 하룻밤 데리고 있었는데…."

잠시 정적.

"다음 날 보러 갔는데, 오리온이 수액과 산소 호흡기를 달고 누워 있더라. 다리 수술은 했지만, 폐허탈*이 일어날 위험이 크다나. 나는- 난 원래부터 병원, 피, 이런 게 무서웠어. 졸도했지. 졸도하면서 머리를 바닥에 찧었어."

"아악."

"정신이 들었을 때는 나도 병원 침대에 있었어. 다른 독방에. 나한테 환각 증상이 와서 의사가 피를 뽑아 갔는데, 내 적혈구 수치가 위험하다더라. 간 수치도 위험 수준이고. 난 다시 의식을 잃었고, 깨어나니 엄마가 있었는데, 엄마 말이, 병원에서 검사를 더 받아야 한다는 거야. 의사 말로는 암일지 모른다며."

"아아."

"암은 아니었어." 리브라가 서둘러 말하고 휠체어로 가서 앉는다. 산소통 튜브 끝의 산소마스크를 들어 올려 산소를 흡입한다. 날카로운 쉭쉭 소리가 난다. 리브라의 호흡이 조금 편해진다. "엄마가 나한테 몸을 숙이고 이러더라. *중력 때문일 뿐이야. 엄마가 고쳐줄게. 걱정하지 마*. 그러더니 나갔어."

"나가서 부트로스 사령관한테 연락했고."

"그런 것 같아. 그랬겠지. 간호사가 스크린을 갖다 줘서 검색 좀 했는데, 뉴스에 스턴스 박사가 나오더라? 회사가 저질렀다는 끔찍한 일에 대해 말하던데, 다 듣지 못해서 자초지종을 알 수는 없었어. 적어도 그때는. 다음 날 엄마가 다시 왔고, 원래 있던 의사와 간호사 들이 갑자기 자취를 감추고, 부트로스 사령관하고 남자들만 있는 거야. 그 사람들이 우릴 이리로 데려왔어. 개인용 제트기

---

* 폐포 안의 공기 함유량이 부족해서 폐포벽이 상접하는 상태로 호흡 곤란을 겪는다.

로. 헨드릭스 박사가 오리온을 입원시켰고."

내가 두 번째로 병원에 갔을 때 콜리 박사가 없었던 게 떠오른다. "대체된 거지."

리브라가 고개를 끄덕인다.

"검은 양복의 남자들?"

리브라가 다시 끄덕인다.

"꽤 막강해, 그지?"

"응."

"다음엔 뭐지? 이젠 어떻게 되는 거지?"

"무슨 뜻이야?"

"우리. 우린 어떻게 되는 거지?"

리브라가 어깨를 으쓱한다. "의사들도 확실히 몰라. 전에 한 번도 없었던 일이라 데이터가 없어. 우리가, 어쩌면, 건강해질 가망도 없진 않아. 의사가 비타민 D와 비타민 A, 칼슘, 칼륨 투여량을 늘렸어. 하지만 반대의 가능성도 다분해. 우리가 악화될 가능성."

"그 뜻이 아냐. 내 말은, 우린 이제 뭘 하냐고."

"아." 리브라가 휠체어에 등을 기댄다. "여기 있는 거지 뭐. 아주 나쁘진 않아. 식물원도 있고." 리브라가 높이 치솟은 나무들을 바라본다. 눈에 진짜 사랑이 묻어난다. 리브라가 이곳을, 적어도 일부는 좋아하는 게 당연하다. "여기서 나한테 개인교사를 붙여주기로 했어. 대학 입학시험을 볼 거야. 식물학을 공부하고 싶어."

"그다음엔?"

리브라가 나를 본다. "응?"

"식물학자가 된 다음엔? 언젠가 말이야. 그다음엔?"

"식물원에서 일해야지. 어쩌면 여기를 떠날 수 있을 정도로 건강해질지도 몰라. 다른 곳에서 공부할 수 있을 정도로."

나는 머리를 흔든다. 나는 여기서는 못 산다. 그렇게는 못 한다. 나는 주위를 둘러본다. 나를 숨 막히게 가두고 있는 모든 것들을. 중력. 보이지 않는 적. 나를 잡으려고 어디든 따라오는 손들. 나는 지구에서 살 수 없다. 나는 거의 패닉 상태가 된다. 세상은 멀리 내 아래에 있는 것이어야 한다. 둥글게. 창문으로만 볼 수 있게. 나는 궤도에 있어야 한다. 돌면서.

하지만 내 마음의 원자 하나라도 리브라한테 전할 방도가 없다.

"하, 하, 하지만…" 나는 대신 말을 더듬는다. "중력, 무게, 이걸 어떻게 견딜 건데?"

리브라가 얼굴을 찡그린다. "익숙해지고 있어."

"난 아냐."

리브라가 어깨를 으쓱한다.

"하지만," 나는 다시 입을 열다 말고 숨을 들이마신다. "하지만, 어떻게 이런 사람들과 함께 있겠어?"

"무슨 사람들?"

"우리를 만든 사람들. 부트로스 사령관."

"그 사람들이 한 게 아냐."

"아냐?"

"그 사람들 생각이 아니었어. 16년 전 일이야. 사람들이 싹 다 바뀌었어. 실패한 실험이긴 해. 우리 모두 아프니까. 하지만 우릴 유기한 건 아니잖아. 나름대로 최선을 다하고 있잖아."

"우릴 여기에 가두는 거?"

"고도 때문이래. 기압이랑."

"여기가 딴 데랑 기압차가 대단히 큰 것도 아니야. 차이가 있다면 산소 포화도가 여기가 좀 낮다는 것뿐이야. 우리 골격에 미치는 중압이 살짝 적은 정도라고."

침묵.

"너희 엄마는?" 내가 묻는다. "너희 엄마는 어디 있어?"

"몰라."

"몰라?"

"응."

"엄마가 여기 오는 게 싫었구나?"

우리의 시선이 만난다. 리브라가 눈으로 그렇다고 말한다.

정적.

"엄마라고 마음이 편하겠어?" 마침내 리브라가 말한다. "내 말은, 오리온이 그 꼴로 있는 게, 내가 이 꼴로 있는 게 좋겠냐고."

서러움이 내 안에 차오른다. 그동안 내가 쌍둥이와 쌍둥이 엄마 사이를 얼마나 질투했는지 모른다. 기지 밖에서 나누던 포옹.

"미안해." 내가 말한다.

"네 잘못도 아닌데 뭐."

리브라가 휠체어를 출발시킨다. 나는 코멧을 쿡 찌른다. 녀석이 코를 훌쩍이며 일어나 휘청대며 선다. 그리고 완만하게 구부러진 샛길을 따라 우리를 따라온다.

"오리온의 방은 이쪽이야." 리브라가 말한다. "항상 거기에 있어. 산소 텐트에 들어가 있을 때나 수혈을 할 때 빼면."

산소

우리는 벽 쪽으로 붙어서 식물원을 4분의 1쯤 돈다. 이제 빙하가 우리 왼편에 있다.

리브라가 카드로 문을 연다. "얼른 와, 코멧." 코멧이 자꾸 뒤처진다. 리브라가 통행카드를 스캐너에 대고 흔들며 코멧이 올 때까지 문을 잡아준다.

우리는 복도를 내려가 노크하고 오리온의 방으로 들어간다. 말이 쉽지, 휠체어에 앉아 있으면 노크하기도 쉽지 않다. 오리온의 방은 복도 끝에 있다. 높은 유리벽이 절벽 면을 향하고 있다. 상당히 넓은 방이다. 유리벽 근처의 의자들, 옛날식 종이책과 잡지가 놓인 낮은 탁자, 서랍장, 침대 옆 램프.

오리온이 밖을 볼 수 있게 침대가 유리벽을 향해 있다.

오리온이 손에 리모컨을 들고 있다. 침대 조정용 같다. 지금은 침대가 의자 수준으로 올라가 있다. 오리온도 앉은 자세로 있다. 다른 손에 스크린을 들고 있다가 우리가 들어오자 스크린을 내리고 우리 쪽을 본다. 쓰고 있던 무거운 고음질 헤드셋도 벗는다. 오리온의 잘생긴 얼굴이 회색으로 말라 있다. 누군가 오리온을 오리온으로 만드는 것을 오리온에게서 빨아먹은 것처럼.

오리온은 잠옷 위에 목욕 가운을 입고, 튜브로 벽에 연결된 산소마스크를 쓰고 있다. 튜브와 벽이 만나는 곳에 콘센트가 있고, '산소'라고 쓰인 작은 표지가 있고, 그 아래에 레버 스위치가 있다.

의자들이 길을 막고 있어서 리브라가 방향을 튼다. 우리는 동시에 우회하다가 한데 엉기고 만다. 전 종목을 통틀어 역사상 최악의 스포츠 팀처럼.

밖에서 빛이 쏟아져 들어온다. 빛이 돌처럼 억세고 광물적이다. 선글라스를 끼고 있어서 망정이지. 오리온이 왜 유리 색을 어둡게 조정하지 않는지 의아하다. 그러다 생각한다. 오리온이니까.

"안녕, 레오." 오리온이 말한다.

"안녕, 오리온."

정적.

"엄마 일은 유감이다." 내가 말한다.

"너희 엄마도."

"으응."

정적.

"진짜 엿 같지? 그지?" 오리온이 말한다.

나는 웃는다. 리브라도 웃는다.

"너희한테 비드링크 했어. 수없이 했는데, 한 번도 안 되더라."

오리온이 고개를 끄덕인다. "우리도 너한테 전화했는데, 회사가 막고 있었어."

"우리가 아픈 걸 네가 아는 걸 원치 않았을 거야." 리브라가 말한다. "회사는 혹시 넌- 진짜 세상에서 버텨낼 수도 있다고 생각하지 않았을까."

잠시 정적.

"어쨌거나 다시 뭉쳐서 반갑다."

"우리도." 둘이 동시에 말한다. 가끔씩 이러는 것도 여전하다.

"저 강아지는 누구시냐?" 오리온이 제자리서 맴돌고 있는 코멧을 본다.

내가 무릎을 탁탁 두드리자 코멧이 풀쩍 뛰어오르다가 옆으로 픽 쓰러진다. 녀석이 혀를 길게 빼고 헉헉댄다.

"코멧이야. 보통 때는 훨씬 팔팔해."

오리온이 고개를 끄덕인다. "나도 그래."

이번에는 우리 모두 웃지 않는다.

침묵.

"나, 진짜 눈 봤다." 나는 우주정거장에서 하던 게임을 소환한다. "하늘에서 떨어지는 눈. 눈송이를 혀로 받았어. 사람도 쐈어. 사연이 길어. 베이컨도 먹었어. 죽여주더라. 베이컨 먹어봤어?"

"1톤은 먹었지." 오리온이 말한다.

"딴 건? 하고 싶다던 세 가지는 했어?"

"호수에서 수영은 했어." 리브라가 말한다. "그게 다야."

나는 오리온을 향한다. "넌? 빛속을 달려봤어? 콘서트홀에서 제이슨 무커지가 바흐의 평균율 클라비어 연주하는 건 들었고?"

"아니. 하지만 새들이 날아가는 건 봤어. 목욕도 했고, 벽에 공도 던져봤고."

나는 끄덕거린다. "난—" 할 말이 떠오르지 않는다. "네가 아파서 속상해."

오리온이 손을 흔들어 일축한다. "난 아픈 게 아냐. 이곳에 맞게 만들어지지 않은 것뿐이야."

이 말이 잠시 공중에 감돈다. 은빛을 내면서. 쟁그랑 소리처럼. 우리 중 누구도 여기에 맞게 만들어지지 않았다.

"그럼, 이제 어떻게 한대? 이다음엔?"

"나도 몰라." 오리온이 말한다. "계속 수혈하고, 철분과 산소, 비타민을 투여하겠지. 다 나를 튼튼하게 하는 처방이니까 언젠가 힘이 날 날이 오겠지. 하지만, 이 게임의 끝이 어디일지는 모르겠어."

"나도."

"난 그냥 음악을 듣고, 가끔 의료 구역에 가고, 가끔 사람들이 데리고 가면 빙하와 그 아래 땅을 굽어볼 따름이지. 어느 정도는 집에 있는 기분이기도 해. 내려다보는 거. 무슨 말인지 알지?"

이 말도 공중에 머무른다. 공기 중에 아른아른 빛나면서 울려 퍼지는 소리. 추억의 음.

집.

"네 강아지, 기운 없어 보인다. 강아지치곤." 오리온이 얼굴을 찌푸리고 걱정스럽게 코멧을 본다.

나도 내려다본다. 코멧의 가슴이 빠르게 오르내린다. 혀도 계속 밖으로 늘어져 있다. 나는 손을 녀석의 옆구리에 대고 심장박동을 느껴본다. 심장이 팔딱대며 빠르고 가볍게 뛴다. 초조한 손가락이 탁자를 두드리듯이.

녀석이 경사로를 느릿느릿 내려오던 게 생각난다.

숨을 헐떡이던 것도 생각난다.

"아니야," 내가 말한다. "아니야."

나는 스크린을 펼치고 할아버지한테 전화한다.

진실을 알게 된 이후

나는 할아버지와 말을 한 적이 없다.

내가 우주 배양물의 일종이고,

내가 사랑하는 사람들이 모두 거짓말쟁이라는 것을 알고 나니,

무슨 말을 어떻게 해야 할지 알 수 없었다.

하지만 지금은 달리 방법이 없다.

최고의 선물

나는 잠에서 깬다. 하지만 일어나지 않는다.

일어날 이유가 없다.

코멧이 내 발치에 웅크리고 누워 있다. 내 방은 리브라의 방과 오리온의 방에서 복도를 조금 내려온 곳에 있다. 이 방도 산비탈을 마주한다. 회사는 우리에게 탁 트인 전망을, 온 땅이 지평선으로 이어지는 광경을 주면, 우리가 갈 수 없는 거리를 보여주면, 우리에게 해가 된다고 생각하는 모양이다. 그럴지도 모르지.

코멧의 증세는 고산병으로 드러났다. 할아버지가 와서 코멧을 의료 구역에 데려갔다.

개도 고산병에 걸린다니, 몰랐다. 이제 증명된 셈이다. 개도 고산병에 걸린다. 좋은 소식은 이 일로 코멧이 죽지는 않는다는 것, 나쁜 소식은 비실대는 신세를 면하기 어렵다는 것. 녀석은 대부분의 시간을 애처로운 모습으로 침대 옆에 누워서 보낸다. 그 와중에도 내가 쓰다듬거나 귀 뒤를 간질이면 귀를 쫑긋 세운다.

고산병이라는 것도 낫는 병이 아니다. 말하자면 고산병은 병이라기보다 상태다. 방도가 별로 없다. 약이 있지만 대개는 나쁜 부작용이 따른다. 고산병은 사람들이 에베레스트 산 같은 고지를 트레킹 할 때 주로 생기는 증세라고 의사들이 말해줬다. 대개는 산에서 내려가는 게 유일한 처방이고 기본적으로는 그렇게 하면 해결된다. 이건 어디에 맞게 태어났느냐에 대한 문제다. 태생적 문제.

짐작건대 개들에게도 이 원칙이 적용된다.

다시 말해 코멧이 여기 나와 함께 있는 한, 녀석은 어지럼증과 구토 증세에 시달릴 운명이다.

그 생각을 하니 마음이 저리다.

하지만 코멧 없이 지낼 생각을 해도 마음이 저리다. 그나저나 코멧은 어디로 가야 한단 말인가?

[목장으로. 내가 묻고 내가 답한다. 목장으로.]

나는 스크린으로 영화를 보며 시간을 보낸다. 스크린은 여기서도 연결이 제한된다. 다른 점이 있다면 이제는 우리가 그 이유를 안다는 거. 회사는 우리가 보도기사를 접하는 걸 원치 않는다. 우리가 알면 화날 일들이 많다는 방증이다. 이곳에 갇혀 있는 것부터가 이미 충분히 화날 일인데.

어떤 면에서 조금은 우주정거장으로 돌아온 느낌이다. 세상과 단절된 것. 세상 안에 있지만 세상의 일부는 아닌 것. 우리가 닿을 수 없는 것들을 유리 너머로 보는 것.

다만 우주정거장의 제약은 범위와 규모의 제약이었다. 그리고 밖은 곧 죽음이기 때문에 밖에 나갈 능력의 부재에서 오는 제약이었다. 대신 거동이 온 방향으로 자유로웠다. 우리는 위아래로, 양옆으로 떠다녔다.

하지만 지구로 내려온 순간, 딱 한 개의 면만 존재한다. 내 발밑의 면. 나를 빨아들이는 면. 나를 땅에 묶어두는 면.

끝없는 '아래로'의 세상이다.

이제 우리는 이곳에 갇혔다. 오늘날은 누구나 해서는 안 될 일로 여기는 실험, 하지만 이미 벌어졌고 수습할 방도가 없는 실험의 일부로 태어난 죄로 우리는 여기 갇혔다. 우리의 엄마들은 엄마가 되고 싶어서 된 게 아니라, 고용계약의 일환으로 우리를 낳았다. 근본적으로, 우리를 원한 사람은 아무도 없었다. 아무도.

이런 것들이 내가 나날을 채우는 흉겨운 생각들이다.

가끔은 리브라와 식물원에 간다. 손목 보호대를 하고 목발을 조금씩 사용하는 건 가능하다. 핸들을 축으로 삼아 내 몸무게를 돌리는 요령이 생겼다. 그렇게 짧은 거리는 다친 다리에 무리를 주지 않으면서 걸을 수 있다.

가끔은 오리온과 비디오를 본다. 또는 오디오북을 듣는다. 스트라디바리우스 바이올린과 수세기 동안 그것을 소유했던 사람들에 대한 오디오북도 있다. 오리온이 좋아한다.

침대에서 일어나기 싫다.

결국 문에서 노크 소리가 난다.

"들어오세요."

문이 열리고 할아버지가 들어온다. 마지막으로 봤을 때보다 머리가 훨씬 더 허예진 것 같다. 일주일밖에 안 됐는데도 얼굴에 없던 주름이 생긴 것 같다. 할아버지에게만 부는 거친 바람이 있는 것처럼.

"안녕." 할아버지가 말한다.

"안녕하세요."

할아버지가 한숨을 쉰다. "네 엄마."

"엄마 뭐요?"

할아버지가 까칠하게 자란 수염을 문지른다. 이것도 없던 일이다. 할아버지는 언제나 깨끗하게 면도한다.

"엄마는 너한테 해를 끼칠 마음은 없었어."

"그거야 그렇겠죠. 나를 몰랐으니까요. 엄마가 실험에 참가하기로 결정했을 때 나는 존재하지 않았으니까요. 난 단지 과학의 결과물일 뿐이니까요."

"그래."

"나를 해칠 의도야 없었겠지만, 나를 원했던 것도 아니잖아요?"

할아버지가 스치듯 내 손을 만진다. "우선, 네 엄마한테 선택권이 많지 않았을 거다. 넌 엄마 재량권 밖이었어. 너한테 엄마 노릇하는 게 허락되지 않았어. 둘째, 네 엄마. 네 엄마는— 좀 남달라. 그걸 알아야 해. 엄마는— 너나 나와는 세상을 경험하는 방식이 달라. 그렇다고 엄마가 너한테 마음을 쓰지 않는 건 아냐."

정적.

유리 밖에서 구름의 그림자가 우리 앞의 산비탈을 스쳐 간다.

"엄마는 너를 사랑해. 엄마의 방식으로. 그리고 나도 너를 사랑해. 네가 태어났을 때, 목장에서 스크린으로 너를 봤을 때를 잊지 못한다. 내가 너를 처음 본 게, 네가 태어난 지 한 시간 됐을 때야. 사람들이 널 카메라로 가까이 들어 올렸어. 심장이 막 요동치더라. 네가 내 심장을 막 흔드는 것처럼."

침묵.

"엄마가 무슨 일을 하는지 나도 알고 있었어. 난 반대했다. 그걸로 사이가 틀어졌지. 엄마는 네바다로 떠났고, 이어서 우주정거장으로 떠났어. 하지만 네가 태어나니까— 넌 최고의 선물이었어. 작은 얼굴, 별처럼 조몰락대는 손을 본 순간부터 너를 사랑했어. 애가 얼마나 작던지 네 엄마가 안으니까 거의 사라져버리더라. 없어지는 마술처럼."

침묵.

"16년 동안 내가 오직 바란 건 너를 만나는 거였다."

나는 여전히 아무 말도 하지 않는다. 하지만 뺨에 눈물이 한 방울 흐른다. 나는 눈물을 훔친다.

"그러다 너를 만났고, 넌 내가 상상했던 것보다 더 신통했어. 더 강하고, 더 용감하고."

"이젠 별로 강하지 않아요."

"아, 그건 모르는 거다."

침묵.

"나도 네 엄마한테 최고의 아빠는 아니었어." 잠시 후 할아버지가 말한다. "항상 기지 아니면 우주에 있었어. 항상 미션 중이었지. 누구랑 비슷하지? 집에 있을 때도… 스트레스 때문에 항상 화가 나 있었어. 사람에 따라서는, 남자에 따라서는, 남성호르몬이 가라앉는 데 몇 십 년씩 걸려."

할아버지가 나를 시험대에 세우던 것이 떠오른다. 나한테 도전을 요구하던 거. 나를 울타리에 남겨두고 가버린 거. 내가 겪었던 강도에 곱하기 5, 곱하기 10을 해본다. 할아버지가 젊었을 때, 아직 나긋나긋해지기 전에는 그게 어떤 강도였을까.

흠.

"그건 그렇고, 여기 수다 떨러 온 건 아니다. 수다도 좋지만. 여하튼." 할아버지가 손을 뻗어 코멧을 어루만진다. 코멧이 머리를 듣고 잠깐 웅얼거리다가 몸을 더 단단히 웅크린다.

"그럼 무슨 일로 오신 건데요?"

"엄마가 여기 있다."

"여기 어디요?"

"방 밖에. 기다리고 있어. 네가 허락하면 들어오려고."

"엄마한텐 아무 할 말 없어요."

"그건 아는데, 엄마가 할 말이 있대."

할아버지가 일어서서 나를 본다. 계속 본다. 내가 "알았어요." 하고 말할 때까지. 그러자 할아버지가 문으로 가서 문을 열고, 엄마가 들어온다.

엄마.

이제는 이 단어조차 잔인한 농담 같다.

엄마는 아름답다. 언제나처럼. 아름답고 공허하다.

내가 자란 곳처럼.

우주의 대부분처럼.

"안녕, 엄마." 내가 말한다. 비꼬는 투로.

"안녕, 레오." 엄마가 말한다. 엄마는 아이러니 따윈 모른다.

작별

엄마가 다가와서 침대 옆에 선다. 나를 보고 있지 않다. 대신 밖을 본다. 눈과 바위들.

코멧이 엄마를 보자 신나서 짖는다. 아니, 지금의 기력을 감안했을 때 신나서 짖는 것에 가장 가깝게 짖는다. 녀석이 코와 주둥이를 엄마한테 갖다 댄다. 엄마가 손을 뻗어 녀석을 쓰다듬는다. 녀석이 엄마의 손을 핥는다.

"미안하다고 해야겠지만," 엄마가 말한다. 여전히 시선은 밖에 두고. "그런 말로 덮을 수 있는 일은 아니라고 생각한다."

"맞아요."

"하지만 정말로 미안해. 난… 이중 어떤 것도 내 의도는 아니었어. 회사에서 나한테 요청했고, 난 명예라고, 미션이라고 생각했어. 출산 이후의 일은 생각하지 못했어. 그게 무엇을 뜻하는지 몰랐어. 진짜 아이를 낳는 게."

"나 같은."

"그래, 너 같은."

침묵.

"난— 네가 무척 자랑스럽다."

나는 놀라서 엄마를 쳐다본다.

"정말이야." 엄마가 눈을 맞췄다가 다시 시선을 돌린다. "우주 유영. 수학. 물리학. 넌- 나랑 많이 비슷해. 나 어렸을 때랑."

하아.

듣고 좋아할 소리인지 아닌지 판단이 안 선다.

엄마가 내 눈에서 그 생각을 읽고 눈을 내리깐다. 엄마의 기다란 속눈썹이 뺨을 쓴다. 다른 사람이 엄마의 이목구비를 가지고 있다면 연약하게 보이겠지만, 연약함은 어떤 식으로든 엄마와 어울리는 단어가 아니다.

나는 침대에서 좀 더 꼿꼿이 앉는다. 강해 보이고 싶다. 유능해 보이고 싶다.

"모자지간 유대감 형성 시간을 좀 가졌다고 내 문제가 해결될 걸로 생각하면 오산이에요. 우리가 행복한 가족인 척 연출할 마음은 없어요."

"그럼. 나도 알아."

침묵.

"그럼 이제 어떡하자고요?" 내가 먼저 말한다. 엄마가 여기에 온 용건이 있는 눈치여서.

"난 목장으로 돌아가기로 했어." 엄마가 말한다. "할아버지와 의논했는데, 누군가는 울타리도 고치고 소들을 돌봐야 하니까. 할아버지가 갈 수도 있지만, 우리 둘 중에 너랑 여기 있는 게 더 좋을 사람을 고르라면 그건 할아버지니까. 내 말은, 할아버지는 너랑- 함께 있는 법을 아니까. 너를 더 잘 보살펴줄 테니까. 나보다는."

엄마의 눈에 전에는 한 번도 본 적 없는 슬픔이 보인다. 그건 결코 사실이 아니라고 말해주고 싶지만, 엄마가 엄마니까 나와 함께 있을 사람은 엄마라고 말해주고 싶지만, 그건 거짓말이다.

우리 둘 다 그걸 안다.

그래서 대신 이렇게 말한다. "아."

이 말이 공기 중에 머무른다. 작은 소리, 문장이 되다 만 조각.

"그런데." 할아버지가 말한다. 할아버지가 거기 있는 걸 잠시 잊고 있었다.

"맞다. 그런데," 엄마가 말을 가로챈다. 갑자기 딱딱하고 사무적인 말투로 돌아온다. "의사들과 얘기했다. 할아버지와도 의논했고. 내가 도울 일이 있을 것 같아. 어쩌면."

"뭐를 도와요?"

엄마가 팔을 뻗어 코멧을 쓰다듬는다. "내가 데려갈까 해. 코멧을 도로 목장으로."

짧은 침묵.

"안 돼요."

할아버지가 내 어깨에 한 손을 올린다. "헨드릭스 박사 말이, 고산병은 십중팔구 호전이 안 된대. 코멧을 여기 두는 건 잔인한 일이야."

"그건 알지만―"

"레오." 엄마가 부드럽게 말한다. 놀랄 만큼 부드럽게.

나는 엄마를 향한다.

엄마가 손을 침대로 움직인다. 코멧이 이번에도 애써 머리를 들고 엄마 손에 코를 비빈다.

"코멧도 날 좋아해." 엄마가 말한다. "너도 눈치챘겠지만."

맞다. 나도 눈치는 챘다.

"알아요."

"잘 돌봐주겠다고 약속하마. 코멧은 목장이 편하고, 코멧의 어미도 거기 있어. 내가 산책시키고, 계속 훈련시킬게. 할아버지한테 들었어. 네가 훈련시키고 있었다며?"

엄마가 할아버지를 할아버지라고 부르고 있다.

"비드링크 콜 하면 돼. 보고 싶으면 언제든 볼 수 있어. 언젠가 네가 여기서 내려오면, 코멧은 여전히 네 개야. 난 일종의– 도그시터라고 보면 돼."

나는 코멧을 본다. 다리에 녀석의 온기가 느껴진다. 동동 감겨 있는 녀석의 에너지. 녀석은 생명체로 변장한 용수철이다. 녀석이 침입자에게 달려들던 기억이 난다. 코멧이 나를 앞서 달리던 기억. 발이 땅에 닿을 새도 없이, 땅을 질러가는 액체처럼 날쌔게 움직이던 녀석.

속에서 한숨이 나온다.

"오케이, 오케이. 알아들었어요. 코멧이 아프다. 여기서는 살기 힘들다."

"이게 최선이야, 레오."

"엄마가 할 말은 아니죠." 말이 심술궂게 나온다. "결정은 내가 해요. 하지만 그래요, 나도 인정해요. 코멧이 내려가는 게 맞아요. 코멧이 아픈 건 나도 싫어요."

엄마가 고개를 끄덕인다. "난 부트로스 사령관과 일을 매듭짓는 대로 떠날 거야. 너도 작별할 시간을 좀 가지고 싶을 테니까."

"아뇨."

"응?"

"아뇨. 지금 데려가요. 그냥 지금 데려가요."

나는 엄마에게서 몸을 돌린다. 우는 꼴을 보이기 싫다.

나는 몸을 앞으로 숙인다. 얼굴을 코멧의 털에 파묻는다. 녀석이 몸 깊은 데서 작게 우르릉 소리를 낸다. 소리가 녀석의 가슴통을 울린다. 나는 녀석을 꽉 끌어안는다.

"잘 가, 코멧."

멍.

나는 녀석을 들어서 엄마한테, 엄마의 품에 넣어준다. 엄마가 녀석을 아기처럼 안는다. 엄마가 0G에서 둥둥 떠서 아기 때의 나를 안고 있고, 할아버지가 비드링크로 보고 있는 장면이 섬광처럼 지나간다. 그런 일이 실제로 있었다는 게 믿어지지 않는다. 하지만 사실이다. 실제로 일어난 일이다.

나는 창밖의 눈과 바위로 고개를 돌린다. 서로 닿으면 내 뜨겁고 짜디짠 눈물이 빙하를 녹여버릴 것만 같다. 바닥까지 녹여 없앨 것 같다.

"가요." 내가 말한다.

항상 자신을 공전하던 작은 것이 갑자기 사라졌을 때 행성의 느낌

나는 줄에 매여 있지 않다.

닻도 없이 떠 있다.

내게 방향을 주는 것 하나 없이, 내게 어디로 돌고 어째서 도는지 말해주는 것 하나 없이 우주에 떠 있는 물체. 물체들이 중력을 잃는다. 중심점이 무너진다. 모든 것이 가장자리와 밖이다.

할아버지를 며칠 동안 보지 못했다. 엄마와 있을 것 같다. 이런저런 준비를 하면서. 어쩌면 할아버지도 엄마와 함께 목장으로 갔다가 엄마가 자리 잡는 걸 도와준 다음 돌아올 수도 있다. 모르겠다. 묻지 않는다. 여기서 우리는 바깥세상의 일을 따질 처지가 못 된다.

쌍둥이와 비디오를 보거나 책을 읽지 않을 때는 그냥 시간을 죽인다. 지금은 셋이서 식물원에 있다. 밤이다. 식물원을 덮은 거대한 돔이 어느새 어둠 속으로 녹아들었다. 유리가 별 박힌 어둠으로 액화했다. 별들이 바늘 자국처럼 반짝인다.

리브라는 가지치기인가 뭔가를 하고 있다. 불필요한 가지를 잘라내는 거라나. 리브라가 설명할 때 귀담아 듣지 않았다. 좌우간 리브라는 작은 전지가위를 들고 어떤 식물 옆에 있다. 코멧이 그럽다. 하지만 이제 리브라와 오리온의 병색 가득한 모습을 대하는 충격에서는 웬만큼 벗어났기 때문에 둘과 다시 함께 있는 게 위로가 된다. 이 애들이 내 가족이다.

오리온은 휠체어에 연결된 산소마스크를 쓴 채로 양손을 흔들며 지휘를 한다. 기운차게는 못 한다. 약하게, 아주 약하게 한다. 벽에 설치된 스피커에서 비발디 음악이 흘러나오고 있다.

우리가 호강을 못 해 힘든 건 아니다. 자유가 없어 그런 거지.

오리온이 산소마스크를 잠깐 옆으로 치운다. "난 원래 낭만파는 별로야. 하지만 지금은 낭만파 음악이 제격이야. 식물원이니까." 그러고는 다시 마스크로 입을 덮고 숨을 깊이 들이마신다.

리브라도 조만간 휠체어로 돌아와야 한다. 리브라도 오래 서 있지 못한다. 그리고 나는 목발을 짚고 있다. 세상의 밖에서 선외활동을 하고 있는 양상이다. 산소통에 의지하고, 금속과 플라스틱으로 만든 장치들을 주렁주렁 달고.

나는 아직은 산소통에 의지하지 않는다. 하지만 짐작건대 시간문제일 뿐이다.

리브라가 잎사귀 하나를 싹둑 자른다. 잎사귀가 땅으로, 우리 근처에 나풀나풀 떨어진다. 나방이나 나비가 나는 것 같다. 서투르고 힘이 없다.

"우린 이제 어떡해?"

리브라가 나한테 몸을 돌린다. "무슨 뜻이야?"

나는 식물원과 돔과 모든 것을 쓸어 담는 몸짓을 한다. "이거. 우리 인생. 우리 미래는 어떻게 되는 거지?"

"글쎄, 우리한테 선택의 여지가 많을 것 같지는 않아." 리브라가 말한다. 그러고는 휠체어로 돌아와 앉는다. 리브라의 이마에 땀이 맺혀 있다. 주위가 온통 진한 꽃냄새로 진동한다. 밤의 색들과 벨벳의 감촉으로 이루어진 냄새. "계속 여기 있는 거지."

"언제까지?"

오리온이 마스크를 든다. "죽을 때까지."

나는 고개를 젓는다.

"고개 젓는 건 무슨 뜻이야?" 리브라가 묻는다.

"무슨 뜻 같아?"

"우리가 어떡해야 할지 넌 생각이 다른 거지? 넌, 뭐랄까, 꿈이 있어." 그러고는 리브라가 전지가위를 던진다. 전지가위가 덤불 안으로, 어둠 속으로 사라진다.

나는 어깨를 으쓱한다. "꿈이 없는 사람도 있어?"

이번에는 오리온이 고개를 젓더니 마스크를 든다. "너희 엄마. 너희 엄마는 꿈꾸지 않을 것 같아."

나는 씩 웃는다. 엄마를 그려본다. 할아버지 집 앞 들판에 서서 코멧한테 구령을 외치고, 코멧이 날듯이 내달리는 광경.

"모르겠어. 요즘 예상치 못한 면모를 보여주고 계셔서 말이야."

오리온이 천천히 끄덕인다. 오리온의 양손은 여전히 음악의 박자에 맞춰 움직인다.

구름이 흘러가고, 머리 위로 달이 뜬다. 달빛이 밝다. 리브라가 우리 오른편의 한 지점을 가리킨다. "밤에 피는 재스민. 보여?"

보인다. 작은 꽃들. 우리 근처의 덤불 위에 하늘에서 하얀 별들이 떨어져 있다.

떨어진 별.

"넌 그럼 어떻게 하고 싶은데?" 리브라가 말한다.

"몰라서 물어?" 심장이 내 가슴을 쿵쿵 때린다.

리브라가 나를 본다. 정말 모르겠다는 듯이.

나는 위를 가리킨다. 돔 너머의 깜깜한 창공, 빛이 흩뿌려진 무한한 밤하늘을. "난 다시 저기로 돌아가고 싶어."

리브라가 입을 벌린다. 그러다 다시 닫는다.

오리온이 휠체어의 왼쪽 팔걸이에 있는 조이스틱을 꾹 누른다. 휠체어가 윙- 소리를 내며 내 쪽으로 돈다. 오리온이 마스크를 벗는다. 튜브가 달린 투명 플라스틱 산소마스크. 그걸 오리온의 머리에 고정하는 녹색 고무줄. 산소통이 내는 쉭쉭 소리. "어째서?"

막상 내뱉을 때까지 나도 내가 이런 말을 하게 될 줄 몰랐다. 하지만 당연하지 않나? "거기가 집이니까."

오리온이 숨을 얕게 몰아쉰다. "아니, 거긴 우주야. 거긴 공허해. 적대적이야."

"내가 자란 곳이기도 해. 우리가 자란 곳."

"그래서? 영원히 거기 있겠다는 거야?"

"아마." 거기까지는 미처 생각하지 못했다.

"사람들이 허락할 것 같아? 넌 우주비행사가 아냐. 넌 어린애야. 실험 결과물."

"0G에 대해선 어떤 우주비행사보다 내가 잘 알아. 소토보다 잘 알아. 우리 엄마보다도 잘 알아."

"그래." 리브라가 말한다. "하지만 로켓을 조종할 줄은 모르잖아. 자격을 갖춘 사람만 우주로 나갈 수 있어. 조종사와 부조종사. 전문가들."

오리온이 다시 마스크를 치운다. 잿빛 얼굴이 조금 붉어진다.

"거기 갇히는 게 좋아? 우리 소원이 이리로 내려오는 거였어."

"아마. 또는 사람들이 우리 머리에 그렇게 주입했거나."

리브라가 얼굴을 구긴다. "야, 레오. 죽는 날까지 양철통 안을 떠다녀야 한다고."

나는 우주의 광경을 생각한다. 아래에서 지구가 빠르게 도는 광경. 달.

"아이를 가질 수도 없어." 리브라가 말한다. "어떤 미친 여자 우주비행사가 너랑 같이 올라가지 않는 한. 아니면—"

"어차피 난 아이를 갖기 힘들어. 적어도 전통적인 방법으로는. 그러니까 그건 문제가 안 돼."

정적.

나는 오리온의 눈을 마주한다. 이번에는 눈을 돌리지 않는다. 오리온도 마찬가지다. 지금껏 누구도 발설하지 않았던 진실이 돔의 향기 어린 밤으로 들어선다. 그것이 우리가 점한 공간으로 입장해서 그림자로 얼굴을 가리고 우리 사이에 버티고 선다.

리브라도 당혹을 가장한 눈으로 나를 응시한다.

"왜 이래. 몰랐던 것도 아니잖아." 내가 말한다.

오리온이 마스크를 벗는다. "그래."

"하지만 중요한 건 사랑이야." 리브라가 말한다. "정착. 가정."

"저 위에도 사랑은 있어."

"오케이. 그럼 직업은? 야망은? 죽을 때까지 우주정거장에만 있을 수는 없어."

"남들은 우주정거장에 갈 기회를 잡기 위해 몇 십 년씩 훈련해.

그럼 이 돔에 살면서는 무슨 직업을 가질 수 있는데?"
리브라는 대답하지 않는다.
"미안해. 말이 심했다."
리브라가 어깨를 으쓱한다. "괜찮아. 이해했어."
"갇힌 신세인 건 마찬가지야."
리브라가 흙을 담은 목걸이 갑을 만지작거린다. "아니, 여기가 집이야." 그러고는 휠체어에서 일어나 천천히 무릎을 꿇고 흙을 어루만진다. "여기. 지구. 우리가 있을 곳은 여기야."
침묵.
리브라가 오리온한테 묻는다. "넌?"
오리온이 숨을 들이마시고 마스크를 든다. "있는 데가 집이지." 다시 윙- 소리가 나며 휠체어가 돈다. "넌?" 오리온이 묻는다.
뜸을 들인다.
정적.
"어쨌든 보내주지 않을 거야." 리브라가 말한다. 그걸로 얘기 끝이라는 듯이.
"누가 그래? 물어봤어?"
"아니. 넌?"
리브라의 휠체어에 나방이 내려앉는다. 리브라가 나방을 보고 웃는다. 그리고 집게손가락을 내밀어 나방을 살며시 쓸어내린다.
흠.

질문과 대답

나는 회의실에 들어선다. 할아버지가 부트로스와 함께 서 있다. 두 사람은 청사진, 미션 플랜 같은 것들을 들여다보는 중이다. 할아버지가 여기서 우주비행사 일에 복귀하는 건가?

"무슨 일로 그러니?" 부트로스가 말한다.

"나를 돌려보내주세요." 내가 말한다.

부트로스가 눈을 깜빡인다. "어디로?"

"우주정거장으로요. 문2로."

정적.

"우주비행사 훈련을 받고 싶다는 거니? 기특한 목표이긴 한데 당장은 네 건강 상태가-"

"아뇨. 지금 당장 가고 싶어요. 저 위에 있고 싶어요."

"레오-" 할아버지가 말한다. 막상 입은 열었지만 무슨 말을 해야 할지 모르는 표정이다.

하지만 부트로스는 피곤한 기색이다. "안 돼."

침묵.

나는 부트로스의 다음 말을 기다린다. 설명의 말. 회유의 말.

하지만 그는 하지 않는다.

"그냥- 안 돼요?"

부트로스가 끄덕인다. "그냥 안 돼. 그게 내 대답이다."

"하지만—"

"이유를 원하니?"

"네."

부트로스가 손을 내밀고 이유를 센다. "하나, 비용이 수백만 달러나 들어. 둘, 넌 훈련을 받은 적이 없어. 셋, 넌 어린애야. 난 어린애는 우주로 안 보내. 넷, 그건 홍보 차원에서 대재앙이야. 다섯, 넌 어린애야. 네가 어린애란 말을 했던가?"

"거기 있을 때도 난 어린애였어요."

"그건 이야기가 달라."

침묵.

"계속 셀까?" 부트로스가 다른 손을 내민다. "여섯, 우주정거장은 주말 캠프장이 아니야. 우주비행사와 과학자와 실험을 위한 곳이지. 일곱—" 부트로스가 자신의 실수를 깨닫고 입을 다문다.

"내가 실험이에요. 따라서 당연히 내 자리가 있어야죠."

"널 그렇게 부르는 사람은 아무도 없—"

"실험요? 실험을 실험이라고 하지 뭐라 그래요?"

부트로스가 한숨을 쉰다. "레오, 여기 있는 우리 모두 최선을 다하고 있어. 하지만 널 우주정거장으로 돌려보낼 수는 없어. 그건, 그건, 그냥 불가능해. 이해하겠니?"

나는 몸을 돌린다. 목발에 의지해서 방을 나온다.

나는 아무 말도 하지 않는다.

그게 내 대답이다.

나는 골짜기를 굽어보는 오리온의 방에 리브라와 함께 앉아 있다. 오리온은 잠이 들었다. 지금은 밤이다. 빙하의 눈이 달빛을 반사한다. 빙하가 파랗게 빛난다. 구름이 달을 가리는가 싶더니 빠르게 지나가 달을 다시 내놓는다. 그러기를 반복한다. 달은 캄캄한 하늘에 난 구멍이다. 빛의 우주로 통하는 구넝.

리브라와 나는 리브라의 스크린으로 로드러너가 나오는 만화영화를 보는 중이다. 이 만화영화는 심지어 금세기에 만든 것도 아니다. 지금쯤은 리브라가 새로운 볼거리를 찾았을 거라고 생각했다면, 천만의 말씀.

코요테가 애크미 주식회사에서 온 박스를 연다. 박스에 배트맨 의상이라고 쓰여 있다. 코요테가 의상을 입는다. 양옆에 부채처럼 펴지는 박쥐 날개가 달려 있다. 박쥐 마스크도 있다. 코요테는 말쑥하게 차려입는다. 칵테일파티라도 가는 것처럼. 물론 멀쩡한 칵테일파티일 리 없다.

코요테가 절벽 너머로 발을 내딛는다. 로드러너를 멋지게 덮쳐서 사로잡으려고. 그는 날개를 접고 뛰어내린다. 빠르게 떨어진다.

그가 날갯짓을 시작한다.

상황에 아무런 변화가 없다.

그가 퍼덕거린다. 이제는 절박하게 공기를 마구 휘젓는다. 허공을 붙들려고 발버둥 친다.

그는 계속 추락한다.

그의 밑에 날카롭게 솟은 바위들이 보인다. 이빨처럼 돋은 삼각형 형체들.

그는 추락한다…

그제야 날개가 펴진다. 코요테는 바위들을 아슬아슬하게 피해 공중으로 급상승한다. 그는 다시 날개를 접고 위로 솟구친다. 그의 추락은 단지 완벽한 원호의 첫 부분이었다. 그는 푸른 하늘을 향해 위로, 위로, 위로, 솟구친다.

그는 공중에서 춤을 춘다. 상승하고 부유한다. 부력의 원리를 한껏 즐기다가 다시 제 몸의 하강을 허용한다. 그러다 다시 올라간다. 그러다 여유롭게 앞으로 날기 시작한다. 노 젓듯이 날개를 천천히 저으며 머리를 의기양양하게 치켜들고 눈을 감는다.

코요테는 날갯짓의 리듬에 실려 유유자적 공중을 부유한다. 물을 젓듯 몸 아래 공기를 젓는다. *쉬익, 쉬익, 쉬익.*

그러다 절벽 사면과 충돌한다.

퍽.

코요테는 잠시 거기 그대로 붙어 있다.

그러다 추락한다. 카메라는 반대로 위로, 위로 이동해서 코요테의 작은 몸뚱이가 거대하고 아득한 골짜기로 추락하는 모습을 보여준다.

코요테가 좁쌀처럼 줄어든다.

시간이 늘어진다.

그러다 먼지가 털썩 일면서 코요테가 까마득히 아래에서 땅에 부딪힌다.

"인생." 리브라가 말한다. "내가 말했지? 여기에 인생이 다 들어 있어."

“하아, 난 차라리 밖에 나가 죽을 때까지 눈 속에 앉아 있을래. 그게 여기 있는 것보다 덜 우울하겠어.”

리브라가 나를 쳐다본다.

침묵.

내 입이 옆으로 갈라지다가 미소가 된다.

리브라가 웃기 시작한다. 나도 웃기 시작한다. 우리는 옆구리가 결릴 때까지 웃어댄다.

“다음 것도 볼래?” 리브라가 묻는다.

“그럼. 당연하지.”

“코요테는 항상 다시 일어나. 그것도 인생이야.”

나는 오리온을 본다. 리브라를 본다.

이제 우리는 웃고 있지 않다.

“그랬으면 좋겠다.”

제트기류

"창문 열어." 내가 말한다.

유리가 스르륵 없어진다. 밖의 눈발이 안으로 밀려든다. 찬 공기가 내 어깨를 덮친다. 나는 몸서리를 친다.

나는 몸을 낮춰 온탕에 더 깊이 몸을 담근다. 경이로운 1G의 세계. 물에 몸을 푹 담그는 작은 기적.

우리에게 좋을 거라고 한다. 물에 몸을 담그는 것이 뼈와 관절이 받는 부담을 줄여준다나. 이 물은 산 아래에서 파이프로 끌어온 용천수다. 물에 소금을 풀어서 몸이 더 잘 뜨게 했다. 물의 밀도를 높여서 우리 몸의 밀도를 상대적으로 낮추는 거다. 이 요법은 과거에는 훈련 중인 우주비행사들의 근육을 이완시키는 용도로 썼다.

따뜻한 물에 한동안 몸을 담그고 있으면 해방감이 든다. 놓여날 길 없는 내 몸의 무게와 그 무게를 잡아당기는 놓여날 길 없는 인력이 일부라도 사라지는 느낌이다.

나는 눈을 감는다.

이것을 지구의 삶이 부여하는 작은 축복 중 하나로 생각하려고 노력한다. 하지만 다른 생각이 이 생각을 쫓아버린다. 커튼이 열려 그림자들을 몰아내듯이. 아이러니하다. 축복이란 게 결국은 지구에서 발견한 우주의 느낌이라니.

공중 부양.

무중력 상태.

물이 몸에 닿는 기분만 생경할 뿐, 근본적인 느낌은 0G다. 공중 정지. 어떤 방향으로도 끌어당겨지지 않는 것. 우주의 정점이 되는 것.

아아. 우주가 그립다. 부트로스와 대화한 지 며칠이 흘렀지만, 나는 아직도 속이 부글부글 끓는다.

"나도 들어가도 돼?"

어느새 할아버지가 온탕 옆에 서 있다. 여느 때처럼 부츠와 청바지와 버튼다운 셔츠 차림이다.

"탕에요?"

"그래."

"그렇게 입으시고요?"

할아버지가 어깨를 으쓱한다. "여기도 옷이 많아. 수건도 많고."

할아버지가 부츠를 벗고, 한 손을 짚고 몸을 구부려 탕에 들어온다. 옷을 다 입은 채로. 나는 웃음을 참느라 코로 공기를 뿜는다. 하!

할아버지가 몸을 쭉 뻗는다. 할아버지 팔이 나를 거의 감싼다.

우리는 얼마간 아무 말 없이 마주 앉아만 있다.

눈 위에 햇빛이 반짝인다. 저 멀리, 까마득히 아래에, 숲 위로 연기가 표류한다.

"너도 알겠지만, 뼛속까지 관료야." 할아버지가 말한다. "부트로스 말이야. 말을 냉정하게 해도, 본심은 아니야. 부트로스도 주어진 상황에 최선을 다할 뿐이야."

"알아요. 나를 여기 잡아두는 거요."

할아버지가 고개를 끄덕인다.

"난 여전히 실패한 실험이고요. 감춰야 하는."

정적.

"코멧은 어때요?"

"엄마 말에 따르면 잘 지낸대. 거기서는 활발하대. 식욕도 돌아왔고."

"아. 잘됐네요." 거기서는 활발하게 잘 지낸다. 나 없이.

"그게 아니라, 내 말은, 녀석도 네가 보고 싶을 거다."

계속 정적.

그러다—

"제트기류 발견에 대해 들어봤니?" 할아버지는 나를 보고 있지 않다. 골짜기를 보고 있다. 저 아래 구릉지와 저지대로 이어지는 거대하고 완만한 경사면.

나는 발을 둥둥 띄우고 머리를 뒤로 눕힌다. "아뇨."

"제트기류가 뭔지는 아니?"

"대류권 상부에서 서쪽에서 동쪽으로 좁고 강하게 부는 공기의 흐름."

할아버지가 고개를 끄덕인다. "어떤 일본인이 처음 발견했대. 발견자 이름은 까먹었다. 아무튼 그 일본인이 어느 날 후지 산 근처에서 측풍기구*를 올렸는데, 기구가 예상보다 빠르게 움직이는 거야. 이 사람이 연구 결과를 발표도 했어. 기상학 학술지에. 그런데 논문을 에스페란토어로 썼어. 모두가 읽을 수 있게 하려고."

---

* pilot balloon. 풍향과 풍속 측정에 이용하는, 수소가스를 채운 풍선 모양의 작은 기구.

"에스페란토어요?"

"국제공용어로 쓸 목적으로 일부러 만든 언어야. 세계를 하나로 묶는 언어 어쩌고저쩌고. 하지만 누가 그걸 일부러 배우겠니. 거기에 관심 갖는 사람은 아무도 없었어. 그 일본인만 빼고. 결과는? 그의 논문을 읽은 사람이 아무도 없었어. 따라서 제트기류가 발견된 후에도 일본의 몇 사람 외에는 누구도 제트기류가 있는 걸 몰랐어."

침묵.

"그래서요?"

"얼마 후 2차 세계대전이 터졌고, 일본은 제트기류를 전쟁에 이용하기로 작정했어. 자기들만 알고 아무도 모르니까. 일본은 헬륨풍선에 폭발물을 실어 태평양 건너 미국으로 띄워 보냈어. 풍선이 미국 땅에 떨어져서 폭발하게 한다 이거지."

"흠."

"그중 하나가 실제로 폭발했어. 우연히. 워싱턴 주인지 몬태나 주인지 어딘가의 숲에 떨어졌는데, 하이킹 하던 사람들인가 보이스카우트 대원들인가의 발에 걸리는 바람에 폭탄이 터졌어. 두 사람이 죽었지. 2차 세계대전 중 미국 본토에서 발생한 유일한 전쟁 사망자였다."

"와우."

"아무튼 전쟁은 계속됐고, 종국으로 치달았고, 미국은 일본을 공중 폭격하기 시작했어. 일본의 항복을 받아낼 요량으로. 내 할아버지가 그때 폭격기 조종사 중 한 명이었어, 알지?"

"아뇨."

"아무튼 그래. B-29 조종사였어. 내가 조종사가 된 것도 알고 보면 할아버지 영향이야. 할아버지는 원자폭탄을 투하한 조종사는 아니었지만, 도쿄 공습의 폭격대원 중 한 명이었어. 자, 여기서 제트기류가 다시 등장한다. 우리의 폭격 사령부가 공습 계획을 짰어. 시행일을 정하고 고도를 계산했어. 9천 미터. 타격 목표는 군수공장, 총을 만드는 가내공업단지 등등. 목적은 일본의 현대식 무기 생산능력을 파괴하는 거였어."

침묵.

할아버지가 산 공기를 폐로 빨아들인다.

"그런데 이상한 일이 생겼어. 할아버지를 포함한 폭격기 조종사들이 출격해서 각자 목표 지점으로 날아가 폭탄을 투하하는데, 폭탄들이 몇 킬로미터씩이나 표적을 비켜가는 거야. 구름양 때문에 명중률이 떨어진 탓도 있지만, 분명 폭격기 속력에 이상한 일이 일어나고 있었어. 하지만 아무도 그게 뭔지 몰랐지. 계기판은 시속 600킬로, 700킬로를 나타내는데, 폭탄은 표적을 멀찍이 지나서 떨어지는 거야. 마치 폭격기가 시속 700킬로, 800킬로로 날고 있는 것처럼. 정말 이상한 일이었지."

"제트기류를 탔기 때문이죠."

"맞아. 결국은 이 폭격을 계기로 중위도 상공에 제트기류라는 빠른 공기 흐름이 있다는 걸 알게 됐지. 이 공기 흐름 때문에 속력 계산이 엄청나게 빗나갔다는 걸. 이게 미국이 전술을 바꾼 이유야. 전시 상황이라 새로운 공식을 만들고, 당시의 폭격 조준기를 조정하는 데 몇 개월을 보낼 시간이 없었어. 그래서 신임 폭격 지휘관 커티스 르메이는 저고도 폭격을 명령해. 9천 미터가 아니라 2천 미터 상공에서 융단 폭격을 하라는 거지."

정적.

"그래서요?"

"그래서 그렇게 했어. 폭탄 종류도 M-69로 바꿨어. 저고도 소이탄 공격으로 전략을 바꾼 거야. 이들은 목표 지점에 빠르게 접근했어. 저고도 공습은 대공포에 맞거나 적기의 추격을 받아 격추당할 위험이 크다는 단점이 있지만, 다른 한편으로는 단시간 내에 엄청난 피해를 줄 수 있어. 일본 전투기들은 그것도 모르고 9천 미터 상공에서 기다리고 있다가 미군에게 기습당한 꼴이 됐지."

침묵.

"미군은 군수시설과 군수공장을 집중 폭격해서 도쿄의 40제곱킬로미터를 파괴했어. 그런데 거기서 끝나지 않았어. 도쿄의 건물들은 대개 목조였고, 불길이 강풍을 만나 순식간에 도시 전체로 퍼져서 수십만 명의 민간인이 타 죽었어. 당시 할아버지는 구름 속에 있어서 참상을 목격하지 못했는데도 비명을 지르며 잠에서 깨곤 했지. 할아버지는 영원히 자신을, 자신들이 저지른 짓을 용서하지 못했어."

침묵.

"알겠니?"

나는 고개를 젓는다.

"만약 그 일본인 과학자가 논문을 영어로 썼더라면, 아니, 일본어로만 썼어도 모두가 제트기류에 대해 알았을 거고, 미 공군도 애초부터 모든 항공기에 제트기류를 계산해 넣었을 거야. 그랬으면 고고도에서 군사시설만 정밀 타격할 수 있었겠지."

침묵.

“의도치 않은 결과.” 할아버지가 말을 잇는다. “제트기류의 발견이 묻힌 일이 훗날 도쿄의 참화로 이어질지, 무고한 민간인이 수없이 죽는 비극을 낳을지 누가 알았겠니? 누군가 논문을 에스페란토어로 썼기 때문에. 그게 전적인 이유는 아니라도 부분적인 이유는 돼. 물론 미국은 제트기류를 알았어도 소이탄 공습을 했을지 몰라. 민간인 살상은 적의 사기를 꺾는 데 효과적이니까. 장기적으로 연합군에 유리한 일이니까.”

나는 온탕에서 몸을 일으켜 앉는다. 구름이 해를 지나간다. 나는 얼굴에 물을 끼얹는다. “내 이야기를 엄청 돌려 하신다는 느낌이 드는 이유는 뭐죠?”

할아버지가 어깨를 으쓱한다. “의도치 않은 결과. 물론 회사와 그 일본인 과학자는 달라. 회사가 저지른 실수는 도덕적인 잘못이었어. 언어 선택의 미숙이 아니라. 회사는 끔찍한 과오를 저질렀어. 해서는 안 될 실험. 하지만 결과는? 의도치 않은 결과는?”

할아버지가 나를 본다.

“네?”

“결과는 아름다웠지.”

침묵.

“결과는 너였어.”

할아버지의 팔이 나를 감싼다.

나는 뿌리치지 않는다.

시간을 뒤로 돌릴 수 있다면

“여기 있다.” 엄마가 말한다. 엄마는 할아버지 집 앞 들판에 있다. 화면 속 세상이 기우뚱하더니 우리에게 돌진한다. 그러다 갑자기 내려다보는 뷰가 된다. 풀밭이 보인다. 코멧의 얼굴이 화면을 채운다. 녀석의 반짝이는 눈과 코와 주둥이.

“코멧!”

내 목소리를 듣자 녀석이 기뻐 날뛰며 짖어댄다. 제자리에서 맴돌다가 앞으로 달려든다. 녀석의 분홍색 혀가 거대하게 다가와 화면을 핥는다.

“나도 반가워, 코멧.” 내 안에서 햇빛과 비가 가득 차올라 한데 섞인다. 햇빛과 비. 생물을 키우는 것들. 나는 코멧의 돔이 된다. 살과 뼈로 된 돔.

멍멍멍.

엄마가 스크린을 도로 올리고, 스크린을 든 팔을 앞으로 쭉 편다. 엄마는 얇은 스웨터를 입었다. 엄마 머리는 뒤로 묶여 있다. 엄마는— 평화로워 보인다. 묘하다. 엄마를 보는 것도 코멧을 보는 것만큼 반갑다.

할아버지와 나는 내 방 소파에 앉아 있다. 아침빛이 투명한 납작 붓으로 벽에 그림을 그린다. 산속에서는 빛을 보고 시간을 알 수 있다. 우주의 빛과는 다르다. 우주에서는 빛이 한결같이 무채색으로 존재한다. 존재할 때는. 여기서는 오후에 빛이 두꺼워지고 따뜻해진다. 빛이 버터색으로 변하면서 액체처럼 묵직하게 흐른다.

"여기," 엄마가 말한다. "잘 봐."

엄마가 스크린을 잠시 내려놓는다. 할아버지와 내게는 클로버와 풀잎만 보인다. 엄마가 스크린을 다시 집어 든다. 엄마의 손이 화면을 덮는다. 손가락이 화면을 터치한다. 화면이 깜깜해졌다가 새로운 뷰가 뜬다. 이제 우리는 15미터쯤 위에서 들판을 내려다본다. 우리 아래로 엄마가 납작하게 작아져 있고, 코멧은 움직이는 짙은 얼룩이 되어 엄마의 발을 빙빙 돌고 있다. 광각으로 잡았기 때문에 멀리 안개 자욱한 산까지 보인다. 산안개가 아침햇살을 받아 자주색으로 물들어 있다.

드론 카메라가 잡는 장면이다.

엄마가 무언가를 집어 든다. 무언가 둥근 것. 코멧이 귀를 쫑긋 세우며 동작을 딱 멈춘다. 엄마가 둥근 물체를 던진다. 물체가 빙글빙글 돌면서 회녹색 풀밭 위로 빠르게 날아간다. 프리스비 같다. 코멧이 물체를 따라간다. 물체에 보이지 않는 줄로 묶여 있는 것처럼. 녀석은 프리스비를 요격하는 미사일처럼 날아간다.

녀석의 머리는 H-무한대 제어 시스템이다. 하지만 모든 컴퓨터를 능가한다. 벡터와 속도와 중력하중과 마찰력과 가속도를 끝없이 계산한다. 두 개의 비행 물체를 정확한 지점에서 만나게 하는 완벽한 시스템. 그 시스템이 다음 순간 코멧을 공중으로 뛰어오르게 한다. 녀석이 입으로 프리스비를 잡아채서 땅으로 내려온다. 코멧과 프리스비가 함께 뒹굴다가 미끄러지며 멈춰 선다.

다시 깜깜–

화면에 엄마의 얼굴이 다시 등장한다. "좋아지고 있지?" 엄마가 말한다.

"네." 목이 멘다. "고마워요."

엄마는 웃지 않는다. 대신 고개를 끄덕인다. 이 정도도 진전이다. "좋아할 줄 알았어."

할아버지가 옆에서 몸을 기울인다. "다시 드론 뷰를 보여다오."

"오케이." 엄마의 손가락이 화면을 조작한다. 다시 하늘에서 조감하는 뷰로 바뀐다. 저 아래서 엄마가 우리를 향해 손을 흔든다. 다정의 표현이 아니다. 위치 확인을 위한 기능상의 몸짓이다.

할아버지가 화면을 찬찬히 들여다본다. "카메라를 산 쪽으로 돌려봐."

이미지가 회전한다. 바위 능선이 나타난다. 그 위에 분홍빛 구름이 깔려 있다. 산봉우리들이 내가 있을 때보다 하얗다. 나는 할아버지의 얼굴을 살핀다. 표정의 초점, 강도. 할아버지도 인식하지 못하는 미소가 할아버지 입가를 슬며시 들어 올린다.

맘에 든 거다. 목장의 모습이.

"고맙다." 할아버지가 말한다. "그럴 줄 알았어."

화면이 다시 엄마의 얼굴을 잡는다. "뭐라고요?"

"곧 눈이 올 것 같다. 구름들을 보아하니. 철망을 구해놓고, 방목장에 건초도 좀 내다 놔야겠다."

엄마가 고개를 끄덕인다. "알았어요. 그런데 눈이라고요? 여기에 마지막으로 눈이 내린 게 언제였는지 까마득한데. 흩날리다 만 적은 있어도–"

"그래도 건초는 좀 내다 놔." 할아버지가 말한다. "늙은 애비 부탁이다."

"알았어요. 당연하죠."

"피복작물은 들여왔니?"

"네."

"쌍둥이 밴 소는 살이 오르도록 제일 아래 목초지로 옮겨놨고?"

"네. 시킨 대로 다 했어요."

"기특하다."

엄마가 나한테 눈썹을 씰룩인다. 기대하지 못한 결속이다. 찰나의 공모, 유대, 할아버지 함께 놀리기. 나는 웃음이 터진다. 엄마도 미소 짓는다. 보일 듯 말 듯.

볼 때마다 더 그렇다. 그 아버지에 그 딸인 것이. 옛날에 어땠을지, 엄마가 어렸을 때 어땠을지 점점 더 알 것 같다. 할아버지를 떠올려본다. 코멧이 송아지한테 덤볐을 때 내게 녀석을 잡으라고 호통친 거. 앞뒤 가리지 않고 나를 밀어붙인 거. 나는 할아버지의 30년 전을 그려본다. 할아버지의 호르몬 수치가 아직 높았을 때.

할아버지의 투지, 추진력. 최고가 되고자 하는 열망. 그것을 표출하고 쏟아내는 방식. 자신의 딸에게.

엄마를 밀어붙였을 거다. 엄마를 세상에 내놓고, 당신의 커리어를 부과하고, 당신을 따르도록 밀어붙였을 거다. 코멧을 쫓아가라고 나를 밀어붙인 것처럼. 그러다 엄마도 뭔가를 부러뜨렸을 거다. 내가 그랬던 것처럼.

하지만 할아버지는 세월이 흐르면서 물러졌다. 할아버지는 물러졌고, 나는 할아버지를 사랑한다.

그렇다고 엄마를 다 이해하게 됐다는 건 아니다.

나는 아직 엄마를 용서하지 않았다. 어쩌면 영원히 용서하지 못할지 모른다. 하지만 지금은 엄마가 그 어느 때보다 선명하게 보이는 기분이다. 엄마의 의무감. 엄마의 노력. 엄마의 투지.

짖는 소리가 난다. 엄마가 화면 각도를 틀어 제자리에서 폴짝폴짝 뛰는 코멧을 보여준다.

"프리스비를 또 던져달라고 이래." 엄마가 프리스비를 집어 들고 휘둘러 던지는 동안 화면의 뷰가 요동친다. 엄마가 화면을 돌려 잡는다. 코멧의 꼬리가 보인다. 녀석이 출발하는 발사체를 따라 자신을 발사한다. 녀석의 신경세포들에서 운동 공식들이 쌩쌩 돌아간다.

엄마가 화면을 다시 돌린다. "이만 가봐야겠어요. 로렌조가 월동대비 헛간 수리를 도와주러 오기로 해서요."

"그래." 할아버지가 말한다. "할 말 있으면 언제든지 연락해라."

"네."

침묵.

엄마가 손을 뻗는다.

"잠깐만요." 내가 말한다.

잠시 침묵.

"만약 다시 그런 제안을 받으면, 만약 시간을 뒤로 돌릴 수 있다면—" 이걸 어떻게 물어야 할지 모르겠다. 엄마가 얼굴을 찌푸린다. 이제 보니 엄마 얼굴에도 옅게 주름살이 생기고 있다. "내 말은, 나를 낳은 걸 후회해요?"

엄마가 나를 본다. "미안하게 생각하냐고 묻는 거라면— 대답은 그렇다야. 미안하다. 일찍 말해주지 못해 미안하고, 그런– 과정이 있었던 게 미안해. 내가 어렸어. 인류를 위한 일이라고 믿고 실험에 지원했어. 그냥 실험일 뿐이라고 생각했어. 하지만 네가 태어났을 때– 뭔가를 느꼈어. 정말 느낀 게 있었어. 그건 네가 알아줬으면 해. 난– 부끄러웠어. 그리고 자랑스러웠어. 뭐라 말할 수 없는 기분이었어. 행복했어. 네가 태어났을 때."

"근데 전혀 그런 티가 안 났어요."

"회사에선 네가 내 아이가 아니라고 했어. 엄밀히 말해 내 자식이 아니라 회사에 속한 아이라고. 너를 오래 데리고 있게 해주지도 않았어. 회사가 조제분유를 먹였고, 다 그런 식이었어. 다 회사가 알아서 했어. 운영을 한 거지. 그게 회사가 하는 일이니까."

"거기에 딱히 저항을 하지도 않은 것 같고요."

"안 했지." 엄마가 눈을 감는다. "그것도 미안한 것 중 하나야."

"그래요. 미안하군요. 그런 일이 일어나서 유감이다. 내가 태어나지 않았으면 좋았을 뻔했다. 알겠어요."

엄마가 눈을 뜬다. 눈이 커진다. "아니야! 내가 바로잡을 방법이 없었을 뿐이야. 너한테 말할 방법을 몰랐을 뿐이야. 그러다 너한테 문을 닫은 거지. 내 속 깊은 데서. 하지만 너를 낳은 걸 후회한다? 단 한 순간도 그런 적 없어. 내가 그리 다정한 인간은 아니지만, 난 네가 놀라운 아이라고 생각해, 레오."

"음." 나는 엄마 눈에 맺힌 슬픔을 바라본다. "고마워요." 대답이 변변찮게 나온다.

"공부하고 있니?" 엄마가 묻는다. "항공학? 천체물리학?"

"안 해요."

"왜?"

"난 여기 갇힌 신세예요."

"하지만 우주비행사가 되고 싶다고 했잖아."

나는 턱을 문지른다. "뼈 때문에요. 튼튼하질 못해서요. 똑똑하지도 않고. 난- 소토 같지 않아서요. 여기 출신도 아니고, 여기에 맞지도 않고-"

"넌 훈련도 없이 EVA를 해냈어. 나랑 함께 고장 난 자이로를 교체했어. 우주비행사 중에도 그런 일을 수행한 사람은 드물어. 넌 제3세대 우주비행사야, 레오. 야망이 있는 앤 줄 알았는데."

"있어요! 하지만 내가 여기서 할 수 있는 게 없잖아요."

엄마가 씁쓸하게 고개를 흔든다. 그러다 화면 속 세상이 엄마 손을 축으로 빙글 돈다. 엄마가 몸을 굽혀 프리스비를 주워서 다시 던진다. 프리스비가 포물선을 그리며 날아간다. 코멧이 껑충 튀어나간다.

"모르겠다." 엄마의 시선이 할아버지를 향한다. "난 네가 코멧 같다고 생각해." 녀석은 이미 작은 점으로 줄어들었다. "장차 크게 될 거야."

의도치 않은 결과

"결국은 실험이 성공한 게 아닌가 하는 생각은 안 드니?"

나는 인상을 쓴다. "네?"

저녁식사 시간이다. 우리는 미트볼을 먹는다. 창밖은 별들이 박힌 까만 하늘이다. 하늘 높이 불빛 같은 것이 너울거린다. 어디선가 산을 향해 서치라이트를 켠 것처럼.

"회사." 할아버지가 말을 잇는다. "부트로스. 다들 그걸 부끄러운 일로 여겨."

"부끄러운 일 맞아요."

"알아, 알아. 끝까지 들어봐. 내 말은, 다들 그걸 잘못된 일로 취급한다는 거야. 그래, 맞아. 잘못된 일이지. 윤리적으로 봤을 때. 거기엔 이론의 여지가 없어. 다만 내 말은, 실험의 목적과 변수들을 놓고 보면 반드시 실패는 아니라는 거야."

"무슨 말씀인지 모르겠어요."

"실험 목적은 우주에서도 사람의 생식이 가능한지 보는 거였어, 안 그래? 장기적으로는 다른 행성을 식민지로 삼는 거였고. 아직 기후가 망가지지 않은 행성을."

"그렇죠."

"그런데 인간이 우주에서도 번식할 수 있다는 게 드러났지. 이게 첫 번째 성공."

"하지만 저를 보세요."

"그래. 넌 지구로 내려왔고, 몸이 적응을 못 했고, 골병이 들었어. 사람이 우주에서 아이를 낳는 건 가능하지만, 그 아이는 지구 중력에 적합하지 않은 거지."

나는 목발을 탁탁 두드리고, 붕대 감은 손목을 흔든다.

"지구 같은 행성을 식민지로 만들 거라면, 실패라고 할 수 있지. 강한 인력을 가진 거대 암석 행성에는 안 맞으니까. 그런데 지구에 문제가 많아. 지구온난화, 해수면 상승, 홍수, 가뭄, 인구 증가, 자원 고갈. 회사가 새로운 프로그램을 진행하고 있어. 소토 같은 튼튼한 아이들을 골라 장거리 미션을 보내는 거야. 회사는 이 아이들이 미래라고 생각해. 그런데 말이다, 미래는 여전히 너라면?"

"무슨 말씀인지 모르겠어요."

"생각해봐. 목표가 다른 행성들을 식민화하는 것이다? 그건 추정일 뿐이야."

슬슬 감이 온다. 나는 고개를 끄덕인다. 약하게.

"추정을 조정해보자. 변수 적용. 만약 이걸, 우주선을 타고 우주를 도는 데 적합한 아이를 임신하고 출산하는 게 가능한지에 대한 실험으로 본다면? 그럼 이 실험은 완전한 성공이야."

"하지만 회사는 사람들을 우주선에 태워 떠돌게 하려는 게 아니에요. 할아버지도 부트로스가 하는 말 들었잖아요. 나를 보낼 자리도 없다잖아요. 나 같은 사람을 많이 만들어서 뭐하겠어요?"

할아버지가 어깨를 으쓱한다. "모르겠다. 달의 라그랑주 포인트*에서 공전하는 우주정거장 식민지? 제트기류가 왜 중요해졌겠어? 서쪽에서 동쪽으로 비행할 때 제트기류를 타면 연료를 절약할 수 있거든. 의도치 않은 결과."

뭔가가 공기 중에 감돈다. 은빛을 내면서. 생각의 실마리.

"의도치 않은 결과." 내가 반복한다.

전에 할아버지가 한 말을 생각해본다. 카자흐스탄에서 녹슬어간다는 로켓들.

"흑해에 사는 할아버지 친구 분 말예요."

할아버지가 고개를 끄덕인다. "유리."

"그분 말씀이, 거기에 우주왕복선이 남아 있다면서요?"

실마리가 돈다. 오로라가 된다. 은은히 빛난다.

"그래. 옛날 부란 우주왕복선. 바이코누르에."

"그중 아직 비행 가능한 게 있을까요?"

정적.

"제발요. 저는 여기서 못 살아요."

할아버지가 미트볼 하나를 접시에서 이리저리 굴린다.

"글쎄." 마침내 할아버지가 말한다. "유리한테 전화해서 물어볼 수야 있지."

그 가능성이 우리 둘 사이에 감돈다.

그때 내 뒤에서 목소리가 들린다. "레오?"

나는 돌아본다.

버지니아다.

---

* Lagrange point. 서로의 중력에 묶여 운동하는 천체들 사이에 중력이 균형을 이루어 물체가 어느 쪽으로도 끌려가지 않는 지점을 말한다. 관측위성들이 이곳에 머물며 탐사활동을 하기 때문에 우주의 주차장으로 불린다.

오로라

"음, 난 가야겠다. 방금 말한 전화 하러."

"네에."

할아버지가 자리를 뜬다.

우주로의 귀환. 멋진 아이디어다. 하지만 지금으로서는 왠지 요원한 희망으로 느껴진다. 버지니아가 앞에 있어서 그런가. 버지니아는 우주정거장에서보다 작아 보인다. 1G라서? 중력이 버지니아를 눌러서 좀 더 촘촘하게 뭉쳐놓은 것 같다.

"나보고 가지 말라더라." 버지니아가 말한다. 눈두덩이 부어 있다. 운 것 같다. "하지만 왔어. 네가 다쳤다는 소식을 듣고."

"흠." 단어들을 포함한 '흠'이다. *정말로 상처가 된 건 당신이 그동안 했던, 아니 하지 않았던 모든 것이죠. 지난 16년 동안 당신이 말하지 않았던 모든 것.*

버지니아가 의자를 당긴다. "앉아도 될까?"

"어차피 앉을 거잖아요."

"있잖아, 레오."

침묵.

"너한테 무슨 말을 할 수 있을까 생각해봤어. 무슨 말로 설명할 수 있을까. 하지만 그런 말은 없더라."

"없죠."

당신은 나한테 평생 거짓말을 했어.

버지니아가 서글픈 미소를 짓는다. "난 돈 받고 할 일을 했고, 돈 받고 지키기로 한 비밀을 지켰어. 하지만 그걸 임무로만 생각한 건 아냐. 그 말밖에는 할 말이 없다."

나는 미간을 구기는 걸로 질문을 대신한다.

"내 말은, 너희를 돌보는 건 임무 이상이었어. 그건-" 버지니아가 눈을 감았다가 뜬다. "난 너희를 안아주고, 우윳병을 물려주고, 몇 시간씩 함께 앉아서 너희가 러닝머신에서 기는 걸 지켜봤어. 지구에서는 아기가 기는 걸 저절로 배우지만, 거기서는 몇 시간씩 계속해서 공을 들여야 했어. 너희를 격려하고, 잡아 내리고, 움직이게 하려고 게임을 하고. 그러다 걸음마를 시작하니까 시간 계산을 하는 것 자체가 의미 없더라구."

기억한다. 아니, 그때 찍은 비디오를 봐서 안다. 우리 셋이 줄에 연결돼 있고, 도르래가 우리를 잡아 내리고, 융단이 깔린 러닝머신이 우리 밑에서 움직이던 거.

"내가 네 기저귀도 갈았어, 레오." 버지니아가 얼굴을 구긴다. "0G에서 기저귀 가는 게 얼마나 고역일지 생각해봤니?"

나도 모르게 웃음이 픽 나온다.

"난 항상-" 버지니아가 멈췄다가 말을 잇는다. "그래, 말해줄게. 난 아이를 가질 수 없어. 그건, 나한텐 가능하지 않은 일이야. 하지만 거기서 너희 셋을 키우면서-"

침묵.

"전에 부트로스 사령관이 나한테 한 말이 있어." 버지니아가 말을 잇는다. "자기 부인이 아기를 낳았을 때 그제야 알 것 같더래. 누군가를 위해 죽을 수 있다는 게 무슨 뜻인지. 딸아이를 지키기 위해서라면 버스에 뛰어들 수도 있을 것 같더래."

긴 침묵.

"바로 그게– 그게 내가 너한테 느끼는 마음이야. 너와 리브라와 오리온한테. 너희한테 사실을 숨긴 건– 해선 안 될 일이었어. 하지만 난 너를 위해 죽을 수도 있어. 너의 안위를 위해서라면. 내가 너를 위해 할 수 있는 일이 있다면 뭐든 할 거야."

정적.

계속 정적.

"부트로스 사령관이 정말 그런 말을 했어요?"

버지니아가 미소 짓는다. "응."

"와우. 의외네요."

"술에 취하면 완전히 다른 사람이 돼."

다시 정적. 하지만 아까보다는 편안한 정적이다. 그때 밖의 어떤 움직임이 내 눈에 잡힌다. 아까 산을 향해 비추는 인공 조명이라고 생각했던 것이– 움직이고 있다. 속이 비치는 녹색 천처럼 까만 하늘에 넘실댄다.

"오로라." 내가 말한다.

"뭐?"

나는 창밖을 가리킨다.

버지니아가 머리를 돌려 본다. "아! 그러네."

나는 버지니아를 본다. "우릴 위해 해줄 일이 있어요."

하늘의 유령들

우리는 돔 밖에 앉아 있다.

음, 리브라와 나는 앉아 있고, 버지니아도 접이식 의자에 앉아 있고, 오리온은 이동식 침대 위에 베개로 몸을 받치고 누워 있다.

사람들이 우리가 밖에 나가는 걸 막았지만, 버지니아가 힘을 썼다. 그런 것 같다. 권위로 원칙을 누른 것 같다. 우리는 모두 담요로 몸을 둘둘 감았다. 은박지처럼 번쩍이는 보온용 응급 담요.

우리 위에서 오로라가 춤을 춘다. 하늘에 초록색 커튼이 나부낀다. 아름답다. 우주정거장에서 보던 것 못지않다. 다만 방향이 정반대다. 이제는 우리가 어둠 속을 올려다보고 있고, 오로라가 어둠을 배경으로 움직인다. 오로라가 우주의 일부로, 하늘의 일부로 보인다. 우주에서는 지구를 덮고 있는 것, 지구를 싸고 있는 것으로 보였는데.

오로라가 어둠 속에서 물결친다. 말 그대로 초자연적이다. 이 세상 것이 아닌 것 같다. 유령들. 이승이 아닌 저승의 존재에 대한 암시. 우리에게 아무 일도 일어나지 않은, 우리가 정상인 또 다른 인생, 또는 우리의 내세에 대한 암시. 물론 잘 안다. 저 빛들은 사실 공기 분자가 태양의 플라스마에 맞아 폭파하면서 생기는 현상일 뿐이란 걸.

버지니아가 말한다. 말하고, 말하고, 말한다. 나한테 했던 말을 리브라와 오리온에게도 전부 다 한다. 자신의 마음, 후회, 사랑.

리브라와 오리온도 말한다.

세 사람이 서로 껴안는다.

그리고 북극광이 우리 위에서 소용돌이친다. 우리는 다시 함께 있다. 우리 네 사람. 저 위에 있을 때처럼. 아무것도 변하지 않은 것처럼 우리는 말하고, 말한다. 또 껴안는다. 새벽이 온다.

하늘에서 오로라가 사라지고, 태양이 지평선에, 낮은 언덕들 위로 불타는 볼록렌즈처럼 나타난다.

"아참!" 버지니아가 말한다. "내가 여기 온 또 다른 이유. 생일 축하한다, 레오."

지구의 좋은 점 하나

지구의 한 가지 좋은 점. 촛불이다.

이걸 미처 생각 못 했다.

저 위에서는 때마다 버지니아가 LED 촛불로 대신했고, 그때 나는 그걸 꽤 그럴싸한 복제물이자 합리적 대용품으로 여겼다. 하지만 전기 모조품은 쉬- 하는 공기 소리도, 우리 입김에 구부러지다가 퍼덕이다가 꺼지는 불꽃도 만들지 못한다. 전기촛불에는 연소와 소화의 공기역학적 과정과 불어서 끄는 쾌감과 거기 굴복한 불의 자진(自盡)이 아예 없다.

"또요." 열여섯 개의 초가 다 꺼지자 내가 말한다.

할아버지가 다시 불을 붙인다. 케이크는 둥그렇고 하얗다. 달처럼. 버지니아와 리브라와 오리온이 생일 축하 노래를 부른다.

나는 촛불을 불어 끈다. 정확히 말하면 절반밖에 못 끈다.

갑자기 가슴에서 숨이 막힌다.

다시 숨을 모아보려 한다. 되지 않는다.

눈앞에 바늘 자국 같은 까만 점들이 나타난다.

나는 헐떡이기 시작한다. 패닉 상태. 나는 침대에 앉아 있다가 그대로 뒤로 넘어간다. 벌렁 드러눕는다.

할아버지가 내 방의 빨간 버튼을 누르고, 곧바로 의료 요원들이 도착한다. 그들이 어떤 의식도 없이 촛불을 꺼버리고, 벽에서 산소통을 내리고, 내 얼굴에 마스크를 씌운다. 나는 산소를 들이마신다. 산소의 달콤함. 미세한 산소 방울들이 내 피를 타고 황급히 퍼지는 느낌.

나는 드러누운 채 천장을 바라본다.

이윽고 내가 의료 요원에게 손짓하고, 의료 요원이 마스크를 치운다.

"이런 생일을 상상한 건 아닌데." 내가 말한다.

할아버지가 미소 짓는다.

"적어도 DJ 한 명은 불러줄 줄 알았어요. 아니면 밴드. 춤추게요."

버지니아가 웃는다. "내 춤은 안 보는 게 정신건강에 좋아."

우리 모두 웃는다. 의료 요원들이 우리를 미친 사람 보듯 쳐다본다.

갈 준비

이틀 후, 나는 온탕에 있다. 내 '최애' 장소 중 하나다. 둥둥 떠서 중력이 없는 척할 수 있다. 버지니아는 네바다로 돌아갔다. 프로젝트가 걸려 있어서 일이 있다고 했다.

할아버지가 방으로 걸어 들어온다.

"내일," 할아버지가 말한다. "18시. 저녁식사 후. 준비해."

"무슨 준비요?"

"갈 준비."

"어디로요?"

"어딘 어디야. 온탕에 있을 만큼 있다가 내 방으로 와라. 의논할 게 더 있으니까."

할아버지가 걸어 나간다.

다시 저 위로

"애들한테 작별인사는 할 수 있어요?"

할아버지가 계획을 죽 설명했다. 일단 기본 뼈대만. 카자흐스탄으로 날아간다. 우주왕복선에 승선한다. 우주정거장으로 간다.

이렇게 말하니까 엄청 간단한 일 같다.

"리브라랑 오리온한테?"

"네."

"상황에 따라. 애들이 발설할까?"

나는 눈을 깜빡인다. 어이없다. "네? 아뇨."

"그럼 좋아. 하지만 나 있는 데서 해라. 모든 각도에서 모니터링해야 하니까."

"알았어요. 그럼, 언제요?"

"당장만큼 좋은 때도 없지. 내일이면 상황이 긴박하게 돌아갈 거다. 계획은- 유동적이야. 기회가 날아갈 수도 있어."

우리는 복도를 내려가 오리온의 방으로 향한다. 리브라도 거기 있을 게 분명하다. 나는 여전히 목발로 걷는다. 목발에 더 익숙해져야 한다. 조바심이 든다. 할아버지 말로는 계획에 휠체어까지 포함하는 건 어렵다.

목발을 잡으면 아직도 손목이 아프다. 하지만 익숙해지고 있다.

몸의 균형을 잡으면서 되도록 손목에 무리가 가지 않게 움직이는 법을 터득했다. 손목 보호대도 당연히 도움이 된다.

"인사는 5분 안에 끝내라." 할아버지가 말한다. "곧바로 여기서 나간다."

"근데 여길 어떻게 떠나요? 여긴 산꼭대기잖아요."

할아버지가 손가락으로 이마를 탁탁 친다. "계획이 있다. 단, 시간이 별로 없어."

나는 문을 두드린다. "들어오세요." 리브라의 목소리다.

방 안은 어둡다. 거대한 창 너머 하늘에 아직 자줏빛이 남아 있다. 해가 막 넘어갔다. 오리온의 침대 옆에 램프가 켜져 있고, 침대가 반쯤 세워져 있다. 오리온은 침대에 기대앉아 리브라의 손을 잡고 있다. 스피커에서 음악이 흘러나온다. 라흐마니노프 같다.

할아버지는 문가에서 기다리고, 나만 절뚝거리며 오리온의 침대로 간다. 하지만 막상 다가가자 입이 떨어지지 않는다.

"레오?" 리브라가 말한다.

"음?"

"표정이 왜 그래? 진짜 이상해."

나는 둘을 바라본다. 따뜻한 램프 불빛이 둘을 동그랗게 밝히고 있다. 둘은 내 인생에서 붙박이였다. 내 평생. 엄밀히 말해 친구도 아니고, 엄밀히 말해 가족도 아니지만, 항상 함께 있었다. 나는 둘이 손잡고 있는 모습을 바라본다. 불빛이 둘을 감싸고 있는 모습을 바라본다. 그러면서 저 안에 나도 함께 있을 수 있다면 얼마나 좋을까 생각한다. 저 동그라미 안에. 하지만 나는 가야 한다.

"나-" 목소리가 갈라진다. 나는 오리온의 얼굴을 본다. 오리온의 광대뼈와 입. 나는 항상 생각했다. 내가 키스하는 첫 사람은 오리온일 거라고.

아니, 사실이 아니다.

항상 바랐다.

생각한 게 아니라.

오리온은 걱정하는 눈빛이다. "무슨 일이야?"

"나, 떠나." 나는 그냥 단숨에 말해버린다. 숨을 뱉듯.

둘이 나를 똑바로 응시한다. "어디로?" 리브라가 말한다.

"다시 저 위로." 나는 천장을 가리킨다. 천장 너머, 우주를.

"돌아가게 해준대?"

"딱히 그런 건 아냐."

"탈출하는 거야?" 오리온이 말한다. "하지만 우주로 어떻게 나갈 건데?"

리브라는 생각에 잠긴 눈으로 문가를 보고 있다. "너희 할아버지." 리브라가 말한다.

"응."

오리온이 고개를 젓힌다. "말도 안 돼."

문가에서 할아버지가 헛기침한다.

"난 가야 해. 비드링크 할게, 알았지? 집에 도착하는 대로 비드링크 할게."

리브라의 눈에 눈물이 차오른다. "집? 너, 진심이구나?"

"그래."

리브라가 손등으로 눈과 콧잔등을 훔친다. "무슨 일이 일어나면? 그러다 죽으면?"

"여기 있어도 죽어. 금방은 아니겠지만. 하지만 결국엔. 그럴 순 없어. 여기에 갇혀 있을 순 없어."

"거기서도 갇혀 있는 건 마찬가지야."

나는 큐폴라를 떠올린다. 둥근 창들을 생각한다. 그 아래 커다랗게 떠 있는 지구, 지구의 색들, 우윳빛 구름들이 만드는 지구의 둥근 윤곽. "아니. 난 어디보다 문2가 편해."

할아버지가 다시 헛기침한다.

나는 양손을 리브라의 어깨에 올린다. "같이 가자." 갑자기 그 말이 튀어나온다.

리브라가 머리를 흔든다. "안 돼. 난—" 잠시 침묵. "난 여기가 좋아, 레오. 넌 이해 못 하리란 거 알아. 하지만 여기엔 내 정원도 있고. 알지?"

나는 고개를 끄덕인다. "알아. 하지만 리브라, 사람들은? 세상은? 여기선 아무와도, 아무것과도 어울려 살 수 없어."

리브라가 공기를 흡입한다. "우리 엄마가 전화했어. 엄마가 그랬어, 미안하다고. 엄마가 미안하대. 부트로스 사령관하고 얘기 끝났대. 여기로 와서 우리랑 함께 살 거래. 1년 중 6개월은. 우린 함께 있을 거야."

"아."

정적.

"가지 마, 레오." 리브라가 말한다.

오리온은 나를 쳐다보기만 한다. 퀭하게 꺼진 눈으로.

"난 가야 해. 넌 정원도 있고, 엄마도 있지만."

"너희 엄마도 여기 지구에 있잖아."

"있다고 같은 게 아냐. 너도 알잖아."

"네 계획을 너희 엄마도 알아? 엄마도 알아야 하는 거 아냐?"

나는 눈을 깜빡인다. 그 점은 미처 생각 못 했다. 나는 할아버지를 힐끔 본다. 할아버지가 고개를 흔든다.

"모를 거야. 그리고 몰라도 돼."

아니, 엄마는 알 자격이 없어.

리브라가 천장으로 시선을 던진다. "이건 미친 짓이야."

"아니. 이게 내가 해야 할 일이야. 내가 항상 원했던 일이야."

사실이다. 나는 추락했다. 하지만 에덴동산에서 추락한 것이 아니다. 에덴으로 추락했다. 이제 다시 하늘로 돌아가야 한다.

침묵.

"알아." 마침내 리브라가 말한다. 그러고는 나를 끌어당겨 맹렬히 끌어안는다. 나를 꽉 조른다. 다른 뼈가 또 부러지는 건 아닌지 걱정된다.

영원 같은 순간이 지나고, 나는 몸을 뺀다. "안녕."

"안녕, 레오." 리브라가 말한다.

다른 어떤 말도 필요치 않다.

나는 사랑한다. 할아버지와 리브라와 오리온을 사랑한다. 우리 엄마까지 사랑한다. 그들 모두를 사랑한다. 나는 사랑한다. 달이 지구를 사랑하듯이.

나도 저 위에 있어야 한다. 달처럼.

나는 한 걸음 물러선다. 그리고 오리온을 본다. "안녕."

"아니." 오리온이 마스크를 쓴 채로 말한다.

"뭐?"

오리온이 마스크를 벗는다. "아니, 넌 못 떠나."

나는 오리온을 망연히 응시한다. "미안해, 오리온. 나-"

"그런 뜻이 아냐. 내 말은 아직은 못 간다고."

오리온이 산소를 깊이 들이마신 다음, 다시 마스크를 내린다.

"난 아직 콘서트를 못 봤어. 부트로스 사령관이 날 콘서트에 데려가줄 것 같아? 아니. 네가 해줘야겠어. 너랑 너희 할아버지가."

"콘서트?"

오리온이 자기 스크린을 톡톡 친다. 라흐마니노프 음악이 멈춘다. 인터넷에 접속해서 뭔가를 타이핑한다. 그런 다음 화면을 돌려서 나한테 보여준다. "내일 밤." 오리온이 말한다. "밴쿠버, 디어레이크 공원. 공짜야. 노던 심포니 오케스트라. 모차르트 교향곡 39번을 연주해."

이제는 리브라도 오리온을 망연자실 본다. "우리더러 널 밴쿠버로 데려가라고? 내일?"

하지만 오리온의 얼굴에는 웃음기가 없다. 농담의 낌새가 보이지 않는다. "지금까지 작곡된 최고의 작품 중 하나야. 난 얼마 못 살아, 레오. 거기다 밴쿠버는 바로 이 근처 아냐?"

"여긴 알래스카야." 내가 말한다. "딱히 근처라고 하기는 좀."

"상대적으로 생각하자." 오리온이 말한다.

오리온이 다시 마스크를 얼굴에 대고 머리를 베개로 떨어뜨린다. 깊은 숨 소리. 끝없이 쉭쉭대는 산소통.

나는 리브라를 향한다. "이건-"

리브라가 고개를 젓는다. "미친 짓이야."

오리온이 마스크를 든다. "제발." 이 말만 하고 다시 마스크를 입으로 가져간다. 쉭. 쉭.

제발.

내가 할아버지한테 했던 말.

"어떻게 생각해?" 내가 리브라한테 말한다.

리브라가 눈을 감는다. 천천히 숨을 들이마신다. "오리온은 죽어가." 리브라가 말한다. "어디가 됐든 오리온이 가면 나도 갈 거야. 다시 말해 우리 둘 다 너랑 가는 거지."

"하지만― 어떻게? 오리온은 걷지도 못하잖아."

"휠체어가 있잖아."

"이리로 돌아오는 건? 너희는 이리로 돌아오겠다는 거잖아, 안 그래? 할아버지랑 난 카자흐스탄으로 갈 거야. 너희가 우리랑 가는 건 말도 안 돼."

오리온이 머리를 흔든다. "콘서트가 끝나면 넌 가. 우리한테 스크린 하나만 주고 떠나. 네가 안전하게 사라질 때까지 기다렸다가 부트로스 사령관한테 전화할 거야. 그러면 30분 내에 헬리콥터가 뜬다고 장담한다."

"흠."

할아버지가 말했다. 내 휠체어는 못 가져간다고. 나는 우리가 밴쿠버에 들를 수 있을지조차 모른다. 아니, 그보다 먼저 여기서 어떻게 빠져나갈지조차 모른다.

"여기서 기다려."

나는 문으로 걸어간다.

"문제가 생긴 모양이구나." 할아버지가 말한다.

안녕, 안녕

다음 날은 평생처럼 길다.

할아버지는 방에서 연이어 전화하며 바삐 움직인다. 계획을 조정하느라. 거기에 리브라와 오리온을 포함하기 위해, 밴쿠버에 들르기 위해. 그러려면 우리의 출발을 하루 연기해야 한다. 미친 짓이다. 이 모든 것이. 하지만 실행에 옮기는 각이다. 이미 이성적으로 따져볼 수 있는 단계는 지났다. 쌍둥이가 조난 호출, 내지 구원 요청을 하면 회사가 당장 나타날 거다. 그건 분명하다. 부트로스 사령관은 광신도로 부르는 사람들 손에 쌍둥이가 떨어지길 바라지 않을 테니까.

내가 해야 할 일이 하나 있다. 계속 미루다가 다음 날 그냥 해버린다. 생각하지 않고 그냥. 나는 스크린을 열고 엄마의 번호를 누른다. 엄마가 받는다. 캘리포니아 날씨는 화창하고, 엄마는 손에 전선을 들고 포치에 나와 있다. 경보장치 같은 걸 설치하는 것 같다. 보안 강화?

"안녕, 레오." 엄마가 말한다. 다른 말은 없다. 어떤 것들은 결코 변하지 않는다.

"코멧 좀 볼 수 있어요?"

엄마는 정신이 딴 데 팔려 있다. "음? 으응. 기다려." 엄마가 전선을 펜치 옆에 내려놓고 집 안으로 들어간다. 스크린을 돌려서 소파 위에 웅크린 코멧을 보여준다. 내가 항상 앉던 자리.

녀석이 저 자리를 택한 게 내 냄새 때문일까? 궁금하다. 내 눈에 눈물이 차오른다.

"안녕, 코멧!"

녀석이 귀를 발딱 세우고 일어나 앉는다. 엄마가 스크린을 녀석한테 가까이 가져간다. 녀석도 가까이 다가온다. 녀석의 눈과 코가 화면을 가득 채운다. 녀석이 나를 보고 짖는다.

멍, 멍.

"안녕, 안녕. 진짜 반갑다."

멍, 멍.

녀석이 코를 화면에 대고 킁킁댄다. 나를 핥으려고 한다.

"웩." 엄마가 스크린을 뒤로 뺀다. "코멧한테 특별히 할 말 있니?"

잘 있어, 코멧. 사랑해. 너랑 함께 있으면 좋겠어. 하지만 난 멀리 가야 해. 넌 살 수 없는 곳으로. 그래서 난 살 수 있는 곳으로.

"아뇨."

"오케이. 그럼 난 하던 배선 작업이나 마저 해야겠다."

"그래요, 엄마. 다시 통화해요."

"그래. 안녕, 레오."

안녕, 엄마.

통화 종료.

결국 출발

우리는 로비를 가로지른다. 우리 앞에 거대한 문이 버티고 있다.

리브라는 보행기를, 나는 목발을 이용한다. 할아버지는 한쪽 어깨에 가방 두 개를 메고 오리온의 휠체어를 밀고 간다. 휠체어에 산소통이 붙어 있고, 링거 거치대도 함께 굴러간다. 링거 주머니에 뭐가 들었는지는 모른다. 그래서 그냥 달고 가기로 했다.

말하지 않아도 아는 건 있다. 오리온에게 이런 것들이 필요한 시간이 많이 남지 않았다는 거. 오리온의 피부는 거의 회색이다. 콘크리트색. 생명이 빠져나간 색.

문가에서 할아버지가 나한테 귓속말로 최악의 경우에도 대비해야 한다고 말했다. 리브라의 표정에서 리브라도 마음을 단단히 먹은 걸 알 수 있다.

그런데 어떻게 그런 일에 마음의 준비를 한단 말인가? 그런 준비가 가능이나 할까?

하지만 지금 당장은 마음에 걸리는 일들이 따로 있다. 예를 들어 우리를 첩첩이 기다리는 문들. 우리가 있는 곳이 북아메리카에서 가장 높은 곳, 알래스카의 눈 덮인 산꼭대기에 있는 비밀 훈련 시설이라는 사실. 외견상 불가능해 보이는 탈출. 할아버지는 처음부터 밴쿠버를 경유할 생각이었다며 넉살을 부렸다. 친구가 소유한

비행장에서 카자흐스탄으로 가는 제트기로 갈아탈 작정이었다나. 사실인지는 알 수 없다. 나는 그냥 그러려니 한다.

어찌 됐든 할아버지는 꿋꿋하게 유리벽을 향해 전진한다. 할아버지가 멘 가방엔 뭐가 들었을까. 옷가지와 보급품과 여권? 나는 여권이 없다. 당연한 말이지만.

프런트에는 아무도 없다. 지금까지는 우리의 행동을 의심쩍어하는 것 같은 사람도 없다. 여기 어딘가에 부트로스 사령관도 있고 의사들과 과학자들도 있지만, 사실 이곳에 근무하는 직원들은 많지 않다. 한동안 버려져 있던 곳이라는 인상이 짙다. 할아버지 목장의 휴경지처럼. 활동의 대부분은 네바다 기지에 집중돼 있다.

할아버지는 정문으로 향하지 않는다. 휠체어 방향을 틀어서, 한적한 곳에 숨어 있는 문으로 밀고 간다. 할아버지가 출입증을 문 옆 스캐너에 대고 흔들자 문이 나지막한 딸깍 소리와 함께 열린다.

할아버지가 먼저 문을 통과하고 내가 뒤따른다. 문을 나가자 당장 얼음장 같은 한기가 닥친다. 코가 시리다. 폐가 시리다. 문 밖은 눈이 치워져 있지만, 나는 목발을 조심조심 꾹꾹 짚어가며 할아버지를 따라간다. 리브라 뒤로 문이 닫히는 소리가 난다. 나는 몸을 돌려 리브라를 본다. 리브라가 내 뒤로 천천히 걸어온다.

"이쪽으로." 할아버지가 아래쪽을 가리킨다. 바로 아래에 우리가 여기 올 때 착륙했던 활주로가 뻗어 있다. 45미터쯤 된다. 멀지 않다. 하지만 목발과 보행기로 걷는 사람에겐 짧지 않은 거리다.

"비행기가 없는데요." 내가 말한다.

할아버지가 돌아본다. "곧 있을 거야."

바로 그때, 검은 실루엣 하나가 껍질을 벗듯 밤을 뚫고 나와 우리 앞으로 다가온다. 손에 돌격소총을 들고 있다. 경비 요원. "실례합니다." 남자가 말한다. "어디 가십니까?"

할아버지가 멈춘다.

나도 멈춘다.

리브라도 멈춘다.

할아버지가 가방을 옆으로 치우고 외투 안주머니에서 지갑을 꺼내 휼렁 펼친다. "마호니 박사입니다. 이 아이 상태가 악화돼 밴쿠버 코스탈 병원으로 공중 수송 중입니다." 할아버지가 목소리에 초조함을 더한다. "일분일초가 급한 상황입니다."

경비 요원이 신분증을 찬찬히 뜯어본다. 할아버지의 몸이 미세하게 굳어진다.

아아, 안 돼.

그때 오리온이 기침하기 시작한다. 기침이 멈추지 않는다. 오리온의 상체가 앞으로 고꾸라진다. 경비 요원이 오리온에게 눈을 돌린 사이, 할아버지가 손바닥으로 신분증을 덮고 잽싸게 오리온 옆으로 간다. 오리온의 턱을 들어 오리온에게 낮고 다급한 소리로 뭔가 말한 다음, 할아버지가 우리를 향해 눈을 든다.

"바로 출발해야 합니다." 할아버지가 말한다. "아이가 위중해요."

경비 요원이 뒤로 물러선다. "물론입니다. 행운을 빕니다."

할아버지는 황망히 고개를 끄덕여주고 오리온을 밀고 간다. 리브라와 나도 서둘러 따라간다.

"항공기는 어디 있습니까?" 경비 요원이 우리 뒤에서 외친다.

"오고 있어요." 할아버지가 마주 외친다.

오리온이 얼굴에서 마스크를 떼고 윙크한다. "박진감 넘치는 일은 이제 내 심장에 무리야." 오리온은 그렇게 말하고 다시 산소를 흡입한다.

활주로에 거의 다 왔을 때 할아버지의 주머니에서 진동 소리가 난다. 할아버지가 스크린을 꺼내 펼친다.

"진입 중." 스크린에서 목소리가 들린다. "불빛 신호가 있으면 감사하겠음."

"알았다." 할아버지가 말한다.

할아버지가 휠체어를 세우고 브레이크를 건다. 어깨에 멘 가방을 땅에 툭 떨어뜨리고 지퍼를 쭉 연다. 가방 안에 예상대로 옷들이 있다. 할아버지는 옷들을 치우고, 그 사이에 숨겨놓았던 묵직한 권총 비슷한 것을 꺼낸다. 그것을 하늘 높이, 저 멀리 활주로 끝을 향해 치켜들고 발사한다. 붉은 별 하나가 하늘로 치솟아 오르더니 밝게 포물선을 그리면서 혜성처럼 길게 불꽃을 끌며 날아가다가 활주로 반대편 눈밭 어딘가에 떨어진다. 떨어진 후에도 계속 타면서 하얀 눈 위에 뜨거운 분화구를 만든다.

할아버지가 실린더 하나를 꺼낸다. 그걸 총신에 밀어 넣고 다시 발사한다. 이번에는 신호탄이 활주로의 우리 쪽 끝을 밝힌다.

"신호총은 대체 어디서 났어요?" 내가 묻는다.

할아버지가 씩 웃는다. "내가 여기서 훈련했다고 하지 않았나? 가설 활주로 저쪽 끝에 비축 창고가 하나 있거든. 어제 살짝 들어갔다 왔지."

우리 뒤에서 고함 소리가 들린다. 하지만 아직 꽤 먼 거리에서 들린다. "이봐요! 거기서 신호탄을 쏘면 어떡해요!"

"미안해요!" 할아버지가 외친다. "응급 상황이라!"

동시에 우리 머리 위에서 엔진 소리가 난다. 고개 들어 보니 트윈 프로펠러 항공기의 윤곽이 보인다. 항공기가 빠르게 내려온다. 산이 검은 삼각형으로 우리 앞에 떠 있고, 그 위에 가느다란 초승달만 있다. 어둠이 깊다.

"가자." 할아버지가 말한다.

"누구예요?"

"릭. 매년 내 농장에 물 뿌려주는 친구. 내가 물을 좀 나눠주는 친구."

"신세를 엄청 졌나 봐요. 하루 종일 날아왔을 텐데."

"별거 아냐. 중간 중간 재급유하면서 오니까. 거기다 릭도 전직 군인이거든. 이 정도는 모험도 아니지."

비행기가 비스듬히 날다가 활주로에 내려오기 시작한다. 반대편 끝에서부터 우리에게 달려온다. 프로펠러가 쌍으로 윙윙대는 소리가 내 몸까지 윙윙 울린다.

"아까 그 경비가 눈치챌 때까지 얼마나 걸릴까요?" 리브라가 묻는다.

리브라가 이 말을 하는 순간, 마운틴 돔에 불이 들어온다. 엄청나게 많은 전등이 무더기로 켜진다.

"얼마 안 걸렸네." 할아버지가 말한다. "점점 재밌어지는데?"

탈출

비행기가 활주로에 내려앉는다. 잠시 덜컹이며 미끄러지다가 바퀴가 접지한다. 보조날개가 올라간다. 고무가 아스팔트에 긁히는 소리와 함께 비행기가 감속한다. 엔진의 굉음에 귀가 터지는 것 같다. 마침내 비행기가 우리에게서 불과 몇 미터 앞에 정지한다.

"가자, 가자." 할아버지 목소리에서 신명이 난다. 아직도 할아버지 속에 있는 우주비행사의 목소리. 할아버지의 피부 안에 사는 은색 우주복을 입은 남자.

나는 목발을 짚고, 리브라는 보행기를 밀면서 간다. 할아버지는 링거 거치대가 뒤처지거나 넘어지지 않게 조심하면서 오리온의 휠체어를 부랴부랴 밀고 간다.

비행기 문이 열린다. 야구모자를 쓴 남자가 찬바람을 피해 눈을 가리며 내다본다. 남자가 여기서는 보이지 않는 레버를 내리자 공기 터지는 소리와 함께 계단이 펴지며 활주로로 내려온다.

"멈춰요!" 우리 뒤의 목소리가 외친다. 의사 여러 명이 돔에서 허겁지겁 뛰어나오는 게 보인다. 경비가 의사들과 잠시 상의하다가 우리를 향해 달리기 시작한다. 언 땅에 넘어지지 않으려는 듯 뛰다 걷다 한다.

"멈춰요!" 경비가 외친다. "아니면 쏩니다!"

"못 쏴." 할아버지가 말한다.

탕.

나는 뒤를 돌아본다. 총구에서 불이 번쩍하는 게 얼핏 보인다. 날카로운 휘파람 소리와 함께 뭔가가 우리 위를 지나가는 기분이 든다.

"하늘로 발사하고 있어." 할아버지가 말한다. "경고하는 것뿐이야."

의사 중 한 명이 경비에게 소리 지르며 두 손을 치켜든다. '미쳤어?'라고 하듯이. 하지만 다른 의사가 그 의사에게 호통친다. 아무도 어째야 할지 모르는 것 같다.

그동안 우리는 비행기 계단에 도달한다.

"무슨 난리야, 프리먼?" 남자가, 아니 릭이 비행기 문에서 외친다. 얼음장 같은 바람이 그의 말을 반쯤 날려버린다. "총이 있을 거란 말은 안 했잖아."

"구출이라고 했잖아." 할아버지가 말한다. "뭘 기대한 건데? 그만 징징대고 이리 와서 좀 거들어."

릭이 계단을 껑충껑충 내려온다. 릭은 키가 작다. 168센티미터 정도? 하지만 몸이 다부지고 근육질이다. 콧수염이 입가에서 위로 동그랗게 말려 있다.

릭이 할아버지와 함께 오리온을 들고 비행기 계단을 오른다.

등 뒤에서 달려오는 발소리가 들린다. 돌아보니 경비가 30미터 전방에 있다.

25미터.

20미터.

경비가 멈춰 서더니 총을 어깨에 대고 머리 위로 다시 한 방 쏜다. "당장 멈춰! 이 아이들은 회사 자산이야."

"엿 먹어라." 비행기 문에서 오리온이 외친다.

"서둘러요." 내가 말한다.

할아버지가 다시 나와서 계단 난간을 붙잡고 미끄러져 내려온다. 릭이 뒤따라 뛰어 내려와 리브라를 안아들고, 할아버지는 리브라의 보행기를 든다.

"레오, 넌 혼자 올라가야겠다." 할아버지가 말한다. "목발부터 던져 넣어."

나는 계단을 쳐다본다. 짧은 계단이다. 단이 세 개, 아니 네 개밖에 되지 않는다. 하지만 무척 높아 보인다.

나는 뒤를 본다. 경비가 6미터 앞에 있다. 경비가 점프하면, 터치다운 하는 미식축구 선수처럼 달려들면, 나를 붙잡을 수도 있다.

할아버지가 보행기를 들고 비행기 안으로 들어간다. 나는 계단 밑에서 목발을 각각 들고 문을 향해 창던지기하듯 던진다. 그다음 난간을 붙잡고 몸무게를 되도록 성한 팔목과 성한 다리에 실으려 애쓰며 계단을 오른다.

한 계단.

두 계단.

그러고 보니 할아버지 집을 떠난 이후 내가 계단을 오르는 건 이번이 처음이다. 기지에서 난생처음 계단을 오르던 기억이 난다. 그때의 고통, 헛다리의 느낌. 지금은 귓속을 때리는 피 때문에 더 환장하겠다. 귀를 울리는 심장박동 소리가 미치게 크다. 내 뒤를 바짝 쫓아오는 경비에게도 들릴 것 같다. 경비의 구두 바닥이 아스팔트에 미끄러져 멈추는 마찰음이 내 목덜미에 닿는다. 경비가 바로 뒤에 있다.

"마지막 기회다. 멈춰!" 경비가 외친다.

내가 비행기 문에 이르자 릭이 나를 잡아당긴다. 나는 균형을 잃고 요상한 게걸음 춤을 추면서 문 바로 옆자리에 착석한다. 릭이 금속 레버를 잡아당긴다. 공기 펌프가 숨을 토하는 소리와 함께 계단이 접혀 올라온다. 릭이 다른 버튼을 누르자 문이 닫힌다.

짤깍.

바깥에서 경비가 고래고래 소리친다. "이륙은 꿈도 꾸지 마. 그럴 경우 발포한다. 발포—"

모두가 그를 무시한다.

할아버지가 조종석에서 몸을 뒤로 젖힌다. "준비됐니?"

"네? 네."

밖에서 계속 고함 소리가 난다.

"그나저나 이 비행기는 어디서 난 거야?" 할아버지 말소리가 들린다. "자네 농장 살수기가 아니잖아."

"비행 클럽에서 빌렸어." 릭이 헤드폰을 쓰면서 말한다. 그와 동시에 비행기 방향을 돌린다. "이걸 알래스카로 몰고 갈 줄은 몰랐을 거야."

"고마워." 할아버지가 말한다.

"언제든지." 릭이 말한다.

비행기가 활주로로 진입해서 온 방향과 반대로 질주한다. 나는 창밖을 내다본다. 눈과 바위가 속도에 눌려 흐릿하게 지나간다. 나는 긴장한다. 하지만 총소리는 나지 않는다.

갑자기 뱃속이 철렁한다. 비행기가 휘청하더니 다음 순간 공중에 뜬다. 비행기가 계속 올라간다. 중력이 공격한다. 중력이 내 몸의 신경섬유 하나하나를 잡아 내린다. 하지만 우리는 벗어난다. 우리는 떠난다. 우리는 땅을 버린다. 땅이 우리에게서 떨어져 나간다. 와~ 하는 함성이 들린다. 내가 내는 소리다. 행복한 비명.

나는 또 생각한다. 날다(fly)의 명사형이면서 동시에 달아나다(flee)의 명사형인 비행(flight).

산에서 벗어난다. 부트로스에게서 달아난다. 지구를 탈출한다.

심지어 엄마에게서 도망친다.

나는 거기서 생각을 멈춘다.

우리는 상승하고, 상승하고, 상승한다. 산봉우리가 우리 옆에 있다가 그마저도 저 아래로 사라진다. 우리는 어둠에 잠긴다. 우주 속에.

세상으로

여섯 시간 후, 이제 우리는 하강 중이다. 하강이 느껴진다. 귀가 먹먹하다. 나는 귀에 차오르는 압력을 깨기 위해 침을 삼킨다.

차가운 플라스틱 유리에 이마를 대고 창밖을 본다. 우리 아래에 밴쿠버가 빛의 그물망으로 모습을 드러낸다. 바다와 땅이 어둠의 조각보를 이룬다. 비행기가 그 위로 날다가 바다로 나갔다가 돌아가기를 반복하며 그때마다 조금씩 고도를 낮춘다. 프로펠러들이 공기의 급류 위로 슬피 우는 소리를 낸다.

"벨트 매." 앞쪽에서 할아버지가 소리친다.

나는 오리온과 리브라를 살핀다. 둘은 알 수 없는 표정을 하고 있다. 나는 내 벨트를 찰칵 잠근다.

비행기가 가파르게 하강한다. 내장들이 목구멍으로 올라오는 느낌이다. 몸이 위로, 위로, 위로 뜨려고 한다. 하늘로, 우주로. 몸이 로켓의 도움 없이도 사슬을 풀고 우주로 떠오를 태세다.

땅이 점점 가까워진다. 반짝이는 빌딩들이 다가온다. 창문들로 이루어진 거대한 빌딩들이 빛을 뿜는다. 비행기가 곧바로 도심 속으로 낙하하는 것 같다. 잠시지만 릭이 길거리에 착륙하려는 줄 알고, 교통을 마비시키며 밴쿠버 한복판에 비행기를 세우려는 줄 알고 등골이 오싹한다. 하지만 그때, 우리 앞쪽과 오른편에 활주로의 녹색 점들이 나타나고, 비행기는 방향을 휘잉 돌려 그리로 내려간다.

활주로는 금융가의 고층빌딩 숲으로부터 불과 1~2킬로미터 떨어져 있다. 하지만 일반 공항처럼 꽤 규모가 있다. 내려가면서 보니 우리 왼편으로 납작한 흰색 격납고가 두 동 있고, 자동차들이 도처에 주차해 있다. 꼭대기에 안테나가 있는 높다란 관제탑이 보인다. 우리에게 착륙 허가를 내려준 곳. 나는 할아버지가 이 일을 성사시키기 위해 동원한 연출의 규모가 새삼 궁금해진다.

땅에 닿기 직전 비행기가 공중에서 순간 멈추는 느낌이 난다. 동체가 땅과 하늘 사이에서 잠시 걸려 있는 듯하더니, 다음 순간 바퀴가 땅에 닿고 우리는 쿵쿵대며 앞으로 밀린다. 브레이크의 힘이 느껴진다. 속력이 극적으로 준다.

그리고 마침내 멈춘다.

할아버지가 좌석에서 일어나 우리에게로 온다. "릭이 문을 열면 밖에 차가 한 대 대기 중일 거야. 우리가 너희를 안고 내려가서 차에 태운다. 차로 디어레이크 공원까지 이동한다. 공연이 끝날 즈음엔 개인용 제트기가 기다리고 있을 거다."

"또 다른 개인용 제트기요?" 리브라가 말한다.

"그래."

리브라는 잠시 말을 잇지 못한다. 그러다 말한다. "대박."

릭이 합류해서 먼저 오리온을 들고 계단을 내려간다. 링거 주머니 때문에 천천히 조심조심 내려간다. 두 사람은 오리온을 비행기 바퀴에 기대놓고 다시 올라와 오리온의 휠체어를 나르고, 다음에는 리브라를 데리고 내려간다. 마지막으로 할아버지 혼자 올라온다. 할아버지가 비행기 조종석에서 메고 왔던 가방 두 개를 끄집어 내 그중 하나를 릭의 발치에 떨어뜨린다. 릭이 가방을 흘깃 내려다보고 고개를 끄덕인다.

나는 이것이 일종의 결제라는 걸 깨닫는다. 어떻게 모았는지 몰라도 할아버지가 긁어모은 현찰.

눈이 시큰거린다. 나는 눈을 깜박여 눈물을 막는다.

할아버지가 가방을 보는 나를 본다. 어깨를 으쓱하며 멋쩍게 웃는다. "목장을 떠나기 전에 금고에 있던 걸 죄다 쓸어 담아 왔지." 그러고는 나한테 팔을 내민다. 내 목발은 할아버지가 들고, 나는 할아버지의 부축을 받아 계단을 내려간다.

"자," 릭이 말한다. "내가 할 수 있는 건 여기까지. 이번 주가 끝나기 전에 이 아가씨를 도로 캘리포니아에 모셔다놓지 않으면 클럽에서 의심하기 시작할 테니까." 릭이 작게 경례를 붙인다. "행운을 빈다, 레오."

나도 경례한다. "구출하러 와주셔서 감사해요."

계단 밑에 새까만 리무진이 기다리고 있다. 차창도 모두 검다. 뒷문이 열려 있다. 리브라와 오리온이 타고 있는 게 분명하다.

순간 떠오르는 것이 있다. 우리가 불시착한 농부의 밭에 등장했던 검은 양복의 남자들과 검은 자동차들. 그때 리무진 앞문이 훌렁 열리며 회색 세로줄무늬 양복을 입은 남자가 훌쩍 내린다. 남자는 말쑥한 백발에 턱수염을 하얗게 기르고, 흰색 셔츠에 빨간 넥타이를 맸다. 양복 주머니의 장식용 손수건도 빨간색이다.

남자가 힘차게 걸어와 계단 아래서 기다린다. 우리가 땅에 닿자 할아버지의 어깨를 탁 친다.

"프리먼!" 남자가 말한다. "피어슨 필드 공항에 온 걸 환영해."

"반가워." 할아버지가 말한다. "그리고 도와줘서 고마워."

남자가 손사래를 친다. "이쪽이 손자?"

"맞아. 레오, 인사드려. 요나스 린센 씨야. 린드 항공사의 CEO. 대개는 자가용 경비행기를 만드는데, 여긴 린드 항공사가 비행기를 테스트하는 곳이야."

"처음 뵙겠습니다." 내가 말한다.

"그러니까 우주로 돌아가겠다는 아이가 너구나?"

"네."

요나스가 끄덕거린다. "내가 가장 멀리 나가본 건 고고도 시험 비행이었지. 지구의 만곡이 보일 만큼 높이 올라갔어. 아으, 나도 또 나가고 싶다. 안타깝게도 우리 비행기 중엔 그렇게 높이 날 수 있는 게 없어서 말이야."

"따라오려면 언제든 붙어." 할아버지가 웃으며 말한다. 두 사람만 아는 농담 타임?

"이 양복을 망치라고?" 요나스가 말한다. "이거, 이탈리아 헤링본 양복이야."

할아버지가 싱글 웃는다. "아무튼 고맙네. 자네 아니었으면 이 계획은 애초에 불가능했어. 말 그대로 뜨지도 못했을 거야."

요나스가 어깨를 으쓱한다. "별거 아냐. 자동차. 비행기. 나한테 남아도는 게 그건데 뭐."

"이게 보통 도움인가? 자동차는 한 시간 후에 돌려주겠네. 어쩌면 좀 더 걸릴 수도 있고. 비행기는- 돌려주려면 시간이 꽤 걸릴 거야."

"카자흐스탄으로 날아가나?"

"그래."

"거기 처박아둔 옛날 부란 우주선 중 하나를 타고 올라간다고?"

"자네도 알아?"

"내가 아는 게 많지. 그래서?"

"그다음은 언급하기 힘들어."

요나스가 껄껄 웃는다. "오케이. 좋아. 비행기는 돌려줄 수 있을 때 돌려줘."

나는 신기해서 요나스를 쳐다본다. "걱정 안 되세요? 비행기를 못 찾을 수도 있는데요."

요나스가 몸을 조금 굽혀서 나와 눈높이를 맞춘다. "난 너희 할아버지하고 공군에서 함께 굴렀어. 너희 할아버지가 내 지휘관이었지. 지휘관이 시키면 나는 한다." 잠시 침묵. "30년 전에 내가 NASA와 계약을 맺었어. 엔진 공급 계약. 그런데 회사가 개입했고, 인수했고, 프로젝트를 취소했어. 난 직원 200명을 해고해야 했지. 공군에는 이런 말이 있다. *누구도 뒤에 남겨두지 않는다.* 난 사람들을 뒤에 남겨두는 게 딱 싫어."

요나스가 몸을 바로 펴고 손을 내민다. 나와 악수하는 손에서 힘이 느껴진다.

"감사합니다."

"언제든지. 지금 상황에 맞는 표현은 아니지만."

검은색 차가 한 대 더 와서 선다. 요나스가 그걸 가리킨다. "저건 내 차. 리무진은 여러분을 공원으로 데려간다. 콘서트는-" 요나스가 손목시계를 본다. 구식 스피드마스터다. 할아버지의 것처럼.

"10분 후에 시작한다. 시작은 놓치겠는데? 하지만 중요한 건 끝부분 아니겠어?"

요나스는 그의 차로 성큼성큼 걸어가고, 할아버지와 나는 우리 차로 간다. 할아버지가 나를 리브라의 옆자리, 오리온의 맞은편 자리에 앉혀준다. 좌석 몇 개를 치우고 만든 공간에 오리온의 휠체어가 실려 있다. 요나스가 여기까지 신경 쓴 걸까? 우리가 도착하기 전에? 모두 계획에 있었던 일일까?

"할아버지한테 신세진 친구들이 엄청 많나 봐요?"

할아버지가 고개를 끄덕인다. "쓸 만한 인생 전략이지."

차가 움직이기 시작한다. 우리는 활주로를 따라 내려가다가 샛길로 빠진다. 공항 건물들을 지나 출입 통제용 문으로 간다. 문이 자동으로 열린다. 우리는 밴쿠버 시내로 나간다.

콘서트장으로.

세상으로.

리브라와 오리온과 함께. 불과 이틀 전만 해도 나한테 일어날 것으로 상상 못 했던 일이 일어나고 있다.

교향곡

우리는 번화한 거리와 대형 쇼핑몰의 땅을 통과해 금방 고층빌딩 숲으로 들어선다. 가로등 불빛이 물결처럼 덮친다. 가로등을 하나하나 지날 때마다 얼굴들이 환히 드러났다가 그림자 속에 빠지기를 반복한다. 소말리아 식품점들의 붉은 불빛, 아랍어 네온사인들, 자메이카 카페들의 울긋불긋 시끌벅적한 로고.

사람들이 보도를 바삐 오간다. 눈도 들지 않고, 어깨를 움츠리고 간다. 우리는 방향을 이리저리 꺾어가며 밴쿠버 시내를 달린다. 차창에 너울대는 불빛이 잠을 부른다. 졸음이 온다. 그냥 여기서 멈추고 이 모든 것을, 돌아간다는 희망을 잊고 싶은 마음이 든다.

우리는 밤 속으로 미끄러져 들어간다. 문2에 이미 돌아와 있는 느낌이다. 졸리다.

차가 주차장에 멈춰 선다.

유리 칸막이가 내려간다. "공원에 도착했습니다." 운전석에서 굵은 목소리가 말한다. "앞에 보이는 문으로 들어가세요. 콘서트장이 보입니다. 공터에 의자가 깔려 있어요." 잠시 침묵. "아, 잠시만요." 칸막이 너머로 포갠 담요가 여러 장 나타난다. "이게 필요하실 겁니다."

"요나스가 생각한 겁니까?" 할아버지가 묻는다.

"그렇습니다." 운전사가 말한다.

차문이 탁 열린다. 할아버지가 나를 내려주고, 이어 리브라를 내려서 차에 기대게 한 다음, 오리온의 휠체어를 내리고, 마지막으로 오리온을 내린다.

오리온이 마스크를 뗀다. "들려요." 목소리가 기운 없이 나직하다. "바이올린 소리가 들려요."

나도 귀를 기울인다. 정말이다. 음악 소리가 들린다. 가늘게 떠는 트레몰로 주법. 마치 공기 자체가 진동하는 것 같다.

할아버지가 담요를 오리온한테 둘러주고 휠체어를 민다. 리브라도 보행기에 의지해 뒤따른다. 나도 목발을 짚고 따라간다. 남들 눈에 우리 네 사람이 얼마나 이상한 조합으로 보일까 생각하면서. 우리는 문을 통과해 길을 따라 내려가다가 방향을 튼다. 그러자 탁 트인 공간이 나온다. 건너편에 유리벽으로 만든 낮은 건물이 있고, 정성들여 가꾼 정원이 공터를 둘러싸고 있다. 줄지어 심은 꽃들이 꼬마전구 그물 아래서 형형색색으로 빛난다. 앞쪽에는 호수가 은은하게 빛난다.

호수를 앞에 두고 공터 한복판에 의자들이 끝도 없이 놓여 있고, 유리 건물 아래에 설치한 무대에 하얀 셔츠와 까만 정장을 입은 오케스트라가 각자 악기를 들고 연주 중이다.

뒤쪽에 빈자리가 좀 있다. 할아버지가 우리를 이끌고 뒷줄로 간다. 할아버지와 리브라와 나는 의자에 앉고, 오리온은 통로에 휠체어를 세운다. 우리가 헉헉대며 앉을 때, 앞줄에서 어떤 모피 두른 노부인이 혀를 차며 돌아본다. 그러다 보행기와 목발과 휠체어를 보고 질겁한 얼굴이 된다. "미안해요." 여자가 속삭인다.

나는 주위를 둘러본다. 나무와 덤불이 멋스럽게 늘어서 있다. 근처에서 소나무 냄새가 음악의 파도에 실려 온다. 아니면 단풍나무? 단풍나무에도 향이 있나? 모르겠다. 나는 나무를 잘 모른다. 나무는 리브라의 전공이다.

공터 양편은 어둠에 잠겨 있다. 우리는 빛의 섬에 있다. 빛과 청중과 나무들의 섬. 수많은 밝은 점들. 우리 머리 위에서 거미줄처럼 온 방향으로 이어진 LED 꼬마전구들이 수백만 개의 반짝이 점이 되어 섬을 밝힌다.

그리고 음악이 사방을 채운다. 음악이 차오르고, 부풀고, 쌓인다.

심벌즈와 팀파니의 울림, 현들의 떨림, 목관악기의 휘파람과 금관악기의 금속성 광택이 사방으로 유동하고, 나를 관통한다. 악기들의 어우러짐이 별들의 소리 같다. 별들의 소리를 들을 수 있다면. 수많은 별들이 모두 함께 한 노래를 부르는 소리. 내가 들어도 이런 느낌인데 오리온은 어떤 생각을 하고 있을지 상상이 안 된다.

내가 아는 건 악기들의 이름 정도다. 내가 그나마 악기를 구분하는 건 다 오리온 덕분이다. 나는 오리온을 본다. 오리온과 살면서 내가 주워들은 게 얼마나 많은지 새삼 느껴져 웃음이 나온다.

하지만 나는 지금껏 한 번도 모차르트를 제대로 느껴본 적이 없었다. 오리온이 우리에게 유명한 연주를 들려줄 때마다 좋아하는 척했을 뿐이다. 그런데 같은 교향곡을 진짜 공기 속에서 실시간으로 듣는 지금, 나를 정말로 놀라게 하는 건, 그 안에 실려 있는 감정이다. 감정과 생각이 들린다. 그것들은 우연이 아니다. 의도적인 설계다. 이건 갈망에 대한 음악이다. 기대감에 관한 음악. 하지만 그걸로 끝이 아니다. 거기서 시작해 무언가 위대한 계시로, 어떤 사건으로 이어지는 음악이다. 심장이 가슴 안에서 부풀어 오르는 것 같다. 터져버릴 것 같다.

나는 다시 오리온을 본다. 오리온의 뺨에 눈물이 흘러내린다.

오리온은 눈물을 닦으려는 시도도 하지 않는다.

음악이 절정으로 치닫는다.

음악이 흡사 생명체 같다. 나름의 지능을 가진 것 같다. 별들의 노래처럼, 천체들이 한데 어울려 합창하는 것처럼 들리는 건 그 때문일까. 심지어 거기서 목소리가 들린다. 목소리가 뭔가를 말하는 것 같다. 알아들을 수만 있다면.

하지만 내가 이해한다고 생각하는 순간 그것은 번번이 내 이해를 벗어난다. 물처럼 빠르게 미끄러져 나간다.

바이올린이 점점 빨라지고, 타악기 소리가 약해진다. 음악은 이제 비가 된다. 비가 되어 우리에게 내린다. 한기가 느껴진다. 축축함도 느껴진다. 음악을 느낀다는 게 이런 것일까.

나는 몰랐다. 이런 것인 줄 몰랐다.

하지만 오리온은 알고 있었다. 오리온은 이런 것인 줄 이미 알고 있었다. 한 번도 들은 적 없이도 정체를 상상할 수 있었던 거다. 그래서 지금 울면서도 웃고 있는 거다.

맑고, 쨍하고, 추운 밤이다. 나는 담요를 바싹 당긴다.

음악이 부풀어 오른다. 계속 부푼다. 음악의 의미가 거기 있다. 잡으면 닿을 거리에 있다. 그러다 선율이 지그시 끝난다.

청중의 박수갈채가 터진다.

나는 어지럽다. 숨이 막힌다. 공중에 둥둥 뜬다. 그런데도 의자에 붙들려 있다. 중력이 여전히 나를 붙잡고 있다.

나는 몸을 돌려 오리온을 본다. 미소를 보낸다.

오리온도 미소 짓는다.

오리온이 두 눈을 감는다. 오리온의 눈꺼풀 아래로 눈알이 보이는 것만 같다. 눈꺼풀이 반투명하다.

오리온은 죽-

내 안의 어떤 목소리가 입을 연다. 나는 그 소리를 밟아 누른다. 닥치게 만든다.

"이제 움직여야겠다." 할아버지가 말한다. "한 장소에 너무 오래 있는 건 좋지 않아. 거기다 우린 굉장히 눈에 띄거든."

사람들이 자리에서 일어나 떠나기 시작한다. 통로에 있는 오리온의 휠체어 옆을 사람들이 힐끔거리며 스쳐 지나간다.

할아버지가 일어나 오리온의 휠체어로 가서 핸들을 잡는다.

"싫어요." 오리온이 말한다.

할아버지가 의아한 눈으로 오리온을 내려다본다.

"싫다니 무슨 말이야?" 내가 묻는다.

오리온이 눈을 들어 나를 본다. 눈이 반쯤 감겨 있다. 피부가 종이처럼 얇다. 안에서 허옇게 빛이 난다. 달처럼. 산소마스크가 오리온의 가슴팍에서 덜렁거린다. 회사에서 지급한 헐렁한 회색 스웨터 속으로 마른 갈비뼈가 보인다. 오리온이 마스크를 올려 산소를 마시는 둥 마는 둥 하더니 입가에 대충 댄다.

"난 다 왔어. 난 여기가 끝이야." 오리온이 말한다.

"아냐." 내가 말한다.

리브라는 울고 있다. 리브라는 이미 상황을 파악한 거다. 어쩌면 이미 한참 전에. 어쩌면 돔에 있을 때부터. 깨달음도 일종의 파동이다. 아직은 그 파동이 나한테 와서 부딪치는 게 싫다. 아직은 그게 나를 부수는 게 싫다.

"맞아." 오리온의 가슴이 가파르게 오르내린다. 오리온의 손이 너무나 작다. 손가락이 너무나 가늘다. 뼈들이 새처럼 바스라질 것 같다. "너도 알잖아. 너도 알고 있었을 거 아냐."

할아버지가 길고 낮게 한숨을 토한다. 한숨이 음악 소리를 낸다. 사람의 숨통을 악기 삼아 나오는 영혼의 소리.

사람들이 연이어 우리를 지나간다. 얼마 안 가 우리만 남는다. 이곳에 우리만 홀로 남는다. 수백만 개의 작은 불빛들 아래에. 교향곡의 잔향이 사방에서 잦아들고, 오케스트라가 악기 정리하는 소리가 잔해처럼 떨어지는 곳에.

그렇다. 나도 알고 있었다. 뱃속에 태아를 가진 여자가 비행 전 신체검사를 무사통과한다는 게 말이 안 된다는 것을 알고 있었던 것처럼. 나도 알고 있었다. 오리온이 스크린을 주고 떠나라는 둥, 그러면 부트로스 사령관에게 연락해서 돌아가겠다는 둥 터무니없는 작전을 늘어놓을 때부터. 무슨 그런 계획이 있어? 그게 무슨 동화 같은 발상이야?

나는 그것을 음악에서 들었다.

현들이 얼얼하게 예감을 키울 때, 음이 점점 거세게 일어날 때, 일어나고 또 일어날 때, 거기서 들었다.

그것이 음악이 나한테 내내 말하고 있던 거였다.

사랑

"리브라한테 잠깐― 할 말이 있어." 오리온이 말한다. 이제는 산소마스크를 대는 척하지도 않는다. 마스크가 오리온의 가슴께에 늘어져 있다. 인공조명 아래서 어슴푸레 빛나는 것이 희멀건 바다 생물 같다. 오징어 같다.

할아버지와 나는 뒤로 물러난다. 달리 어떻게 하겠는가? 리브라만 오리온의 옆에 남는다. 리브라가 오리온 옆에 있는 의자에 주저앉는다. 서로 기댈 수 있게. 오리온이 말할 수 있게. 둘은 머리를 맞대고 한참 귓속말을 나눈다. 그러다 리브라가 몸을 일으켜 나한테 온다. 두 뺨이 눈물로 젖어 있다.

"너랑 얘기하고 싶대." 리브라가 말한다.

중력이 평소보다 나를 더 세게 잡아당긴다. 두 발이 땅에서 떨어지지 않는다. 나는 천천히 움직인다.

무수히 흩어진 불빛들 아래서 오리온은 너무나 창백하다. 다른 모든 것은 떨어져 나갔다. 우리는 지금 우리만의 소행성에 있다. 우주를 떠다니는 소행성.

"내 휠체어," 오리온이 말한다. "뒷주머니에. 꺼내."

나는 휠체어 뒷주머니를 열고 거기 있는 걸 꺼낸다. E. E. 커밍스의 시집이다. 내가 오리온한테 선물했던 책.

“가져.” 오리온이 말한다. “다시 가지고 올라가줘.”

“정말?”

“커밍스는 우주에 있는 게 맞아.” 오리온이 말한다.

눈물이 터지려고 한다. 나는 참는다. 울 때가 아니다.

“미안해.” 오리온이 말한다. “미안해, 내가 나라서. 네가 너라서. 나, 다 알고 있었어. 이렇게 일찍 헤어지지 않더라도 난 결코, 네가 원하는 사람이 되지 못했을 거야.”

“알아.”

오리온의 눈이 공간으로 가득하다. 은하들, 영겁들. 무한으로 뻗어나간 어둠. 오리온이 빠져나가고 있다.

오리온이 눈을 감는다.

“안 돼.” 나는 비로소 울기 시작한다. 뜨거운 눈물이 영원히 멈추지 않을 것처럼 쏟아져 나온다. 내 몸 안에 이렇게 많은 물이 있을 줄 정말 몰랐다. 물이 내 안에서 거세게 휘돌며 파도를 만든다. 다시는 내가 고체가 되지 못할 것 같다. 나는 말을 하려다 목이 멘다. 다시 시도한다. “안 돼. 가지 마. 있어줘. 제발 그냥 남아줘. 내가 원하는 건 그뿐이야.”

오리온의 눈꺼풀이 떨린다. “미안해.”

내 눈물이 오리온한테 뚝뚝 떨어진다. 오리온의 피부 위에. 목장에 있을 때는 오리온 생각을 별로 하지 않았다. 많이 하지 않았다. 어떻게 오리온 생각을 하지 않고 지낼 수 있었지? 오리온과 쉴 새 없이 떠들어야 했는데. 그게 정상인데. 스크린을 손에서 놓을 새 없이 서로 얼굴 보고 말을 해야 했는데. 스크린을 차단한 회사가 증오스럽다. 눈앞의 모든 것이 흐릿하다. 이제는 오리온도 보이지 않는다. 꼭 봐야 할 때.

"가지 마. 가지 마. 제발 가지 마. 안 돼." 나는 애원한다. 반쯤 정신이 나가서 주절댄다. "못 가. 무조건 못 가." 나는 오리온을 잡아 흔든다. "이대로 가면 안 돼. 첫 키스는 항상 너랑 한다고 생각했어. 항상 그걸 꿈꿨는데, 이렇게는 못 가. 아직 첫 키스도 못 했는데, 가면 안 돼. 가지 마, 가지 마, 못 가."

정적.

그때 속삭임 하나가 우리 사이의 공기에 스친다. 너무 약하고 너무 부드럽다. 너무 조용하다. 오리온의 말이 들리지 않는다.

"뭐라고?" 내가 묻는다.

오리온의 입술 사이에서 작은 바람이 새어나온다. 그게 다다. 무슨 말인지 알아들을 수가 없다.

나는 몸을 더 바싹 붙인다. "뭐라 그랬어?"

오리온이 잠깐 머리를 들고, 내 손에 손을 얹고, 나한테 키스한다. 내 뺨에. 오리온의 입술이 종이처럼 바삭하게 말라 있다. 내가 상상했던, 꿈꿨던 키스와는 전혀 다르다. 그런데도 순간 세상이 멈춘다. 달마저 멈춘다. 결국은 모두 사랑으로 매여 있는 거니까. 달도 사랑으로 지구에 묶여 있으니까.

오리온이 다시 머리를 숙인다.

"됐지?" 오리온이 말한다.

"고마워."

오리온의 입술에 미소의 그림자가 뜬다. "널 너희 엄마로 상상했어."

나는 웃는다. 다음 순간 웃은 게 후회된다.

"아름다운 분이잖아, 너희 엄마." 오리온이 미소 짓는다. "고맙다, 레오. 너무나 이처럼 놀라운 날을 줘서."

오리온이 흐트러지기 시작한다. 말조차 정상적인 순서로 나오지 않는다.

오리온이 더는 말하지 않는다.

나는 증인을 선다. 눈을 감지 않는다.

나는 끝까지 오리온의 눈을 바라본다.

은하들, 검은 영원, 가슴 미어지게 깊은 대답.

그래.

그리고 오리온이 숨을 거둔다.

그 순간이 왔고, 그 순간이 지나갔음을 느낀다. 오리온의 가슴이 오르내리기를 멈춘다. 오리온의 얼굴이, 이목구비가 맥없이 풀린다. 오리온이 갔다.

"안 돼. 안 돼, 안 돼, 안 돼."

리브라가 돌아온다.

우리는 서로를 붙든다.

우리는 놓지 않는다.

우리는 사랑으로 묶여 있기 때문에.

흙과 해바라기 씨

리브라가 오리온의 휠체어 옆 의자에 몸을 얹는다. 담요를 당겨 몸을 덮고 두 손을 내민다. 뭔가를 달라고 하듯이.

"뭐?" 내가 묻는다.

"스크린 줘." 리브라가 말한다.

"뭐?"

"스크린. 부트로스 사령관한테 전화하게. 오리온의 계획대로."

"하지만 오리온이 죽었어." 내 입에서 나오는 말이 초현실적으로, 꿈처럼 들린다. 현실일 리 없는 말. 하지만 현실이다.

"바로 그거야." 리브라가 말한다. "그리고 넌 살아 있어. 넌 예정대로 가야 한다는 뜻이지. 내가 방해가 될 수는 없어. 난 너랑 함께 돌아가고 싶지 않아. 난 내 정원으로 가고 싶어. 그러니까 스크린을 줘. 그리고 떠나. 15분 기다렸다가 전화할게."

"사람들이 우린 어디 갔냐고 물으면?" 할아버지가 말한다.

"모른다고 할 거예요." 리브라가 말한다.

"사람들이- 널 압박할지 몰라."

리브라가 옆에 있는 보행기와 거기 달린 산소통을 가리킨다. "이렇게 만들어놓고 어떻게 더 압박하겠어요?"

나는 잠시 망설인다.

“얼른 가.” 리브라가 말한다. “도착하면 비드링크 해.”

“리브라 말이 맞다.” 할아버지가 말한다. “빨리 움직여야 해.”

“오케이, 오케이.” 나는 몸을 굽혀 리브라의 뺨에 키스한다. 리브라의 피부는 오리온보다 부드럽고, 따뜻하다. “사랑해.”

“나도 사랑해. 잘 가.” 리브라가 나를 끌어안는다. 나를 놓아주고 담요로 몸을 더 꼭 감싼다. 그러다 한 손을 든다. “잠깐.” 리브라가 담요를 조금 내리고 옷 안에 손을 넣어 흙이 손톱만큼 들어 있는 목걸이 갑을 꺼낸다. 리브라 엄마가 준 플로리다의 흙. 리브라가 은 목걸이를 벗어서 나한테 내민다.

“나 준다고?”

“그래.” 리브라가 목걸이를 놓는다. 은사슬이 둥글게 오므린 내 손바닥 안에 차가운 물처럼 고인다. “지구의 일부. 네가 걸어. 그리고 우릴 기억해줘. 행운의 부적이야.”

나는 입을 굳게 다물고 끄덕인다. 그리고 목걸이를 건다. 목걸이가 차갑게 살에 닿는다. 나는 목걸이를 스웨터 안에, 셔츠 안에 넣는다. “항상 간직할게.”

리브라가 손을 들어 내게 반지 낀 손가락을 보여준다. 내가 해바라기 씨를 넣어서 선물한 반지. 리브라가 미소 짓는다.

나는 셔츠 아래로 목걸이 갑을 어루만진다. 나도 미소 짓는다.

리브라가 우주에서 자란 식물을 지구에 가져오고 싶어 했던 게 생각난다. 리브라는 우주의 무언가를 여기에 두고 싶어 했다. 이제 나는 그 반대로 하고 있다. 리브라한테 지구의 일부를 받아서 다시 하늘로 가져간다. 이제 알 것 같다.

왜 이 두 가지를 섞고 싶어 하는지 이제는 알 것 같다.

"오케이." 리브라가 목청을 가다듬는다. "이제 우주로 꺼져버려."

나는 리브라의 기습에 웃음이 터진다. 리브라도 몸을 돌리며 웃는다. 하지만 웃으면서 우는 게 보인다.

"나를 위해 해줘. 학교 졸업하고 식물학자가 돼줘. 아이들도 낳아. 다 해."

"노력할게. 믿어봐."

그럼, 믿고말고.

"가자." 할아버지가 말한다. 하지만 목소리가 눅눅하다.

우리는 간다.

우리는–

–다시 차 있는 데로 걸어간다.

–차로 밴쿠버 거리를 통과한다. 가로등과 상점들과 보도가 우리를 쌩쌩 지나간다.

–차가 '피어슨 필드: 린드 항공사 승무원과 직원 외 출입금지'라는 표지가 대문짝만 하게 붙은 출입 통제용 문에 다다른다.

–차가 비행장으로 들어간다.

–우리는 날렵한 개인용 제트기 앞에 멈춰 선다. 조종사 두 명의 실루엣이 보이고, 계단은 이미 내려와 우리를 기다린다.

"저걸 타시면 됩니다." 운전사가 칸막이 너머로 손을 내밀어 우리와 악수한다. "행운을 빕니다."

"감사합니다."

우리는 비행기 계단을 오른다. 할아버지가 나를 부축한다. 승무원은 없다. 우리는 알아서 고급스러운 가죽의자에 착석해 안전벨트를 맨다.

"환영합니다." 인터컴에서 목소리가 나온다. "저는 오늘 밤 여러분을 바이코누르까지 모시고 갈 안젤로스 기장입니다. 제 부조종사는 공군 대위 랭로쿤입니다. 목표 순항 고도는 1만 미터이며, 급유를 위한 중간 기착을 거쳐 목적지 도착은 내일 아침이 될 예정이니 편히 자리해주시기 바랍니다. 뒤편 냉장고에 간단한 식사와 음료가 마련되어 있습니다. 갑작스러운 운항 편성으로 승무원이 배정되지 못한 점 양해 부탁드리며, 모쪼록 즐거운 여행 되시기 바랍니다."

짤깍. 인터컴이 꺼진다.

유니폼을 입은 남자(짐작건대 랭로쿤 대위)가 나와서 비행기 문을 닫는다.

이윽고-

비행기가 활주로로 이동한다.

가속한다. 그리고 하늘로 날아오른다.

그러는 내내 나는 리브라를 생각한다. 형제의 주검 옆에 담요로 몸을 감고 혼자 앉아 있을 리브라. 그러는 내내 나는 목걸이 갑을 쥐고 있다. 리브라의 선물. 지구의 일부. 나는 그걸 손에 꼭 쥔다. 한 손으로 지구를 꼭 붙든다. 오직 한 손으로만. 나의 나머지는 하늘로 날아오른다.

바이코누르

우리는 몇 시간을 날아간다. 집에 있을 때와 비슷하다. 서서히 밝아오는 검은 하늘과 우리 뒤를 따라오는 해돋이.

우리는 광활한 러시아 땅 동쪽 끝의 어딘가에 착륙한다. 보이지 않는 사람들이 비행기에 급유한다. 우리가 다시 이륙할 때 태양이 우리 뒤 지평선을 떠나 말갛게 갠 남색 하늘로 떠오른다.

그후 깜빡 잠이 들었나 보다. 깨보니 다시 하강 중이다. 귀가 먹먹하다. 얼마 안 가 비행기가 양옆에 관목이 무성한 활주로에 내려앉는다. 태양이 하늘 높이 떠 있고, 사막이 사방으로 뻗어 있다. 납작한 건물 몇 개가 여기가 공항 시설이라는 유일한 증거다.

인터컴이 칙칙거린다.

"바이코누르에 도착했습니다." 기장이 말한다. "현지 기온은 항공계기 기준 영하 1도입니다. 따뜻한 옷을 구비하셨길 바랍니다."

랭로쿤 대위가 조종석에서 나와 우리에게 목례하고 문 옆에서 대기한다. 계단이 펴지기를 기다리는 모양이다. 마침내 대위가 크랭크를 돌려 문을 연다. 빛의 터널이 대위를 둥근 테에 넣는다.

랭로쿤은 가무잡잡한 피부에 반백의 머리를 바싹 자른 중년의 남자다. "질문은 하지 않겠습니다." 대위가 말한다. "하지만 뉴스는 챙겨 보겠습니다."

할아버지가 웃는다. "보기 불편한 뉴스가 되지 않게 노력하죠."

랭로쿤이 고개를 끄덕이고 우리와 악수한다. 우리는 비행기를 나선다.

바깥은 눈을 뜰 수 없게 밝다. 할아버지가 내 목발을 먼저 날라 놓고 다시 올라와 내가 계단 내려가는 걸 돕는다. 나는 주위를 둘러본다. 사방에 인적이라곤 없다. 그저 격납고 몇 동과 관리소로 보이는 건물이 하나 있을 뿐이다. 관목과 모래와 붉은 흙으로 덮인 낮고 평평한 땅이 공항을 에워싸고 있다.

"카자흐스탄." 할아버지가 말한다. "솔직히 말하면 황무지지. 자, 유리가 어디 있나?"

할아버지의 말이 끝나기 무섭게, 우리를 향해 달려오는 낡은 군용 지프 한 대가 보인다. 잠시 후 지프가 활주로에 서 있는 우리 앞에 딱 멈춘다. 드럼통처럼 배가 나온 남자가 입이 찢어지게 웃으며 지프에서 내린다. 남자의 콧수염이 바람에 펄럭인다.

"프리먼!" 남자가 외친다. "프리먼!"

남자가 웃음이 귀까지 걸린 얼굴로 뒤뚱뒤뚱 걸어와 할아버지를 끌어안고 들어 올린다. 할아버지 발이 땅에서 들린다.

"잘 있었나, 유리." 할아버지가 말한다.

유리가 할아버지를 내려놓고 몸을 굽혀 나를 본다. 유리는 키가 엄청 크다. 195센티미터도 넘는 것 같다. 우주비행사치고 불편할 만큼 크다. 현역 시절에 남보다 더 쭈그리고 웅크려야 했을 거다.

"네가 바로 그 꼬마 우주비행사구나." 유리가 말한다. 깔보는 말로 들릴 수 있는데 왠지 그렇게 들리지 않는다. "우리가 우주로 쏘아 보낼 우주비행사."

"음, 네. 레오예요, 안녕하세요."

유리가 너털웃음을 터뜨리며 나를 번쩍 든다. 땅에서 그대로 들어 올려 꽉 끌어안는다.

"조심해." 할아버지가 말한다. "레오 골 질량이–"

"아, 젠장, 깜빡했네." 유리가 손에 힘을 빼고 나를 땅에 살살 내려놓는다. 대신 할아버지의 등을 철썩 갈긴다. "더럽게 반가워, 프리먼. 실제로는 생전 못 볼 줄 알았는데 말이야."

"나도." 할아버지가 말한다. "자넨 예전 모습 그대로구만."

유리가 전자담배를 꺼내 입에 문다. 그러다 나를 보고 말한다. "너희 할아버지랑 미션을 많이 다녔단다. 우주에서 몇 개월씩 함께 지내곤 했지. 사람과 사람이 함께 복작대다 보면, 흡입관에다 나란히 오줌 싸며 지내다 보면 친해지지 않을 수가 없어."

"음, 네." 맞는 말이다. 오리온과 리브라가 생각난다. 하지만 그 생각을 맘속에서 쫓아낸다.

유리가 말한다. "이제 우주선 발사기지로 가볼까? 차로 한 시간쯤 걸려. 내 차로 가세."

할아버지가 유리의 지프를 쳐다본다. 차체의 상당 부분이 실종됐거나 너덜거린다. 타이어 하나는 심각하게 바람이 빠졌다.

"러시아 엔지니어링은," 유리가 말한다. "보기보다 내실 있어. 우리 옛날 로켓을 봐."

"제발 그랬으면." 할아버지가 말한다.

유리가 머리를 내젓는다. "난 원래 행운의 사나이야." 유리가 나한테 윙크한다. "너희 할아버지한테 물어봐라. 내가 얼마나 운이 좋은지. 난 부적이나 마찬가지야."

할아버지가 나를 보고 웃는다. "운이 좀 따르는 편이긴 해."

"최고의 행운아. 거기다 자네도 이렇게 다시 왔으니 운에 운이 더 붙었지! 그러니까 타!"

유리가 차문을 열고 우리를 맞아들인다. 두 분이 나를 들어 뒷자리에 앉히고, 목발은 차 뒤에 던져 넣는다. 할아버지가 조수석에 앉자 유리가 기어를 넣는다. 차가 경련하듯 덜커덩 출발한다.

우리는 이내 활주로를 벗어난다. 경계초소와 가시철망을 두른 문이 나타난다. 칼라시니코프 소총을 든 초병들도 있다. 하지만 유리와 안면이 있는 듯 통과하라는 손짓을 한다. 우리는 비포장도로를 타고 공항에서 벗어나 텅 빈 대지를 덜컹대며 달린다. 나는 땀이 났다가 오슬오슬 춥다가를 반복한다. 몸이 추위에 제대로 적응하지 못하는 것 같다.

나는 창밖을 내다본다. 위치에서 벗어나고, 좌초하고, 방향감각을 잃은 기분이다. 내가 느끼는 모든 것은 '혼란'과 관계있다. 불과 48시간 전만 해도 나는 알래스카 산 정상에 있었다. 그런데 지금은 카자흐스탄에 있다. 낡은 러시아 지프를 타고, 도로라고 할 수 없는 도로를 달리고 있다. 바람과 눈에 황량하게 씻긴 풍경 속을, 모래땅 여기저기에 하얗고 두텁게 깔린 눈밭 사이를 간다.

우리는 그렇게 달린다. 하지만 달리지 않는 것 같다. 아무리 달려도 풍경에 조금의 변화도 없기 때문에. 멀리에는 항상 산이 있고, 하늘과 땅이 닿은 곳은 항상 회색으로 번져 있다. 하지만 조금도 가까워지지 않는다. 우리는 그저 털털대며 사막을 갈 뿐이다.

시간이 흐른다. 마침내 우리 앞에 공간이 열리기 시작한다. 고정된 풍경이 풀리는가 싶더니 도로가 곡선을 그리기 시작한다. 처음에는 완만하게, 그러다 급격하게. 나는 도로가 강굽이를 따라가고 있다는 걸 깨닫는다. 우리 왼편의 얕은 골짜기를 따라 강이 흐른다. 하지만 강 건너편은 사막이 계속된다. 마치 강은 그저 모래와 관목과 눈이 만드는 끝없는 이야기의 짧은 반전인 것처럼.

유리가 운전석 창밖을 가리킨다. "시르다리야 강. 이 지역의 유일한 물이지."

카자흐 평원을 잉크처럼 검게 흐르는 강이 보인다. 강은 더디고 넓게 흐른다. 나무는 거의 없다. 보이는 것이라곤 피폐하게 흙먼지 날리는 땅뿐이다. 진정한 의미의 황야. 가여운 몰골로 물굽이를 따라 헤매는 동물이 있다. 동물의 입김이 머리 위에 구름처럼 서린다. 너무 멀어서 어떤 동물인지 알아보기 어렵다.

"저거 뭐예요?"

"낙타." 내가 가리키는 것을 보고 유리가 말한다.

"와우, 야생 동물은 거의 다 멸종된 줄 알았어요."

"낙타는 더럽게 고집이 세서 잘 안 죽어. 우리 할아버지가 낙타를 길렀는데 난 그렇게 싫더라구."

나는 창밖으로 지나가는 강을 바라본다. 유리 같은 수면을 본다. "물도 엄청 많네요."

"맞아. 하지만 차가워서 사람이 빠지면 죽어." 유리가 껄껄 웃는다. "가끔은 다른 사람이 구한답시고 뛰어들지. 그럼 같이 죽는 거야. 저체온증으로."

할아버지가 유리에게 뭔가를 속삭인다. 유리가 입을 다문다.

오리온 소식을 전하셨구나. 이상하게 당황스럽다. 내 친구이자 형제이자 그 이상이었던 존재의 죽음이 마치 부끄러운 일인 것처럼. 그러다 화끈거리는 뺨이 도리어 창피해진다. 나는 차창에 기대고 차갑고 반드러운 유리에 이마를 누른다.

우리 앞에 사막이 펼쳐진다. 풀이 볼품없이 듬성듬성 자란 모래 대지가 완만한 경사로 오르내리며 끝없이 이어진다.

서서히 도시가 시야에 들어온다. 처음에는 지평선에 걸린 뿌연 도형들로 보이다가 점점 빌딩과 크레인과 집 들로 구체화한다.

"바이코누르 발사기지." 유리가 말한다. "일명 고요의 기지."

이제 보니 로켓 센터다. 예전에 여기 있었던 로켓 발사장 주위로 건설된 도시다. 양옆으로 창고와 아파트로 보이는 건물들이 휙휙 지나간다. 미국과 소련의 우주 경쟁이 절정이었던, 그리고 ISS가 한창 건설되던 20세기에는 여기에 얼마나 많은 사람들이 살았을까.

하지만 사람 그림자를 찾기 어렵다. 녹슨 차, 목도리를 칭칭 감고 절뚝거리며 걷는 남자, 거리를 헤매는 주인 없는 개들. 바람에 먼지가 인다. 손이 시리다. 나는 두 손을 모으고 입김을 분다.

우리는 똑바로 달린다. 왼편에 기중기 같은 높다란 구조물이 보인다. 한때는 발사 전에 로켓을 고정하는 T자형 지지대였을 거다. 기차역도 있다. 선로 위에 버려진 화물 컨테이너들. 필요한 곳으로 장비를 날랐을 트레일러들. 철도 침목들 사이에 잡초가 무성하다.

그러다 도시가 사라진다. 유리는 계속 운전한다.

"여기 아니야?" 할아버지가 말한다.

"가는 데는 따로 있어." 유리가 말한다.

"어디?"

"가보면 알아. 날 믿어."

비밀 기지

유리는 아무 설명도 하지 않는다. 그저 운전대만 잡고 있다. 도로는 길고, 기복이 없고, 울퉁불퉁하다. 가끔씩 창밖으로 판잣집들이 지나간다. 어딜 봐도 망각 속에 버려진 모습이다. 도로가 그렇고, 건물과 집들도 모두 그렇다. 오랜 세월 아무도 들여다보지 않은 놀이방에 흩어진 장난감들처럼 그냥 그렇게 멈춰 있다.

앞유리창 너머로 검은 숲이 나타난다. 키 큰 소나무들. 처음으로 보는 나무다운 나무들이다. 여기는 기본적으로 사막이다. 일부러 심은 나무들이라는 생각이 든다. 무슨 목적으로 심었을까.

차가 도로에서 벗어나 더 울퉁불퉁한 길로 접어든다. 길이 숲 쪽으로 꺾어진다. 숲이 앞유리창을 한가득 채운다. 숲으로 들어섬과 동시에 우리는 갑자기 그림자와 그늘 속으로 처박힌다. 차 안의 온도가 더 떨어진다. 나는 두 손을 겨드랑이에 넣는다.

나무들이 양쪽에서 덤벼든다. 할아버지가 나를 돌아보며 어깨를 으쓱한다. 할아버지도 어디로 가는지 영문을 모른다. 보이는 건 도로와 양옆을 막아선 숲뿐이다. 그러다 빛살이 숲을 찌르고 들어온다.

다음 순간 앞이 뚫린 느낌이 들면서 높다란 콘크리트 벽이 나타난다. 우리는 바닥이 쩍쩍 갈라진 주차장으로 들어가 멈춰 선다.

나는 창밖을 살피다 문을 열고 내다본다. 순간 숨이 헉 막힌다.

내가 본 것 중 가장 거대한 구조물이 버티고 있다. 격납고처럼 생겼다. 회색의 육중하기 짝이 없는 직사각형 덩어리. 네바다 기지의 어떤 건물도 여기에 대면 성냥갑이다. 알래스카의 마운틴 돔조차 여기에 대면 건축 모형에 불과하다. 건물 꼭대기는 차에서 나와야 보인다. 건물이 마천루처럼 높다랗게 하늘로 솟아 있다.

"90미터." 내가 올려다보는 걸 보고 유리가 말한다. "폭은 150미터. 비도 내려. 안에. 가끔."

"비가 와요? 건물 안에요?"

"그래. 워낙 크다 보니 자체적으로 기후를 만들어. 태양이 금속벽의 아랫부분을 가열하면 물이 증발해서 위로 올라가고, 건물 상층부의 찬 공기를 만나 응결하지. 건물이 이렇게 엽기적으로 큰 데엔 이유가 있어. 우주 경쟁 시절 우리가 남들 모르게 물건을 숨겨놓던 데가 여기거든."

할아버지도 놀란 눈으로 건물을 올려다본다. "어마어마하네. 우리가 어떻게 몰랐지? 정찰기에서 보이고도 남았을 텐데."

"내 생각엔 미국도 알았어." 유리가 말한다. "알았지만 무시한 거야. 어차피 우리한테 돈줄이 끊어지고 우주 계획이 엎어질 걸 알았던 거지."

"그렇군요." 내가 말한다.

"그래. 글라스노스트* 때. 그후로 ISS 건설이 시작되고 양국이 다시 협력하기 시작했지만, 비밀은 여전히 여기에 잠자고 있지."

나는 거대한 건물을 다시 바라본다. 상상이 간다.

---

* Glasnost. 1980년대 소련의 고르바초프 정권이 내세운 정치적, 문화적 개방 정책을 말한다.

"이쯤 해두고," 유리가 말한다. "들어갑시다."

유리가 괴물 격납고 건물로 향한다. 할아버지와 내가 뒤를 따른다. 다가갈수록 건물이 절벽처럼 우리를 압도한다. 우리 앞에 리벳을 박은 철문이 나타난다. 건물에 비하면 놀랍게 작은 문이다. 건물 옆면은 전체가 거대한 미닫이문이다. 필요하면 벽을 밀어서 열고 안에 있는 걸 내보낼 수 있다는 뜻이다.

유리가 문 옆에 있는 키패드로 가서 코드를 입력하고, 엄지를 대고 누른다. 철컹 소리와 함께 문이 홀렁 열린다. 우리는 안으로 들어간다. 들어가자마자 뻥 뚫린 격납고 내부가 나타난 건 아니다. 앞에 강철 벽이 있고 거미줄이 펄럭이는 좁은 계단이 보인다. 유리가 옆의 스위치를 올리자 머리 위에서 형광등이 깜빡이며 들어온다. 계단은 오른편 위로 이어진다.

"올라가세."

우리는 올라간다. 층계참에서 방향을 바꾼다. 계속 올라간다.

숨이 가쁘다. 심장이 터질 것처럼 뛴다. 진땀이 난다. 네바다 기지에서 소토와 계단을 오르던 기억이 난다. 그때가 전생처럼 멀게 느껴진다. 몸이 부들부들 떨리기 시작한다. 멈추지 않는 몸서리처럼 격렬하게. 기괴하다.

다른 문이 나온다. 드디어 격납고로 통하는 문 같다. 문이 열리면 격납고가 내려다보이겠지. 유리가 다시 코드를 입력하고, 다시 엄지손가락 지문을 찍는다. 문이 조용히 열린다.

나는 또 숨이 멎는다. 아니, 숨이 목구멍에 탁 걸린다.

우리는 일종의 플랫폼에 서 있다. 바닥이 철망이라서 작은 구멍들을 통해 30미터 아래의 콘크리트 바닥이 훤히 보인다. 현기증이 난다. 회색 강철 천장은 아직도 구름처럼 까마득히 높다. 통로와 지붕에서 새들이 날아올라 까악까악 울며 선회한다. 검정 비단 조각들이 바람에 날리는 것 같다. 새들이 날카롭게 울고, 빙빙 돌다가 더 멀리에 있는 가로대와 계단에 앉는다.

우리가 서 있는 플랫폼은 건물의 바닥과 천장 사이 중간쯤에 있다. 플랫폼에서 시작해 통로들이 공중을 바둑판처럼 엮으며 뻗어나가고, 금속 다리들이 허공을 가로지른다.

하지만 주인공은 따로 있다. 강관과 콘크리트로 만든 구조물들이 이것들을 매달고 떠받치고 둘러싸는 동시에, 이것들의 도어와 엔진과 계기판에 접근하는 통로를 이룬다. 전체적으로 먼지가 꺼멓게 앉았다. 여기저기서 까마귀 똥이 뚝뚝 떨어진다. 천장에 달린 플라스틱 등에서 불빛이 창처럼 예리하게 내려와 이것들을 밝힌다. 이것들은, 우주선들이다.

우주왕복선들.

날렵하고, 동시에 육중한 물체들. 비행기와 비슷하지만, 그보다 크고, 후미에 로켓 엔진이 달린 것들.

우주선 세 대가 한 줄로 늘어서 있다. 한 대의 크기가 아파트 건물만 하다. 녹슬어 얼룩지고 세월에 방치된 채로.

"맙소사," 할아버지가 말한다. "솔직히 반신반의했는데."

유리가 자기 소유물을 소개하듯 한 손을 쓱 내민다. "부란 우주왕복선. 부란은 눈보라라는 뜻이야. 미국 우주왕복선의 대항마로 우주 경쟁의 종료 시점에 개발됐다가 소련 체제 붕괴로 선반 신세가 됐지."

할아버지가 우주선들을 보며 얼굴을 찌푸린다. 한 대는 한쪽 날개가 없다. 드러난 계기판에 전선이 삐져나와 있다. 녹슬지 않은 데가 없다. 한 대에서 엔진이 떨어져 나가 바닥의 부서진 지지대와 먼지 더미 속에 묻혀 있다.

"이중 하나를 타는 건가?"

유리가 웃음을 터뜨린다. "아니." 그가 우리 오른편을, 건물 반대편 끝을 가리킨다. "자네, 거리 감각 좋지? 자네 눈엔 저 끝까지가 180미터로 보이나?"

할아버지가 눈을 가늘게 뜨고 거리를 가늠한다. 우리의 눈이 건물 벽을 죽 따라간다. 벽이 끝나는 곳을 철판이 가로막고 있다. 할아버지가 손가락을 까딱이며 중얼중얼한다. 우리가 있는 곳부터 벽을 따라 통로의 길이를 눈대중으로 재며 혼잣말로 미터를 센다.

"아니," 할아버지가 말한다. "120미터밖에 안 되겠는걸."

"맞아." 유리가 말한다. "따라오게."

유리가 통로를 따라 내려가기 시작한다. 우리는 따라간다. 내 기분에는 한참을 걷는다. 다리가 아파온다. 가슴에서 쉿소리가 난다. 하지만 불평할 분위기가 아니다. 우리는 부란 중 하나를 지난다. 우주선의 원추형 앞부분을 빙 두른 거대한 유리창 안으로 어둠에 잠긴 조종석과 계기판의 그림자가 보인다.

나는 터덜터덜 걷는다. 다리 통증이 심해진다. 중력이 나를 잡고 늘어진다. 덜걱대는 철망 발판 틈으로 나를 엿가락처럼 잡아당겨 바닥으로 추락시키려 한다.

할아버지가 돌아본다. 내가 힘들어하는 꼴을 보고 뒷걸음으로 다가온다. "괜찮니?"

나는 숨을 들이마시고, 고개를 끄덕인다. 하지만 내 다리는 쇠막대가 되었다. 무릎이 굽혀지지 않는다.

"너무 피곤해요."

우리는 통로의 반밖에 가지 못했다. 유리와 할아버지가 시선만 한 번 교환하고 말없이 우주비행사 텔레파시를 주고받는다. "목발 들어봐." 할아버지가 말한다.

나는 목발을 한 손에 모아들고 자빠지지 않으려고 안간힘 쓴다.

할아버지와 유리가 양옆에서 내 겨드랑이에 손을 넣는다. 갑자기 내 몸이 공중으로 붕 뜬다. 두 사람이 나를 들고 전진한다. 나는 두 사람 사이에서 통로 위를 둥둥 떠간다. 만약 두 사람을 특수 효과로 지워버리면 나는 공중 부양해서 유령처럼 움직이는 게 된다. 두 사람의 발이 철판에 닿는 소음이 희미해진다. 기압 변화 때문에 귀가 막혔을 때 같다. 시야의 거리감도 달라진다. 모든 것이, 세상 전체가 내게서 한 걸음 물러선 것 같다.

얼마 안 가 우리는 다른 부란들을 지나 격납고 끝에 이른다. 우리 앞에 또 다른 문, 그 옆에 또 다른 키패드가 있다. 유리가 코드를 입력하고, 지문을 찍는다. 문이 열린다. 그 너머는 어둠이다.

유리가 들어간다.

할아버지와 내가 따라간다. 나는 목발을 짚고 간다.

유리가 벽에 붙은 작은 레버를 내린다.

투광조명이 확 들어온다.

"맙소사." 할아버지가 말한다.

소유스 로켓

우리는 원형 공간에 들어와 있다. 직사각형 격납고 안에 숨은 비밀 구역. 마천루를 통째로 옆으로 눕혀놓은 크기와 높이를 가진 광활한 건물의 맨 끄트머리 공간.

통로가 오른쪽, 왼쪽으로 꺾어지며 원통형 허공을 괄호처럼 빙 두른다. 뻥 뚫린 허공이 바닥부터 천장까지 아찔하게 솟아 있다. 이런 모양으로-

[ ]

우리는 괄호의 밑부분에서 허공의 기둥 속을 들여다보고 있다.

하지만 허공의 기둥이 비어 있는 건 아니다.

여러 지점에서 통로가 자전거 바퀴살처럼 안으로 뻗어 들어가서, 수직 허공의 중앙에 모인다. 그 중앙에 그것이 서 있다. 그것의 꼭대기가 거의 천장에 닿는다.

새들이 푸드덕거린다. 저 높이 어둠 속 어딘가에서.

꼭대기 근처에서.

로켓이다. 소유스 로켓. 나는 당장에 알아본다. ISS 건설 막바지 때 NASA가 우주왕복선 프로그램을 폐기한 후 회사가 NASA를 인수하기 전까지, 우주비행사들이 우주정거장에 나가는 유일한 방법은 이 소유스 로켓이었다.

나는 난간으로 가서 몸을 내밀고 아래를 본다.

25미터쯤 아래에 로켓의 꼬리날개가 벌어져 있고, 추진 엔진은 그 아래 가려서 보이지 않는다.

이번에는 위를 본다.

로켓이 점점 가늘어지며 인공의 금속 하늘로 뻗어 올라간다.

몇 가지가 눈에 들어온다.

일단 깨끗하다. 새똥이 없다. 녹이 만든 줄무늬도 없다.

통로들도 반짝거린다.

떨어져 나간 계기판도, 튀어나온 전선도 없다. 윤이 나고, 매끈하고, 완전하다.

"이 기지에 아직 몇 명이나 일하고 있지?" 할아버지가 묻는다.

"충분할 만큼." 유리가 말한다.

"우리를 도와줄까?"

유리가 빙그레 웃는다. "좋아라 할걸."

할아버지가 믿기지 않는다는 듯 머리를 흔든다. "우리 마음대로 이렇게 소유스를 쓴다? 이걸로 우주로 나간다?"

유리가 어깨를 으쓱한다. "애초부터 그게 계획 아니었나?"

할아버지가 다시 머리를 흔든다. "계획은 부란이었지. 우주왕복선. 비행기처럼 이륙해서 궤도를 돌다가 도킹하기."

"으음," 유리가 말한다. "내가 일부러 딴소리를 했을 수도 있어. 전화 내용이란 게 항상 감청될 수 있어서 말이야. 부란은 개판이야. 녹슨 고철덩어리야. 그걸로는 비행 못 해."

"소유스로도 비행 못 해!" 할아버지가 말한다. "젠장, 저건 로켓이야."

"전에도 한 적 있잖아, 안 그래?"

"그래. 하지만 그때는 우리 뒤에 NASA가 있었지. 그리고 러시아 우주청. 지상 근무요원들. 정부의 지원."

유리가 코를 탁탁 친다. "회사에 원한 있는 사람이 한둘이 아니야. 독점은 적을 만들지."

"그래서 누가 우리를 돕는데요? 그리고 언제 가는데요?" 내가 말한다.

유리가 두 손을 들어 시소처럼 까딱인다. "추진 중이야. 여기저기 연락하고 있어. 당장은 잠자리부터 마련하고, 좀 먹고, 잠을 자야지. 실행 계획은 그다음에 짜자구."

할아버지가 한발 전진해서 두 손으로 난간을 잡는다. 그리고 로켓에 가까이 몸을 숙인다. 로켓을 들이마시려는 것처럼. 할아버지 눈에 아련한 표정이 뜬다. 할아버지 입술이 양끝에서 씰룩인다.

"난 다 폐기된 줄 알았는데." 할아버지가 나직이 말한다.

유리가 미소 짓는다. "흠, 그럴 리가."

우주비행사 호텔

멍하다. 내 기억은 끊어졌다 이어졌다 하는 비디오 같다.

우리는 격납고를 벗어나 다시 차에 오른다. 숲이 우리를 삼켰다가 뱉어내고, 우리는 사막을 가로지른다. 건물과 거리가 나타나고, 우리는 다시 우주선 발사기지로 돌아간다.

유리가 운전대를 오른쪽, 왼쪽으로 꺾어가며 조금 더 달린다.

나는 잠시 눈을 감는다. 10분쯤? 다시 눈을 떴을 때 잠깐 잠들었다는 걸 깨닫는다. 꿈도 없는 잠. 그저 암흑뿐인 잠.

유리가 차를 멈춘다. 도시 외곽이다.

앞에 칙칙한 건물이 하나 있다. 5층쯤? 학교나 관공서 분위기가 난다. 문 위에 옛날식 서체로 쓴 간판이 걸려 있다. 글자 하나의 높이가 2미터 가까이 된다. 글자 두 개는 없어졌다.

우주비 사 텔

나이 많은 여인이 문을 연다. 여인은 검정 드레스 위에 지저분한 앞치마를 두르고, 한 손에는 양동이를, 다른 손에는 양주를 들었다. 여인이 고개를 끄덕인다. 마치 우리의 모습이 그녀가 오랫동안, 그리고 불길하게 예감해왔던 무언가와 일치한 것처럼. 여인이 문을 열어둔 채 뒤로 물러선다.

오른편 저 멀리 길 끝에 사막이 보인다. 복잡하게 배치된 구조물들이 사막 위로 솟아 있다. 발사 시설이다.

"여기가 예전에 우주비행사들이 ISS로 떠나기 전에 묵던 숙소였어." 유리가 말한다. "자네와 나도 여기 묵은 적이 있지."

"맞아." 건물을 올려다보는 할아버지의 눈에 야릇한 빛이 서린다. 한때 사랑했지만 지금은 감정이 복잡해진 사람을 보는 눈빛 같다. 또는 예전에 집을 떠난 가족을 다시 보는 눈빛. 잘 모르겠다. 아무튼 그렇다. 창문들에 때 묻은 흰색 커튼이 걸려 있다.

할아버지가 손을 뻗어 내 손을 잡는다. 그러다 미간을 찌푸린다. 다른 손을 들어 내 이마를 짚어본다.

"왜요?"

"열이 나네." 할아버지가 말한다.

공기가 차다. 공기에서 오존과 기름 냄새가 난다. 이제는 그게 무슨 냄새인지 안다. 비행장 냄새. 산업의 냄새.

유리가 문으로 다가가 입구를 향해 두 손을 뻗는다. "들어가세. 여기서 잠시 머물 거야." 유리가 이번에는 하늘을 가리킨다. 하늘이 자주색으로 어두워지기 시작한다. 거대한 비행운 같은 구름 가닥들이 시퍼렇고 기다랗게 나부끼고, 금속성 광택이 흐르는 하늘에 창백한 초승달이 예리하게 떠 있다. "소유스를 타고 저 위로 날아오를 때까지."

나는 여섯 살이다. 어쩌면 일곱 살.

나는 리브라와 오리온과 숨바꼭질을 하고 있다. 주위에 어른들은 없다. 어른들은 아마 함교나 모듈 중 하나에 모여 있을 거다. 조종하느라. 또는 뭔가 실험을 하면서. 우리는 십자형 우주정거장을 자유롭게 누빈다. 이리저리 질주한다. 우리는 삭아서 거의 날아다닌다. 아니, 날아다니는 것과 다름없다. 독수리처럼 급강하하면서 모듈 여럿을 단숨에 통과한다.

지금은 리브라와 오리온이 숨을 차례다. 둘은 항상 한편이다. 둘은 모든 걸 함께한다. 심지어 숨는 것도. 심지어 찾는 것도. 둘의 엄마는 지금 우주정거장에 없다. 쌍둥이는 엄마가 없을 때 더 하나처럼 붙어 다닌다.

나는 둘을 찾아 나선다. 수경재배실을 어뢰처럼 지나간다. 밝은 불빛 아래 자라는 작은 상추와 콩을 쏜살같이 지난다. 리브라와 오리온은 보이지 않는다. 나는 우리의 기숙사 모듈을 둘러본다. 우리는 모두 함께 잔다. 셋이서 함께. 작은 침대 세 개가 벽에 붙어 있다. 나는 침대 밑을 살핀다. 아무것도 없다.

벽에 걸린 화면의 시계가 10:21을 가리킨다. 나는 시간을 볼 줄 안다. 말을 배우기도 전에 시계 보는 법부터 익혔다. 버지니아가 지구에서 가져온 시계로 우리를 가르쳤다. 시간을 가리키는 파란 침과 분을 가리키는 빨간 침이 있는 시계.

시간은 중요하다. 특히 여기 우주정거장에서는. 여기는 낮과 밤이 따로 없다. 없다기보다 지구처럼 낮과 밤이 하루에 한 번씩 있지 않다. 여기서는 낮과 밤이 끝내주게 빨리 바뀐다. 하루에 열다섯 번씩 일몰과 일출을 볼 수 있다. 그래서 24시간 단위 표준 시계 없이는 지금이 놀이 시간인지 취침 시간인지 알 수가 없다.

지금은 놀이 시간이다.

나는 계속 간다. 어두컴컴한 에너지 센서 룸도 살폈지만 리브라와 오리온은 코빼기도 보이지 않는다. 나는 큐폴라에서 잠시 쉰다. 뒤집어진 유리 돔. 우주정거장의 눈. 나는 그 눈 안에 있다. 아래에 있는 지구를 보면서. 우리는 바다 위에 있다. 작은 섬들이 파란 바다에 점점이 떠 있다. 깨알 같은 얼룩들은 화물선이겠지.

나는 큐폴라 안을 맴돌며 내 밑에서 도는 지구를 바라본다. 아무도 보이지 않고, 아무의 소리도 들리지 않는다. 나는 우주정거장에 혼자 있다. 나는 작다. 어린아이에 지나지 않는다. 더럭 겁이 난다. 정말로 나 혼자 남겨진 게 아닐까. 아무도 없이 여기서 영원히 떠도는 게 아닐까. 전에도 이런 느낌이 든 적이 있다. 하지만 지금처럼 강하게 든 적은 없다.

우주의 짙은 어둠이 지구를 또렷이 두른다. 별들이 멀리 어둠 속에서 빛난다. 물론 나는 별들이 멀다는 걸 알지 못한다. 이 나이에는 별들을 작은 것들로, 나를 둘러싼 우주에 뿌려진 것들로 생각한다. 별들은 항상 거기에 있었다. 내가 기억하는 한 언제나. 달도 마찬가지다.

우리 엄마는 항상 거기에 있지 않았다. 여기 있을 때도 우리 엄마는 리브라와 오리온의 엄마 같지 않다. 엄마는 나를 안아주지도, 나한테 귓속말을 하거나 뽀뽀하지도, 내 머리를 토닥이지도, 이야기를 해주지도 않는다. 쌍둥이의 엄마가 하는 어떤 것도 하지

않는다. 나는 아빠가 누군지도 모른다. 나는 부모가 다 없는 것이나 다름없다. 나는 별들에게 속해 있는 것이나 다름없다.

그래서 나는 별들을 바라본다.

순간 묘한 기분이 든다. 내가 나보다 나이 든 기분. 내가 나를 비밀의 문으로 들여다보고 있는 기분.

나는 이 순간에 있다. 그러면서도 내가 미래에 이 순간을 기억하게 되리라는 것을 안다. 이 순간이 의미에 차서 맥박 친다. 깜깜한 시간의 바다를 비추는 등대 불빛처럼.

언젠가 내가 다시 여기에 혼자 있게 되리라는 것을 알려주듯이. 이것이 내 운명이라는 것을 말해주듯이.

그때 어떤 소리가 들린다. 우주정거장 x-축 어딘가에서. 아주 약하게. 하지만 분명히 들린다. 나는 두 발을 큐폴라의 가장자리에 댔다가 소리가 들린 방향으로 내 몸을 발사한다. 두 팔을 앞으로 쭉 뻗는다. 나는 다이버다.

침상 모듈을 잽싸게 통과해 분광계 모듈 중 하나에 들어간다. 벽에 붙은 벽장문이 살짝 열려 있는 걸 포착한다. 나는 문을 연다. 리브라와 오리온이 굴러 나온다. 리브라가 몸을 공처럼 웅크리며 빙글 공중제비를 넘고, 오리온은 나한테 달려든다. 우리는 떠나가라 웃으며 공중에서 회전한다.

"네 차례야." 오리온이 말한다.

"아니." 지금 이 순간은 혼자 숨어 있는 걸 생각만 해도 싫다. "다른 거 하자."

리브라가 창가에 있다. "저기 봐. 폭풍이야."

우리는 내다본다. 우리 아래에 섬들이 사슬처럼 이어져 있다. 그 섬들을 향해 회백색의 구름 소용돌이가 불처럼 너울너울 접근한다. 속에서 회오리치는 바람의 힘 때문에 구름이 톱날처럼, 깃털처럼 돌아간다.

반면 폭풍의 한가운데는 텅 빈 채로 고요하다. 푸른 바다가 그대로 들여다보인다. 소용돌이치는 에너지로 둘러싸인 정적.

폭풍이 섬들을 향해 빠르게 움직인다. 망망대해에 떠 있는, 아직은 햇살 속에 떠 있는 초록색 조각들. 그 섬들이 갑자기 끔찍하게 연약해 보인다.

나는 저 섬들 중 하나에 있는 상상을 하며 몸을 떤다. 폭풍의 접근을 지켜보며, 바람의 숨을 느끼며, 덧문이 불길하게 덜걱대는 소리를 들으며, 바닷가의 어느 집에 혼자 있는 상상을 하면서.

나는 이 위에 있어. 내가 내게 상기시킨다.

나는 리브라의 손을 잡는다.

황급히 오리온 옆으로 간다.

나는 이 위에 있어.

나는 안전해.

중간 1

나는 눈을 뜬다. 할아버지가 나를 내려다보고 있다.

"너한테 아세트아미노펜을 먹였다." 할아버지가 말한다. "열을 내리려고."

"나, 아픈 거예요?"

"그래."

몸이 와들와들 떨린다. 나는 이불 밑으로 파고든다. 밤색 무늬가 있는 벽들. 호텔인가? 잠깐, 무슨 호텔? 눈앞에 어떤 이미지 하나가 떠오른다. 우주비 사 텔. 침대 옆 탁자에 물이 반쯤 담긴 유리컵이 있다. 반쯤 찬. 반쯤 빈. 위에서 전등불이 깜빡거린다. 구식 전등. 백열전구. 술이 달린 전등갓.

"유리 할아버지는 어디 있어요?"

"사람들 만나고 있어."

나는 일어나 앉으려다 실패한다. "나도 지구 때문에 아픈 거예요? 나도 곧–"

"곧?"

"나도–"

"죽냐고?"

"네."

할아버지가 미소 짓는다. "아니. 그냥 바이러스에 감염된 것뿐이야. 위에선 바이러스에 노출된 적이 없어서 그래. 노출 자체가 없었지."

"기지에서 감기에 걸린 적 있어요. 네바다에서요. 그땐 느낌이 이렇지 않았는데."

"열이 났었니?"

"모르겠어요."

"그럼 열은 나지 않았나 보다." 할아버지가 웃는다. "이번에는 열이 났다."

열.

말이 된다. 열(fever)에는 과열의 뜻 외에 흥분과 동요의 뜻도 있다. 진정되지 않는 내부의 흔들림. 그게 느껴진다. 내 뼛속에서. 내 속 깊은 곳에서. 그게 나를 덜컹덜컹 흔든다. 유리의 낡은 차가 도로에서 덜컹대는 것처럼.

"가는 건 맞죠?"

"그럼." 할아버지가 말한다. "하지만 네가 나은 다음에. 바이러스를 우주에 갖고 갈 순 없으니까. 그랬다간 바이러스가 영원히 떠돌 거야."

중간 2

나는 깨어난다.

어둡다.

옆에 아무도 없다.

나는 다시 잠이 든다.

중간 3

할아버지가 들어왔을 때 나는 일어나 앉는 중이다. 이제는 몸이 잠잠하다. 근육들이 피부를 털어내지 못해 안달 부리지 않는다.

나는 물을 조금씩 마신다. 허기가 든다.

"배가 고파요."

"잘됐다. 유리가 좋아하겠어. 요리사가 양고기 요리를 하는데 유리가 너도 좀 먹었으면 하더라. 냄새가 아주, 기가 막혀."

"와, 좋아요."

할아버지가 윙크하며 침대 한옆에 앉는다. "여기." 할아버지가 펼친 스크린을 건넨다.

화면에 메시지가 떠 있다. 글자 크기가 크다. 할아버지가 나를 위해 확대했나 보다.

떠나, 레오.

날아가.

날아가. 뒤돌아보지 마.

네가 자랑스럽다는 말로는 표현이 안 돼. 넌 내 자랑이야. 넌 내가 세상에 내놓은 최고의 모습이야. 하지만 세상은 네가 있을 곳이 아니야.

날아가.
사랑하는
엄마가.

"말했어요?"
"안 할 수 없었다. 마운틴 돔이 발칵 뒤집어졌으니."
"'엄마가'라고 쓸 때 얼마나 손발이 오그라들었을까."
할아버지가 웃는다. 이번에는 나도 웃는다.

발사 1

우리는 계획에서 며칠을 잃었다. 하지만 덕분에 나는 나았다. 더는 열이 나지 않는다.

과거 미국과 러시아가 합동으로 국제우주정거장을 건설하던 시절에는 미국 우주선도 여기서 발사했다고 한다.

당시에는 감기에 걸리지 않았다는 것을 확인하기 위해 우주비행사들을 발사 전에 며칠씩 격리시켜야 했을 거다. 우주정거장의 감기 바이러스는 재앙의 씨다. 중력이 없어서 코를 풀기 어렵기 때문에 감염 상태가 오래 지속되고, 공기 순환 시스템이 병균을 선내 다른 우주비행사들의 몸에 끊임없이 주입한다.

할아버지와 유리는 지난 이틀 밤을 소유스 비행 수칙을 숙지하고 기억을 되살리는 데 보냈다. 잠깐씩 잠에서 깰 때마다 두 사람이 속삭이는 소리를 들었다. 문2에서 하던 죽음 시뮬레이션이 생각난다. 미션의 세부 내용을 낱낱이 점검하던 회의들.

“예전에는 이걸 최소 일주일간 들이팠어.” 할아버지가 이렇게 말한 적 있다.

이번에는 그만한 시간이 없다. 우리는 시간에 쫓긴다. 회사가 이미 사방에 전화를 돌리고 있을 거고, 러시아 정부와 연락하는 것도 시간문제다. 곧 우리를 쫓아올 거다.

카자흐족 여인이 노크하고 카트를 밀고 들어온다. 여인이 모국어로 뭔가를 말하고, 유리가 통역한다. "아침. 먹는 게 중요하다."

유리가 창으로 가서 커튼을 연다. 놀랍게도 소유스 로켓이 보인다. 150미터쯤 떨어진 곳에 발사대가 있고, 근처에 거대한 평상형 열차가 있고, 거기에 로켓이 길게 누워 있다. 이틀 전에는 없었다. 로켓 주위로 운반 차량과 기중기가 돌아다니고, 사람들이 오간다.

"빠르기도 하다." 할아버지가 말한다.

유리가 고개를 끄덕인다.

"우리를 돕는 사람들이 이렇게 많다니."

유리가 다시 끄덕인다.

할아버지가 걱정스러운 표정이 된다. "위에서도 아나? 정부가?"

"여긴 러시아야." 유리가 말한다. "우리가 이러고 있는 걸 딱히 모르지 않겠지. 하지만 미국을 열 받게 할 기회를 딱히 날리고 싶지도 않겠지."

할아버지가 한숨을 쉰다.

"우주로 가고 싶은 거 확실해?" 유리가 나한테 말한다.

"네."

"좋아. 그럼 도움을 받아야지. 가자. 갈 시간이야. 우리 정부엔 눈이 있어. 그쪽 정부도 마찬가지고." 유리가 위를, 인공위성들이 세상을 정탐하며 돌고 있는 하늘을 가리킨다.

"가요?" 내가 말한다.

"우주정거장으로." 유리가 말한다.

"지금요?"

"열여덟 번째 생일까지 기다릴래? 파티 한번 크게 하게?"

나는 할아버지를 본다. 할아버지는 별로 놀란 얼굴이 아니다.

"오늘이 가는 날인 걸 할아버지도 알고 계셨어요?"

"우주선을 봤을 때." 할아버지가 말한다. "러시아인들은 발사일이 되기 전에 로켓을 보면 재수가 없다고 믿어. 신랑이 결혼식 전에 웨딩드레스를 안 보는 것과 비슷하다고 할까."

"아!" 유리가 뭔가 생각난 듯 카트로 간다. 카트 위에 보온병처럼 생긴 은색 병이 있다. 유리가 보온병 뚜껑을 열고 물을 붓고 흔든다. 다시 보온병을 열고 찐득해 보이는 액체를 유리잔 세 개에 따른다. 그중 두 잔에는 투명한 병에 든 다른 것도 추가한다.

유리가 잔 하나는 할아버지한테, 나머지 한 잔은 나한테 준다.

"마셔." 유리가 말한다.

나는 킁킁 냄새를 맡아본다. 휘발유 냄새가 난다.

"어서."

나는 단숨에 들이켠다. 웩. 휘발유 맛이 난다. 나는 캑캑거린다.

"이게 뭐예요?"

"휘발유." 유리가 대답한다. "자세히 말하면 로켓 연료."

"행운을 비는 거야." 할아버지가 컥컥대는 목소리로 말한다.

"운 좋은 기분이 아닌데요."

"눈치챘구나." 유리가 내 등을 친다. "네 잔엔 보드카 뺐다."

우리는 아래층으로 내려가 맑은 공기 속으로 나간다. 하늘은 새파랗고, 어찌나 추운지 눈썹이 순식간에 얼어붙는 느낌이다.

미니버스가 한 대 기다리고 있다. 우리는 버스에 올라탄다. 할아버지가 나한테 발사 시나리오를 단계별로 죽 들려준다. 말로 하는 예행연습이다. 나는 건성으로 듣는다.

버스가 우리를 특징 없고 납작한 콘크리트 건물로 데려간다. 우리는 안으로 들어간다. 형광색 유니폼을 입은, 돌처럼 무표정한 얼굴의 남자들이 우리를 맞는다. 그들 뒤의 거대한 선반에 가압식 우주복들이 있다.

"소콜." 유리가 말한다. "소유스의 선내 우주복인데, 매라는 뜻이야."

남자들이 줄자로 우리 치수를 잰 다음, 헬멧과 우주복을 꺼내와서 입는 걸 도와준다. 옷 안이 금방 더워진다. 바깥의 한기와 극명히 대조된다. 얼굴에 땀이 흐르기 시작한다.

우리는 다시 버스에 오른다. 유리와 할아버지가 나를 부축한다. 우주복 때문에 걸음이 어설프다. 증기 목욕기를 입은 것 같다. 거기다 한 손으로 헬멧까지 붙들어야 한다. 우리는 차를 탄 게 무안할 만큼 짧은 거리를 이동한 다음, 널따란 콘크리트 판 위에 내린다. 앞에 발사대가 있고, 오른편에 열차 트랙이 있다.

우리 앞쪽에 두 개의 길고 높은 모래 피라미드가 있다. 만약의 폭발에 대비해서 충격파를 흡수하는 용도로 보인다. 두 개의 피라미드는 발사장을 감싸는 괄호 모양으로 배치돼 있다.

로켓은 아직 열차에 묶여 있다. 만화영화에서 와일 코요테가 자기 등에 로켓을 묶었던 게 생각난다.

그 생각을 하니 리브라 생각이 난다.

지금 리브라는 무엇을 하고 있을까. 나 없이. 오리온 없이. 엄마와 함께 있겠지. 그렇게 생각하자 마음이 놓이면서도 슬프다.

나는 무엇을 하고 있나. 나는 천천히 움직이기 시작하는 열차를 바라보고 있다. 열차가 로켓을 발사대로 힘들여 끌고 가며 육중한

디젤 엔진에서 검은 연기를 토한다. 로켓이 뒤로 움직인다. 로켓의 끝이 우리를 마주하고, 꼬리날개는 발사대를 향한다. 로켓 이동이 오래 걸린다. 나는 계속해서 땀을 줄줄 흘린다. 우리에게 우주복을 입히기 전에 왜 미리 로켓부터 위치시키지 않았을까 하는 원망이 들기 시작한다.

영원 같은 시간이 흐른 후 열차가 멈춘다. 발사대 코앞에서. 거대한 로봇팔들이 회전해서 로켓의 끝으로 향한다. 로봇팔에서 거대한 부품들이 내려온다. 내려오는 속도도 여유롭기 짝이 없다. 안전모를 쓰고 감독하는 남녀 기사들이 부품을 로켓에 체결한다. 그리고 로켓을 서서히, 아주 서서히 일으켜 세우기 시작한다.

이제야 나는 로켓이 꽁무니부터 발사대에 접근한 이유를 깨닫는다. 그래야 제자리에 일으켜 세울 수 있으니까. 열차에 누운 자세에서 발사대에 똑바로 선 자세로.

시간이 더 흐른다.

로봇팔들이 윙- 하며 물러나 원래 있던 자리로 돌아간다. 윙-

열차가 후진한다.

이제 로켓만 덩그러니 서 있다. 기다란 C자형의 높다란 철골 구조물 옆에. 지지탑에 철계단이 있다. 화재대비용 사다리처럼 지그재그로 붙어 있다. 나는 이제 때가 왔음을 느낀다. 저 계단이 우리의 계단이다. 이것이 우리의 로켓이다.

발사 2

"가자." 유리가 말한다.

우리는 로켓 이동용 열차가 한 시간 걸려 이동했을 거리를 단 10분 만에 걸어간다. 나는 부실한 다리로 할아버지한테 기대서 걷는다. 외골격처럼 딱딱한 우주복도 도움이 된다.

아무 행사도 없다. 우리에게 손을 흔들어줄 사람도 없다. 로봇팔 중 하나에서 기사 한 명이 나와서 유리에게 무슨 말인가를 한다. 유리가 고개를 끄덕인다.

유리가 앞장서서 철계단으로 간다. 우리는 계단을 오른다. 비현실적인 느낌이다. 내가 아직 호텔 방 침대에 있고, 유리와 할아버지는 아직도 규정집을 공부하고 있고, 이 모든 것은 내 상상, 내가 꾸는 꿈 같은 느낌이다.

로켓의 옆면이 벽처럼 내 눈앞에 있다. 양쪽에서 곡선을 그리며 하늘로 뻗어 올라간 벽. 얇은 철판으로 만든 계단이 미끄럽다. 나는 넘어지지 않으려고 집중한다. 로켓이 햇빛을 어슷하게 받아서 굴절시킨다. 그제야 안다. 로켓 표면이 몇 센티미터 두께의 얼음으로 덮여 있다.

"이거 문제 되나요?" 내가 묻는다.

"뭐가?" 유리가 앞서 가다 멈추며 말한다.

"얼음요."

유리가 고개를 젓고 계속 올라간다.

우리가 계단 꼭대기에 닿았을 때, 대기하고 있던 기사가 우리를 작은 엘리베이터로 안내한다. 우주복 때문에 우리 셋이 한꺼번에 타기가 쉽지 않지만, 우리는 해낸다. 기사가 경례를 붙이고 뒤로 물러난다. "샤스틀리보보 푸티." 기사가 말한다.

"무슨 말이에요?"

"좋은 여행 되세요." 할아버지가 말한다.

"기사님, 감사합니다."

기사가 고개를 끄덕이고 뒤로 돌아서 가버린다. 엘리베이터 안에 우리만 남는다. 우리 셋만.

엘리베이터가 덜컹 하더니 걱정스러울 만큼 삐걱거리며 올라간다. 그러다 덜컥 멈춘다. 문이 열리자 우리 앞에 둥근 구멍이 있다. 로켓으로 들어가는 입구다.

입구가 작아서 우리는 기어서 통과한다. 우주복 가슴에 달린 압력 조절 밸브를 건드리지 않게 조심해가며 긴다. 우리가 들어간 곳은 궤도 모듈이다. 간밤에 할아버지와 유리의 설명을 들은 덕분에 안다. 로켓의 대부분은 연료와 엔진이 차지한다. 모두 재진입 전에 버리는 부분들이다. 우리를 위한 공간은 매우 작다. 실제로는 우주선에 탔다기보다 자동차에 탄 것과 비슷하다.

유리가 내 옆을 간신히 지나가 문을 닫는다. 그리고 큼직한 레버를 홱 젖힌다. 다음에는 우주 비행의 스케일에는 어울리지 않게 작은, 그래서 좀 빙충맞아 보이는 자물쇠를 돌린다.

웃음이 터지려고 한다. 이건 뭐 너무 일상적이잖아.

어이, 문 닫고 들어와.

하지만 이건 로켓이다.

바야흐로 우주로 솟아오를 로켓이다.

나는 머릿속으로 이 말을 반복한다. 하지만 내 일부는 아직도 이 사실을 믿지 못한다.

우리는 모듈 안쪽으로 이동한다. 당연히 모든 것이 수식으로 엎어져 있다. 좌석은 등받이가 바닥에 있다. 우리는 이륙을 위해 바닥에 드러눕는 셈이다. 유리가 앞줄 왼쪽 자리를 차지한다.

"내가 조종사야." 유리가 말한다. "자넨 부조종사고."

"당연하지." 할아버지가 말한다.

"저는 뭐 해요?" 내가 말한다.

"넌 앉아서 보기만 해." 유리가 말한다. 하지만 불퉁스러운 목소리는 아니다.

"이래 봬도 평생을 우주에서 살았어요."

"그래. 그리고 우린 네가 계속 거기서 살기를 바라고." 할아버지가 잠깐 말을 끊는다. "만약 우리가 의식을 잃으면 네가 통신을 맡아, 알았지? 관제 센터가 하라는 대로만 해."

"넵."

나는 뒷줄 두 자리 중 하나에 비집고 들어간다. 이런 각도로 앉는 게 몹시 어색하다. 나는 안전벨트를 맨다.

"좋았어." 유리가 말한다. "연료 수준, 정상. 예상 추력, 1.5Pa. 엔진 가동 중단 시점들을 계산하세."

두 사람은 종이에 메모해가며 서로에게 숫자를 불러준다.

무전에서 목소리가 치직거리며 흘러나온다. 유리가 대답한다. 유리와 상대방 사이에 러시아어로 짧은 대화가 이어진다.

할아버지가 스위치들을 탁탁 올리고, 뭔가를 받아 적고, 화면을 두드린다.

발사 프로토콜. 시간이 한도 없이 걸린다.

공간이 너무 비좁은 게 걱정스럽다. 심지어 우리가 지구에 타고 왔던 모듈보다도 좁다. 지구로 떨어질 때 모듈이 미친 듯이 회전하던 것이 기억난다. 세상이 끝도 없이 아래위로 뒤집히고 좌우로 구르던 것이. 그 속력, 난장판. 혼돈. 내 호흡이 가빠지기 시작한다. 만약 이게 이륙하자마자 폭발하면?

"괜찮니, 레오?" 할아버지가 말한다.

"별로요."

"걱정 마라." 유리가 말한다. "소유스의 장점이 뭐냐면, 비행사가 착륙 모듈로 비행한다는 거야. 연료가 폭발하면 착륙선이 자동으로 분리돼. 깔끔하게 던져지는 거지. 직후에 낙하산이 작동해서 천천히 하강하니 아주 안전하지." 잠깐의 정적. "참, 낙하산 확인해줘."

할아버지가 화면을 본다. "확인."

"그런 적이 있어요? 연료가 폭발한 적이?"

"오우, 그럼." 유리가 말한다.

"하지만 모듈이 무사히 분리됐고요?"

"그럼," 유리가 다시 말한다. "두 번 다."

"다행이네요."

"그런데 첫 번째는 낙하산이 전개되지 못했어." 유리가 덧붙인다. "안타까운 일이지. 당시 비행사가 블라디미르 코마로프였어. 우리 할아버지 친구였는데. 모듈이 땅에 추락하면서 즉사했지."

할아버지가 한숨을 쉰다.

나는 눈을 감고 좌석에 집중한다. 내 몸이 좌석을 누르는 느낌. 내 눈꺼풀 위로 떨어지는 불빛들이 만드는 색들. 나는 오로지 이 순간에 집중하려 애쓴다.

"최악은, 발사 2분 후에 엔진이 나가는 경우야." 유리가 말한다. "사고가 아예 일찍 나면, 분리돼서 낙하산으로 하강하면 돼. 대기권을 아예 통과한 다음이면, 재진입하면서 공기 저항 때문에 속도가 완전히 죽어. 하지만 그 중간에 사달이 나면? 발사 후 2분 후에? 대기권을 뚫기 전에? 그때는 돌덩이처럼 꼬라박는 거야. 중력가속도 24G, 25G로. 우리 모두 실신하고, 죽는 거지."

"유리!" 할아버지가 외친다.

"그래, 미안해. 하지만 있을 수 있는 일이야. 그런 일이 발생하면 내가 여기 이 스위치를 누를 거야." 당연한 말이지만 나는 더 이상 눈을 감고 있지 않다. 유리가 조종석 계기판에 있는 조이스틱을 보여주고, 나는 그걸 본다. "자세 제어 추진로켓의 수동 조종장치. 이걸로 우주선을 구르게 해서 중력가속도를 줄일 수 있어. 물론 내가 의식이 있을 때 얘기지."

"애한테 볼드체를 전부 다 설명할 필요는 없어." 할아버지가 말한다.

"없지." 유리가 말한다. "하지만 자네와 난 전부 다 숙지해야 해."

볼드체는 피로 쓴 것이다.

나는 다시 눈을 감는다. 우리가 끔찍한 죽음을 맞을 온갖 가능성들을 온갖 조합으로 복습하는 두 명의 늙은 우주비행사를 눈앞에서 차단한다.

시간이 흘러간다.

그때—

"헬멧 착용." 유리가 말한다.

나는 옆에 있던 헬멧을 들어 쓴다.

"두 번 찰칵." 유리가 말한다. "찰칵 소리가 두 번 나야 안전해."

나는 오른쪽 잠금장치를 채운다.

찰칵.

다음은 왼쪽.

찰칵.

"산소 연결." 유리가 말한다. 헬멧 때문에 유리의 목소리가 우주 정거장의 스피커에서, 다른 모듈에서 나오는 소리처럼 들린다. 앗싸, 이건 우주생활자만이 할 수 있는 비유다.

할아버지가 나한테 몸을 돌리고 산소 튜브가 내려오는 곳과 튜브를 우주복 포트에 꽂는 방법을 알려준다.

"조절장치." 유리가 말한다. "압력 테스트."

나는 우주복 가슴의 조절장치 버튼을 누른다. 우주복이 풍선처럼 부풀어 오르는 게 느껴진다. 당장 귀가 먹먹해진다.

"3분간 대기." 유리가 말한다.

우리는 기다린다.

유리가 엄지손가락으로 무전을 켠다. "오케이?"

"오케이." 지상에서 메시지가 전달된다.

"좋아. 헬멧 개방." 유리가 말한다.

나는 헬멧 가리개를 탁 올린다. 우리가 지구 대기권을 벗어나도 우주복이 제대로 작동할 거라는 확인이 끝났다. 로켓이 연료를 주입받아 계속 가속 상승하고, 지구 궤도를 돌며 우주정거장에 접근하는 데 1~2일이 소요된다.

"장난감 있어?" 유리가 할아버지한테 말한다.

"없어." 할아버지가 말한다. "자넨?"

유리가 고개를 젓는다. "낭패로세." 내가 책에서만 본 옛날 말이다. "이러면 재수 없는데."

"뭐가요?"

"작은 장난감을 가져오는 게 관행이거든." 할아버지가 말한다. "열쇠고리 인형 같은 걸 가져와서 계기판에 묶어놓지. 그게 떠오르면 0G인 걸 알 수 있거든."

나는 가슴을 더듬는다. 두꺼운 우주복만 만져진다. 나는 헬멧 가리개를 올리고, 그리로 손을 넣어 손가락을 최대한 아래로 뻗는다. 손끝이 목걸이 은갑을 닿을락 말락 스친다. 부자연스러운 자세 때문에 팔이 저리기 시작한다. 나는 있는 대로 인상을 쓰면서 손을 더 깊이 밀어 넣는다. 은줄을 간신히 손가락에 걸어서 위로 당겨 꺼낸다.

나는 리브라의 은갑을 목걸이 줄에서 빼고 앞으로 전달한다. "여기요."

"완벽해." 유리가 은갑의 체인을 제어판 레버 중 하나에 돌돌 감는다. 은갑이 아래로 늘어진다.

밖에서 요란한 소음이 계속 이어진다. 철컹대는 소리, 탕탕대는 소리, 긁어대는 소리. 우주선 지지탑이 해체되어 로켓에서 옮겨지고 있다.

시간이 흐른다.

소음이 멈춘다.

"준비됐나?" 유리가 말한다.

"준비됐네." 할아버지가 말한다.

"그럼 가세." 유리가 붉은색 스위치를 덮고 있던 투명 플라스틱 덮개를 벗긴다.

"어? 이렇게요? 카운트다운도 없이요?"

"카운트다운 없어." 유리가 말한다. "가리개 닫아."

우리는 그렇게 한다.

유리가 다시 무전 스위치를 올리고 무슨 말인가 한다. 쉭쉭대는 목소리가 러시아어로 답한다.

"미야코이 포사드키."

"미야코이 포사드키." 할아버지가 말한다.

"미야코이 포사드키." 유리도 말한다.

"무슨 뜻이에요?"

"연착륙이라는 뜻이야." 할아버지가 말한다. "항상 하는 말이지. 행운을-"

"비는 차원에서." 내가 마무리한다.

"맞아."

드디어 유리가 붉은 스위치를 올린다.

발사 3

로켓이 우릉우릉 울기 시작한다.

"외부 엔진 연소 양호." 유리가 말한다. "주력 추진 엔진 점화."

진동과 소음의 수위가 높아지면서 우리는 하늘로 부드럽게 상승하기 시작한다. 나는 상황을 느낌으로 파악한다. 그럴 수밖에 없다. 여기는 시각적 준거 틀이 없다. 창은 모두 하늘을 향해 있다. 파란 바탕과 거기 흩어져 있는 구름밖에 보이지 않는다.

사실 더한 외력을 각오했는데— 더 극적인 뭔가를—

그때, 각오했던 것이 일어난다. 우리는 앉은 자리에서 앞으로 내던져진다. 급정거할 때처럼. 내가 무슨 문제냐고 외치려는 찰나, 유리가 말한다. "1단 엔진 분리." 연료를 소진한 1단 추진 엔진이 로켓에서 떨어져 나가는 반동일 뿐이었다.

"2단 엔진 점화." 유리가 말한다.

그리고—

엄청난 굉음과 함께—

좌석이 나를 밀어 올린다. 나와 충돌한다. 나를 뭉갠다. 로켓이 가공할 에너지로 하늘로 추진한다. 내 내장이 지구를 향해 아래로 쏠리고, 귓속이 뻥뻥 터진다. 좌석이 내 몸통으로 밀고 들어오려 한다. 내 가슴통을 부수고 나가려 한다.

구름들은 아래로 질주하고, 우리는 위로 질주한다.

우리는 구름을 찢고 들어간다. 흰색으로 둘러싸인다.

그러다 밖으로 나온다. 파란색으로.

로켓이 또다시 앞으로 휘청한다. 좌석 안전벨트가 내 가슴통을 후벼 파고 들어간다.

"2단 엔진 분리. 3단 엔진 점화."

꽝음.

이번에는 반대로 내 몸이 좌석 안으로 들어가려 한다. 광포하고 절대적이고, 전면적인 힘이다. 산에 치이는 기분이다. 로켓이 무섭게 추진한다. 가속도가 내 눈알을 당겨 두개골 밖으로, 내 뒤통수 밖으로 뽑아내려 발광한다.

그러다 갑자기—

창밖의 푸른색이 사라지고, 검은색 속에 있다. 로켓의 속력이 빛을 어둠으로 변질시켰다.

"3단계 엔진 차단." 유리가 말한다.

할아버지가 몸을 앞으로 숙인다. "소유스 모듈 분리." 그러자 나직한 텅텅 소리와 함께 로켓의 대부분이 떨어져 나간다. 우리가 들어앉은 조그만 재진입 캡슐만 덩그러니 남겨놓고.

"봐라." 할아버지가 말한다.

나는 본다. 은색 체인이 느슨해져 있다. 지구의 흙을 담은 리브라의 은갑이 마치 소생한 듯 일어서 있다. 아니, 둥둥 떠 있다. 둥둥 떠서 계기판에 부딪힌다. 0G. 무중력. 나는 이 단순한 장치가 가진 유용함을 실감한다. 우리는 의자에 묶여 있기 때문에 무중력 상태를 느끼지 못한다. 리브라 생각이 난다. 흙을 간직한 이 작디

작은 금속 용기가 리브라한테 얼마나 소중한 것이었는지. 하지만 이제 리브라는 지구를 통째로 가졌다. 최소한 지구의 작은 일부. 정원.

나는 지구를 이만큼 가진 것으로 만족한다.

리브라를 이만큼만.

나는 창밖을 본다. 지구의 만곡이 눈에 들어온다. 레이스처럼 하얗게 나부끼는 구름에 둘러싸인 파란색과 초록색 덩어리. 나머지는 모두 까맣다. 별과 행성 들만 간간이 찍혀 있을 뿐. 달은 지구 뒤에 있다. 융해 상태의 금속 같다.

"압력 체크." 유리가 말한다.

"압력 양호." 할아버지가 말한다.

"오케이, 산소 차단."

"산소 차단 중."

약간의 시간이 경과한 뒤, 유리와 할아버지가 잠금장치를 풀고 헬멧을 벗는다. 그래서 나도 그렇게 한다. 그러다 곁눈으로 어떤 움직임을 감지한다. 내 몸의 평형기관에서 혼란스러운 감각이 포착된다. 나는 창을 힐끔 본다. 지구가 나타난다. 시야를 가득 채운다. 그러다 사라진다. 우주가 우리 앞에 있다. 그러다 지구가 다시 나타난다. 우리가 빙빙 돌고 있다. 자체 회전하면서.

가슴이 쿵 내려앉는다.

"무슨 일이에요?"

할아버지가 웃는다. "태양전지로 전환했어. 모듈이 태양 빛을 최대한 받는 쪽으로 알아서 돌아."

"속이 울렁거려요."

"걱정 마라." 유리가 말한다. "곧 궤도 조정 분사에 들어가."

구토 증상이 30분가량 이어진다. 나는 창을 보지 않으려고 노력한다. 그때 유리와 할아버지가 착륙 모듈에 탑재한 소형 추진로켓을 발진한다. 우리는 더 높은 궤도로 던져진다. 우주정거장이 조금 더 가까워진다. 이제 창은 돌고 구르는 세상 대신 우주의 끝없는 공허만 보여준다.

할아버지 설명에 따르면, 일단 궤도에 들어서면 더는 회전으로 상승하지 않는다. 가속으로 상승한다. 두 가지는 전혀 다른 물리 법칙이다.

나도 아는 내용이지만 할아버지의 설명을 방해하지 않는다. 설명을 듣는 게 좋다.

유리와 할아버지가 메모장과 스크린을 꺼내서, 끝없이 상황 점검 대화를 이어간다. 계산을 하고, 시스템에 수치를 입력하고, 우주정거장에 닿는 데 필요한 연료량과 분사 횟수를 산출하면서.

얼마 후 내가 그냥 앉아 있는 걸 유리가 눈치챈다. "벨트 끌러도 돼. 돌아다녀. 창에 가서 제대로 내다봐."

나는 고정장치를 풀고 조심조심 좌석을 벗어난다. 모듈의 천장은 높지 않지만, 내가 떠다닐 공간은 된다. 변기가 있고, 즉석식품이 있는 작은 보급대가 있고, 정상시라면 우주정거장으로 배달하는 장비로 가득했을 화물칸이 있다.

나는 눈을 감는다.

무중력.

다시 무중력.

집에 왔다.

중력이 없어졌다. 다른 종류의 무게감도 없어졌다. 내 가슴을 누르던 돌덩이도 사라졌다. 홀가분하다. 나는 깊이 숨을 쉰다. 자유롭다. 나는 다리를 접어 올리고 몸을 굴려서 공중에 똑바로 눕는다. 마운틴 돔의 온탕에 있을 때와 비슷하지만 그보다 훨씬 좋다. 이건 360도 자유다. 모든 방향이 열려 있다. '아래'의 개념이 없다. 아무것도 나를 땅으로 잡아당기지 않는다. 나를 평면에 가두던 한계가 풀리고, 나는 다시 모든 방향으로 존재한다. 나는 다시 대양으로 던져진 물고기다.

앞에 떠 있는 물방울들이 보인다. 물방울들이 설비 불빛에 반짝인다. 내가 울고 있다는 걸 깨닫는다. 그리고 멈춰야 한다는 것도. 눈물을 닦을 것도, 눈물을 떨어버릴 방법도 없기 때문이다.

나는 두 발로 의자를 밀며 자리에서 벗어나 창문으로 미끄러져 간다. 밖을 내다본다. 별이 촘촘하다. 별들이 이슬로 반짝이는 거미줄처럼 밤하늘을 덮고 있다. 나는 더 가까이 내다본다. 그제야 알아본다. 방향감각을 잃었을 때처럼 정신이 휘청한다. 이것들은 별이 아니다. 우리 아래의 대륙이다. 전기로 불 밝힌 대륙. 도로가 필라멘트처럼 얽혀 있고, 도시들이 폭죽처럼 터져서 그 빛줄기들이 주변 어둠으로 번져나간 대륙.

나는 머리를 돌린다. 광채에 덮인 지구의 윤곽을 알아본다. 기다란 활처럼 굽은 선. 그 뒤로 더욱 강렬해진 우주의 어둠. 거기에 진짜 별들이 빛나고 있다. 특유의 규칙 없는 패턴으로. 빛의 혼돈을 만들면서.

집.

"우주정거장까지 얼마나 남았어요?"

할아버지가 돌아본다. "한참 남았어. 이틀 밤. 잠 좀 자두는 게 어때."

할아버지의 말이 떨어지기 무섭게 나를 끔찍하게 짓누르는 피곤이 의식 속으로 밀려든다. 나의 모든 부분이 잠을 갈구한다. 나는 다시 자리로 날아와 착석하고 벨트를 채운다.

나는 좌석에 몸을 눌러 넣는다. 나 대신 해줄 중력이 없기 때문에 내가 해야 한다.

나는 눈을 감는다.

잠도 더 이상 내 아래에 있지 않다. 더는 내가 빠져드는 것이 아니다. 더는 아래로 방향성을 갖지 않는다. 잠이 도처에, 사방에 있다. 나는 그저 나를 별들에게 겨누기만 하면 된다. 멀리 떨어져 있는 별자리를 겨냥하고 나를 내 몸 밖으로 발사하면 된다. 밖으로, 전체이자 무(無)인 곳으로.

아득하게, 유리가 할아버지한테 하는 말이 들린다. "2차 궤도 조정 분사 준비."

다음 순간 나는 꺼져버린다. 까만 어둠 속으로.

집에 왔다

두 번째 아침에 창밖의 밝은 별 하나가 나를 깨운다. 별이 점점 커져서 지구 궤도를 도는 빛나는 십자가가 된다. 문2다.

마지막 날이 천천히 지나간다. 나는 밖을 내다보고, 떠다니고, 앉아 있고, 잠을 자면서 시간을 보낸다. 할아버지와 유리는 교대로 쉬면서 끊임없이 일한다. 나도 최대한 도움이 되려고 노력한다. 물리학 이론이라면 나도 좀 안다. 하지만 비행 매뉴얼에 대해서는 깜깜이고, 이런 우주선은 전에 타본 적이 없다.

"500미터." 유리가 말한다. "400미터."

"자동 도킹 지원 시스템 작동." 할아버지가 말한다. "주변부 추진로켓 제어… 작동."

유리가 할아버지가 보여주는 스크린을 찬찬히 들여다본다. "도킹 예정, 2분 후." 그런 뒤 이런저런 숫자들을 입력하고 메모장에 뭔가를 휘갈겨 쓴다. "최종 궤도 조정 분사. 13초."

할아버지가 스위치를 누르자 모듈이 가속하면서 우리는 다시 한 단계 더 상승한다. 우리는 개다. 프리스비를 잡으러 공중으로 뛰어오르는 개. 머릿속으로 숫자들을 아작아작 씹으며 프리스비의 궤적을 예측하고 추산하는 개.

"아직도 같은 주파수를 쓰는지 모르겠네." 유리가 계기판에 연결된 무전 마이크를 들고 옆에 있는 버튼을 누른다. “문2, 여기는 소유스 23이다. 현재 x-축 왼쪽 포트로 접근 중이다. 응답하라. 들리는가?”

치직.

“여기는 문2. 분명하게 잘 들린다. 하지만 이해가 안 된다. 우리 쪽에는 예정된 랑데부가 없다.”

“이제 있다.”

“이렇게는-”

“해치 열 준비나 하도록.”

“그런데 소유스라고 했나요?” 상대방이 묻는다. 약하게 아시아 억양이 난다.

“그랬다.”

“하지만 그 프로그램은- 20년 전에 폐기되지 않았나요?”

“음, 난 그런 소식 못 들었는데.”

유리가 통신을 끄고 웃는다. 할아버지와 나도 웃는다. 웃으니까 긴장감이 좀 날아간다. 우리가 지금 하려는 일의 광기가 우리 정맥 속 로켓 연료를 태운다. 내 심장이 가슴속에서 미친 듯이 뛴다.

“수동 제어까지 30초.” 유리가 말한다.

유리가 머리 위 디스플레이에서 재깍재깍 줄어드는 시간을 주시한다. “수동 제어를 맡아주게, 비행장교 프리먼.” 유리가 말한다.

“내가?” 할아버지가 말한다.

“자네가 최고였잖아.”

“그건 그래.”

할아버지가 씩 웃으며 앞의 조종대를 잡고, 오른편의 키보드에 복잡한 키 조합을 여러 개 입력한다.

"모듈 운전 중." 할아버지가 말한다.

"그럼 집으로 데려다줘." 유리가 말한다.

우주비행사끼리의 표현에 불과하다. 하지만 내 머리에는 각별하게 와 닿는다.

집.

할아버지가 로켓을 몬다. 세세한 조정을 한다. 워낙 미세해서 알아챌 수는 없다. 할아버지는 열 개도 넘는 디스플레이, 계기 수치들, 우리와 지구의 각도, 별자리표, 우주정거장에 쏜 전파가 회신하는 데이터, 레이저 자세 센서를 끝없이 주시한다. 그러면서 조종을 한다.

"벨트 착용." 유리가 말한다. "헬멧 착용."

나는 벨트 잠금장치를 채운다. 헬멧을 눌러 쓰고 잠근다. 가리개를 내린다.

"여압." 유리가 말한다.

나는 우주복의 압력 조절기를 누른다. 두꺼운 직물이 부풀어 오르는 게 느껴진다. 나는 애크미 주식회사의 우주복을 입은 와일 코요테다. 하지만 이번에는 로드러너를 잡는 데 성공한다. 이번에는 땅으로 떨어지지 않을 거다.

서서히 우주정거장이 다가온다. 점점 커진다. 우리는 아주 천천히 접근한다. 하지만 나는 이것이 매우 위험한 조작이라는 것을 잘 안다. 나는 브라운에게 일어난 일을 보았다. 불현듯 내가 오랫동안 브라운을 잊고 있었다는 데 생각이 미친다. 그 생각이 가슴을 친다. 우주를 홀로 떠도는 그의 몸. 영원히. 그를 그렇게 잊는 건

도리가 아닌데. 하지만 나와 아는 사이라고 할 수도 없는데. 잔인한 일이다. 우주에서 죽는 것. 그리고 기억하는 사람조차 없는 것.

그 일이 우리에게 일어날 수도 있다.

마지막 몇 미터를 남겨두고 할아버지와 유리는 쥐 죽은 듯 조용해진다. 우주정거장의 둥근 해치가 다가와 우리와 덩그렇게 마주한다. 해치가 창밖에도 뜨고, 계기판의 화면에도 뜬다. 시계의 눈금처럼 해치를 두른 후크와 래치, 은색 금속과 흰색 파이프 들이 어둠 속에 빛난다. 그러다 해치가 홀렁 비껴간다. 할아버지가 모듈을 옆으로 돌린 거다. 할아버지가 수치들을 소리 내어 읽고, 유리가 지시 사항을 속삭인다.

그러다—

"5미터." 유리가 말한다.

"4미터."

"3미터."

"2미터."

"…."

"도킹."

쿵 소리가 난다. 놀랍도록 크게. 모듈이 갑작스럽게 멈춘다. 좌석 벨트가 내 엉덩이를 물어뜯는 것 같다. 나는 옆으로 내동댕이쳐진다. 할아버지가 숨을 크게, 그리고 천천히 내쉰다.

"계기 판독치 확인." 할아버지가 말한다.

"모두 이상 없음." 잠시 후 유리가 말한다. "축하해. 감이 살아 있는데?"

"모르겠어." 할아버지가 말한다. "좀 무거웠어."

유리가 배를 두드린다. "우리 모두 조금씩 무거워졌지." 그러고는 스위치 패널로 몸을 구부린다. "어셈블리 시스템 가동."

철컥.

철컥.

철컥.

후크와 래치 들이 연달아 닫힌다. 흡사 초대형 괴물 곤충들이 아래턱을 닫는 소리 같다.

철컥.

철컥.

"도킹 완료." 할아버지가 말한다. "이제 저쪽에서 들여보내줄지 알아보자. 레오, 우리 쪽 문을 열래? 할 수 있지?"

"그럼요." 나는 의자 등받이를 잡고 몸을 날려 로켓의 둥근 문으로 간다. 묵직한 레버를 위로 젖힌 다음, 잠금장치를 '열림'으로 돌린다.

한동안 아무 일도 일어나지 않는다. 그러다 건너편에서 철커덕 소리가 난다. 문이 좌우로 열리며 우주정거장의 에어로크로 이어진다. 유리와 할아버지도 좌석 벨트를 푼다. 우리는 유영해서 문을 통과한다. 내가 먼저, 다음에는 할아버지가, 다음에는 유리가.

에어로크 반대편, 유리문 너머에 두 명의 우주비행사가 서 있다. 회색 운동복 바지와 흰색 회사 티셔츠를 입고 있다. 한 명은 동양인 남자고, 다른 사람은 머리에 스카프를 두른 여자다.

"신원을 밝히세요." 여자가 벽에 붙은 스피커를 통해 말한다.

"지휘관 유리 보그다노프." 유리가 말한다.

"비행장교 프리먼. 퇴역." 할아버지가 말한다.

"저는 레오예요." 내가 말한다. "여기서 태어났어요."

여자가 머리를 흔드는 게 얼핏 보인다.

정적이 흐른다.

그러다 여자가 스위치를 작동시켜 우리 뒤의 문을 닫는다. 쉭쉭 소리와 함께 밀폐된 공간으로 공기가 투입된다. 나는 눈을 들어 벽에서 뿜어져 나오는 증기를 지켜본다.

우리는 기다린다.

"기압 정상." 여자가 말한다. "에어로크 개방."

여자가 다른 스위치를 누른다. 우주정거장 본체로 통하는 해치가 열린다. 우리는 헬멧을 벗고, 활공해서 들어간다. 여기서는 할아버지와 유리보다 내가 빠르다. 내 움직임이 더 분명하다. 여기서는 다리로 땅을 짚을 필요가 없다. 하지만 그 때문만은 아니다. 내가 더 우아하게 움직인다. 이 환경에는 내가 더 적합하다.

여기가 내 집이다. 내가 내게 상기시킨다.

집에 왔다.

돌발 사태

나는 공중회전을 해서 두 사람 옆에 착지한다. 우주정거장의 둥근 벽에 뚫린 창으로 달이 보인다. 하얀 종이 등처럼 밝다. 그리고 언제나 그렇듯 지구를 돈다. 달 아래 돔처럼 뜬 지구가 반쯤 어둠에 잠겨 있다. 어두운 쪽은 전기 불빛이 보석을 뿌린 듯 반짝이고, 밝은 쪽은 구름 아래로 파랑과 초록이 경이로운 무늬를 만든다.

"경고가 오긴 했지만, 믿지는 않았는데…." 여자는 다음에 무슨 말을 해야 할지 모르겠다는 얼굴이다.

"여러분은 이제 큰일 났습니다." 동양인 남자가 말한다.

"그래요?" 유리가 말한다. "어떻게 할 건데요?"

남자는 대답을 하지 못한다.

"저는 사라예요." 여자가 말한다. "선생님 강의를 들은 적이 있어요, 비행장교 프리먼. 레이저 유도 시스템 강의요. 강의 후에 책에 사인도 해주셨죠."

"아," 할아버지가 말한다. "내 기억력이 예전 같지 않아서."

여자가 중요하지 않다는 듯 손을 흔든다. "이쪽은 쿠예요." 여자가 오만상을 쓰고 있는 남자를 가리킨다. "함교로 안내하겠습니다. 부트로스 사령관이 통화를 원합니다."

두 사람이 앞장서고, 우리는 뒤따라 유영한다. 모듈 몇 개를 통과한 후 y-축으로 꺾어져 함교를 향해 곧장 올라간다. 우리는 채소 선반들을 지난다. UV 램프가 채소를 자주색으로 비춘다. 리브라 생각이 난다. 하지만 그때마다 *나는 집에 왔다, 집에 왔다, 집에 왔다*고 주문을 외운다.

함교에 도착하자 사라가 탁자 위에 펼쳐놓은 스크린으로 간다.

부트로스가 화면에 떠 있다. 초록색 넥타이와 흰색 셔츠와 반점이 돋고 부어오른 얼굴. 모공에 땀이 송글송글 맺혀 있다.

"레오," 부트로스가 말한다. "대체 무슨 일을 벌이고 있는 거냐?"

"집에 가는 일요."

"이건, 이건-" 부트로스의 이마에 돋은 핏줄이 불끈불끈 뛰기 시작한다. "프리먼, 거기 뒤에 그렇게 숨어 있으면 안 보일 줄 알아요? 이 일로, 이 일로, 징계가 따를 겁니다."

할아버지가 박장대소한다. "감봉 조치, 뭐 그런 거요? 인사위원회 회부? 왜 이래요."

"거기엔 다들 그렇게 있을 공간이 없어요." 부트로스가 말한다. "어느 시점엔 도로 내려와야 한다고요."

"당연하죠." 할아버지가 말한다. "유리와 난 착륙 모듈로 귀환할 예정입니다. 쫌만 기다려요. 그때 가서 야단맞을 테니까. 인사위원회와 만나는 것도 언제나 환영이오."

나는 할아버지를 본다. 할아버지가 떠난다고? 아, 물론 떠나시겠지. 남을 이유가 없다. 나는 뱃속에 치솟아 오르는 서러움을 억지로 누른다. 야야, 레오. 모든 걸 다 가질 수는 없어.

"할아버지, 가요?"

할아버지가 인자한 눈으로 나를 본다. "가야지. 목장 울타리도 지켜야 하고, 임신한 암소들도 돌봐야 하고…." 할아버지가 말꼬리를 흐린다. 눈에 눈물을 담고 말한다. 용서를 비는 눈. 하지만 할아버지는 잘못한 게 없다. 용서는 할아버지가 빌 게 아니다.

"당연하죠. 당연히 가셔야죠."

할아버지가 눈으로 고맙다고 말한다.

나는 숨을 들이마신다. 내가 내게 말한다.

넌 집에 왔어.

넌 집에 왔어, 레오.

중요한 건 그거야.

부트로스가 나한테 말한다. "회사는 너한테 수십억 달러를 투자했어. 너를 양육하고 교육하는 데. 이렇게 네 맘대로 갈 수는 없어. 돌아와야 해."

"난 누구의 소유물도 아니에요."

"그렇게 말한 적 없다. 내 말은-"

"난 안 돌아가요."

침묵.

"강제로 데려올 수도 있어." 부트로스가 말한다. 하지만 목소리 끝이 갈라진다. 해서는 안 될 말이라는 걸 알면서도 그만 뱉어버렸다는 듯이. 그래서 말들이 입 속에서 허물어지듯이.

"그러기 힘들걸요."

정적.

"어떻게 할 건데요?" 유리가 말한다. "우주선에 해병대라도 실어 보낼 거요? 아니면 드론을 띄워서? 여기는 우주정거장이에요."

부트로스가 한숨을 쉰다. 얼굴이 핼쑥하다. 불쌍할 정도다. "지금 당신들이 무슨 문제를 일으켰는지 알기나 해요? 지금 미국 대통령과 러시아 총리가 화상 연결 중이에요. 러시아 뉴스에 나와서 자기들이 역겹고 중대한 윤리적 위반 행위를 바로잡은 것처럼 떠들고 있다고요. 덕분에 빌어먹을 메가톤급 국제 스캔들이 터졌어요. 언론매체들이 뒤집어진 건 물론이고-"

"유감이지만," 내가 말한다. "관심 없어요."

"관심 없어?"

"애초에 회사가 날 여기에 데려왔으니까, 회사 책임이죠. 그쪽에서 알아서 처리하세요."

부트로스가 입을 벌리다가 다물기를 반복한다. "끝난 게 아니야." 부트로스가 마침내 말한다.

"당연하죠. 난 앞길이 창창해요."

부트로스가 이제 눈을 감는다. 그를 싸고 있던 기업의 껍데기가, 그를 떠받치고 있던 외피가 서서히 붕괴하는 걸 보는 것 같다. "이건 미친 짓이야." 부트로스가 말한다. "레오, 이걸 생각해봐. 넌 죽을 때까지 우주만 빙빙 도는 거야."

"그래요." 나는 비드링크를 끄려고 손을 뻗는다. 내 아래에서 지구가 시속 28만 5천 킬로미터로 돌고 있다.

나는 잠깐 멈춘다.

"거기랑 뭐가 다른데요?"

나는 종료 버튼을 누른다.

에필로그 1

"안녕, 할아버지."

할아버지가 나를 끌어안는다. 내 몸이 벌써 튼튼해진 기분이다. 허약한 느낌이 들지 않는다. 지구에서 나는 자칫 손에 힘을 주면 으스러질 수 있는 아기 새였다. 하지만 여기서는 날아다닌다.

그런데 지금은 왜 이렇게 나를 가누는 게 힘든 걸까? 왜 내 입에서 나온 '안녕'이라는 말이, 리브라의 옛날 만화영화에서 본, 오페라 가수가 꽃병을 박살낸 찢어지게 높은 음처럼 들리는 걸까? 다른 게 있다면, 지금은 꽃병이 나다.

"잘 있어라, 레오." 할아버지가 말한다. "남을 수 있다면 나도 여기 남았을 거다, 알지?"

"알아요."

"하지만 소 떼, 목장, 내가 짊어진 책임이 있어, 알지?"

"알아요, 할아버지."

할아버지가 미소 짓는다. 괜찮다. 당연히 할아버지는 농장으로 돌아가야 한다. 당연히 할아버지는 엄마가 목장을 잘 건사하고 있는지 확인해야 한다.

"집에 도착하는 즉시 비드링크 하마."

"네, 꼭요. 그리고 코멧한테 인사 전해주세요."

유리가 유영해 와서 나를 숨 막히게 끌어안는다. "러시아 상공을 지나갈 때마다 손 흔들어라, 알았냐? 나도 손 흔들 테니까."

나는 웃음이 터진다. "안녕히 가세요, 유리 할아버지. 모두 다 감사해요. 제가— 어떻게 은혜를 갚아야 할지 모르겠어요."

유리가 어깨를 으쓱한다. "감사는 내가 해야지. 나를 다시 이리로 불러줘서 고맙다."

"언제든지 환영이에요."

"또 집을 떠나게 될 것 같지는 않구나." 유리가 말한다. 얼굴의 반으로만 웃으면서. "미국인들이 바이코누르에 도착했다는 소식이야. 로켓 숨긴 게 다 들통 난 거지."

죄책감이 든다. 모두 다 내 잘못이다. 하지만 유리가 내 등을 찰싹 친다.

"넌 러시아에 자긍심을 줬어. 용감한 왕년의 우주비행사들이 아이의 귀향을 돕다! 모스크바에서 들어오는 뉴스를 보면 넌 국민영웅이야."

국민영웅.

얼마나 엉뚱한 발상인가.

할아버지와 유리는 귀로에 오른다. 두 사람이 소유스 착륙 모듈로 향할 때 사라와 쿠도 따라가 배웅한다. 회사가 두 사람을 기다리고 있을 거다. 두말하면 잔소리. 할아버지는 체포되거나 하는 일은 없을 거라고 말한다. 그러기엔 언론의 관심이 너무 쏠려 있다. 하지만 견책을 받는 건 피할 수 없을 것 같다. 그 장면을 못 보는 건 아쉽다. 그 일을 담당할 부트로스와 그 동료들이 새삼 불쌍해진다.

내 생각에 사라와 쿠는 할아버지와 유리를 얼른, 그리고 확실히 보내고 싶은 마음뿐일 거다. 사라가 손을 흔들고 에어로크로 들어가는 해치를 잠근다. 에어로크 안의 두 나이 든 비행사는 우주복 착용을 마치고, 헬멧을 쓰고, 공간이 감압되기를 기다린다.

"좋은 여행 되세요." 사라가 인터컴으로 말한다.

두 사람이 고개를 끄덕인다.

나는 인터컴으로 간다. 사라의 만류를 무시하고 직접 버튼을 누른다. "미야코이 포사드키."

유리가 활짝 웃으며 양손 엄지를 들어 보인다.

그때 모듈로 들어가는 문이 열린다. 두 사람은 마지막으로 손을 흔들고, 머리부터 모듈 안으로 헤엄쳐 들어간다. 사라가 해치를 닫는 틈새로 두 사람이 조종석에 착석하는 모습이 보인다.

사라와 쿠와 나는 함교로 돌아온다. 내가 가장 앞서 간다. 방향 전환이든 구멍 통과든 내 활공 속도는 아무도 못 따른다. 나는 추진과 가속에 이용할 손잡이와 발판, 반동으로 각운동량의 방향을 변경할 수 있는 지점을 속속들이 안다. 나는 수중에서 몸을 돌려 벽을 차고 나가는 수영선수처럼, 어뢰처럼, 날아간다.

함교에 도착해서 스크린 중 하나로 할아버지와 유리를 지켜본다. 두 사람이 비행 프로토콜과 매뉴얼을 검토하고, 착륙 캡슐의 각종 계측치를 점검한다. 얼마 안 가 사라도 도착해서 두 사람에게 데이터를 불러주고 수치를 확인하기 시작한다. 사라가 우주비행사고, 알고 보니 쿠는 기상학자다. 보다 정확한 기상 예보를 위한, 특히 지구온난화로 기상 이변이 잦은 지역을 돕기 위한 미니 위성 그물을 설치하러 왔다.

따라서 쿠는 나처럼 뒤에서 구경만 한다.

시간이 흐른다. 마침내 모든 안전 점검이 끝나고, 모든 데이터 기록이 끝난다.

"분리." 할아버지가 계기판의 스위치를 올린다.

나는 기다린다. 모듈이 우주정거장에서 분리되어 한동안 우리에게서 둥둥 멀어지다가 안전거리가 확보되었을 때 추진 엔진을 점화하기를.

그런데 아무 일도 일어나지 않는다.

1초.

2.

3.

4.

5.

여전히 아무 일 없다. 어떤 결과도, 어떤 정점도 없는 역방향 카운트다운 같다.

사라가 황급히 마이크로 간다. "소유스, 문제가 뭔가?"

"우리도 모르겠다." 유리의 목소리다. "도킹 포트 잠금 해제를 시도하고 있는데 말을 듣지 않는다."

사라가 여러 화면을 확인하며 키보드를 두드리기 시작한다.

"자동 제어장치는 이상 없어 보인다." 사라가 말한다. "동력도 좋고… 다시 눌러보셨나요?"

"안 했을까 봐?" 유리가 말한다.

"오케이, 오케이." 사라가 말한다. "해치는 아직 잠겨 있는 걸로 나타난다. 전기 결함일 가능성은?"

"진단 모드 작동." 할아버지가 말한다.

나는 탁자를 떠나 사라 쪽으로 간다. 사라가 쓰지 않는 스크린 하나를 당겨 내린다.

"여기," 내가 말한다. "y-축 트러스에 카메라가 있어요. 로봇팔 위에. 그걸 쓰면 어때요? 해치 걸쇠들에 문제가 있다면 그 카메라가 보여줄 거예요."

사라가 나를 잠깐 쳐다본다. "좋은 생각이야."

나는 화면에 카메라 메뉴를 띄워서 카메라 241을 선택한다. 내가 알기로 원격 조종 로봇팔을 모니터링하기 위해 부착한 카메라다. 나는 카메라 제어를 위한 코드를 입력한 후, 상하좌우로 훑는다. 하지만 카메라가 우주정거장 동체에 너무 바싹 붙어 있어서, 도킹 포트에 무슨 일이 있는지 볼 수 있을 정도의 높은 시야가 나오지 않는다.

나는 사라가 방금 전까지 자동 제어장치 계측치를 살피던 스크린을 가리킨다. "저것 좀 써도 돼요?"

"그래." 사라가 말한다. 사라의 얼굴에 희미하게, 아주 살짝 비꼬는 미소가 어린다.

나는 스크린을 당겨 로봇팔에 접근하기 위한 하부 시스템을 작동시키고, 멀티터치 센서에 손가락을 댄다. 슬라이더를 풀어 수동 모드로 전환한다. 전에 로봇팔이 우주정거장에 도킹해 있던 우주왕복선에 손상을 입히는 사고가 난 적이 있었다. 로봇팔의 가동범위를 미처 제한하지 못한 탓이었다. 지금은 우주정거장 각 축의 회전을 정의하는 창이 있지만, 어쨌거나 조심해야 한다.

나는 조심스럽게 로봇팔의 첫 번째 관절을 들어서 우주정거장

벽에서 멀찌감치 떼어놓는다. 카메라는 다음 관절에 달려 있다. 나는 그 관절을 돌린다. 위로, 옆으로. 동시에 다른 화면을 계속 보면서 카메라 각도를 조정한다.

로봇팔을 한 번 더 비튼다.

카메라를 줌인 해서 상하로 훑는다.

잡았다. 우주정거장의 가로대 끝이 보인다. 도킹 포트에, 후크와 래치의 둥근 테에 붙어 있는 소유스 모듈이 보인다.

나는 그 부분을 확대한다.

"저기." 내가 말한다.

사라가 다가와 들여다본다.

"문제가 보이죠?"

"그래."

걸쇠가 모두 튀어나와 있다. 포트 쪽의 두 개만 빼고. 그 두 개는 여전히 소유스에 달라붙어 있다. 그게 소유스가 떠나지 못하는 이유다.

사라가 인터컴을 누른다. "해치 외부를 화면으로 잡았어요. 래치가 제대로 풀리지 못했어요."

"전부 다?" 유리가 말한다.

"아뇨, 두 개만요. 여기서 볼 때는요. 다시 잠갔다가 풀어보실래요?"

스크린 중 하나에 할아버지가 버튼을 누르는 모습이 보인다. 아무 일도 일어나지 않는다.

"변화가 없다." 할아버지가 확인한다.

"젠장." 사라가 몸을 돌려 다른 마이크를 잡는다. 네바다 기지에 연결된 마이크다. 사라가 통화 버튼을 누르고 말한다. "여기요, 엔지니어링 부탁해요."

"싱입니다." 귀에 익은 목소리가 답한다. "보고 있어요. 래치에 문제가 있다고요?"

"맞아요." 사라가 말한다. "이런 상황을 위한 비행 수칙이 있나요?"

"데이터베이스를 확인해야죠." 싱이 말한다.

정적.

계속 정적.

창밖으로 별들이 지나간다.

지구에서 오로라가 불꽃처럼 펄럭인다.

"래치는 수동 개폐도 가능해요." 마침내 싱이 말한다.

"좋아요, 오케이." 사라가 말한다. "제어장치는 어디 있죠?"

"제대로 못 알아들으셨네. 수동으로 가능하다고요. EVA로 해야 한다고요."

사라가 입을 벌렸다가 도로 다문다. "나 혼자서는 못 해요."

"못 하죠. 해서도 안 되죠. 프로토콜 위반이니까." 싱이 말한다. "혹시 프리먼이 모듈을 나와 EVA를 지원하고 다시 모듈로 돌아가면…" 싱이 말끝을 흐린다. "돌아갈 수가 없죠. 래치가 풀리는 순간 모듈이 분리되니까."

"거기다 유리 할아버지 혼자 남고요." 내가 말한다.

"흐음." 싱이 말한다. "저걸 조종하려면 조종사가 두 명 필요해요."

"어떻게 됐어요?" 할아버지가 인터컴으로 말한다.

사라가 마이크를 잡는다. “래치를 풀려면 누군가 EVA를 해야 해요. 하지만 두 분 중 한 분이 지원하면 한 분은 여기 남고 한 분만 떠나게 됩니다.”

“그럴 순 없어요.” 할아버지가 말한다. “우리 중 누구도 이걸 혼자서는 조종 못 해요.”

“알아요.” 사라가 말한다. “유감이지만 두 분이 우주정거장에 갇힌 셈이 됐네요.”

사라는 정말로 속상한 표정이다. 사라는 할아버지와 유리가 어서 떠나주기를 바란다. 사라는 깔끔 타입이다. 딱 봐도 유리와는 안 맞는다.

할아버지가 비드링크로 목장과 산과 들판을 볼 때 짓는 표정이 있다. 그 표정이 떠오른다. 목장에 엄마와 함께 있을 코멧 생각도 난다. 엄마는 얼마 후면 다른 우주비행사와 함께 이리 올라올 예정이다. 회사는 새로운 프로그램을 꿋꿋하게 추진 중이다. 젊은이들을 우주에 2년간 심어놓는 프로그램. 도통 실수에서 배우지 못하는 사람들이다. 엄마가 떠나면 코멧은 누구와 함께 있나? 코멧에겐 함께 있어줄 사람이 필요하다. 달리기를 시켜주고, 귀 뒤를 긁어줄 사람.

“아니죠.” 싱이 말한다.

“네?” 사라가 말한다.

“아니죠. 우주정거장에 갇힌 게 아니죠. 해치는 온전히 잠긴 것도 아니에요. 기계적으로 봤을 때 모듈은 두 상태에 끼어 있는 셈이에요. 열리지도 닫히지도 않은 상태.”

“그러네요….” 사라가 말한다.

"무슨 말이냐면, 내부 해치 문은 열리지 않아요. 모듈은 자기가 우주에 있다고 인식해요. 따라서 두 사람을 모듈에서 내보낼 방도가 없어요."

"아."

"이런 시나리오는 예상하지 못했지만," 싱이 말한다. "불행히도 저 래치들이 수동으로 분리되지 못하면, 모듈은 저기 잠겨 있고, 두 분은 저 안에 갇혀 있게 됩니다. EVA만이 답이에요."

"내가 할 수 있어요." 내가 말한다.

사라가 나를 본다. "뭘 해?"

"EVA요. 내가 지원할 수 있어요."

사라가 인상을 쓴다. "넌 애야."

"전에도 한 적 있어요. 두 번이나요."

사라가 계속 나를 응시한다.

"알았어요, 한 번이라고 해두죠. 하지만 할 수 있어요. 걱정 마세요. 명령에 잘 따를게요."

사라가 한숨을 쉰다.

두 번째 인터컴에서 싱의 목소리가 흘러나온다. "저기요, 상황 보고 요망."

"레오가 나랑 EVA를 하겠대요." 사라가 말한다.

"나로서는 그걸 승인할 수가—"

하지만 그때, 수천 킬로미터 밖에서 공기와 공허를 뚫고 다른 목소리가 도달한다. "내 경험상," 부트로스가 말한다. "걔가 한번 무슨 맘을 먹으면 그걸 막을 방법이 별로 없어요." 몹시 지친 목소리다. 하지만 내 귀가 이상한 건지, 약간의 유머가 느껴진다.

"우리도 들었다." 할아버지가 말한다. 잠시 침묵. "레오, 잘 들어. 정말로 할 수 있겠어?"

"네." 그게 사실이니까.

"그래, 나로선 그걸로 충분하다."

사랑해요, 할아버지. 사랑해요.

하지만 말로 하지는 않는다.

사라가 천장을 올려다본다. 그러다 다시 눈을 내린다. "넌 내가 하라는 대로만 해."

"물론이죠, 대장님."

사라가 한숨을 쉰다.

"하지만," 싱이 말한다. "이번엔 철저한 준비를 요합니다. 고순도 산소와 11바 기압에서 24시간. 저번에 레오한테 감압증이 왔다가 치료됐다는 걸 압니다만, 원칙상 둘 중 한 명이라도 잠수병에 걸릴 위험은 감수할 수 없습니다."

"내 의견도 같아요." 부트로스가 말한다. "유리, 밥. 두 사람은 24시간 동안 꼼짝 말고 거기 앉아 있어야 합니다."

"걱정 말아요." 유리가 말한다. "트럼프도 챙겨 왔겠다."

농담인지 진담인지 알 수 없다.

에필로그 2

24시간 후 사라와 나는 감압실을 나온다. 쿠는 밖에서 걱정스러운 얼굴로 우리를 지켜보며 공중을 맴돈다.

나는 의욕이 솟고 신이 난다. 감압실 안에서 잠도 좀 잤다. 산소가 내 폐를 채우고, 마음은 별이 가득한 하늘로 퍼진다. 사라는 잤을 것 같지 않다. 내가 그쪽으로 돌아누울 때마다 사라는 침상의 부양 방지띠를 톡톡 두드리며 천장을 쳐다보고 있었다.

사라는 눈을 비비고 눈을 감으며 깊게 호흡한다. 감압실에서 하룻밤 보냈으니 이제는 공기와 함께 몸속에 정상의 기운을 흡입하려는 듯이.

하지만 이 공기도 인공적인 건 마찬가지다. 거기다 질소와 섞여 있기 때문에 오래 마시고 있으면 지금까지의 준비 과정이 헛수고가 된다.

"가요. 서둘러야 해요."

사라가 고개를 끄덕인다.

"함교를 맡아요." 사라가 쿠에게 말한다.

"음, 오케이." 쿠가 제어반으로 가며 말한다. "내가 뭘 하면 되죠?"

"아무것도요." 사라가 말한다. "그냥 무전만 켜둬요."

우리는 x-축 출구 해치로 활공한다. 해치를 나가면 트러스를 타고 내려가 십자 중심부에서 반대편으로 건너가야 한다. 할아버지와 유리가 있는 끝으로는 나갈 수가 없다. 당연하다. 착륙 모듈이 막고 있으니까.

나는 우주복을 착용할 때도 사라보다 빠르다. 아무래도 내가 더 최근에 해봤으니까. 나는 우주복 안에 들어가서, 산소통과 냉각 엔진이 내장된 무거운 등짝을 문처럼 닫는다. 다음으로 배수관이 내장된 셔츠를 입고, 우주복을 완전히 잠그고, 헬멧을 제자리에 눌러 끼운다. 손바닥으로 해치 문의 버튼을 누르고, 에어로크 안으로 헤엄쳐 들어간다. 약 3분 후 사라도 들어온다.

사라가 해치 문을 닫는다.

"가리개." 사라의 목소리가 딱 부러진다.

우리는 헬멧 가리개를 내린다.

"산소."

나는 산소 공급기를 작동시킨다.

"산소 확인."

나는 헤드업 디스플레이를 켜고 눈앞 허공에 떠 있는 LED 수치들을 읽는다. "수치 양호."

사라가 감압 버튼을 누른다.

쉭쉭.

에어로크에서 공기가 빠져나간다. 우리는 출구 해치로 유영한다. 나는 사라를 본다. "다 괜찮을 거예요. 쉬워요. 약속해요."

사라는 아무 대답이 없다. 하지만 가리개 너머로 얼핏 웃는 표정이 보인다.

내가 사실 하고 싶은 말은 '내가 지켜줄게요'다. 하지만 건방진 소리로 들릴 거다. 정작 십 년 넘게 훈련을 받은 우주비행사는 사라인데. 하지만 나는, 여긴 내 집이고, 여긴 안전한 곳이라는 말을 하고 싶을 따름이다.

그냥 하는 생각이 아니다. 내가 사라를 지켜줄 거다. 비록 말은 하지 않지만.

"클립 채워."

나는 내 안전케이블을 벽에 붙어 있는 레일에 채운다.

"외부 해치 개방." 사라가 말한다. 해치가 바깥으로 돈다. 무한한 우주로 통하는 창이 열린다. 우리는 구멍으로 향한다. 도착했을 때 사라가 멈칫하며 주저한다.

나는 주저하지 않는다. 레일에서 클립을 풀고, 해치 가장자리를 잡고 우주로 몸을 밀어낸다.

지난번보다는 덜하지만, 여전히 충격적인 경험이다. 벽으로 둘러싸인 공간에서 우주로 흘러나오는 경험. 나는 숨을 돌리고, 외부 트러스에 재빨리 클립을 채우는 데 집중한다. 클립이 트러스 파이프에 온전히 채워질 때까지 눈을 떼지 않는다.

나는 몸을 돌린다. 지구가 내 아래에 있다. 광대한 청록색 바다와, 파도에 둘러싸인 작은 섬들.

그 너머에 달이 있다. 반은 어둠에 잠긴 둥그런 연보라색 얼굴.

벨벳처럼 검은 우주가 별들을 보석처럼 달고 우리를 온통 에워싸고 있다.

사라가 우주정거장을 천천히 빠져나와 내 옆에 클립을 채운다. 헬멧 안 사라의 눈이 휘둥그렇다.

"압도적이죠?"

"쩐다. 말도 안 되게." 사라가 말한다.

나는 빙그레 웃는다. 사라에겐 의외의 면모가 있다. 감압실에 같이 갇혀 있을 때 들었는데, 밴드 활동을 했다고 한다. 그것도 하드코어 메탈 밴드. 그리고 여가 활동으로 산악자전거를 탄다고 한다. 사라가 재미있는 사람이라서 다행이다. 한동안은 사라와 지내야 하니까. 사라는 4개월 교대로 올라왔고, 있은 지 한 달밖에 안 됐다.

가장 빠른 이동 방법은 역시 RCV를 이용하는 거다. 우리는 클립을 당겨가며 y-축을 따라 조금 내려가 RCV로 간다. 한 손으로 카트를 잡고, 다른 손으로는 안전케이블을 카트로 옮긴다. 이제 트러스 차량에 안전하게 연결됐다.

쿠가 원격으로 RCV를 조종해주면 좋지만, 쿠는 우주비행사가 아니다. 대신 내가 차량 반대편으로 가서 전진/후진 레버를 잡고 운전한다. 나는 핸드브레이크를 푼 다음, 사라에게 엄지손가락을 들며 고개를 갸우뚱한다.

오케이?

사라의 엄지손가락도 올라간다.

오케이.

나는 천천히 시동을 건다. 속력은 어차피 제한적이지만, 사라가 깜짝 놀랄까 봐. 사라는 지금도 계속 뒤를 돌아보며 불가해하게 깊은 우주에서 눈을 떼지 못한다.

헬멧 안에서 내 호흡 소리가 커져간다. 나는 앞에 떠 있는 LED 수치들을 계속 지켜본다. 압력, 산소 수준, 체온. 동시에 하늘을 계속 훑어본다. 작업하는 동안 우리에게 날아오는 작은 유성체는 없는지. 나는 우주선 밖의 모든 것이 나를 죽이고 싶어 한다는 걸, 내게 전혀 협조하지 않는다는 걸 어린 나이에 터득했다.

우리는 트러스의 수평봉 위를 삐걱대며 간다. RCV의 작은 바퀴들이 천천히 구른다.

우주정거장이 자세를 잘 유지하고 있다.

아래에서 지구가 돈다.

달이 점점 커진다. 지구의 만곡 뒤에서 나와 우주로 떠오른다.

덥다. 우주복 안에서 땀이 흐른다. 하지만 나는 자유롭다. 내 다리와 손목을 지지부진 잡아끄는 것이 여기에는 아무것도 없다. 나는 어떤 무게의 권한에도, 어떤 방향의 지휘에도 휘둘리지 않는다.

우리는 x-축에 도착한다. 다시 클립을 풀어서 다음 RCV에 채워야 한다. RCV는 우주정거장의 축을 타고 오르락내리락만 한다. 단순한 전진/후진 기계일 뿐이다. 90도 회전 같은 건 하지 못한다.

우리가 클립을 분리할 때, 우주정거장이 돌연 크게 요동한다. 대기 항력? 모르겠다. 아마 아닐 거다. 그보다는 외부 토크와 그에 따라 우주정거장의 비틀림을 없애기 위한 추진로켓과 자이로의 합동 공격에 가깝다. 발길질이 극적이진 않았지만 사라를 털어낼 만큼은 셌다.

사라가 표류한다. 우주정거장 두 축 사이의 텅 빈 암흑 속으로.

이건 아니다. 이런 일은 일어날 수 없다. 사라가 클립을 제대로 채우지 않았거나, 실수로 클립을 풀었다면 모를까.

"레오!" 사라가 무전으로 외친다. "레오!"

사라의 팔과 다리가 버둥거린다. 헛되이. 저항할 상대도 없이.

사라가 점점 멀어져간다.

우주정거장이 요동치며 운동량의 일부를 사라에게 넘겼다. 하지만 사라가 더는 우주정거장에 달려 있지 않기 때문에 속도를 빠르게 잃으며 문2로부터 멀어진다.

"제어해, 사라." 무전에서 부트로스 사령관의 목소리가 말한다. "훈련받은 대로 해."

하지만 사라는 응답하지 않는다.

"추진로켓을 작동시켜요." 내가 말한다. 우주복 백팩에 소형 로켓이 있다. 추진력이 우주비행사를 다시 우주정거장으로 밀어보내기에 충분하다. 우주복 왼팔에 키패드가 있다. 나는 왼팔을 번쩍 들어서 흔든다.

하지만 사라는 계속 통제되지 않은 몸놀림을 보이고 있다. 아직도 패닉 상태다. "아아, 맙소사." 사라가 말한다. "맙소사."

브라운이 생각난다. 진공 보존 상태로 영원히 지구를 돌고 있을.

"내가 데리러 갈게요." 나는 클립을 풀고 숨을 크게 들이마신다. 지구를 내려다본다. 그리고 달을 본다. 장갑 낀 손으로 우주정거장의 매끄러운 벽을 어루만진다. 다시 숨을 들이마시고 발로 힘껏 찬다. 나는 당장 표류한다. 내 닻은 사라졌다. 나를 밀어주거나 제자리에 잡아줄 것은 아무것도 없다.

"레오, 대체 무슨 짓을 하는 거야?" 부트로스가 말한다.

나는 응답하는 대신 키패드의 뚜껑을 열고 빨간 스위치를 눌러 추진로켓을 점화한다. 다음에는 방향 버튼으로 조종한다. 추진로켓은 두 개다. 하나는 백팩 꼭대기에 있고, 다른 하나는 바닥에 있다. 각자 90도로 수직 이동하고, 180도로 수평 이동한다. 추진로켓의 방향에 따라 나는 상하좌우로 이동할 수 있다.

나는 위로 이동해서 사라 쪽으로 간다. 헬멧 안에서 사라가 "맙소사, 맙소사"만 반복하는 소리가 들린다. 다른 단어는 모두 머리에서 지워진 사람처럼. 부트로스의 목소리도 들린다. 육신은 없는 목소리가 나한테 계속 고함을 질러댄다. 나는 그냥 무시한다.

나는 우주복 추진로켓으로 이동해본 적이 없다. 하지만 이론으로는 안다.

거대한 장갑 때문에 손가락 놀림이 어설프다. 버튼의 탄성을 제대로 느끼기 힘들다. 처음에는 너무 세게 누르는 바람에 몸이 무의미하게 위로 솟구친다. 지구와 사라로부터 멀리.

사라는 소유스와 근접해 있다. 소유스와 충돌하게 생겼다.

나는 반대편 추진로켓을 발진해서 상승 속도를 늦춘다. 그다음 방향을 조정한다. 나는 그야말로 소형 로켓에 묶여 있는 것과 다름없다. 추진로켓의 진동이 내 등과 가슴을 관통한다.

점점 가까워진다.

사라는 이제 바람개비처럼 빙글빙글 돌고 있다. 무언가를 잘못 조작해서 수평 회전을 하게 된 것 같다. 사라와 소유스와의 거리는 6미터. 3미터.

나는 전속력으로 추진하면서 방향 버튼들을 움직여 로켓이 연료와 배기가스를 내 뒤로 뿜게 한다. 거친 호흡 때문에 헬멧 가리개 안쪽에 김이 서린다. 나는 마지막으로 수평 조정을 하고 양손을 앞으로 뻗는다—

그리고—

나는 사라와 충돌하면서 오른팔로 사라의 목을 감는다. 품위 있는 동작은 아니지만, 왼손 손목에 있는 키패드를 조작하려면 어쩔 수 없다. 나는 우리를 돌려세우고, 추진로켓 두 개 모두 최대 출력으로 발진시킨다.

나는 추진로켓들을 켠 채로 방향을 미세하게 조정한다. 속력을 계속 줄이는 동시에 소유스와 우주정거장이 결합한 지점을 향한다. *덕분에 RCV로 느리게 이동하는 과정은 건너뛰었어.* 나는 거의 발작적으로 생각한다. 나는 사라를 꽉 붙들고 우리를 다시 문2와 마주 보는 방향으로 돌린다. 우주정거장이 우리 앞에 무섭게 거대하고, 육중하고, 견고하게 다가온다. 추진로켓이 등 뒤에 있는 지금 상황에서 전진 운동량을 줄일 방법은 없다. 내가 우리를 돌려세울 때 충분히 제동했기를 희망하는 수밖에 없다. 아니면 우리는 우주정거장 벽에 충돌하고, 그 충격으로 산산조각 나고 만다.

2미터.

1미터.

그때 우주정거장 동체가 소유스를 끝에 매단 채 위로 움직인다. 덕분에 제동거리가 좀 더 확보됐고, 나는 용케 왼손으로 레일을 잡는 데 성공한다. 잡으면서 몸을 돌려 등과 백팩이 충격의 대부분을 흡수하게 한다.

사라가 내 몸 위로 굴러간다.

"잡아요!"

사라가 그렇게 한다. 천만다행이다. 그러지 않았으면 내가 우주정거장에 매달려 있지 못했을 거다. 사라도 놓쳤을 거다.

사라가 돌면서 내게서 떨어져 나가 두 손으로 레일을 와락 움켜잡는다. 그리고 몸을 우주정거장 벽에 찧어가며 겨우 멈춘다.

나는 그렇게 x-축의 끝에 매달려 거칠게 숨을 몰아쉰다. RCV는 두 축 사이 접합부에 있다. 다시 그리로 가려면 모듈 세 개에 해당하는 거리를 레일을 잡고 이동해야 한다. 하지만 별수 없다. 내 헤드업 디스플레이를 본다. 산소가 20분어치 남아 있다.

나는 서서히 상황에 적응한다. 안전케이블 클립을 들어 레일에 연결하고, 사라에게도 똑같이 하라는 몸짓을 한다.

"고마워." 사라가 클립을 채우면서 떨리는 목소리로 말한다. "나, 저기서, 정신줄을 놨어."

나는 우주를 가리킨다. "무섭죠. 충분히 그럴 수 있어요."

"너 덕분에 정말 죽다 살았다."

은근한 자부심이 온몸으로 퍼지는 걸 느낀다. 나도 어딘가에 유용하다. 나는 그저 산속 돔에 갇힌 신세가 아니다. 나는 나를 끝도 없이 둘러싼 광대한 우주를 들이마신다.

"상황 보고!" 부트로스가 귀청이 떨어져라 외친다.

나는 우주를 등지고 해치로 돌아선다. 제대로 풀리지 못한 두 개의 래치가 보인다. 소유스의 창문 너머로, 할아버지와 유리가 보인다. 둘 다 나를 뚫어져라 보고 있다. 할아버지 얼굴에 한 가닥 엷은 미소가 뜬다. 할아버지가 눈을 훔친다. 나는 눈을 돌린다.

"우리 둘 다 다시 연결됐어요." 내가 말한다. "도킹 포트의 문제가 보여요."

"사라는?"

"저도 무사해요." 사라가 말한다.

"흐음, 좋아. 임무 완수해." 부트로스가 퉁명스럽게 말한다.

우리는 해치로 살살 움직인다. 사라가 우주복 허리띠에서 다용도 공구를 꺼내든다. 그걸 지렛대 삼아 잠겨 있는 래치 중 하나를 열 생각인 거다. 의외로 쉽다. 나사 볼트 하나가 너무 빡빡했던 모양이다. 사라가 나사를 느슨하게 한 다음, 공구를 래치 아래에 넣어 들어 올리니 래치가 탁 튀어 오른다.

사라가 다음 래치 공략을 위한 자세를 잡는다.

착륙 모듈의 창문을 통해 할아버지가 입모양으로 뭔가 말한다.

"레오," 쿠가 말한다. "소유스와 너를 접속한다."

정적.

이윽고 내 헬멧 안의 미니 스피커에서 할아버지의 목소리가 흘러나온다. "아주 잘했다."

내 눈에 눈물이 그렁그렁 찬다. 눈물이 뜨겁다. "감사합니다."

"잘 있어라, 레오."

"잘 있어, 소비에트 영웅 레오 프리먼." 유리가 말한다. "집에 도착하면 로켓 연료와 보드카 칵테일로 너를 위해 건배하마."

"로켓 연료는 생략할지도 몰라." 할아버지가 말한다.

나는 웃음이 터진다.

"안녕히 가세요, 두 분. 정말 감사했어요."

"아니, 우리가 고맙지." 할아버지가 말한다.

할아버지가 손을 들어 경례한다. 유리도 따라 한다.

나는 사라에게 고개를 돌린다.

"해요." 나는 사라에게 공구를 건넨다.

사라가 나사를 풀고, 공구를 아래에 넣고, 들어올린다.

래치가 철컥 올라간다.

소유스가 잠시, 아주 잠시, 그대로 머무른다. 시간과 공간이 잠시 멈춘 것처럼. 그러다 우리에게서 천천히 멀어지기 시작한다.

할아버지가 손을 흔든다.

나도 손을 흔든다.

우주가 가능한 모든 방향에서 나를 포근히 감싼다. 별들이 모든 곳에 있다. 나는 점점 작아지는 할아버지와 유리를 지켜본다. 소유스 모듈이 서서히 줄어들다가 방향을 바꾼다. 불꽃과 혜성과 유성이 길게 따라간다. 소유스가 추진로켓을 점화하고 파랑과 초록의 덩어리를 향해 발진한다.

오리온과 리브라 생각이 난다. 우리가 죽으면 지구를 굽어보며 떠다니는 천사가 된다는 리브라의 말이 떠오른다. 오리온이 내 옆에 있는 것 같다. 나는 맘속으로 오리온한테 몸을 돌리고 미소 짓는다. 지구를 돌고 있을 브라운도 그려본다. 혼자지만 혼자가 아닌 채로. 나도 다르지 않다. 나는 혼자지만, 결코 혼자가 아니다. 곧 엄마가 교대하러 올 거고, 할아버지와 코멧과 리브라를 항상 만날 수 있다. 스크린이라는 창을 통해, 지구와 직통으로 연결된 구멍을 통해 항상 볼 수 있고, 실시간으로 대화할 수 있다. 그것도 기적이다. 하늘에 기도하는 것과 같다.

나는 몸을 돌린다. 그리고 집으로 향한다.

나는 큐폴라에 있다. E. E. 커밍스의 시집을 읽고 있다. 내가 오리온한테 주고, 오리온이 다시 내게 준 책.

나는 비로소 깨닫는다. 그날 오리온의 말은 순서가 바뀐 게 아니었다. 오리온이 "너무나 이처럼 놀라운 날을 줘서"라고 했을 때. 오리온은 시를 인용한 거였다. 나는 시를 읽는다.

너무나 이처럼 놀라운 날을 주신 하느님께 감사합니다.
초록으로 용약하는 나무의 영령들과
푸르른 꿈을 꾸는 창공과, 그리고
자연스럽고, 무한하고, '그렇다'고 말하는 모든 것을
주신 것에 감사합니다.

내 눈은 열려 있다. 하지만 더는 아무것도 보이지 않는다.

대신 나는 영원함이 있는 곳으로 눈을 돌린다. 별들. 내가 오리온을 봤을 때는 이 '그렇다'에 대해 미처 알지 못했다. 그때 내 머릿속에는 같은 단어가 없었다.

브라운이 죽던 때가 생각난다. 그때 내가 본 우주는 광대무변하고, 그 안에 어떤 속단도 없지만 동시에 어떤 친절함도 없었다. 하지만 지금 내 눈에 보이는 건 사랑과 음악으로 넘치는, 무한대로 뭉쳐 있는, 이 모든 이 모든 이 모든 '그렇다'로 가득한 아름다움뿐이다.

모든 게 그렇다.

"안녕, 오리온."

에필로그 3

나는 해치로 간다. 엄마한테 손을 흔든다. 엄마도 손을 흔든다.

잠깐의 멈춤 후에 엄마가 미소 짓는다. 미소에 노력을 들이는 것처럼. 미리 생각하고 온 것처럼, 거울 앞에서 연습하고 온 것처럼.

글쎄. 아예 안 하는 것보다는 낫다.

나는 해치 개방 버튼을 누른다. 해치가 조리개처럼 열린다. 중심부에 구멍이 생기고 그 구멍이 커져서, 사람이 유영해 들어올 수 있는 공간이 된다.

"문2에 온 것을 환영해."

물론 엄마한테 한 말이 아니다. 엄마는 여기에 이미 여러 번 왔다. 한 번은 1년 넘게 있기도 했다.

엄마한테 한 말이 아니다.

엄마와 함께 온 우주비행사에게 한 말이다.

소토가 해치를 헤엄쳐 통과한다. 경이에 찬 얼굴로.

"여기서 보니 반갑다." 소토가 말한다. 웃으니까 눈가에 주름이 잡힌다.

내 뱃속에서 무언가가 펄떡인다. 물고기처럼.

창밖의 별들이 어둠 속에서 내게 윙크한다.

나는 언제나 사랑했다. 달이 지구를 사랑하듯이.

이제는 안다. 지구가 달을 어떻게 사랑하는지도.

/ 전송 종료 /

우주에서 태어난 아이가 있다.

열여섯 번째 생일이 오면 지구에 갈 수 있다. 서구 민화에서 열여섯 살은 모종의 상징성을 갖는다. 잠자는 숲속의 미녀는 열여섯 살에 나쁜 마녀의 저주대로 물레 바늘에 찔려 의식을 잃지만 착한 마녀의 배려로 죽지는 않고 다만 길고 긴 잠에 빠진다. 인어공주는 열여섯 살에 뭍의 왕자에게 반해 바다를 버리고 걸을 때마다 고통이 따를 뭍으로 올라간다.

물론 이 소설에는 좀 더 과학적인 이유가 따라붙는다. 어린 몸으로는 대기권 재진입과 착륙 과정에서 우주비행사의 몸이 감당해야 하는 엄청난 압력을 이기지 못한다. 이 때문에 우주의 아이는 지구 궤도를 도는 우주정거장에서 16년을 기다린다. 한 번도 가보지 못한 집으로 가기 위해. 아래에서 거대하게 도는 푸른 행성으로 돌아가기 위해. 떠나온 적도 없었지만. 그리고 열여섯 번째 생일이 가까운 어느 날, 아이는 드디어 지구로 향한다.

꿈에 그리던 호수 수영, 진짜 흙에서 자라는 나무, 공기의 공명이 만드는 진짜 음악 소리를 만나러. 하지만 아이를 기다리는 건 따로 있었다. 모든 것을 일고의 타협도 없이 인정사정없이 아래로, 아래로 당기는 중력. 그리고 중력보다 더 충격적으로 아이를 덮치는 음모의 실체.

이 이야기는 미래를, 하지만 그리 멀지 않은 미래를 배경으로 한다. 1969년 미 항공우주국(NASA)은 사람을 달에 보내는 데 성공했다. 미국과 소련이 국부(國富)를 쏟아 부었던 냉전시대 우주 경쟁의 결과물이었고, 미국의 승리였다. 이후 냉전이 종식되면서 우주 개발도 시들해져 급기야 지난 2010년에는 오바마 행정부가 2020년까지 달과 태양계 행성(특히 화성!)에 유인 우주선을 보내겠다던 별자리 프로그램(Constellation Program)을 사실상 취소했다. 1980년대 후반부터 미국과 러시아가 합동으로 지구 궤도에 건설한 국제우주정거장(ISS)도 효용이 떨어져 2024년에 퇴역할 예정이다. 과거의 국가 주도 우주항공업은 21세기에 접어들면서 차츰 민간 우주기업 주도의 미래 사업으로 바뀌고 있다.

이 소설은 여기서 시작된다.

소설 속에서 ISS는 이미 해체되어 역사가 됐고, NASA도 민간 기업이 인수한 지 오래다. 지금은 (의뭉스럽게 '회사'로 불리는) 거대 우주기업이 새로 건설한 문2라는 차세대 우주정거장이 지구 궤도를 돌고 있다. 우주 개발이 주춤한 사이 지구온난화의 진전으로 기상이변과 용수 부족이 날로 심각해졌다. 이제는 정말 생명체가 거주 가능한 행성을 찾든지, 사람이 집단으로 우주에서 살 방도를 찾든지 해야 할 판이다. 이런 상황에서 문2는 우주 탐사의 전초기지와 무중력 환경을 연구하는 실험기지로 맹활약한다.

그런데 이곳에서 아무도 몰래 충격적인 비밀이 잉태되고 자란다. 16년 후 아이의 지구 귀환과 함께 비밀은 물리적 형체를 드러내고, 송곳 같은 데이터가 되어 해명을 요구한다. 하지만 어떤 해명의 말도, 해결의 방법도 존재하지 않는다. 아이는 자신을 속인 사람들을 용서할 수 없다.

별자리의 이름을 가진 레오, 오리온, 리브라는 자신의 존재를 완성시켜줄 것으로 믿는 곳, 오래 유예됐던 진짜 삶이 기다리고 있다고 믿는 곳에 당도한다. 소원을 이루기 위해 에메랄드 시로 입성하는 도로시 일행처럼. 하지만 그곳은 그들의 고향이 아니었다. 그들은 거기 속한 존재가 아니었다. 오즈의 지배자가 병풍 뒤에 숨어 조잡한 장치로 마법사 흉내를 내는 사기꾼으로 드러났듯, 그들을 기다리고 있는 건 인류를 구한다는 핑계 아래 시행되고, 조작과 감시로 은폐되어온 어리석은 실수뿐이었다.

이들은 그곳을 탈출할 계획을 세운다. 그리고 각자 조금씩 다른 방법으로 계획을 감행한다. 너무나 용감하게. 너무나 마음 아프게. 독자는 이들을 잡고 싶다. 하지만 잡을 수 없다는 걸 안다. 이 이야기는 이들을 다시 떠나보내는 이야기다.

숲속의 미녀는 죽음에 가까운 잠에서 깨어난다. 그사이 백 년이 훌쩍 지나 폐허가 된 왕국에는 아무도 남아 있지 않다. 하지만 이제는 잠들기 전처럼 성에 갇혀 있을 필요가 없다. 인어공주는 발을 딛을 때마다 비참하게 따라붙던 고통에서 벗어나 물거품이 된다. 물거품이 되었지만 다시 바다 위를 자유롭게 훨훨 난다. 주인공 레오도 그렇게 한다. 한 바퀴 크게 돌아 다시 집에 온다. 잠자는 미녀의 임사 체험과 인어공주의 짝사랑이 반드시 저주는 아니었듯,

중력도 알고 보니 저주가 아니었다. 중력 덕분에 달이 지구를 떠나지 않고, 중력 덕분에 레오가 지구를 향해 자세를 잡는다. 이별과 만남이 두 팔을 뻗어 서로를 잡고 둥글게, 둥글게 돈다. 레오는 지구를 공전한다. 지구로 추락하지도, 멀리 심우주로 튕겨나가지도 않을 완벽한 거리를 유지하면서. 지구의 인연들을 그리워하면서. 결국 이것이 레오가 지구를 사랑하는 방법이었다.

이야기는 긴장감 넘치는 공상과학소설이고, 동시에 감동적인 성장소설이고, 동시에 예부터 전해오는 익숙한 설화의 또 다른 변주다. 배경이 우주일 뿐이다. 이 이야기는 존재하는 것들에게 '왜'와 '어떻게'를 묻지 않는 법, 존재하는 모든 것을 있는 그대로 사랑하는 법, 모든 종류의 사랑에 친절해야 하는 이유를 알려준다. 작가는 손에 땀을 쥐는 순간들과 가슴 시리게 아픈 순간들을 시종일관 담담한 문체로 그린다. 우주 공간과 지구의 도시와 사막을 넘나들면서, 운명보다 강한 중력에 묶인 인간의 나약함과 아름다움을 이야기한다.

가슴이 먹먹하면서도 휑하다. 말로 다 표현하지 못할 사랑의 크기가 담겨 있다.

2018년 봄

이재경